Das Buch

Die Zwillingsbrüder Max und Harry sind seit ihrer frühen Kindheit getrennt. Nach dem Unfalltod ihres Vaters wächst Harry bei seinem Großvater in Amerika auf, während Max als künftiger Baron von Halder auf dem deutschen Familiensitz der Mutter groß wird. Beide entdecken zur gleichen Zeit ihre Leidenschaft für die Fliegerei, und so stehen sie sich beim Ausbruch des Zweiten Weltkriegs auf feindlichen Seiten gegenüber: Harry als amerikanischer Starflieger im Dienste der britischen Royal Air Force, Max als der»schwarze Baron« der deutschen Luftwaffe. Ihrer Tollkühnheit und ihrer guten Stellung haben sie es zu verdanken, daß sie Aufnahme in höchste gesellschaftliche und politische Kreise finden. Doch schon bald werden sie wider Willen in eine großangelegte politische Intrige verwickelt, von deren Ausgang nicht nur ihr Leben und das Schicksal ihrer Familie abhängt, sondern auch die weitere Entwicklung des Krieges …

Der Autor

Jack Higgins, geboren 1929 in Newcastle-on-Tyne als Harry Patterson, hat nach einer kurzen Militärkarriere an der University of London Soziologie, Psychologie und Wirtschaft studiert und seinen Doktor in Medienwissenschaften gemacht. Heute ist er ein gefeierter Bestsellerautor. Zahlreiche seiner Romane wurden fürs Kino verfilmt. Von Jack Higgins liegen im Wilhelm Heyne Verlag vor: *Die Tochter des Präsidenten* (01/13002), *Goldspur des Todes* (01/13073), *An höchster Stelle* (01/13151), *Tag der Rache* (01/13222), *Der Adler ist gelandet* (02/25), *Die Mordbeichte* (02/44), *Das Dunkel der Lagune* (02/100), *Nacht der Füchse* (02/178), *Hölle auf Zeit* (02/121), *Stunde der Angst* (36/11).

JACK HIGGINS

DER FLUG DER ADLER

Roman

Aus dem Englischen
von Stephan Steeger

WILHELM HEYNE VERLAG
MÜNCHEN

HEYNE ALLGEMEINE REIHE
Nr. 01/13318

Die Originalausgabe
FLIGHT OF EAGLES
erschien bei Michael Joseph, Ltd., London

Umwelthinweis:
Das Buch wurde auf chlor- und säurefreiem Papier gedruckt.

Taschenbucherstausgabe 6/2001

Printed in Germany 2001
Umschlagillustration: Tim White/Agentur Schlück
Umschlaggestaltung: Nele Schütz Design, München
Satz: Leingärtner, Nabburg
Druck und Bindung: Elsnerdruck, Berlin

ISBN 3-453-18658-3

http://www.heyne.de

Für meine Frau Denise,
die mir beim Schreiben dieses Buches
eine ganz besondere Hilfe war.
Neben vielen anderen Vorzügen
eine großartige Fliegerin …

ÄRMELKANAL
1997

1

Als uns der Steuerbordmotor ausfiel, war sofort klar, daß wir in großen Schwierigkeiten steckten. Aber die ganze Reise hatte ja von Anfang an unter einem schlechten Stern gestanden.

Meine Frau und ich hatten ein paar Tage in unserem Haus auf den Kanalinseln verbracht, auf Jersey. Dort hatte mich ein Anruf erreicht, daß ein bedeutender Hollywood-Produzent darauf brannte, eines meiner Bücher zu verfilmen. Das hieß, daß wir rasch aufs Festland zu unserem Haus in Chichester mußten, um nach einer kurzen Zwischenstation von dort aus weiter nach London zu reisen. Ich rief also bei der Lufttaxifirma an, mit der ich normalerweise fliege, nur um zu erfahren, daß keine Maschine frei war. Man versprach jedoch, für Ersatz zu sorgen. Man organisierte schließlich eine Cessna 310, die uns, aus der Bretagne kommend, hier aufnehmen sollte. Der Pilot war ein älterer Mann namens Dupont, der eigentlich in Granville stationiert war. In der Not frißt der Teufel Fliegen, und ich sagte sofort zu, da die Wettervorhersage nichts Gutes verhieß, weshalb wir auch keine Zeit verlieren wollten. Ich nahm im Heck Platz. Da die 310 eine Doppelsteuerung besaß, entschied sich meine Frau, die eine äußerst erfahrene Pilotin ist, für den Platz rechts vorn neben dem Piloten. Zu unserem Glück.

Auf den Kanalinseln und im Ärmelkanal muß stets mit plötzlich aufkommendem Nebel gerechnet werden, der im Handumdrehen alles einhüllt – und genauso kam es an diesem Morgen. Beim Start auf Jersey war noch alles problemlos verlaufen, aber zehn Minuten später hatte der Nebel, der sich nicht nur längs der französischen Küste, sondern bis nach Guernsey erstreckte, alles eingehüllt.

Wir nahmen mit Ziel Southampton Kurs auf die Südküste Englands. Seinem Äußeren nach zu urteilen, ging der grauhaarige, etwas übergewichtige Dupont hart auf die Sechzig zu. Als ich ihn beim Bedienen der Geräte beobachtete, fiel mir auf, daß sein Gesicht schweißgebadet war.

Denise hatte Kopfhörer auf und reichte mir auch ein Paar. Während Dupont kurz mit der Flugleitung in Verbindung stand, steuerte sie das Flugzeug, dann übernahm wieder er, und sie wandte sich zu mir um.

»Wir sind auf fünftausend Fuß. Ziemlich dichter Nebel da unten. Southampton können wir vergessen, alles weiter östlich auch. Wir versuchen es mit Bournemouth, aber es sieht nicht gut aus.«

Da ich bereits als Kind in Shankill in Belfast die Bomben der IRA und Jahre später ein paar kleinere Zwischenfälle in der Armee überlebt hatte, habe ich gelernt, die Dinge so zu nehmen, wie sie kommen. Ich lächelte unter dem Dröhnen der Motoren, ganz auf die Fähigkeiten meiner Frau vertrauend, schnappte mir die kleine Flasche Moët & Chandon, die man freundlicherweise in der Kühlbox für uns kalt gestellt hatte, und schenkte einen kräftigen Schluck in einen Plastikbecher ein. Wird sich schon alles zum Besten wenden, so lautete stets meine Devise. In diesem Fall wendete sich alles zum Schlimmsten.

Denn gerade fiel der Steuerbordmotor aus. Beim Anblick der Rauchfahne, die kurz aufstieg, um gleich wieder zu verschwinden, hätte einem das Herz stehenbleiben können.

Dupont schien völlig außer Fassung zu geraten. Er fummelte hektisch an den Instrumenten herum und versuchte die Maschine wieder in den Griff zu bekommen. Vergeblich. Wir verloren schnell an Höhe. In seiner Panik schrie er die Flugleitung in Bournemouth auf französisch um Hilfe an, aber meine Frau gab ihm nur kurz ein Zeichen und übernahm, ganz die Ruhe, mit hinreißender Abgeklärtheit.

»Wir haben noch für etwa eine Stunde Sprit«, meldete sie. »Was schlagen Sie vor?«

Die Stimme der Flugleiterin war von ähnlicher Besonnenheit.

»Garantieren kann ich für nichts, aber am besten, Sie versuchen Ihr Glück in Cornwall. Dort ist der Nebel nicht ganz so dicht. Cold Harbour, ein kleiner Fischerhafen in der Nähe von Lizard Point. Da gibt's eine alte Landebahn aus dem Zweiten Weltkrieg. Wird bereits seit Jahren nicht mehr angeflogen, ist aber voll funktionstüchtig. Ich werde Ihre Daten an alle Rettungsdienste weitergeben. Viel Glück.«

In den nächsten zwanzig Minuten hielten wir uns auf dreitausend Fuß. Der Funkverkehr war äußerst undeutlich und oft von Rauschen überlagert. Der Nebel wirbelte um uns herum, und dann setzte auch noch ein heftiger Regen ein. Dupont schien inzwischen völlig fertig zu sein. Der Schweiß rann ihm das Gesicht hinunter. Gelegentlich sagte er etwas auf französisch. Und irgendwann übernahm wieder Denise. Über Funk drang ein einziger knisternder Wellensalat aus unterschiedlichen Stimmen und ständigem Rauschen zu uns durch. Dann brach auch noch ein Gewitter aus, und das Flugzeug geriet in heftige Turbulenzen.

Denise gab mit betont gelassener Stimme unsere Daten durch. »Möglicherweise Mayday. Versuchen, eine Landebahn in Cold Harbour zu erreichen.«

Und dann verschwand das Frequenzrauschen, und eine kräftige, unverzerrte Stimme erschallte. »Hier spricht Zec Acland von der Royal National Lifeboat Institution. Sie können hier unmöglich landen, junge Frau. Hier unten kann man die Hand vor Augen nicht sehen.«

Diese Nachricht gab Dupont den Rest. Er stöhnte auf, schien förmlich in seinen letzten Zuckungen zu liegen und ließ den Kopf schlaff zur Seite rollen. Das Flugzeug verlor jäh an Höhe, aber Denise fing es sofort wieder ab. Ich beugte mich vor und fühlte den Puls an Duponts Hals.

»Sein Puls ist sehr schwach. Sieht nach einem Infarkt aus.« Ich schob ihn von Denise weg.

»Die Schwimmweste ist unter seinem Sitz«, sagte sie ruhig. »Zieh sie ihm über, und dann leg dir selbst eine an.«

Sie stellte die 310 auf Automatik und schlüpfte in ihre Schwimmweste. Ich kümmerte mich derweil um Dupont und zwängte mich anschließend in meine eigene Schwimmweste.

»Müssen wir ein Bad nehmen?«

»Ich glaube, uns bleibt keine andere Wahl.« Sie stellte wieder auf manuelle Steuerung um.

Ich versuchte witzig zu sein, eine lästige Angewohnheit von mir. »Wir haben März. Also, ist es da nicht ein bißchen zu frisch zum Schwimmen?«

»Halt den Mund! Die Lage ist zu ernst für Späßchen«, sagte Denise, und dann, während wir immer tiefer gingen, gab sie wieder eine Meldung über Funk durch. »RNLI, Cold Harbour. Ich muß auf Wasser notlanden. Pilot scheint einen Infarkt erlitten zu haben.«

Wieder erschallte die kräftige Stimme von vorhin. »Wissen Sie auch, was Sie da tun, junge Frau?«

»O ja. Ist übrigens noch ein dritter Passagier an Bord.«

»Ich habe bereits der Royal Navy Bescheid gegeben, damit die einen Hubschrauber losschicken, aber die können in dieser Waschküche auch nicht viel ausrichten. Das Rettungsboot aus Cold Harbour ist bereits auf See, und ich bin an Bord. Geben Sie mir so präzise wie möglich Ihre Position durch.«

Glücklicherweise war das Flugzeug mit einem satellitengestützten Global Positioning System ausgestattet. Denise mußte die Daten nur ablesen. »Ich gehe jetzt runter«, sagte sie.

»Mein Gott, Sie haben echt Mut, Mädel. Wir werden da sein, keine Angst.«

Meine Frau unterhält sich oft mit mir über ihre Fliegerei. Die Schwierigkeiten, mit einer kleinen Zweimot auf hoher See zu landen, waren mir also durchaus bewußt. Man mußte das Manöver mit eingefahrenem Fahrgestell angehen, mit weit geöffneten Landeklappen bei relativ hoher Geschwindigkeit, was natürlich problematisch ist, wenn einer der Motoren ausgefallen ist.

Bei leichtem Wind und schwachem Seegang wird gegen den Wind gelandet; bei heftigem Wind und hochschlagenden Wellen muß parallel zu den Wellenkämmen gelandet werden. Wir hatten allerdings keine Ahnung, was für ein Seegang uns dort unten erwartete. Wir hatten überhaupt keine Sicht.

Denise verlangsamte etwas, und ich fixierte den Höhenmesser, während wir hinuntergingen. Tausend Fuß, dann fünfhundert. Man konnte nicht das geringste sehen – absolut nichts –, und dann waren es nur noch zweihundert Fuß, um uns herum Nebelschwaden, das Meer unter uns schließlich undeutlich zu erkennen, schwacher Seegang, weshalb uns Denise also in den Wind fallen ließ.

In jenen wenigen Augenblicken wurde sie meiner Meinung nach zu einer wahrhaft großen Pilotin. Wir schlugen auf dem Wasser auf, glitten über die Wellen und kamen schließlich zum Stehen. Der Aufprall war ziemlich heftig gewesen, aber sie hatte die Kabinentür im Nu offen.

»Nimm ihn mit«, rief sie noch und huschte dann schnell auf die Tragfläche.

Ich beugte mich vor, löste Duponts Sitzgurt und schob ihn mit dem Kopf voran durch die Tür. Denise streckte den Arm nach ihm aus, ließ sich von der Tragfläche ins Wasser hinuntergleiten und zog ihn hinter sich her. Dann war ich an der Reihe. Ich mußte an Statistiken über Landemanöver auf See denken, die sie mir einmal gezeigt hatte. Im Durchschnitt dauerte es neunzig Sekunden, bevor ein Flugzeug versank.

Denise hielt Dupont umklammert, und die beiden trieben in ihren gelben Schwimmwesten davon. Als ich ihnen folgte – die Maschine war bereits am Sinken, rief sie: »O Gott, Tarquin ist noch da drin!«

Das sollte ich näher erklären. Tarquin war ein Teddybär, und zwar ein ganz besonderer. Wir haben ihn in Brighton in einem Antiquitätenladen gefunden. Er trug die lederne Flugmütze der Royal Air Force aus dem Zweiten Weltkrieg, dazu die passenden Stiefel und den blauen Overall. Er trug auch noch das Abzeichen des Royal Flying Corps aus dem Ersten Weltkrieg. Er hatte einen geheimnisvollen Gesichtsausdruck, was alles andere als verwunderlich sei, wie uns der Händler erklärte, da er mit seinem vormaligen Besitzer, einem Kampfpiloten, wiederholt in die Luftschlacht um England eingegriffen habe. Es war eine romantisch verklärte Geschichte, aber ich war geneigt, sie zu glauben, und ich weiß, daß meine Frau sie auf jeden Fall glaubte, denn schon rein äußerlich wirkte er wie ein Bär, der in seinem Leben viel herumgekommen war und schon einiges erlebt hatte. Wie dem auch sei, er wurde zu Denise' Maskottchen und war stets an ihrer Seite, wenn sie flog. Es war also völlig ausgeschlossen, ihn einfach zurückzulassen.

Wir hatten ihn ins Kabinenheck gesetzt, in einer Einkaufstüte aus einem Supermarkt. Ich zögerte keine Sekunde und wirbelte herum, langte nach dem Griff der hinteren Kabinentür, öffnete sie und zog Tarquin aus der Tüte heraus.

»Komm schon, Kumpel, wir gehen jetzt schwimmen«, sagte ich.

Gott, war das Wasser kalt. Es fühlte sich an wie Säure, die sich in die Knochen fraß. Auf Dauer war das, wie ich wußte, tödlich. Im Ärmelkanal ist das Überleben ein Wettlauf gegen die Uhr, wie schon viele RAF- und Luftwaffen-Piloten hatten bitter erfahren müssen.

Ich hielt Dupont und Tarquin fest umklammert, und Denise wiederum hielt sich an mir fest. »Großartige Landung«, sagte ich. »Bin beeindruckt.«

»Ob wir jetzt sterben?« sagte sie unsicher, während sie unfreiwillig Salzwasser schluckte und nach Luft schnappte.

»Wohl kaum«, sagte ich. »Wirf mal einen Blick über deine Schulter.«

Hinter ihr tauchte gerade ein RNLI-Rettungsboot der Tyne-Klasse wie irgendein seltsames Gespenst aus dem Nebel auf. Die Besatzung stand in gelbem Ölzeug und orangefarbenen Schwimmwesten an der Reling. Das Boot drehte bei, und drei Männer sprangen ins Wasser.

Ein alter Mann, der sich gerade über die Reling beugte, war besonders auffällig. Er hatte die Achtzig bereits eindeutig überschritten, trug einen Vollbart und hatte schlohweißes Haar. Als er sprach, war es dieselbe kräftige Stimme, die wir schon über Funk gehört hatten. Zec Acland. »Mein Gott, Sie haben's geschafft, Mädel.«

»Sieht ganz so aus«, rief Denise.

Man hievte uns an Bord – und dann passierte etwas überaus Sonderbares. Acland fixierte völlig verblüfft den durchnäßten Bären, den ich im Arm trug. »Du lieber Gott, Tarquin. Wo haben Sie den denn her?«

Denise und ich saßen, dick in Decken eingemümmelt, auf einer Bank in der Hauptkabine und tranken Tee aus einer Thermosflasche, während sich zwei Männer um Dupont kümmerten, der auf dem Boden lag. Zec Acland saß auf der gegenüberliegenden Bank und sah ihnen zu. Er holte einen alten silbernen Flachmann hervor, streckte ihn uns entgegen und schenkte dann in unsere Tassen ein.

»Rum«, sagte er. »Wird Ihnen guttun.« In diesem Moment trat ein weiterer Mann ein, schwarzes Haar, geradezu vor Vitalität strotzend: eine jüngere Version von Acland. »Das ist mein Sohn, Simeon, der Bootsführer von dem Kahn hier, der *Lady Carter.*«

»Schön, euch alle heil und unversehrt an Bord zu haben«, sagte Simeon. »Da hat sich die Mühe gelohnt.«

Da die Crews der RNLI unbezahlte Freiwillige sind, konnte ich mir nur allzugut vorstellen, was in ihm vorgehen mußte. Einer der beiden Männer, die neben Dupont knieten, band dem Franzosen gerade eine Sauerstoffmaske um und blickte auf. »Er lebt noch, aber es sieht nicht gut aus.«

»In Cold Harbour landet im Moment ein Sea-King-Hubschrauber der Navy«, sagte Simeon Acland zu uns. »Bringt euch ruckzuck wieder zurück in die Zivilisation.«

Ich blickte zu Denise hinüber, die das Gesicht verzog, also sagte ich: »Nun ja, wir haben einen schweren Tag hinter uns. Unser Freund Dupont muß zwar ins Krankenhaus, keine Frage, aber glauben Sie, daß für meine Frau und mich vielleicht eine Möglichkeit besteht, über Nacht zu bleiben?«

Simeon lachte. »Na, da sind Sie bei uns genau richtig. Mein Vater hier ist der Wirt vom Hanged Man im Dorf. Sind eigentlich immer ein, zwei Zimmer frei.« Er wandte sich um und sah den klitschnassen Bären an der Seite seines Vaters. »Was ist das denn?«

»Das ist Tarquin«, sagte Zec Acland.

Simeons Gesicht nahm einen seltsamen Ausdruck an. »Du meinst…? Gott im Himmel, dann hast du also nicht gelogen, du alter Mistkerl. Es hat ihn wirklich gegeben. Und ich habe die ganzen Jahre gedacht, du hast alles nur erfunden.« Als er Tarquin hochhob, triefte Wasser aus dem Bären. »Er ist ja ganz naß.«

»Keine Angst«, sagte Zec Acland. »Er wird schon wieder trocken. Ist nicht das erste Mal, daß er naß geworden ist.«

Dies alles machte mich entsetzlich neugierig, und ich wollte bereits nachhaken, als meine Frau plötzlich schwer seekrank wurde, wohl weil sie zuvor soviel Wasser geschluckt hatte. Nur Minuten später folgte ich ihrem Beispiel, aber als wir einen Felsvorsprung umfuhren und eine Hafeneinfahrt am Ende der dahinterliegenden Bucht mit einem bewaldeten Tal in der Ferne sahen, waren wir beide wieder wohlauf.

Zwischen den Bäumen lag ein Gutshaus aus grauem Stein. Ansonsten waren da noch dreißig, vierzig Häuschen und ein Kai mit vor Anker liegenden Fischerbooten zu erkennen. Die *Lady Carter* tuckerte langsam ins Hafenbecken. Zwei, drei Fischer kamen uns entgegen und fingen die Bootstaue auf. Die Motoren verklangen, und dann war da nur noch Stille, der Nebel und der plätschernde Regen.

Nicht allzuweit entfernt war plötzlich ein Dröhnen zu hören, und Simeon sagte: »Das wird der Hubschrauber sein. Am besten, wir schaffen ihn gleich an Bord.« Er nickte in Richtung Dupont.

»Gut so, Junge«, sagte sein Vater. »Ich kümmere mich inzwischen um die beiden hier. Ein heißes Bad wäre jetzt wohl das richtige. Anständiges Abendessen.« Er nahm Tarquin.

»Und dann wäre da noch eine Erklärung fällig«, sagte ich. »Darauf brennen wir schon jetzt.«

»Die kriegen Sie«, sagte er. »Versprochen.«

Dupont, der inzwischen auf eine Tragbahre verfrachtet worden war, wurde hinausgetragen, und wir folgten hinterher.

Der gesamte Ort war Mitte des achtzehnten Jahrhunderts von einem gewissen Sir William Chevely errichtet worden, wie uns später erzählt wurde – die Häuser, der Hafen, der Kai, alles. Chevely galt als Schmuggler, und der Fischerhafen diente zur Tarnung seiner Geschäfte. Das Gasthaus, der Hanged

Man, war mit Holzrahmenfenstern versehen, die von grobem Stabwerk geteilt wurden. Es wirkte alles andere als georgianisch.

Zec führte uns hinein und veranlaßte gleich die mütterliche Frau hinter der Bar, die offensichtlich Betsy hieß und sofort in großer Aufregung um Denise herumfuhrwerkte, diese nach oben zu bringen. Ich blieb mit Zec in der uralten, von Balken durchzogenen Bar zurück, setzte mich vor das lodernde Kaminfeuer und hielt mich an einem äußerst großzügig eingeschenkten Glas Bushmills schadlos.

Er setzte Tarquin auf ein Sims in der Nähe des Kamins. »Lassen wir ihn von selbst trocken werden.«

Er holte ein Zigarettenetui hervor und nahm sich eine. »Bedeutet Ihnen der Bär denn viel?« sagte ich.

»O ja.« Er nickte. »Und nicht nur mir. Mehr als Sie sich denken können.«

»Dann erzählen Sie mal.«

Er schüttelte den Kopf. »Später, wenn Ihre Frau wieder bei uns ist. Tolles Mädchen, alle Achtung. Sie sind wohl 'n Tick älter als sie, was?«

»Fünfundzwanzig Jahre«, sagte ich. »Aber nach fünfzehn gemeinsamen Jahren muß es uns wohl irgendwie gelungen sein, die Dinge in die richtige Bahn zu lenken.«

»Man darf die Dinge nicht überstürzen«, sagte er. »Habe ich im Krieg gelernt. Zu jener Zeit wurde viel gestorben.«

»Waren Sie bei der Marine?«

»Nur das erste Jahr, dann hat man mich zum Bootsführer auf 'nem Rettungsboot abkommandiert. Damals war das eine Vollzeitbeschäftigung. Torpedierte Schiffe, jede Menge Piloten, die in den Ärmelkanal abgestürzt sind. Nein, der wirkliche Krieg zur See ist an mir vorbeigegangen.«

Wie sich später herausstellte, vermittelte er damit einen völlig falschen Eindruck. Der Mann war nämlich im Laufe des einen Jahres bei der Marine mit der Kriegsverdienstmedaille ausgezeichnet worden, ferner mit dem Georgskreuz, dem MBE und mit vier Goldmedaillen der Rettungsgesellschaft für seine außergewöhnlichen Verdienste innerhalb dieser ehrenvollen Organisation.

»Auf dem Schild draußen vor der Wirtschaft ist ein junger Mann abgebildet, der mit gefesselten Füßen kopfüber an einem Seil hängt«, sagte ich. »Das ist eine Tarot-Figur, oder? Ich glaube, sie steht für Regeneration.«

»Ach, ja, das hat damals während des Weltkriegs Julie Legrande gemalt. Wirtschafterin des Gutshauses, und das Pub hat sie damals auch geführt. Wir mußten das Schild über die Jahre immer mal wieder neu streichen, aber es ist immer noch so, wie Julie es gemalt hat.«

»Französin?« fragte ich.

»Vor den Nazis geflüchtet.« Er stand auf. »Sie gehören nun aber auch in die Badewanne. Was sind Sie eigentlich von Beruf, wenn ich fragen darf?«

»Ich bin Schriftsteller«, sagte ich.

»Habe ich vielleicht schon von Ihnen gehört?« Ich nannte ihm meinen Namen, und er lachte. »Na, schon, glaube ich. Sie haben mir über die eine oder andere schwere Nacht hindurchgeholfen. Freut mich, Sie kennenzulernen. Tja, wenn Sie mich jetzt entschuldigen würden …« Und dann ging er davon.

Ich blieb noch kurz sitzen und dachte nach. Hier folgte ein Geheimnis aufs andere. Die Auflösung würde bestimmt interessant werden.

Wir aßen in einer Ecke des Pubs zu Abend – Seebarsch, Frühjahrskartoffeln und dazu Salat – und tranken danach mit Zec und Simeon eine eisgekühlte Flasche Chablis. Denise und ich waren in Jeans und Pullovern gekleidet, die man uns netterweise zur Verfügung gestellt hatte. An der Theke waren vielleicht acht Fischer, von denen zumindest drei zur Besatzung des Rettungsboots gehörten. Im Kamin loderte das Feuer, der Regen prasselte gegen die Fenster, und Tarquin dampfte vor sich hin.

»Als ich klein war, hat mir mein Vater immer von Tarquin dem fliegenden Bären erzählt«, sagte Simeon. »Hab das ganze immer für ein Märchen gehalten.«

»Dann bist du ja jetzt endlich eines Besseren belehrt worden«, sagte Zec. »Du solltest mir in Zukunft einfach glauben,

Junge.« Er wandte sich Denise zu. »Erzählen Sie mir doch, woher Sie ihn haben.«

»Aus einem Antiquitätenladen in Brighton. Das war vor ein paar Jahren«, sagte sie. »Man hat uns dort erzählt, daß der Bär mit seinem Besitzer in der Luftschlacht um England geflogen ist. Den Beweis dafür konnte dort allerdings niemand antreten. Mich hat immer die Tatsache fasziniert, daß er außer dem Royal-Air-Force-Pilotenabzeichen auch das Abzeichen des Royal Flying Corps trägt, denn das stammt ja aus dem Ersten Weltkrieg.«

»Ja, das ist auch kein Wunder«, sagte Zec. »Da ist er nämlich mit dem Vater des Jungen zum ersten Mal in den Krieg gezogen.«

Es folgte ein kurzes Schweigen. Denise sagte zögerlich: »Dem Vater des Jungen?«

»Vor langer Zeit, 1917 in Frankreich, aber das ist jetzt nicht wichtig.« Er nickte Simeon zu. »Noch eine Flasche.« Während Simeon gehorsam an die Bar ging, sagte Zec: »1944 habe ich Tarquin das letzte Mal gesehen. Auf dem Weg ins besetzte Frankreich. Und dann taucht er nach all den Jahren in einem Antiquitätenladen in Brighton auf!«

Er öffnete sein Etui, nahm eine Zigarette heraus.

»Darf ich mir bei Ihnen eine schnorren?« sagte meine Frau. Er gab ihr eine, und sie lehnte sich zurück. »Dann ist Tarquin also ein alter Freund?«

»Das kann man wohl sagen. Ich habe ihn früher schon einmal aus dem Ärmelkanal gefischt. 1943. War in einer Hurricane abgestürzt. Großartige Maschinen waren das. Haben mehr von der deutschen Luftwaffe vom Himmel geholt als die Spitfires.« Er schien plötzlich angestrengt nachzudenken, und als Simeon mit der neuen Flasche zurückkehrte, sagte der alte Mann: »Das war damals Harry gewesen, oder war es doch Max? Sicher waren wir uns da nie.«

Simeon stellte das Tablett ab. »Stimmt mit dir was nicht, Vater?« Er klang besorgt.

»Mit mir?« Zec Acland lächelte. »Gibt es da nicht ein Buch über irgendeinen Franzosen, der irgend etwas gerochen oder plötzlich einen bestimmten Geschmack im Mund hatte, und dann brach seine ganze Vergangenheit über ihn herein?«

»Marcel Proust«, sagte Denise.

»Tja, also genauso geht es mir jetzt mit diesem verdammten Bären. Jetzt ist alles wieder da.« Seine Augen standen voller Tränen.

Simeon schenkte Wein nach. »Komm schon, Vater, trink aus. Das Ganze nimmt dich zu sehr mit.«

»Geh in mein Schlafzimmer. Die rote Schachtel in der dritten Schublade. Hol sie mir doch mal, Junge.«

Simeon machte sich auf den Weg.

Zec legte noch ein Holzscheit nach, und nachdem Simeon mit der Schachtel zurückgekehrt war, stellte der Alte sie auf den Tisch und öffnete sie. Unterlagen und Fotografien kamen zum Vorschein.

»Ein paar davon kennst du bereits, Junge«, sagte er zu Simeon. »Aber noch nicht alles.«

Er reichte Denise eines der Bilder. Der Kai von Cold Harbour mit einem angedockten Rettungsboot, ein viel älteres Modell als die *Lady Carter;* Simeon an Deck, mit zurückgeschobener Schiffsmütze. Es war Simeon, und dann wieder war er es doch nicht.

»Da sah ich noch gut aus«, sagte Zec.

Denise beugte sich vor und gab ihm einen Kuß auf die Wange. »Das tun Sie immer noch.«

»Fangen Sie nicht an, was sie nicht zu Ende bringen können, Mädel.« Er brach in ein Lachen aus und reichte dann die Fotografien herum, eine nach der anderen, alle in Schwarzweiß.

Das Gasthaus sah aus wie heute. Dann war da eine Aufnahme eines Armeeoffiziers, auf eine anziehende Art und Weise häßlich, seinem Aussehen nach zu urteilen ungefähr fünfundsechzig Jahre alt, mit Nickelbrille und schlohweißem Haar.

»Brigadegeneral Munro«, sagte Zec. »Dougal Munro. Vor dem Krieg Professor in Oxford, dann trat er in den Geheimdienst ein. Special Operation Executive. SOE. Churchill hatte sich das einfallen lassen. Legt Europa in Flammen, hat er gesagt, und das haben sie dann auch getan. Geheimagenten in Frankreich eingeschmuggelt und so was. Man hatte die Einheimischen vorübergehend aus Cold Harbour ausgesiedelt und eine geheime Operationsbasis draus gemacht.«

Er schenkte noch etwas Wein nach.

»Davon hast du mir nie erzählt, Vater«, sagte Simeon.

»Weil wir und alle anderen den Official Secrets Act unterschreiben mußten und dadurch zur Geheimhaltung verpflichtet waren.« Er schüttelte noch ein paar Fotos aus der Schachtel. Eine Frau an der Seite von Brigadegeneral Munro. »Das war Julie Legrande. Wie gesagt, Haushälterin im Gutshaus, und das Pub hat sie auch geführt.« Dann ein weiteres Bild von Munro mit einem Offizier, einem Captain mit einem Band für das Militärverdienstkreuz, in der einen Hand einen Stock. »Das war Jack Carter, Munros Adjutant. Hat sein Bein in Dünkirchen gelassen.«

Es gab noch weitere Fotos, und dann stieß er auf einen großen braunen Umschlag. Er zögerte, öffnete ihn aber schließlich. »Official Secrets Act. Zum Teufel damit. Ich bin achtundachtzig Jahre alt.«

Wenn die vorangegangenen Fotos interessant waren, so waren diese geradezu erstaunlich. Eines davon zeigte eine Rollbahn mit einem Nachtjäger, einer Junkers 88S. Am Rumpf prangte das Kreuz der Reichskriegsflagge und auf dem Heck das Hakenkreuz. Der Mechaniker war im schwarzen Dreß der Luftwaffe gekleidet. Auf einer Seite war ein Fieseler Storch zu sehen. Im Hintergrund zwei Hangars.

»Was in aller Welt ist das nun wieder?« fragte ich.

»Die Rollbahn oben an der Straße. Ja, Cold Harbour. Nachtflüge nach Frankreich und so was. Als Feind maskiert den Feind täuschen.«

»Könnte mir denken, daß so was ganz schön ungesund werden kann, wenn man dabei erwischt wird«, bemerkte Denise.

»In dem Fall machte man mit einem Exekutionskommando Bekanntschaft. Natürlich haben die anderen ihrerseits sozusagen Flieger der RAF eingesetzt.« Er reichte ein weiteres Foto herum. »Die Lysander. Häßliches Viech, konnten aber selbst im gepflügten Acker landen und starten.«

Das nächste Foto zeigte die Lysander, einen Offizier und eine junge Frau. Der Offizier trug eine amerikanische Uniform mit den Streifen eines Colonels und einer Reihe Orden. Ich erkannte den Kriegsverdienstorden und das Fliegerkreuz für Offiziere, aber das wirklich faszinierende war die Tatsache, daß auf der rechten Brust seiner Kampfanzugsjacke das Pilotenabzeichen der RAF prangte.

»Wer war das?« fragte ich.

Zec betrachtete nachdenklich das Foto, und die Antwort, die dann kam, klang äußerst seltsam: »Harry, glaube ich, oder vielleicht Max. Sicher war ich mir da nie.«

Da war er wieder, der gleiche Kommentar wie zuvor. Simeon schien das Ganze ebenso zu verwirren wie mich. Gerade als ich fragen wollte, was er damit meinte, sagte Denise: »Und die junge Frau?«

»Oh, das ist Molly – Molly Sobel, Munros Nichte. Ihre Mutter war Engländerin, ihr Vater ein amerikanischer General. Kluges Mädchen. Ärztin. Noch vor dem Krieg in England ausgebildet, und während der deutschen Luftangriffe hat sie in London gearbeitet. Flog immer mit Munro von London ein, wenn ein Arzt gebraucht wurde. Alles streng geheim, versteht sich.«

Er schien sich in sich selbst zurückzuziehen und wirkte plötzlich ganz versonnen. Wir schwiegen. Das Feuer knisterte, der Regen prasselte gegen die Fenster, und die Gespräche der Männer an der Bar waren ein leises Murmeln im Hintergrund.

»Ist mit dir auch wirklich alles in Ordnung, Vater?« fragte Simeon.

»Mir ging's noch nie so gut, obwohl, noch besser würde es mir mit einem kräftigen Schluck Rum im Bauch gehen. Ich bin gerade dabei, mir eine Zentnerlast von der Seele zu reden, ein Geheimnis, das ich jahrelang gehegt und gepflegt habe.« Er hielt Tarquin eine drohende Faust entgegen. »Alles deine Schuld, du verdammter Bär.«

Simeon stand auf und ging an die Bar. Tarquin, der immer noch leicht vor sich hin dampfte, saß reglos da, so als wollte er sein Geheimnis nicht preisgeben.

Simeon, der offensichtlich beunruhigt war, sagte: »Schau, Vater, ich weiß nicht worum es geht, aber vielleicht ist das alles hier ein bißchen zuviel für dich.«

Da schaltete Denise sich wieder ein. Sie beugte sich vor und legte eine Hand auf Zecs Arm. »Nein, lassen Sie ihn nur, Simeon. Er muß etwas loswerden, glaube ich.«

Er drückte fest ihre Hand und lächelte. »Bei Gott, wie ich bereits sagte, Sie sind eine wirklich patente Frau.« Er schien sich ein wenig aufzurichten.

»Also«, sagte sie. »Der Pilot, der Amerikaner, Harry oder Max hatten Sie gesagt?«

»Genau.«

»Das ergibt keinen Sinn.«

»Gütiger Gott, liebes Mädchen, ganz im Gegenteil.« Er lehnte sich zurück, lachte und öffnete einen weiteren Umschlag, den er der Schachtel entnommen hatte. »Das ist was Besonderes. Was ganz Besonderes.«

Es handelte sich um große Fotoabzüge, wieder in Schwarzweiß. Auf dem ersten war ein Hauptmann der RAF zu sehen, der vor einer Hurricane stand. Es war der gleiche Mann, den wir zuvor in der amerikanischen Uniform gesehen hatten.

»Ami in der RAF«, sagte Zec. »Wir hatten ein paar Hundert davon, bevor die Amerikaner Ende einundvierzig nach Pearl Harbor in den Krieg eingetreten sind.«

»Er wirkt müde«, sagte Denise und gab das Foto zurück.

»Kein Wunder. Das Foto wurde im September 1940 während der Luftschlacht um England aufgenommen, direkt nachdem man ihm das Fliegerkreuz mit Auszeichnung zum zweiten Mal verliehen hatte. Er war für die Finnen in dem Krieg gegen die Russen geflogen, hat irgendeine tolle Auszeichnung von den Finnen bekommen, und als dort alles zusammenbrach, ist er nach England gekommen und in die RAF eingetreten. Damals war das mit den Amis noch eine heikle Angelegenheit – Amerika war ja neutral –, aber irgendein Schreibstubenhengst hat Harry als Finnen eingemustert, und deshalb hat man ihn genommen.«

»Harry wer?« fragte Denise vorsichtig.

»Harry Kelso. Er stammte aus Boston.« Er holte ein weiteres großformatiges Foto heraus, wieder Kelso in amerikanischer Uniform. »Das hier war neunzehn-vierundvierzig.«

Die Ordenspracht raubte einem den Atem. Der Kriegsverdienstorden mit Streifen, ein Offiziersfliegerkreuz mit zwei Streifen, das französische Croix de Guerre, die Ehrenlegion und das finnische Tapferkeitskreuz in Gold.

»Das ist ja unglaublich«, sagte ich. »Also, der Zweite Weltkrieg ist zwar eins meiner Steckenpferde, aber ich habe noch nie von diesem Menschen gehört.«

»Kein Wunder. Dank diesem bereits erwähnten Schreibstubenhengst ist er längere Zeit als Finne geführt worden, und, wie gesagt, das hatte seine Gründe. Der Official Secrets Act.«

»Aber warum?« fragte Denise eindringlich.

Zec Acland holte ein weiteres Foto aus dem Umschlag hervor und legte es auf den Tisch – der Clou des Abends.

»Deswegen«, sagte er.

Es war ein Farbfoto, auf dem wiederum Kelso in Uniform abgebildet war, nur diesmal war es die Uniform der deutschen Luftwaffe. Er trug Fliegerstiefel und weite bequeme, blaugraue Hosen mit großen Kartentaschen. Die kurze Fliegerjacke mit den gelben Kragenspiegeln verlieh ihm einen gewissen Schneid. Er trug sein silbernes Pilotenabzeichen auf der linken Seite, darüber das Eiserne Kreuz erster Klasse und ein Ritterkreuz mit Eichenlaub am Hals.

»Das verstehe ich nicht«, sagte Denise.

»Ist ziemlich einfach«, sagte Zec zu ihr. »Ich hab's von Munro. Die anderen Fotos, der Ami in der RAF? Das war Harry. Dies ist der Ami in der Luftwaffe, sein Zwillingsbruder, Max. Vater Amerikaner, Mutter Deutsche, eine Baronin. Max, der zehn Minuten früher zur Welt kam, war also als Erstgeborener Baron Max von Halder. Der Schwarze Baron, wie er in der Luftwaffe genannt wurde.« Er legte die Fotos zurück. »Ich kann Ihnen gern alles erzählen, was ich weiß, sofern Sie überhaupt Wert darauf legen.« Er lächelt mich an. »Wär 'n interessanter Stoff für Sie.« Er lächelte ein weiteres Mal. »Obwohl Ihnen das alles kein Mensch glauben würde.«

Als er seine Erzählung geendet hatte, war die Bar bereits leer. Betsy verriegelte hinter den letzten Gästen die Tür und brachte uns ein Tablett mit Tee, ohne daß sie darum gebeten worden wäre. Simeon war, glaube ich, ebenso erstaunt wie Denise und ich.

Wieder war es Denise, die mehr wissen wollte: »Ist das alles?«

»Natürlich nicht, junge Frau.« Er lächelte. »Es ist ein Puzzle, in dem jede Menge Teilchen fehlen. Also vor allem das, was alles in Deutschland damit zusammenhängt. Auch da ist alles streng geheim. Da kann ich Ihnen auch nicht weiterhelfen.« Und dann sagte er, an mich gewandt: »Na egal, ein kluger Kerl wie Sie könnte da vielleicht seine Beziehungen spielen lassen.«

»Schon möglich«, erwiderte ich.

»Tja, dann.« Er stand auf. »Ich werd mich jetzt aufs Ohr hauen. Simeons Frau fragt sich bestimmt auch schon, wo er abgeblieben ist.« Er gab Denise einen Kuß auf die Wange. »Schlafen Sie gut, meine Liebe. Das haben Sie sich redlich verdient.«

Er verließ den Raum. Simeon nickte uns kurz zu und folgte ihm dann. Wir blieben schweigend vor dem Kamin sitzen, und dann sagte Denise: »Da fällt mir gerade was ein: Du hast doch eine Zeitlang in Deutschland in der Armee gedient. Du hast da vor Jahren mal diese Verwandten von dir erwähnt. Hast du nicht erzählt, daß einer von denen bei der Polizei oder so was war?«

»Sozusagen. Er war bei der Gestapo.«

Sie war nicht sonderlich entsetzt. Der Krieg lag schließlich bereits ein halbes Jahrhundert zurück, lange vor ihrer Zeit. »Na also, mach was draus.«

»Mal sehen«, sagte ich und zog sie vom Stuhl hoch. »Zeit, schlafen zu gehen.«

Das Zimmer war klein und mit zwei Einzelbetten versehen. Ich lag lange da, konnte nicht einschlafen und nahm nur Denise' sanftes Atmen wahr, während ich in die Dunkelheit hochstarrte und Erinnerungen in mir wach wurden. Lang ist's her – verdammt lang.

2

Meine Verbindung zu Deutschland war denkbar einfach. Wehrdienst bei den guten alten Royal Horse Guards, eine kurze Zeit bei der Besatzungsarmee in Berlin und dann eine wesentlich längere Zeit an der ostdeutschen Grenze in Dingo-Spähwagen und Jeeps Patrouille fahren, in den Tagen als der sogenannte kalte Krieg immer heißer wurde.

Das Gebiet, in dem wir patrouillierten, erinnerte so sehr an das Heideland Yorkshires, daß ich stets damit rechnete, daß Heathcliff und Cathy aus dem Nebel oder dem Schnee oder den sturzbachartigen Regenfällen auftauchten, denn ehrlich gesagt, *rauh* ist eine Untertreibung für das Wetter in diesen Gefilden.

Die Grenze war zu jener Zeit völlig offen, und unsere Aufgabe bestand darin, den Flüchtlingsstrom nach Westen einzudämmen sowie die Banden der Schwarzmarkthändler zu bekämpfen – für gewöhnlich ehemalige SS-Leute, die von Ostdeutschland aus operierten, wo sie untergetaucht waren.

Unsere Gegenspieler im Osten waren sibirische Infanterieregimenter, harte Kerle der ersten Garde, und gelegentlich wurde der eine oder andere wütende Schuß abgefeuert. Wir nannten es Weltkrieg Nummer zweieinhalb, aber wer seine Zeit abgeleistet hatte, wurde einfach aus dem Militärdienst entlassen und ging nach Hause. Die amerikanischen Truppen, die in ihrem Sektor die gleiche Arbeit verrichteten, wurden mit drei Orden belohnt. Wir gingen leer aus!

Wieder zu Hause in Leeds, war ich gerade dabei, mich durch eine Reihe ziemlich eintöniger Jobs zu quälen, als ein Brief in einem braunen Umschlag eintraf, in dem mich die zuständigen Behörden daran erinnerten, daß ich ihnen die nächsten zehn Jahre als Reservist zur Verfügung zu stehen hatte. Ich solle mich doch bitte bei der Territorialarmee melden, um dort als Wochenendsoldat meinen Dienst zu leisten. Als ich erfuhr, daß dort Geld zu verdienen war, beschloß ich, mich dem ohne Widerworte zu fügen, insbesondere da ich vorhatte, in London zu arbeiten. Es gab dort ein Regiment der Territorialarmee, die sogenannten Artists Rifles, das das Heeresministerium in den 21. Special Air Service umwandelte. Als die Krise in Malaysia begann, meldeten sich viele Regimentsangehörige freiwillig für das malaysische Aufklärungsregiment, das 1952 zu einer regulären Einheit der Armee wurde, dem 22. Special Air Service.

Während ich in London auf Jobsuche war, nutzte ich die Gelegenheit, mich mit meinen Unterlagen beim 21. SAS zu melden, und wurde dort als ehemaliger Unteroffizier der Gardekavallerie begeistert empfangen. Ich füllte verschiedene Formulare aus, unterzog mich den üblichen medizinischen Untersuchungen und fand mich schließlich vor einem gewissen Major Wilson wieder – obwohl ich in Anbetracht der späteren Ereignisse bezweifle, daß dies sein richtiger Name war.

»Unterschreiben Sie einfach hier, Corporal«, sagte er und schob mir ein Formular über den Schreibtisch zu.

»Und was genau unterschreibe ich da, Sir?« fragte ich.

»Den Official Secrets Act.« Er lächelte selig. »So eine Einheit ist das hier, wenn Sie verstehen, was ich meine.«

Ich zögerte, dann unterschrieb ich.

»Gut.« Er nahm das Formular und trocknete meine Unterschrift sorgfältig mit Löschpapier.

»Soll ich mich Samstag zum Dienst melden, Sir?« fragte ich.

»Nein, noch nicht. Erst müssen noch ein paar Formalitäten geregelt werden. Sie hören von mir.«

Er lächelte wieder, und ich ließ es also dabei bewenden und ging.

Etwa zwei Wochen später rief er mich bei der Versicherungsfirma in Leeds an, wo ich damals gerade mein Dasein fristete, und schlug vor, mich in der Yates's Wine Bar in der Nähe des City Square zum Mittagessen zu treffen. Wir saßen in einer Ecke und ließen es uns bei einer Fleischpastete mit Erbsen und einem Hellen gutgehen, während er mir die schlechten Nachrichten beibrachte. Ich zeigte mich überrascht, ihn in Yorkshire anzutreffen, aber er äußerte sich dahingehend nicht.

»Die Sache ist die, alter Junge, der SAS hat keine Verwendung für Sie. Wie die ärztliche Untersuchung ergeben hat, sind Sie auf dem linken Auge stark sehbehindert. Und auch wenn Sie es dezent zu verbergen wissen, Sie sind Brillenträger.«

»Also die Gardekavallerie hatte nichts dagegen. Ich habe in Bisley für die Regimentsmannschaft geschossen. Ich war ein erstklassiger Schütze. Hab ein Scharfschützenabzeichen.«

»Ja, das wissen wir alles. Mindestens zwei Russen auf der ostdeutschen Seite der Grenze können Ihre Fähigkeiten bezeugen, oder zumindest Ihre Leichen können das. Andererseits sind Sie jedoch nur deshalb in die Garde aufgenommen worden, weil irgend so ein dummer Schreiberling vergessen hat, die Augenrubrik auf Ihrem Formblatt auszufüllen, und die Garde würde einen Fehler natürlich niemals eingestehen.«

»Dann hat sich die Sache also erledigt?«

»Ich fürchte, ja. Schade drum, wirklich. Ihr Werdegang und Ihre Herkunft sind höchst interessant. Dieser Onkel da von Ihnen, dieser Oberfeldwebel im Hamburger Hauptquartier. Bemerkenswerte Akte. Vor Dünkirchen in Gefangenschaft geraten, viermal aus dem Gefangenenlager ausgebrochen, dann nach Auschwitz verfrachtet, in die Baracken für die unverbesserlichen unter den alliierten Kriegsgefangenen. Immerhin zwei Drittel von denen mußten dort ihr Leben lassen.«

»Ja, ich weiß.«

»Natürlich haben sie ihn im Hamburger Hauptquartier wegen seiner exzellenten Deutschkenntnisse behalten. Er hat scheint's eine deutsche Kriegswitwe geheiratet.«

»Tja, die Liebe kennt keine Grenzen«, sagte ich.

»Wohl wahr. Aber sehr interessant, die Familie, genau wie Sie. In England geboren, irisch-schottische Abstammung, aufgewachsen im Shankill in Belfast. Was man dort ein Protestantenschwein nennt.«

»Und?«

»Aber teilweise eben auch bei der katholischen Kusine Ihrer Mutter in Crossmaglen aufgewachsen. Sehr republikanisch eingestellte Leute da unten. Sie müssen ausgezeichnete Kontakte haben.«

»Hören Sie, Sir«, sagte ich vorsichtig. »Gibt es irgend etwas, was Sie noch nicht über mich wissen?«

»Nein.« Er lächelte wieder dieses selige Lächeln. »Wir sind äußerst gründlich.« Er stand auf. »Muß los. Tut mir leid, daß nichts draus geworden ist.« Er nahm seinen Regenmantel. »Da ist nur noch eines. Vergessen Sie nicht, daß Sie den Official Secrets Act unterschrieben haben. Wer's vergißt, kommt ins Gefängnis.«

Ich war vollends baff. »Aber was macht das noch? Wo doch das Regiment keine Verwendung für mich hat?«

Er war bereits im Gehen begriffen, wandte sich aber noch einmal um. »Und vergessen Sie nicht, daß Sie im Dienst der Reservearmee stehen. Sie könnten jederzeit von einem Tag auf den anderen einberufen werden.«

Das Interessante daran war, daß es da eine Verbindung zu Deutschland gab, die er nicht erwähnte, wiewohl ich selbst vor 1952 keine Ahnung davon hatte. Die Frau meines Onkels hatte einen Neffen namens Konrad Strasser, oder zumindest war dies einer der Namen, den er im Laufe der Jahre benutzte. Ich wurde ihm auf einem Fest in Hamburg St. Pauli zu Ehren der deutschen Verwandtschaft meines Onkels vorgestellt.

Konrad war ein kleines, dunkelhaariges Energiebündel, das stets ein Lächeln auf den Lippen trug. Er war zweiunddreißig und arbeitete als Hauptkommissar bei der Hamburger Kriminalpolizei. Wir standen inmitten eines plappernden Pulks in einer Ecke.

»Hat's denn Spaß gemacht an der Grenze?« fragte er.

»Nicht, wenn es geschneit hat.«

»Rußland war schlimmer.«

»Du warst dort mit dem Heer?«

»Nein, mit der Gestapo. Nur kurz, Gott sei Dank. Wir haben dort ein paar Gauner gejagt, die sich aus Armeebeständen bedient haben.«

Wenn ich sage, daß ich schockiert war, ist dies vorsichtig ausgedrückt. »Gestapo?«

Er grinste. »Wenn's erlaubt ist, deine Kenntnisse zu vervollständigen: Die Gestapo hatte Bedarf an gutausgebildeten und erfahrenen Kriminalbeamten, also ist man überall im Land über die Polizeidienststellen hergefallen und hat sich dort mit Leuten eingedeckt. Das ist auch der Grund, weshalb über fünfzig Prozent der Gestapo-Leute nicht einmal Mitglied der Partei waren, mich eingeschlossen. Ich war nicht einmal zwanzig, als sie mich eingesackt haben. Ich hatte keine Wahl.«

Ich glaubte ihm aufs Wort, und später bewiesen gewisse Ereignisse in meinem Leben, daß er mir die Wahrheit erzählt hatte. Wie dem auch sei, er war mir sympathisch.

Im Jahre 1954 trat Wilson erneut in mein Leben. Ich arbeitete zu jener Zeit in Leeds im öffentlichen Dienst und schrieb noch recht mittelmäßige Romane, die niemanden interessierten. Ich hatte noch vier Wochen Urlaub gut und beschlossen, ein paar Tage in Berlin zu verbringen, weil mein Onkel vorübergehend ins dortige Hauptquartier der Alliierten versetzt worden war.

Wilsons Anruf versetzte mir einen Schock. Wieder Yates' Wine Bar. Diesmal bestellte er sich ein belegtes Brot mit Schinken, aus Yorkshire natürlich, Knochenschinken.

»Langweilt Sie doch bestimmt, die Elektrizitätswerke.«

»Stimmt«, sagte ich. »Aber immerhin bedeutet das nur eine Stunde Arbeit pro Tag. Ich sitze die übrige Zeit an meinem Schreibtisch und schreibe.«

»Ja, aber der Erfolg läßt weiter auf sich warten«, ließ er mich unverblümt wissen. Es folgte Schweigen. »Berlin wäre da bestimmt eine nette Abwechslung.«

»Hören Sie, worauf zum Teufel wollen Sie eigentlich hinaus?« sagte ich.

»Auf Berlin«, sagte er. »Sie werden ab nächsten Dienstag eine Woche lang bei ihrem Onkel verbringen. Es wäre uns daran gelegen, daß Sie dort etwas für uns erledigen.«

Wie ich da so in der Alltäglichkeit der Yates' Wine Bar in Leeds saß – das gedämpfte Brummen des Verkehrs draußen auf dem City Square –, kam mir dies vor wie der abwegigste Vorschlag, der mir je gemacht worden war.

»Passen Sie auf«, sagte ich. »Ich habe versucht in den 21. SAS einzutreten, worauf Sie mir bedeuteten, wegen meines schwachen Auges komme ich dafür nicht in Frage, also bin ich nie eingetreten, stimmt's, oder habe ich recht?«

»Ganz so einfach ist das nicht, mein Bester. Wenn ich Sie daran erinnern darf: Sie haben den Official Secrets Act unterschrieben, und Sie sind noch immer Soldat der Reservearmee.«

»Sie meinen, ich habe keine Wahl?«

»Ich meine, wir besitzen Sie, mein Sohn.« Er nahm einen Umschlag aus seiner Brieftasche. »Wenn Sie in Berlin sind, unternehmen Sie mit dem Bus eine Spazierfahrt in den Osten. Alles Weitere finden sie hier drin. Sie gehen zu der angegebenen Adresse, holen dort einen Umschlag ab und bringen ihn zurück.«

»Das ist doch verrückt«, sagte ich. »Zum einen weiß ich noch aus meiner Dienstzeit in Berlin, daß man mit einem britischen Paß gar nicht über die Grenze kommt.«

»Aber mein lieber Junge, Ihre irischen Vorfahren geben Ihnen neben dem britischen Paß das Recht auf einen irischen Ausweis. Er befindet sich im Umschlag. Mit irischem Ausweis kann man reisen, wohin man will, selbst nach China, und zwar ohne Visum.« Er stand auf und lächelte. »Steht alles dort drin. Recht ausführlich.«

»Und wenn ich wieder rauskomme?«

»Wir haben für alles gesorgt.«

Er schob sich durch das zur Mittagspause dichter gewordene Gedränge, und plötzlich wurde mir klar, daß ich nicht »*Wenn ich wieder herauskomme*« gedacht hatte. Es war vielmehr »*Werde ich wieder herauskommen?*« gewesen.

Die erste Überraschung, die in Berlin auf mich wartete, bestand darin, daß mein Onkel bereits nach Hamburg zurückbeordert worden war – jedenfalls war dies die Information, die ich von der Hausverwalterin der Wohnung erhielt, in der er Quartier bezogen hatte. Sie war eine alte, abgehärmte Frau.

»Sie sind bestimmt der Neffe. Er hat mich beauftragt, Sie reinzulassen«, sagte sie.

Es war eine schmucklose Bleibe, die irgendwie etwas Graues an sich hatte. Ich setzte meine Tasche ab, blickte mich ein bißchen um. Als es klingelte und ich die Tür öffnete, stand Konrad Strasser vor mir.

»Gut siehst du aus«, sagte er.

Er machte eine Flasche Schnaps ausfindig und schenkte uns einen ein. »Nun, da wirst du also die Touristennummer im Ostsektor machen, was?«

»Du scheinst gut informiert zu sein.«

»Ja, könnte man so sagen.«

Ich kippte meinen Schnaps in einem Zug runter. »Was führt einen Hamburger Kommissar nach Berlin?«

»Ich bin letztes Jahr umgezogen. Ich arbeite jetzt für den BND, den westdeutschen Nachrichtendienst. Genauer gesagt beim Verfassungsschutz, wie sich der Laden nennt. Unsere Hauptaufgabe besteht darin, die kommunistische Unterwanderung in unserem Teil des Landes zu bekämpfen.«

»Und? Weiter?«

Er schenkte sich noch einen ein. »Du wirst heute nachmittag mit einem Bus der Germania-Reisen rüberfahren. Laß deinen britischen Paß hier und nimm nur den irischen mit.«

»Hör mal, was soll das alles?« sagte ich mit fester Stimme. »Was hast du denn eigentlich mit dem Ganzen zu tun?«

»Das tut nichts zur Sache. Wichtig ist, daß du ein Bote des 21. SAS bist.«

»Verflixt und zugenäht, die wollten mich doch gar nicht.«

»Tja, wie man's nimmt. Die Sache ist aber nicht ganz so einfach. Hast du schon mal den alten IRA-Spruch gehört: Einmal dabei, immer dabei?«

Ich war platt, brachte es aber irgendwie fertig, noch mal nachzuhaken: »Was hast du mit alldem zu tun?«

Er nahm einen Zettel aus seiner Brieftasche und überreichte ihn mir. »Hier hast du eine grob skizzierte Karte. Es gibt da eine Kneipe namens ›Bei Heini‹. Wenn etwas schiefgeht, geh einfach dort hin und sag dem Barkeeper, daß deine Unterbringung unzulänglich ist und du sofort abreisen willst. Sprich Englisch mit ihm.«

»Und was soll das jetzt wieder heißen?«

»Es wird dich dann jemand abholen. Wenn alles glattgeht, kehrst du natürlich mit dem Reisebus zurück, obwohl ich das für eher unwahrscheinlich halte.«

»Du bist also irgendwie mit von der Partie«, sagte ich. »Ich, Wilson. Onkel ist nicht da, dafür du. Was zum Teufel geht hier eigentlich vor?«

Ich mußte plötzlich an meinen Schreibtisch in Leeds denken, an die Tanzabende am Freitag im Astoria und die Mädchen in ihren Baumwollkleidern dort. *Warum war ich überhaupt hier?*

»Du bist wie eine Fliege im Spinnennetz, genau wie es mir in Sachen Gestapo ergangen ist. Man hat dich einfach da reingezogen. Alles ganz beiläufig, wie durch Zufall, und selbstverständlich ohne die Möglichkeit, wieder aussteigen zu können.« Er trank seinen Schnaps aus und ging zur Tür. »Ich bin auf deiner Seite, das solltest du nicht vergessen.« Er zog die Tür hinter sich zu – und war verschwunden.

Mit dem Reisebus passierte ich den Checkpoint Charlie, alles war eitel Sonnenschein. An Bord waren Touristen aus aller Welt. Auf der anderen Seite wurden wir von der Grenzpolizei kontrolliert. In meinem Fall mein Touristenvisum und mein irischer Paß. Nicht das geringste Problem.

Später, beim Mittagessen in einem höchst altmodischen Hotel, wiesen die Reiseführer eindringlich darauf hin, daß im Falle, daß sich jemand auf einer der Besichtigungstouren verlaufen sollte, er sich zum Hotel aufmachen solle, von dem aus der Bus sich um fünf auf den Rückweg machen würde.

In meinem Fall bedeuteten die Anweisungen in dem braunen Umschlag mir, mich um vier an dem verabredeten Ort einzufinden. Ich schlug mir also zwei langweilige Stunden mit der Reisegesellschaft um die Ohren, seilte mich dann um halb vier ab und hielt genau zur rechten Zeit ein Taxi an.

Die Ostdeutschen hatten zu jener Zeit eine komische Regelung getroffen. Die christliche Kirche war erlaubt, aber man durfte nicht gleichzeitig Kirchenmitglied und in der kommunistischen Partei sein – man gefährdete damit ganz offensichtlich seinen beruflichen Aufstieg. Daraus folgte, daß die Kirchengemeinden hier relativ klein waren.

Die Heiliggeistkirche hatte zweifellos einmal bessere Tage gesehen. Es war hier kalt, feucht und schäbig. Selbst Kerzen waren Mangelware. Drei alte Frauen saßen wartend vor dem Beichtstuhl, und auf einer Bank nicht weit von mir betete ein Mann, der einen braunen Regenmantel trug. Ich hielt mich an meine Anweisungen und wartete. Schließlich war ich an der Reihe und betrat den Beichtstuhl.

Hinter dem Gitterfenster regte sich irgend etwas. Ich sagte: »Vergeben Sie mir, Father, denn ich habe gesündigt«, und zwar auf englisch.

»In welcher Hinsicht, mein Sohn?«

Ich antwortete so, wie es mir in den Anweisungen im Umschlag vorgegeben war. »Ich bin nur als Botschafter Gottes hier.«

»Dann tun Sie Gottes Werk.«

Ein Umschlag wurde unter dem Gitterfenster durchgeschoben. Schweigen. Auf der anderen Seite wurde das Licht ausgeschaltet. Ich nahm den Umschlag und ging.

Ich weiß nicht, wie lange es gedauert hat, bis mir auffiel, daß der Mann mit dem braunen Regenmantel mir folgte. Der Nachmittag ging zusehends in Dunkelheit über, und es fing an zu regnen. Ich blickte mich verzweifelt nach einem Taxi um, vergeblich. Ich ging nun schneller, hastete von Straße zu Straße in Richtung Spree und versuchte, mich anhand meiner Erinnerungen aus alten Zeiten zu orientieren, aber jedesmal, wenn ich mich an einer Ecke umdrehte, war da dieser Mann hinter mir.

Ich bog in eine Gasse ein, die sich plötzlich vor mir aufgetan hatte, rannte, was die Beine hergaben, und sah dann schließlich den Fluß. Ich bog ein weiteres Mal ab, rannte an einer Zeile verfallener Lagerhäuser entlang und tauchte in einen Eingang. Ein paar Sekunden darauf rannte der Mann an mir vorbei. Ich wartete – Stille, nur der prasselnde Regen –, trat dann wieder hinaus und schlich mich bis zum Kai.

»Halt! Stehenbleiben.«

Der Mann, der eine Walther PPK in der linken Hand hielt, näherte sich mir.

»Also sagen Sie mal, was in aller Welt soll das?« sagte ich auf englisch.

Er kam näher. »Lassen Sie den Quatsch. Wir wissen beide, daß Sie nichts Gutes im Schilde führen. Ich beobachte dieses alte Schwein in der Kirche schon seit Wochen.«

Und da beging er einen verhängnisvollen Fehler. Er trat nämlich ganz nahe an mich heran, um mir einen Schlag ins Gesicht verpassen zu können. Ich packte ihn am rechten Handgelenk, schlug seinen linken Arm beiseite und hielt ihn nun an beiden Handgelenken fest. Er feuerte einen Schuß ab. Wir stießen aneinander und gerieten an den Rand des Kais. Ich kehrte die Walther gegen ihn. Wieder fiel ein Schuß. Er stieß einen Schrei aus, hielt die Waffe aber immer noch umklammert und fiel dann über die Uferkante in den Fluß. Ich wandte mich um und rannte, wie von Höllenhunden gejagt, los. Als ich am Hotel ankam, war der Bus bereits abgefahren.

Eine Stunde später hatte ich besagte Kneipe gefunden. Mittlerweile war es stockdunkel. Die Kneipe, wie zu dieser frühen Abendstunde nicht anders zu erwarten, war leer. Hinter der Theke stand ein alter, schurkenhaft wirkender Mann mit grauem Haar und einer Narbe, die seine linke Wange durchschnitt und bis zu einer leeren Augenhöhle reichte. Ich bestellte einen Klaren.

»Hören Sie«, sagte ich auf englisch, »meine Unterbringung ist unzulänglich, und deshalb will ich sofort abreisen.«

Das Ganze schien völlig absurd zu sein, aber zu meiner Überraschung nickte er und erwiderte auf englisch: »Okay, setzen Sie sich ans Fenster. Heute abend gibt's Eintopf. Ich bringe Ihnen eine Portion. Wenn es Zeit ist, zu gehen, sage ich Ihnen Bescheid.«

Ich aß den Eintopf, kippte noch ein paar Schnäpse runter, und dann tauchte der Mann plötzlich auf, um das Geschirr abzuräumen. Mittlerweile war eine Handvoll anderer Gäste eingetrudelt.

»Überqueren Sie die Straße zum Kai, zu den Kränen am Fluß. Schwarzer Volkswagen. Das Essen kostet nichts, gehen Sie nur rüber.«

Ich tat, wie mir geheißen, überquerte im Regen die Straße und fand tatsächlich den Volkswagen. Irgendwie war ich nicht einmal sonderlich überrascht, Konrad Strasser am Steuer vorzufinden.

»Fahren wir«, sagte er.

Ich stieg ein. »Und was soll das jetzt, Sonderbehandlung?«

»Habe beschlossen, selbst zu kommen. Wie war noch mal dein Kontostand an der Grenze? Zwei Russen? Tja, inzwischen scheinst du ja ein echter Meisterschütze zu sein. Ein Agent der Stasi ist heute abend in der Spree gelandet.«

»Er hat mir keine Wahl gelassen«, sagte ich.

»Das denke ich mir.«

Wir durchfuhren ein Gewirr von Gassen und Straßen.

»Daß du persönlich kommst, war das so geplant?« fragte ich.

»Eigentlich nicht.«

»Ziemlich riskant, würde man meinen.«

»Tja nun, du gehörst ja praktisch zur Familie. Betrachte das Ganze doch irgendwie als eine Familienangelegenheit. Du, die Grenze, dein Onkel, ich, der alte Gestapo-Mann. Manchmal haben wir noch die Wahl. Wie ich heute abend, und deshalb bin ich hier und hole dich. Egal, wir kehren jetzt durch einen Seitenstraßen-Grenzübergang zurück. Ich kenne den diensthabenden Feldwebel. Leg dich einfach hin, und tu so, als ob du schläfst.« Er reichte mir einen Flachmann. »Cognac. Schütte den über dich.«

Kurz darauf regnete es Bindfäden, und wir fuhren durch eine Gegend, in der jedes einzelne Haus zerstört war, ein Niemandsland, das durch Stacheldrahtzäune vom Westen abgeschirmt war. Die Berliner Mauer war in jenen Tagen natürlich noch nicht gebaut worden. Wir kamen an einen rot-weißen Schlagbaum, wo zwei Vopos in Regenmänteln der Wehrmacht und mit umgehängten Gewehren standen. Ich lehnte mich zurück und schloß die Augen.

Konrad hielt an, und einer der Männer, wohl der erwähnte Feldwebel, trat vor. »So schnell schon wieder da, Konrad?« sagte er. »Wer ist denn das da?«

»Ein irischer Verwandter von mir.« Konrad hielt ihm meinen irischen Paß hin. »Sternhagelvoll.« Der Duft guten Cognacs sollte Beweis genug sein. »Ich habe die amerikanischen Zigaretten, die du wolltest. Marlboros. Konnte leider nur fünf Stangen besorgen.«

»O watte!« sagte der Feldwebel, schleuderte den Paß regelrecht ins Auto und nahm Konrad die Zigaretten ab. »Kannst mich mal wieder beehren.«

Der Schlagbaum wurde hochgehoben, und wir tauchten in die grellen Lichter West-Berlins ein.

In der Wohnung meines Onkels schenkte Konrad sich einen Whisky ein und hielt mir die geöffnete Hand entgegen. »Gib mir bitte den Umschlag.«

Ich tat, wie mir geheißen. »Was ist eigentlich da drin?«

»Sollte dich nichts angehen.«

Ich war drauf und dran, mich beleidigt zu fühlen und meiner Empörung Luft zu verschaffen, sagte mir dann aber, daß er recht hatte.

»Paß auf«, sagte ich. »Da ist etwas, was ich dich schon die ganze Zeit fragen wollte. Du hast gesagt, ich sei Bote des SAS. Mir wurde der Job von einem Major Wilson erteilt, aber durch irgendeinen seltsamen Zufall scheinst du mit von der Partie zu sein. Wie kommt das?«

»Es ist eben kein Zufall – denk doch mal nach! Müßte sich doch für dich wie ein Puzzlespiel zusammenfügen. Na ja, vielleicht sollte ich dich mal kurz über ein paar Tatsachen aufklären. Der 21. SAS besteht aus Wochenendsoldaten, vom Anwalt bis zum Taxifahrer und fast allem, was dazwischen liegt. Verdammt großes Fremdsprachenspektrum. Das 22. Regiment, die Berufstruppe, verbringt ihre Zeit damit, in Malaysia auf Chinesen und in Oman auf Araber zu schießen und solche Sachen. Beim 21. handelt es sich um Leute, die gelegentlich zu irgendwelchen komischen Jobs eingesetzt werden, wie du zum Beispiel. Du wolltest nach Berlin fahren, und die haben Wind davon bekommen. Du warst eben gerade nützlich.«

»Und entbehrlich?«

»Genau, und welch glücklicher Zufall, daß ich da noch als Familienmitglied im Hintergrund lauerte.«

»Du hast mir wahrscheinlich das Leben gerettet.«

»Oh, du hast dich ganz gut geschlagen, finde ich.« Er lachte. »In ein paar Tagen wirst du wieder auf deinem geliebten Tanzabend sein und Mädchen aufgabeln, und keine von denen wird eine Ahnung davon haben, was du alles durchgemacht hast.«

»Das ist dann also alles?« sagte ich. »Ich fahre einfach zurück?«

»Ja, so ungefähr kann man das sagen. Wilson wird höchst erfreut sein.« Er trank seinen Scotch aus. »Aber tu mir bitte einen Gefallen. Komm nicht wieder nach Berlin. Das nächste Mal werden die auf dich warten.«

Er ging zur Tür und öffnete sie.

»Wird es ein nächstes Mal geben?« sagte ich.

»Wie gesagt, das 21. setzt seine Leute in bestimmten Situationen ein, da, wo sie gerade passen. Wer weiß?« Er nahm für einen Moment einen ernsten Gesichtausdruck an. »Man hat dich abgelehnt, aber nur was den Glamourteil der Arbeit angeht. Die Uniform, das Barett, das Abzeichen, auf dem *Wer wagt, gewinnt* steht.«

»Und die werden mich nie in Ruhe lassen?«

»Ich fürchte, nein. Paß auf dich auf«, und damit verschwand er.

Er lag mit seiner Einschätzung ziemlich richtig. Ich machte eine wenig erbauliche Zeit durch, durchlief dann eine Reihe von Jobs, ging aufs College, dann auf die Universität, heiratete, schlug eine erfolgreiche Laufbahn als Lehrer ein, dann eine ebenso erfolgreiche als Schriftsteller. Erst als zu Beginn der siebziger Jahre die Unruhen in Ulster aufflammten, hörte ich wieder von Wilson, nachdem ich einen erfolgreichen Roman über die dortige Lage verfaßt hatte. Er war inzwischen zum Colonel avanciert, der Uniform nach zu urteilen, in der ich ihn antraf, augenscheinlich bei den Royal Engineers, dem Pionierkorps, obwohl ich da so meine Zweifel hegte.

Wir saßen in der Bar eines exklusiven Hotels außerhalb von Leeds, und er brachte mit einem Glas Champagner in der Hand einen Toast auf meinen Erfolg aus: »Sie haben sich großartig gemacht, alter Knabe. Großartiges Buch, und so lebensnah.«

»Freut mich, daß es Ihnen gefallen hat.«

»Nicht wie das Zeug, das von Fernsehreportern und dergleichen geschrieben wird. Das ist alles oberflächlich. Sie dagegen – also, Sie verstehen die Iren wirklich, aber wie könnte es auch anders sein. Zwar ein Protestantenschwein, aber immerhin mit katholischen Verbindungen. Sehr hilfreich das Ganze.«

Ich hatte so was wie ein Déjà-vu-Erlebnis, Berlin zum zweiten.

»Was wollen Sie jetzt wieder von mir?« fragte ich zögerlich.

»Nichts Besonderes. Sie werden sich doch nächste Woche in Dublin zeigen, Büchersignierungen, Fernsehen?«

»Und?«

»Es wäre sehr hilfreich, wenn Sie dort ein paar Leute für uns treffen könnten.«

»Vor beinahe zwanzig Jahren habe ich mich für Sie mit jemanden in Berlin getroffen«, sagte ich, »und ich hätte mir beinahe eine Kugel in den Kopf eingehandelt.«

»Dazu gibt es eine andere Version. Wenn ich mich recht erinnere, war es der andere Knabe, der sich die Kugel einfing.« Er lächelte. »Interessante Sache. Hat Ihnen nie irgendwelche Gewissensbisse bereitet, ebensowenig wie die Russen.«

»Die hätten mir Schlimmeres angetan«, sagte ich. »Hätten nicht Soldat werden sollen.« Ich nahm eine Zigarette heraus und zündete sie an. »Was soll ich denn tun, den Auftritt von damals wiederholen, nur diesmal an der Liffey anstatt der Spree?«

»Ganz und gar nicht. Keine Handgreiflichkeiten. Vermitteln, das ist Ihre Stärke, mein Guter. Einfach nur mit ein paar Leuten sprechen, das ist alles.«

Ich dachte darüber nach, und konnte nicht umhin zu bemerken, wie mich ein gewisses Gefühl der Erregung packte.

»Sie haben vergessen, daß ich meine zehn Jahre in der Reserve längst abgedient habe.«

»Natürlich haben Sie das, aber Sie haben auch den Official Secrets Act unterschrieben, als Sie in das 21. eingetreten sind.«

»Das mich hinausgeworfen hat.«

»Ja, nun, wie ich Ihnen bereits vor langer Zeit gesagt habe, liegt der Fall komplizierter.«

»Sie meinen, einmal dabei, immer dabei?« Ich drückte meine Zigarette aus. »Das hab ich von Konrad, damals in Berlin. Wie geht's ihm eigentlich? Hab bereits seit einiger Zeit nichts mehr von ihm gehört.«

»Gut«, sagte er. »Ist sehr aktiv. Also, dann darf ich also auf Ihre Mitarbeit zählen?«

»Mir bleibt ja wohl kaum etwas anderes übrig, oder?«

Er trank sein Glas Champagner aus. »Kein Grund zur Sorge. Die Sache wird ein Kinderspiel.«

Keine Handgreiflichkeiten? Ein Kinderspiel? Insgesamt fünf Reisen waren's dann für diesen Mistkerl, Bomben, mit Glasscherben übersäte Straßen, viel zu viele schlimme Samstagnächte in Belfast, bis zu jenem ereignisreichen Tag, an dem Männer mit Pistolen in der Hosentasche mich zum Flughafen geleiteten und mir nahelegten, lieber nicht zurückzukommen. Was ich auch nicht tat, mehrere Jahre lang nicht, und interessanterweise sollte ich auch von Wilson nichts mehr hören – obwohl, in gewisser Weise hörte ich doch von ihm, und zwar auf der Seite mit den Todesanzeigen im *Daily Telegraph.* Er starrte mich vom Foto aus an, nur daß er jetzt Brigadegeneral war, nicht mehr Colonel, und sein Name war nicht Wilson ...

Während ich so im Hanged Man auf dem kleinen Balkon des Schlafzimmers stand, brach über die Küste von Cornwall ein nebliges Morgengrauen herein. Eine lange Nacht der Erinnerungen. Meine Frau schlief noch, als ich mich geräuschlos anzog und nach unten in den Schankraum ging. Sie hatte natürlich recht gehabt. Es waren meine deutschen Kontakte, die mir in dieser Sache weiterhelfen würden, und Konrad Strasser gehörte dazu. Ich hatte seit einigen Jahren keinen Kontakt mehr zu ihm gehabt. Nach dem Tod meines Onkels, und dem meiner deutschen Tante, war die Verbindung etwas abgerissen, aber ich hatte noch seine Adresse auf meiner sogenannten Liste der Unentbehrlichkeiten, die ich immer in meiner Brieftasche mit mir trug. Etwas feucht inzwischen, aber durchaus noch lesbar. Ich holte sie heraus, und im selben Moment öffnete sich die Küchentür und Zec Acland lugte herein.

»Sie sind aber früh auf.«

»Könnte das gleiche sagen.«

»In meinem Alter braucht man nicht mehr viel Schlaf. Hab gerade eine Kanne Tee gemacht.«

»Komme gleich. Ich würde gern erst jemanden anrufen. In Hamburg. Keine Sorge, ich setze es auf die Rechnung.«

»Hamburg. Interessant. Da ist es auch noch früh.«

Acland ging wieder in die Küche. Ich setzte mich auf einen Hocker an der Bar, nahm mir meine Liste vor und wählte die Nummer von Konrad. Während das Freizeichen ertönte, mußte ich daran denken, daß Konrad Jahrgang 1920 war, also mittlerweile siebenundsiebzig Jahre alt. Seine Frau war verstorben, soviel wußte ich. Seine Tochter lebte in Australien.

Jemand nahm den Hörer ab und sagte mit schroffer Stimme auf deutsch: »Wer zum Teufel ist da?«

»Dein irischer Verwandter. Wie ist das Wetter in Hamburg?« sagte ich auf englisch.

Er wohnte am Elbufer in Blankenese. »Nebel überm Fluß, ein paar ausfahrende Boote.« Er lachte, nannte mich *Junge,* so wie immer. »Schön, von dir zu hören, Junge. Du kommst mir doch wohl nicht wieder mit diesem verdammten irischen Unfug.«

»Absolut nicht. Ich bin inzwischen auch älter geworden, vergiß das nicht.«

»Tue ich nicht, tue ich nicht, und ich werde auch nie vergessen, wie du damals, als du deine Frau kennengelernt hast, gesagt hast, daß sie fünfundzwanzig Jahre jünger ist als du. Ich habe euch damals ein Jahr gegeben.«

»Das ist nun auch schon fünfzehn Jahre her.«

»Na, siehst du, selbst ein alter Gestapo-Mann hat nicht immer recht.«

Er wurde von einem schlimmen Hustenanfall gepackt. Ich wartete, bis es vorbei war, und sagte dann: »Geht's dir gut?«

»Natürlich. Wir Deutschen sind doch aus Blut und Eisen. Ist deine Frau immer noch so ein Prachtweib? Formel eins, Tiefseetauchen, Sportfliegen?«

»Gerade erst gestern hat sie sich wieder von ihrer besten Seite gezeigt«, sagte ich. »Hat uns das Leben gerettet.«

»Erzähl mal!«

Was ich dann auch tat.

Als ich damit fertig war, sagte er: »Mein Gott, was für eine Frau.«

»Klingt noch wie eine Untertreibung. Sie kann einen aber auch ganz schön in Rage bringen, kann ich dir sagen.«

»Und sonst?«

»Ein Juwel.«

Er hustete wieder und sagte schließlich: »Was liegt also an? Einfach nur ein Anruf aus heiterem Himmel im Morgengrauen?«

»Ich brauche deine fachkundige Hilfe. Mir ist zufällig eine erstaunliche Geschichte zu Ohren gekommen. Es geht um zwei Brüder, Zwillinge, Jahrgang 1918, Harry und Max Kelso. Vater Amerikaner, Mutter Baronin Elsa von Halder.«

Er brummte. »Preußischer Adel, die von Halder.«

»Die Zwillinge wurden in jungen Jahren getrennt. Der eine, Harry, blieb in den Staaten bei seinem begüterten Großvater, der die Baronin mit dem nötigen Kapital versorgt hat, um neunzehn-dreißig mit Max nach Deutschland zurückzukehren, nachdem ihr Mann bei einem Autounfall ums Leben gekommen war. Max, der als erster auf die Welt kam, war automatisch Baron von Halder.«

»Hab den Namen irgendwo schon mal gehört.«

»Bestimmt. Der Schwarze Baron, ein Fliegeras der Luftwaffe. Sein Bruder Harry war ebenfalls Kampfpilot. Er flog erst für die Finnen gegen die Russen und war dann als Ami in der RAF. Luftschlacht um England, die ganze Chose. Mehr Auszeichnungen, als man sich an die Brust hängen kann.«

Es folgte Schweigen, dann: »Tolle Geschichte. Aber warum ist das nicht zu einer allbekannten Legende aus dem Zweiten Weltkrieg geworden?«

»Weil es aus irgendeinem Grund Verschlußsache ist.«

»Nach all den Jahren?«

»Ich habe mich da mit jemandem unterhalten, älteres Semester, achtundachtzig Jahre alt, dem so was mittlerweile ziemlich schnuppe ist und der mich also mit jeder Menge Fakten versorgt hat. Die deutsche Seite fehlt mir jedoch fast gänzlich. Ich dachte, daß ein alter Gestapo-Mann vielleicht Zugang zu Verschlußsachen hat. Wenn's nicht geht, habe ich natürlich Verständnis.«

»Was soll das heißen, wenn's nicht geht?« Er hatte wieder einen Hustenanfall. »Die Sache gefällt mir. Ist genau das richtige für mich. Könnte meinem Leben einen neuen Sinn geben, obwohl, nicht daß das noch viel bringt. Meine Zeit ist wohl bald um. Lungenkrebs.«

Gott, das zu hören schmerzte, denn er war ein Mensch, den ich wirklich ins Herz geschlossen hatte. »Konrad, laß es bleiben«, sagte ich.

»Warum sollte ich? Wird mir ein Vergnügen sein. Ich bin alt, ich sterbe, also scheiß ich drauf, ob irgendwas streng geheim ist oder nicht. Ist doch klasse – zum ersten Mal in meiner langen Geheimdienstkarriere wird es mir vergönnt sein, im Dreck zu wühlen und zu sagen, ihr könnt mich mal alle. Du tust mir damit einen Riesengefallen. Jetzt gehen wir mal die paar wenigen Fakten durch, was immer du auch über den Schwarzen Baron weißt, und dann werd ich mich gleich dahinterklemmen.«

Wenig später lockte mich der Duft gebratenen Specks in die Küche. Zec richtete gerade belegte Brote her. Ich setzte mich an den Tisch, trank Tee, der so stark war, daß der Löffel darin beinahe aufrecht stand, aß von den Sandwiches und fühlte mich wie der glücklichste Mensch auf Gottes Erden.

»Telefongespräch gut gelaufen?« fragte er.

»O ja«, sagte ich. »War ein Verwandter von mir. Falls irgend jemand es schafft, die deutsche Version in Sachen Max Kelso herauszubekommen, dann er.«

»Sie scheinen sich da ziemlich sicher zu sein.«

»Ja, bin ich mir auch. Er hat übrigens viel Ähnlichkeit mit Ihnen, Zec. Ist siebenundsiebzig, läßt sich nichts mehr vormachen, hat die richtigen Verbindungen.« Ich goß mir Tee nach. »Er war während des Krieges bei der Gestapo.«

Zec wäre vor Lachen beinahe vom Stuhl gefallen. »Gütiger Gott.«

»Sie haben mir alles erzählt, was Sie wissen?« sagte ich.

»Natürlich nicht. Schauen wir erstmal, was Sie in Erfahrung bringen können, und dann werden wir ja sehen, was noch fehlt.« Er stand auf. »Muß die Bierfässer überprüfen. Bis später.«

Nach dem Frühstück machte ich einen Spaziergang zum Ende der Mole, zündete mir eine Zigarette an, starrte in den Nebel hinaus und ließ mir noch einmal alles durch den Kopf gehen. Zehn Minuten später tauchte Denise auf, die einen riesigen Pullover anhatte und Jeans trug, die ganz offensichtlich für einen Mann gedacht waren. Sie hatte zwei große Tassen Tee dabei.

»Hab mir gedacht, daß du vielleicht etwas Warmes möchtest. Ich habe beim Flugverein in Goodwood angerufen. Bernie Smith fliegt her, um uns abzuholen.«

»Gut zu wissen.« Ich nahm einen Schluck und legte ihr den Arm um die Hüfte. »Danke!«

»Schlecht geschlafen?«

»Meine alten Verbindungen nach Deutschland. Dinge, von denen ich dir nie erzählt habe. Der Eiserne Vorhang vor langer, langer Zeit. Irland, die Unruhen. Ist mir alles im Kopf rumgespukt.« Ich zögerte. »Du hast doch gestern diesen Verwandten von mir aus Hamburg erwähnt, den, der bei der Gestapo war.«

»Und?«

»Hab ihn heute früh angerufen. Er ist immer noch in Hamburg. Er hat genau die Art von Vergangenheit, die ihm Zugang zu den einschlägigen Sachen verschafft.«

»War er bereit, dir zu helfen?«

Ich stieß einen tiefen Seufzer aus. »Hat sich riesig gefreut. Wie sich herausgestellt hat, leidet er an Lungenkrebs. Er hat gemeint, daß die Aufgabe seinem Leben einen neuen Sinn verleiht, wenn auch nicht für lange, so wie's aussieht.«

Sie drückte mich fest an sich. »Ist bestimmt hart für dich.«

Hart für *mich*? »Komm, wir gehen zurück ins Pub«, sagte ich. »Du brauchst jetzt ein Frühstück. Konrad wird schon was in Erfahrung bringen. Heiße Sache, die Gestapo.«

Er erfüllte seine Aufgabe natürlich hervorragend. Sechs Monate später starb er. Hier nun also das, was er herausgefunden hat, zusammen mit dem, was Zec zu berichten wußte, dazu die Ergebnisse von Recherchen, die ich selbst angestellt habe: die wahre und bemerkenswerte Geschichte der Kelso-Brüder.

DER ANFANG
1917

3

August 1917. Zehntausend Fuß über der französischen Front war Jack Kelso wunschlos glücklich. Er war zweiundzwanzig Jahre alt, und als Sproß einer der vornehmsten und reichsten Bostoner Familien hätte er dieses Jahr auf Harvard seinen Abschluß hinlegen können. Statt dessen tat er seit zwei Jahren Dienst im British Royal Flying Corps.

Er flog eine Bristol, eines der großartigsten Jagdflugzeuge des Krieges, ein Zweisitzer mit Bordschütze im Heck. Kelsos Feldwebel hatte in einem Luftkampf am Tag zuvor ein Schrapnell abbekommen und war ins Feldlazarett eingeliefert worden, und Kelso, ein Fliegeras mit Militärverdienstkreuz und fünfzehn Abschüssen auf seinem Konto, war unerlaubterweise allein losgeflogen. Nun, nicht ganz allein, denn auf dem Boden seines Cockpits saß ein Teddybär namens Tarquin, in Ledermütze und Fliegerjacke.

Kelso tätschelte den Bärenkopf. »Braver Junge«, sagte er. »Laß mich nicht im Stich.«

Zu jener Zeit waren Fallschirme verboten, da man im britischen Kriegsministerium der Ansicht war, daß diese Dinger die Piloten zu Feiglingen machten. Jack Kelso, ein Realist und wohlhabender junger Mann, saß gerade auf dem neuesten Modell, das sein persönliches Eigentum war.

Auch in anderen Dingen war er Realist: Man mußte immer auf Attacken aus dem Sonnenlicht gefaßt sein. Niemals ohne Begleitung unter zehntausend Fuß fliegen.

Der große von Richthofen hatte einmal an einem einzigen Tag vier Bristols abgeschossen, und dafür gab es Gründe. Der Pilot hatte vorn ein festmontiertes Maschinengewehr, ein Vickers. Der Bordschütze war mit zwei abnehmbaren MGs ausgerüstet, was letztlich bedeutete, daß der Mann im Heck das Schießen erledigte. Nach einer Reihe von Unglücksfällen waren es Piloten wie Kelso, die entdeckten, daß das Flugzeug von hervorragender Manövrierfähigkeit war und als Einsitzer geflogen werden konnte.

Das Wetter an jenem Morgen war schlecht, Wind, Regen und dicke Sturmwolken, und in dem Lärm und dem Durcheinander merkte Kelso nicht einmal, welcher Flugzeugtyp es war, der seiner Glückssträhne ein Ende bereitete. Wie aus dem Nichts tauchte Motorengeheul auf, ein Schatten auf der Backbordseite, und dann bohrte sich eine Kugel in sein linkes Bein. Sofort suchte er Sicherheit in der dichten Wolkendecke unter ihm.

Er kehrte hinter die britischen Linien zurück, ging auf siebentausend, dann auf fünftausend Fuß hinunter, als er plötzlich den Brandgeruch bemerkte. Er schaffte es auf dreitausend Fuß niederzugehen. Sein Motor stand in Flammen. Er erhaschte noch kurz einen Blick auf die Schützengräben unter ihm, die Schlachtfelder von Flandern. Dann war es an der Zeit. Er löste den Sitzgurt, schnappte sich Tarquin und stopfte ihn sich unter die schwere Lederjacke. Dann rollte er die Maschine um die eigene Achse und ließ sich herausfallen. Er fiel dreihundert Meter tief, zog die Reißleine und schwebte weiter hinab.

Er landete in einem halb voll Wasser stehenden Granatenkrater, war sich allerdings nicht sicher, ob er sich nun auf der englischen oder der deutschen Seite der Schützengräben befand. Aber er hatte Glück. Ein schlammverschmierter Spähtrupp in Khaki-Montur war in Minutenschnelle zu ihm vorgedrungen, die Gewehre im Anschlag.

»Nicht schießen. Ich gehöre zum Fliegerkorps«, rief Kelso.

In der Nähe ertönte das Trommeln einer Maschinengewehrsalve. Während zwei Soldaten Kelso vom Fallschirm befreiten, zündete ein Sergeant eine Zigarette an und steckte sie ihm zwischen die Lippen.

»Komischer Akzent, den Sie da haben, Captain«, sagte er in blühendem Cockney.

»Amerikaner«, antwortete Kelso.

»Na ja, habt euch ganz schön Zeit gelassen«, sagte der Sergeant. »Wir warten bereits seit neunzehn-vierzehn auf euch.«

Das Feldlazarett war in einem alten französischen Schloß inmitten einer herrschaftlichen Parklandschaft untergebracht. Die Reise aus dem Kriegsgebiet war gefährlich gewesen, und Jack Kelso war dank des Morphiums, das ihm von dem Infanteriespähtrupp verabreicht worden war, in Bewußtlosigkeit gesunken. Er wachte in einer Phantasiewelt auf: ein kleines Zimmer, weiße Bettwäsche, Flügeltüren, die auf eine Terrasse hinausführten. Er versuchte sich aufzusetzen, stieß einen Schmerzensschrei aus, zog die Bettdecke beiseite und sah den dicken Verband. Die Tür ging auf und eine junge Krankenschwester in Rotkreuzuniform trat ein. Sie war blond, hatte ein markantes Gesicht, grüne Augen und war schätzungsweise Anfang zwanzig. Sie war das schönste menschliche Wesen, das Jack Kelso jemals erblickt hatte. Für ihn war es Liebe auf den ersten Blick.

»Nein, legen Sie sich hin«, sagte sie, drückte ihn in die Kissen zurück und richtete ihm Bett und Bettdecke wieder her.

Ein Oberst mit den Abzeichen der Sanitätstruppe trat ins Zimmer.

»Gibt's irgendwelche Probleme, Baronin?«

»Eigentlich nicht. Er ist nur verwirrt.«

»So geht's aber nicht«, sagte der Oberst. »Haben gerade erst eine ziemlich große Kugel aus Ihrem Bein entfernt, mein Junge, also schön brav sein. Noch eine Dosis Morphium wäre wohl angebracht.«

Er ging hinaus. Die Krankenschwester zog eine Spritze auf und griff nach Kelsos rechtem Arm. »Ihr Akzent«, sagte er. »Sie sind Deutsche, und der Mann hat Sie gerade mit Baronin angeredet.«

»Ist sehr praktisch, wenn ich mit Piloten der deutschen Luftwaffe zu tun habe.«

Als sie gehen wollte, griff er nach ihrer Hand. »Mir ist egal, wer Sie sind, solange Sie mir versprechen, nur mich zu heiraten, Baronin, und niemand anders«, sagte er benommen. »Wo ist Tarquin?«

»Ist das etwa der Bär?« fragte sie.

»Das ist kein gewöhnlicher Bär. Ich habe bisher fünfzehn Flugzeuge abgeschossen, und Tarquin war immer dabei. Er bringt mir Glück.«

»Nun, da ist er jedenfalls, dort auf der Kommode.«

Tatsächlich. Jack Kelso schaffte es, den Bären einen Moment lang genau ins Visier zu fassen. »Hallo, alter Kumpel«, rief er ihm zu und sank dann wieder in Schlaf.

Baronin Elsa von Halder hatte in Paris festgesessen, als der Krieg ausbrach. Sie stammte aus einem vornehmen, alten preußischen Adelsgeschlecht – das völlig mittellos war und dessen Herrenhaus zusehends verfiel – und war jetzt zweiundzwanzig Jahre alt. Ihr Vater, ein General der Infanterie, hatte an der Somme sein Leben verloren. Im Laufe der nächsten Tage schilderte Kelso ihr in allen Einzelheiten sein privilegiertes Leben in den Staaten, und sie entdeckten, daß sie etwas gemeinsam hatten: Beide hatten 1916 ihre Mutter verloren, in beiden Fällen durch Krebs.

Drei Wochen nach seiner Einlieferung ins Lazarett, während er in einem Liegestuhl auf der Terrasse saß und auf den Rasen mit den vielen verwundeten Offizieren hinausblickte, die sich dort in der Sonne erholten, sah Kelso, wie sie auf ihn zukam und hier und dort ein paar Worte wechselte. Sie hatte ein Paket dabei, das sie ihm schließlich entgegenhielt.

»Feldpost.«

»Öffnen Sie's für mich«, sagte er, was sie dann auch tat.

Es war ein ledernes Kästchen mit Brief. »Also, Jack, es ist vom Hauptquartier. Sie sind mit dem Kriegsverdienstkreuz ausgezeichnet worden.« Sie nahm es heraus und hielt es hoch. »Freut Sie das nicht?«

»Doch, doch. Aber ich habe bereits einen Orden«, sagte er. »Nur Sie habe ich nicht.« Er nahm ihre Hand. »Heiraten Sie mich, Elsa. Sie wissen genau, daß ich nicht lockerlassen werde, bis Sie mir Ihr Jawort gegeben haben.«

Irgendwann willigte sie dann ein, hatte aber noch gewisse Bedenken. »Was ist mit deinem Vater. Solltest du nicht zuerst mit ihm sprechen?«

»Ach, ein Brief in die Staaten und zurück würde zu lange dauern. Außerdem ist einer der vielen Vorzüge meines Vaters, daß er ein Snob ist. Er wird ganz hingerissen von dir sein, wie überhaupt die ganze Bostoner Gesellschaft. Wir wollen keine Zeit verlieren. Es gibt hier im Ort einen Geistlichen. Er kann uns jederzeit seinen Segen geben.«

»O Jack, du bist richtig verrückt.«

»Deutschland wird den Krieg verlieren, Elsa. Dich erwartet dort nichts außer ein verfallendes Gut und völlige Mittellosigkeit. Ich werde mich um dich kümmern, das verspreche ich.« Er nahm ihre Hand. »Komm, es wird schön werden. Vertraue mir.«

Sie verlobten sich also, und zwei Tage später heirateten sie. Letztlich behielt er recht: Sie hatte tatsächlich vor dem Nichts gestanden.

Die Flitterwochen in Paris verliefen harmonisch, nicht die größte Liebesromanze aller Zeiten, aber er war sich ja immer bewußt, daß sie ihn nicht aus Liebe geheiratet hatte. Seine Verwundung hatte ihm ein stark hinkendes Bein beschert, das der Behandlung bedurfte, und sie ließ sich an ein Rotkreuzlazarett in Paris versetzen. Es dauerte nicht lange, da war sie bereits schwanger. Kelso bestand darauf, daß sie in die Staaten ging.

»Unser Kind muß zu Hause zur Welt kommen. Darüber lasse ich nicht mir mir reden.«

»Du könntest doch mitkommen, Jack. Dein Bein bereitet dir immer noch Probleme, und ich habe Colonel Carstairs gefragt. Er hat gesagt, daß man dich vom Dienst befreien wird, wenn du darum bittest.«

»Du hast *was* getan? Elsa, tu so was bitte nie wieder.« Einen Moment lang wirkte er wie völlig verwandelt, und der Krieger, der fünfzehn deutsche Kampfflugzeuge abgeschossen hatte, kam zum Vorschein ... Aber dann lächelte er und war wieder der schneidige Jack Kelso. »Der Krieg muß immer noch gewonnen werden, meine Liebste, aber jetzt, wo Amerika eingetreten ist, wird es nicht mehr lange dauern. Dir wird es dort drüben gutgehen. Und mein alter Herr wird von dir hellauf begeistert sein.«

Sie folgte also seinem Wunsch und schiffte sich nach Amerika ein, wo Abe Kelso sie tatsächlich mit großer Begeisterung empfing. Ihr Debüt in der Gesellschaft verlief höchst erfolgreich, und nichts war zu gut für sie, insbesondere nachdem sie niedergekommen war und Zwillinge zur Welt gebracht hatte. Den Erstgeborenen nannte sie Max, nach ihrem Vater; den zweiten Harry, nach Abes Vater.

Jack Kelso erreichte die Nachricht via Telegraph an der westlichen Front. Er hatte sich entschieden, im Fliegerkorps zu verbleiben, statt zu den Amerikanern zu wechseln. Er war inzwischen zum Oberstleutnant befördert worden, einer der wenigen alten Hasen, die noch dabei waren, denn die Verluste auf beiden Seiten waren im, wie sich herausstellen sollte, letzten Jahr des Krieges geradezu verheerend gewesen. Und dann, plötzlich, war alles vorbei.

Jack Kelso, dürr, abgehärmt und frühzeitig gealtert, stand, kurz nachdem er in Boston angekommen war, in Uniform im Schlafzimmer der Jungen und sah ihnen beim Schlafen zu. Elsa lehnte ein wenig verängstigt am Türrahmen und sah einen Fremden vor sich.

»Großartig«, sagte er. »Sie sehen großartig aus. Gehen wir runter.«

Abe Kelso stand in dem prächtigen Salon am Kamin. Er war größer als Jack, sein Haar dunkler, hatte aber die gleichen Gesichtszüge.

»Mein Gott, Jack.« Er nahm zwei Gläser Champagner und reichte sie den beiden. »Ich habe noch nie so viele Orden auf einem Haufen gesehen.«

»Jede Menge Blech.« Sein Sohn trank den Champagner in einem Zug aus.

»War das vergangene Jahr schlimm?« fragte Abe, während er Jack nachschenkte.

»Ziemlich, obwohl ich es vermeiden konnte, abgeschossen zu werden. Alle hat's erwischt, nur mich nicht.« Jack Kelsos Lächeln war beängstigend.

»So was sagt man nicht«, rügte ihn seine Frau.

»Stimmt aber.« Er zündete sich eine Zigarette an. »Die Jungen haben ja ganz blondes Haar. Beinahe weiß.« Er blies Rauch aus.

»Sie sind schließlich zur Hälfte Deutsche.«

»Nicht ihre Schuld«, sagte er. »Übrigens, wollt ihr meine persönliche Abschußquote wissen? Sie lag zuletzt bei achtundvierzig.«

Da merkte sie, wie zerrüttet er war, aber es war Abe, der mit gezwungener Fröhlichkeit sagte: »Tja, also, Jack, was hast du denn nun vor? Wieder zurück nach Harvard und deinen Juraabschluß machen? Du könntest danach in die Firma eintreten.«

»Du machst wohl Witze. Ich bin dreiundzwanzig, und wenn du die Zeit betrachtest, in der ich mit dem MG auf die Schützengräben gefeuert habe, dann siehst du, daß ich Hunderte von Männern auf dem Gewissen habe. Harvard kommt für mich nicht mehr in Frage, die Firma ebensowenig. Ich habe ja das Treuhandvermögen, das Mutter mir vererbt hat. Das sollte reichen, damit ich mich dem Vergnügen hingeben kann.« Er trank sein zweites Glas aus. »Entschuldigt mich, ich muß auf die Toilette.«

Er humpelte hinaus. Abe Kelso schenkte Elsa noch einen Schluck Champagner nach. »Tja, meine Liebe, er hat sehr viel durchgemacht. Wir sollten also Rücksicht mit ihm üben.«

»Entschuldige ihn nicht auch noch.« Sie setzte ihr Glas ab. »Das ist nicht mehr der Mann, den ich geheiratet habe. Er fühlt sich immer noch in diesen gottverlassenen Schützengräben. Er ist da niemals herausgekommen.«

Was der Wahrheit recht nahekam, denn in den folgenden Jahren verhielt sich Jack, als wäre es ihm egal, ob er lebte oder starb. Er war berühmt-berüchtigt für seine Erfolge auf Autorennstrecken. Er flog weiterhin und legte im Laufe der Zeit drei Bruchlandungen hin. Während der Prohibitionszeit schmuggelte er sogar Alkohol auf seiner Motorjacht, und er trank auch stark, wobei er Unmengen vertrug.

Zu seinen Gunsten muß jedoch angemerkt werden, daß er seine Frau stets mit ausgesuchter Höflichkeit behandelte. Elsa ihrerseits spielte die gute Ehefrau, die elegante Gastgeberin, die liebende Mutter. Für Max und Harry war sie eine wahre *Mutti*, die ihnen Französisch und Deutsch beibrachte, und sie liebten sie heiß und innig. Und doch war ihre Zuneigung zu ihrem trinkenden Vater, dem Kriegshelden, noch größer.

Es gelang ihm, ein Bristol-Kampfflugzeug zu erwerben, das er sich in einem kleinen Flugverein außerhalb von Boston hielt. Der Verein gehörte Rocky Farson, einem alten Fliegeras noch aus RFC-Tagen. Die Jungen waren erst zehn Jahre alt, als Jack sie zum ersten Mal auf dem hinteren Cockpit festgurtete und auf einen Rundflug mitnahm. Ihr ganz besonderes Geburtstagsgeschenk, wie er sich ausdrückte. Die Jungen waren vollauf begeistert, aber Elsa drohte damit, ihn zu verlassen, wenn er dies noch einmal täte.

Abe spielte wie gewöhnlich den Vermittler. Er war auf ihrer Seite, da Jack beim Flug betrunken gewesen war, aber Jack war finanziell unabhängig, und es gab keine Möglichkeit, ihn kurz zu halten.

Es folgten die Jahre 1928 und 1929. Elsa, enttäuscht von ihrer Ehe wie auch von Amerika, besaß nichts als ihre aufrichtige Freundschaft zu Abe und die Liebe zu ihren Kindern, um den ehelichen Belastungsproben standzuhalten. Die Zwillinge glichen einander natürlich wie ein Ei dem anderen: das strohblonde Haar und die grünen Augen, die hohen, typisch nordischen Wangen, die Stimme und auch so einige Eigenheiten. Es gab keinen einzigen persönlichen Makel oder auch nur ein Muttermal, das die beiden voneinander unterschied. Meistens konnte selbst Elsa sie nicht auseinanderhalten, und Abe konnte das gleich gar nicht. Ständig machten sie sich einen Spaß daraus, die Rollen zu vertauschen und alle auf den Arm zu nehmen. Sie waren unzertrennlich. Das einzige, worüber sie in Streit gerieten, war die Frage, wem Tarquin gehörte. Die Tatsache, daß Max zehn Minuten älter und dem Erbrecht nach also Baron von Halder war, störte sie nicht im geringsten.

Im Sommer 1930 brach ein schweres Unglück über sie herein. Jack Kelso starb bei einem Autounfall in Colorado. Er war mit seinem Bentley von einer Bergstraße abgekommen, wonach der Wagen Feuer gefangen hatte. Seine sterblichen Reste wurden nach Boston überführt, wo Abe, mittlerweile Mitglied des Kongresses, die Beerdigung vornehmen ließ. Die Spitzen der Gesellschaft waren anwesend, sogar der Präsident kam. Die Zwillinge standen in schwarzen Anzügen zu beiden Seiten ihrer Mutter. Sie wirkten seltsam ungerührt, beinahe erstarrt, und irgendwie älter als ihre zwölf Jahre.

Nachdem alle gegangen waren, saß Elsa, in elegantes Schwarz gekleidet, bei geöffneten Terrassentüren im Salon des großen Hauses und nippte an einem Brandy. Abe stand am Kamin.

»Und was nun?« sagte er. »Düstere Aussichten.«

»Nicht für mich«, erwiderte sie. »Ich habe meinen Teil geleistet. Fünf Jahre lang war ich eine gute Ehefrau, Abe, und ich habe mir dabei einiges bieten lassen. Ich will nach Deutschland zurück.«

»Und von was willst du leben? Von Jacks Geld ist kaum noch was übrig. Sein Testament dürfte nicht sehr günstig ausfallen, traurig, aber wahr, Elsa, damit solltest du rechnen.«

»Ja, ich weiß«, sagte sie. »Aber du hast doch Millionen. Mehr, als du brauchst. Du könntest mir helfen, Abe.«

»Ich verstehe.«

»Abe, wir sind immer gute Freunde gewesen. Laß mich nach Hause ziehen. Ich baue das Gut wieder auf und stelle den Familiennamen wieder her.«

»Und nimmst meine Enkel mit?« Er schüttelte den Kopf. »Das wäre mehr, als ich ertragen könnte.«

»Aber sie sind auch meine Söhne, sie gehören zu ihrer Mutter. Und Max – Max ist der Baron von Halder. Du kannst nicht verlangen, daß er das aufgibt, Abe, das wäre nicht recht. Es wäre nicht fair. *Bitte,* Abe, ich flehe dich an.«

Abe Kelso mußte sich einen Moment lang setzen. Über den Salon legte sich ein Gefühl von Trauer und Verlust. Schließlich brach er das Schweigen.

»Ich habe wirklich oft Angst davor gehabt – mich gefragt, was geschehen wird, wenn Max alt genug ist, um den Titel für sich zu beanspruchen. Ob er wegziehen wird, um seine Ansprüche geltend zu machen, und uns alle hier zurückläßt? Ich habe immer darauf gezählt, daß mir wenigstens noch ein paar Jahre blieben, bevor es dazu kommen würde, aber ...« Er unterbrach sich und stieß einen Seufzer aus. »Aber jetzt, wo Jack tot ist und du weg willst, sind sowieso nicht mehr viele von *uns* übrig, hab ich recht?« Er lächelte traurig. »Du hast recht,

Elsa. Max verdient seine Chance. Und du ebenso, dafür daß du all die Jahre tapfer an Jacks Seite ausgeharrt hast. Ich werde dir helfen. Aber unter einer Bedingung.« Und an dieser Stelle wurde seine Stimme fest und unnachgiebig. »Harry bleibt hier. Ich werde nicht beide Enkel aufgeben. In diesem Punkt muß ich hart bleiben. Ich gebe dir, was du brauchst, um das von Haldersche Gut wieder auf Vordermann zu bringen – aber Harry bleibt bei mir. Einverstanden?«

Sie machte nicht einmal den Versuch zu widersprechen. »Einverstanden, Abe.«

»Okay. Wir werden die Einzelheiten, was Besuchsregelungen, Erziehung, Schule und so weiter angeht, später klären. Das einzige, was mir zunächst in dieser Sache Sorgen bereitet, ist die Frage, was die Jungs wohl davon halten werden.«

»Ich rede mit ihnen.«

»Nein, laß mich zuerst mit ihnen reden. Bitte sie, in mein Arbeitszimmer zu kommen, sei so lieb.«

Als sie etwas später, noch vor dem Abendessen, in den Salon herunterkam, waren Max und Harry überraschend ruhig, aber sie waren ja immer so: sich abseits haltend, kühl, distanziert und beobachtend. Obwohl sie ihre Mutter liebten, waren sie sich ihres inneren Egoismus durchaus bewußt, und die jüngste Wendung überraschte sie daher nicht allzusehr. Sie gab ihnen einen nach dem anderen einen Kuß.

»Euer Großvater hat's euch gesagt?«

»Natürlich. Und die beiden verstehen es völlig«, sagte Abe. »Sind überraschend gut damit fertig geworden. Das einzige Problem ist anscheinend nur, wer Tarquin bekommt. Aber der bleibt hier. Dieser Bär war immerhin Jacks steter Begleiter bei seinen Kampfeinsätzen.« Einen Moment lang wirkte er ganz gedankenverloren, dann richtete er sich auf. »Champagner«, sagte er. »Jeder ein halbes Glas. Ihr seid alt genug. Wir wollen auf uns anstoßen. Auf die eine oder andere Art werden wir immer zusammensein.«

Die Jungen sagten nichts und tranken einfach den Champagner, wie immer reifer wirkend, als ihr Alter es hätte vermuten lassen, so geheimnisvoll wie Tarquin der Bär.

Das Deutschland, in das Elsa von Halder zurückkehrte, war völlig anders als jenes, das sie in Erinnerung hatte – Arbeitslosigkeit, Straßenunruhen, die Nazi-Partei, die ihr häßliches Haupt erhob. Aber sie hatte ja Abes Geld, also brachte sie Max auf einer Schule unter und machte sich daran, das von Haldersche Gut auf Vordermann zu bringen. Dann war da natürlich die feine Gesellschaft Berlins. Einer der ältesten Freunde ihres Vaters, Hermann Göring, das Fliegeras aus dem Krieg, war ein aufstrebender Mann innerhalb der Partei, ein Freund Hitlers. Als Mitglied der Adelsschicht standen ihm sämtliche Türen offen, und Elsa, schön und reich und selbst unstreitig adelig, wäre zweifellos ein Gewinn für die Partei. Sie lernte sie alle kennen – Hitler, Goebbels, von Ribbentrop – und war der gefeierte Star der Berliner Salons.

Hitler hatte 1933 dann die Macht an sich gerissen. 1934 erlaubte Elsa ihrem Sohn, für ein halbes Jahr nach Amerika zu gehen, um seinen Großvater und seinen Bruder zu besuchen, der als externer Schüler ein Internat besuchte. Abe war überglücklich, ihn zu sehen. Was die beiden Brüder betraf, so war es, als wären sie nie getrennt gewesen. An ihrem Geburtstag überraschte Abe sie mit einem ganz besonderen Geschenk. Er nahm sie auf den Flugplatz mit, von dem aus ihr Vater immer geflogen war, wo sie Rocky Farson antrafen, älter zwar, ein wenig rundlicher, aber nach wie vor das alte Fliegeras der Westfront.

»Rocky wird euch ein paar Flugstunden geben«, sagte Abe. »Ich weiß, ihr seid erst sechzehn, aber was soll's, verdammt noch mal. Bloß, daß eure Mutter nichts davon erfährt!«

Rocky Farson unterrichtete sie in einem alten Gresham-Doppeldecker. Irgend jemand hatte das Cockpit im Heck zur Beförderung von Postsäcken erweitert, was bedeutete, daß sich beide dort hineinzwängen konnten. Natürlich flog er auch mit jedem einzeln, und er merkte bald, daß sie geborene Piloten waren, ganz wie ihr Vater. Und ebenfalls wie ihr Vater hatte derjenige, der gerade flog, Tarquin im Cockpit.

Rocky ging mit ihnen weit über normale Pilotenübungen hinaus. Er erteilte ihnen regelrechten Schulunterricht über die Kunst des Luftkampfes. *Sei darauf gefaßt, aus der Sonne kommt die Teutonenkolonne*, war einer der beliebtesten Sprüche. *Niemals allein unter zehntausend Fuß fliegen. Niemals länger als dreißig Sekunden geradeaus und auf gleichbleibender Höhe fliegen.*

Abe, der ihnen einmal zusah, sagte, nachdem sie gelandet waren, zu Rocky: »Teufel auch, sieht ja beinahe so aus, als würdest du sie auf einen Krieg vorbereiten.«

»Wer weiß, Herr Senator?« sagte Rocky, denn zu dieser Position hatte es Abe Kelso inzwischen gebracht. »Wer weiß?«

Die beiden waren von so einzigartiger Begabung, daß Rocky mit dem Geld des Senators zwei speziell zum Flugunterricht geeignete Curtis-Doppeldecker erstand und abwechselnd mit ihnen flog, um sie auf neue Höhen der Flugerfahrung zu führen.

Im Ersten Weltkrieg hatte sich das große deutsche Fliegeras Max Immelmann einen großartigen Trick einfallen lassen, mit dem er sich zwei Abschußmöglichkeiten bescherte, sich selbst aber nur einer aussetzte. Es war der berühmte Immelmann-Überschlag, der früher praktisch zum Einmaleins eines jeden Westfrontpiloten gehörte, mittlerweile aber völlig in Vergessenheit geraten war, sowohl beim U.S. Air Corps als auch bei der RAF.

Man stürzte auf den Feind hinab, zog die Maschine im halben Looping wieder hoch und flog eine Rolle, aus der man etwa fünfzehn Meter über dem Gegner wieder herauskam. Als Rocky mit den beiden Brüdern fertig war, waren diese wahre Meister darin.

»Die beiden sind erstaunlich – wirklich erstaunlich«, sagte Abe zu Rocky, während sie in der Kantine des Flugplatzes saßen.

»In den alten Zeiten wären sie regelrecht Fliegerasse gewesen, Herr Senator. Genau die richtige Beschäftigung für einen jungen Mann. Ich habe Jungs im Fliegerkorps gekannt, die schon in jungen Jahren vier Auszeichnungen erhalten haben und mit einundzwanzig Major waren. Es ist, als wäre man ein großer Sportler. Entweder man hat's, oder man hat's nicht, eben den genialen Touch, und die Zwillinge haben ihn, glauben Sie mir.«

Die Jungen standen an der Bar, unterhielten sich still und tranken Orangensaft. Abe sah zu ihnen hinüber und sagte: »Ich glaube, Sie haben recht, aber wozu das alles? Ich weiß, daß es zur Zeit etwas im Gebälk kracht, aber einen Krieg wird es nicht wieder geben. Dafür werden wir sorgen.«

»Das hoffe ich auch, Herr Senator«, sagte Rocky. Letztlich jedoch sollte ihn all dies nicht mehr betreffen. Er hatte die alte Bristol überholen lassen und sie eines Tages probegeflogen. Auf fünfhundert Fuß war der Motor ausgefallen.

Auf Rockys Beerdigung lief es Abe, der etwas abseits von den Jungen stand und sie betrachtete, eiskalt den Rücken hinunter, als er bemerkte, daß sie genauso wirkten wie auf der Beerdigung ihres Vaters: geheimnisvoll, entrückt und verschlossen. Ihr Anblick erfüllte ihn mit einem seltsamen, unguten Gefühl. Aber was sollte er machen? In der darauffolgenden Woche brachten Harry und er Max nach New York auf die *Queen Mary*, die Kurs auf Southampton nahm, der ersten Station auf seiner Rückkehr ins Dritte Reich.

EUROPA
1934-1941

4

Max saß mit seiner Mutter auf der Terrasse des Landsitzes und erzählte ihr alles über die Fliegerei. Er holte Fotos von sich und Harry hervor, auf denen sie in Fliegermontur und mit der Maschine im Hintergrund zu sehen waren.

»Ich werde fliegen, Mutti. Das ist etwas, in dem ich wirklich gut bin.«

Als sie ihm ins Gesicht blickte, sah sie ihren Mann vor sich, und obwohl es ihr das Herz zerbrach, begegnete sie ihrem Sohn möglichst unaufgeregt. »Sechzehn, Max. Das ist noch sehr jung.«

»Ich könnte in den Berliner Flugverein eintreten. Du kennst doch Hermann Göring. Der könnte das sicher deichseln.«

Dem war nichts entgegenzusetzen. Max nahm also in Begleitung seiner Mutter einen Termin bei Göring wahr, und trotz den Zweifeln des Kommandeurs wurde ein Henkel-Doppeldecker bereitgestellt. Ein 23jähriger Leutnant namens Adolf Galland, der eines Tages General der Luftwaffe werden sollte, hatte sich ebenfalls dort eingefunden.

»Kannst du damit umgehen, Junge?« fragte er.

»Tja, also, mein Vater hat mit dem britischen Fliegerkorps mindestens achtundvierzig von euren Dingern abgeschossen. Ich werd's schon hinkriegen.«

Galland brach in lautes Lachen aus und steckte sich einen Zigarillo zwischen die Zähne. »Ich fliege gleich nach dir los. Schauen wir mal.«

Die Vorstellung, die die beiden dann boten, raubte selbst Göring den Atem. Galland gelang es nicht, Max auch nur eine Sekunde lang abzuschütteln, und der Immelmann-Überschlag gab jenem schließlich den Rest. Galland machte zur Landung kehrt, und Max folgte.

Göring, der neben seinem Mercedes stand, nickte einem Diener zu, der sogleich Kaviar und Champagner herbeischaffte. »Hat mich in meine Jugend zurückversetzt, Baronin. Der Junge ist ein Genie.«

Das war nicht einfach nur dahingesagt, denn Göring war selbst einmal ein großer Kampfflieger gewesen, und er hatte es nicht nötig, sich vor irgend jemandem zu rechtfertigen.

Galland und Max kamen zu ihnen herüber. Galland war offensichtlich völlig aus dem Häuschen. »Phantastisch. Wo hast du das alles gelernt, Junge?«

Max klärte ihn auf, und Galland konnte darüber nur den Kopf schütteln.

An jenem Abend dinierte Galland mit Göring, von Ribbentrop, Elsa und Max im Hotel Adlon. Der Champagner floß in Strömen.

»Was fangen wir also mit dem Kerlchen da an?« sagte Göring, an Galland gewandt.

»Er wird nächstes Jahr erst siebzehn«, sagte Galland. »Darf ich einen Vorschlag machen?«

»Raus mit der Sprache.«

»Stecken Sie ihn in eine Kadettenanstalt hier in Berlin, nur damit alles offiziell ist. Sorgen Sie dafür, daß er im Flugverein fliegen kann. Nächstes Jahr, wenn er siebzehn ist, übernehmen Sie ihn im Range eines Leutnants in die Luftwaffe.«

»Das gefällt mir.« Göring nickte und wandte sich Max zu. »Und Sie, Herr Baron?«

»My pleasure«, antwortete Max Kelso. Seine amerikanische Hälfte kam bisweilen spontan zum Vorschein.

»Und die Tatsache, daß mein Sohn einen Amerikaner zum Vater hat, stellt keinen Hinderungsgrund dar?« wollte Elsa wissen.

»Nicht im geringsten. Haben Sie nicht von Hitlers neuer Regelung gehört?« sagte Göring. »Der Baron ist per Gesetz Bürger des Dritten Reiches, ob er will oder nicht.«

»Da ist nur ein Problem«, warf Galland ein.

»Und das wäre?« fragte Göring.

»Ich bestehe darauf, daß er so freundlich ist, mir ein paar Kniffe beizubringen, insbesondere diesen Immelmann-Überschlag.«

»Nun, den könnte *ich* Ihnen noch beibringen«, sagte Göring, »aber ich bin sicher, daß der Baron nichts dagegen hat.« Er drehte sich zur Seite. »Max?« Es war das erste Mal, daß er ihn so anredete.

»Schade, daß mein Zwillingsbruder Harry nicht da ist, Leutnant Galland«, sagte Max. »Wir würden Ihnen die Hölle schon heiß machen.«

»Nun ja«, sagte Galland. »Wissen kommt von Erfahrung. Sie sind etwas Besonderes, Herr Baron, das können Sie ruhig glauben. Und sagen Sie bitte Dolfo zu mir.«

Es sollte der Beginn einer einzigartigen Freundschaft werden.

In Amerika ging Harry eine Zeitlang aufs Groton, brachte aber nur selten die Disziplin auf, sich auf den Hosenboden zu setzen, um zu lernen, denn die Fliegerei war sein ein und alles, und er weigerte sich, seine Wochenenden für etwas anderes zu opfern. Abe Kelso mußte da natürlich seinen Einfluß geltend machen. Harry schaffte mit Hängen und Würgen den Abschluß und ging daraufhin nach Harvard, während sein Bruder zur gleichen Zeit das Offizierspatent als Leutnant der Luftwaffe erhielt.

Das Dritte Reich setzte seinen unaufhaltsamen Aufstieg fort, wobei das gesamte europäische Machtgefüge durcheinandergeriet. Niemand in England wollte einen offenen Konflikt. Die verheerenden Verluste des Ersten Weltkriegs saßen noch tief im Bewußtsein der Menschen fest. Harry quälte sich durch die Uni, Europa quälte sich in den Faschismus, und die Welt sah tatenlos zu.

Und dann kam der Spanische Bürgerkrieg, und alle nahmen sie daran teil, Galland und Max, die mit He-51-Doppeldeckern die Front überflogen. Allein bei Max waren es zweihundertachtzig Kampfeinsätze. Er kehrte 1938 mit dem Eisernen Kreuz zweiter Klasse zurück und wurde zum Oberleutnant befördert.

Er arbeitete eine Zeitlang im Oberkommando in Berlin, glänzte auf dem gesellschaftlichen Parkett, wo er ständig als Begleiter seiner Mutter gesehen wurde. Und er war ein Liebling des inzwischen allmächtigen Göring. *Und dann kam Polen.*

Während des achtundzwanzig Tage währenden Blitzkriegs, der dieses Land zerstörte, festigte Max Kelso seine eigene Legende. Er schoß zwanzig Flugzeuge ab, erhielt das Eiserne Kreuz erster Klasse und wurde zum Hauptmann befördert. Während des nun folgenden »Sitzkriegs« mit England und Frankreich arbeitete er wieder beim Oberkommando in Berlin.

In jener Zeit der Euphorie, mit Europa im Klammergriff, hielt man in Deutschland alles für möglich. Max' Mutter gehörte zur Hautevolee der Gesellschaft, aber Max hatte sein höchsteigenes Image kreiert: keine weißen Jacketts, nichts Elegantes. Er zeigte sich stets in Kampfmontur: weite Hosen, mit Fliegerjacke und Schiffchen, und dazu kamen all die Auszeichnungen. Goebbels, der kleine, verkrüppelte Propagandaminister der Nazis war stets ganz hingerissen. Max tauchte mit Göring bei den wichtigen gesellschaftlichen Empfängen auf, auch solchen mit Hitler, und war stets in Begleitung seiner bezaubernden Mutter. Man taufte ihn den Schwarzen Baron. Gelegentlich hatte er eine Affäre mit einer Frau, jedoch ging es nie über eine solche hinaus. Er schien mit dieser verschlossen-entrückten Miene und dem blaßblonden Haar immer etwas abseits zu stehen, und aus dem politischen Tagesgeschäft hielt er sich gänzlich raus. Er war kein Nazi. Er war Kampfpilot, nicht mehr und nicht weniger.

Was Harry betraf, der gerade seinen Harvard-Abschluß machte, so verbrachte dieser seine Tage in Langeweile. Abe hatte versucht, ihn mit den Töchtern ihm entsprechender Familien zusammenzubringen, aber, genau wie sein Bruder, schien auch er abseits zu stehen. Im September 1939 war in Europa der Krieg ausgebrochen. Mittlerweile war es Ende November. Harry trat in den Salon und traf dort Abe an, der mit ein paar Zeitschriften am Kamin saß.

»Nimm dir einen Drink«, sagte Abe. »Du wirst ihn nötig haben.«

Harry, damals einundzwanzig, schenkte sich einen Scotch mit Wasser ein, und ging zu seinem Großvater hinüber. »Um was geht's?«

Abe reichte ihm eine Zeitschrift, in der eine Nahaufnahme eines dunklen, verschlossenen Gesichts unter dem Schiffchen der Luftwaffe abgebildet war. Dann eine weitere, nämlich eine Ausgabe von *Signal*, der Zeitschrift der deutschen Streitkräfte. »Der Schwarze Baron«, sagte Abe nur.

Max stand in Fliegerausrüstung, eine Zigarette in der Hand, neben einer Me 109 und unterhielt sich mit einem Mechaniker, der einen schwarzen Overall trug.

»Lametta wie ein Weihnachtsbaum«, sagte Harry. »Ist das nicht toll? Genau wie Vater.«

»Die Aufnahmen sind aus Spanien und Polen«, sagte Abe. »Himmel, Harry, Gott sei Dank nennt er sich Baron von Halder anstatt Max Kelso. Kannst du dir vorstellen, wie das auf der Titelseite von *Life* aussehen würde? Mein Enkel als Nazi?«

»Er ist kein Nazi«, sagte Harry. »Er ist Flieger. Er ist dort, wir sind hier.« Er legte die Zeitschrift beiseite. Abe fragte sich, was jetzt wohl in Harry vorgehen mochte, aber wie gewöhnlich behielt dieser seine Gedanken für sich – obwohl, *irgend etwas* ging hinter diesen Augen vor sich, das merkte Abe sofort. »Wir haben schon länger nichts mehr von Mutti gehört«, sagte Harry schließlich.

»Werden wir auch nicht. Ich habe ständig mit Leuten aus dem Außenministerium zu tun. Das Dritte Reich hat sich hermetisch abgeriegelt.«

»Davon hat man ausgehen können. Willst du noch einen Drink?«

»Klar, warum nicht.« Abe griff nach einer Zigarre. »Was für ein verdammtes Durcheinander, Harry. Die werden noch Frankreich und England überrennen. Wie soll das nur enden?«

»Tja, ein Ende gibt's immer«, sagte Harry Kelso und schenkte den Whisky ein.

»Harry, es ist an der Zeit, daß wir einmal ernsthaft miteinander reden«, sagte Abe. »Du hast letztes Frühjahr deinen Abschluß mit magna cum laude gemacht, aber seither verbringst du deine ganze Zeit auf dem Flugplatz oder fährst Autorennen, ganz wie dein Vater. Was willst du mit deinem Leben anfangen? Was ist mit dem Jurastudium?«

Harry lächelte und schüttelte den Kopf. »Jurastudium? Hast du schon mitgekriegt, daß Rußland heute morgen in Finnland eingefallen ist?« Er nahm einen kräftigen Schluck. »Die Finnen suchen dringend Piloten, und sie nehmen auch gern ausländische Freiwillige an. Ich habe bereits einen Flug nach Schweden gebucht.«

Abe war entsetzt. »Aber das kann nicht dein Ernst sein. Verdammt! Harry, das hier ist nicht dein Krieg.«

»Dann ist er's eben jetzt«, beschied Harry Kelso ihm, und dann trank er seinen Whisky aus.

Der Krieg zwischen den Finnen und Russen war von Anfang an hoffnungslos. Das Wetter war miserabel, das gesamte Land lag unter Schnee und war von der Außenwelt abgeschnitten. Das Heer, insbesondere die Skitruppen, setzte sich heldenhaft gegen die zahlenmäßig weit überlegenen gegnerischen Kräfte zur Wehr, wurde aber erbarmungslos zurückgedrängt.

Die Kampfflugzeuge waren auf beiden Seiten technisch veraltet. Die modernsten Flugzeuge, die die Russen aufzubieten vermochten, waren ein paar FW 190, die Hitler – als Zeichen der Freundschaft zwischen Rußland und Deutschland – Stalin geschenkt hatte.

Harry, der einen englischen Gloucester Gladiator flog – einen Doppeldecker mit offenem Cockpit, ganz wie im Ersten Weltkrieg –, hatte sich schon bald einen Namen gemacht.

Auch wenn er ausrüstungsmäßig kein richtiger Gegner zu sein schien, kam er aufgrund seiner überlegenen Flugtechnik immer durch. Und ganz wie bei seinem Vater während des Ersten Weltkriegs: Stets saß Tarquin in einer wasserdichten Reißverschlußtasche, die Harry in Stockholm gekauft hatte, auf dem Boden des Cockpits.

Seine Geschicke nahmen eine abrupte Wendung zum Besseren als es der finnischen Luftwaffe gelang, sich eine Handvoll Hurricane-Jäger aus England zu beschaffen – angesichts der Tatsache, daß in der Royal Air Force Flugzeuge dieses Typs dringend gebraucht wurden, ein toller Fang.

Harry, der bereits allseits als Fliegeras bekannt war, wurde eine der beiden Hurricanes zugeteilt, die seinem Geschwader gestellt wurden. Eine Woche später erhielten sie über eine schwedische Quelle noch zwei Me 109.

Harry wechselte zwischen den beiden Flugzeugtypen, flog bei schlechtesten Wetterbedingungen – bei Schneestürmen und starken Winden. Er wurde bald zum Hauptmann befördert, und die Orden blieben nicht aus. Seine Abschußrate stieg rasch an.

Ein Fotojournalist der Zeitschrift *Life,* der nach Finnland gekommen war, um über den Luftkrieg zu berichten, traute seinen Augen nicht, als er Senator Abe Kelsos Enkelsohn vorfand und von dessen Erfolgen hörte. Die Sache war wahrlich eine Nachricht wert, denn Abe war inzwischen als Mitglied von Franklin D. Roosevelts Küchenkabinett einer der kommenden Männer in der Politik.

Abe sah also einmal mehr einen Enkel auf der Titelseite einer Zeitschrift wieder: Harry im wattierten Fliegeranzug, im Schnee neben einer Me 109; er hielt Tarquin im Arm und sah zehn Jahre älter aus als zu der Zeit, als Abe ihn das letzte Mal gesehen hatte.

Abe las den Bericht über Harrys Erfolge mit einer Mischung aus Stolz und Trauer. »Ich hab es dir gesagt, Harry, das ist nicht dein Krieg«, sagte er leise. »Ach je, wo soll das alles nur enden?« Und doch, ganz tief im Inneren wußte er eines ganz genau: Amerika würde früher oder später in den Krieg eintreten. Vielleicht nicht heute und auch nicht morgen, aber der Tag würde kommen.

Elsa von Halder nahm im kleinen Salon ihres Gutshauses gerade einen Kaffee zu sich, als Max eintraf. Er schlenderte herein, und wie immer trug er seine Fliegeruniform. Er hatte eine Aktenmappe in der Hand, die er aber gleich nach dem Eintreten zu Boden fallen ließ.

»Mutti, du siehst wunderbar aus.«

Sie stand auf und umarmte ihn. »Welch eine wunderschöne Überraschung. Wie lange bleibst du?«

»Drei Tage.«

»Und dann?«

»Mal sehen.«

Sie ging an einen kleinen Serviertisch mit Getränken und schenkte ihm ein Glas trockenen Sherry ein. »Glaubst du, daß die Briten und die Franzosen wirklich kämpfen werden, falls wir in ihr Land einfallen?«

»Du meinst, *sobald* wir in ihr Land einfallen?« Er prostete ihr zu. »Natürlich. Ich habe unendliches Vertrauen in die geniale Führerschaft unseres ruhmreichen Führers.«

»Um Himmels willen, Max, paß auf, was du da sagst. Dafür könntest du sterben. Du bist nicht mal Mitglied der Partei.«

»Also, Mutti, ich habe immer gedacht, du wärst eine überzeugte Anhängerin.«

»Red nicht so. Das sind alles Mistkerle. Der Führer und dieser entsetzliche Schleimer Himmler. Na ja, Göring ist in Ordnung und die meisten der Generäle auch, aber – na ja. Wie stehst du dem allen gegenüber?«

»Politik langweilt mich, Mutti. Ich bin Kampfflieger. Übrigens – genau wie dieser Knabe hier.« Er öffnete den Reißverschluß der Mappe, holte eine Ausgabe von *Life* hervor und reichte sie ihr. »Ich habe Göring gestern in Berlin getroffen. Der hat mir das Heft gegeben.«

Elsa setzte sich und studierte die Titelseite. »Er sieht so alt aus. Was haben Sie nur mit ihm angestellt?«

»Lies den Artikel, Mutti! Muß ein verdammt harter Krieg gewesen sein, wenn er auch noch so kurz war. Ein Wunder, daß er überlebt hat. Tarquin sieht allerdings großartig aus. Göring hat von unseren Geheimdienstleuten gehört, daß Harry in einer Hurricane aus Schweden rausgeflogen ist. Es heißt, daß er in London aufgetaucht und in die RAF eingetreten ist.«

Sie blickte von dem Artikel auf. Ihre folgenden Worte waren wie ein Echo auf das, was Abe Kelso gesagt hatte: »Wie soll das alles nur enden?«

»Schlecht, wenn du mich fragst. Aber entschuldige mich jetzt bitte, ich würde gern vor dem Abendessen noch baden.«

Er nahm die Mappe und ging zur Tür, wo er sich noch einmal umwandte. »Achtundzwanzig Rußkis hat er über Finnland abgeschossen, Mutti. Dieser Hund. Ich hab in Polen nur zwanzig erwischt. Das können wir doch nicht auf uns sitzen lassen, oder?«

In der Luftschlacht um England im Frühjahr und Sommer 1940 flogen mindestens dreizehn amerikanische Freiwillige, möglicherweise mehr. Einige firmierten als Kanadier – Red Tobin, Andy Mamedoff und Vernon Keogh zum Beispiel, die im Juli 1940 in die RAF eintraten. Der große Billy Fiske war auch dabei, Millionärssohn und wahrscheinlich der erste Amerikaner, der im Zweiten Weltkrieg bei Kampfhandlungen sein Leben ließ. Für ihn wurde später eine Gedenktafel in der St. Paul's Cathedral in London angebracht. Und es gab auch noch andere, die auf der Suche nach Ruhm waren: Pete Peterson, Träger des britischen Kriegsverdienstordens und des Fliegerkreuzes und bereits mit zweiundzwanzig ein Oberstleutnant, bevor er dann zu seinen Landsleuten überwechselte.

Finnland kapitulierte am 12. März 1940. Harry flog heimlich in einer Hurricane aus dem Land heraus, genau wie Max es seiner Mutter berichtet hatte. Er landete auf einem Sportflugplatz außerhalb von Stockholm, machte sich in die Stadt auf und hatte bereits ein Ticket nach England in den Händen, bevor die Behörden überhaupt etwas von seiner Anwesenheit erfuhren.

Als er sich beim Luftfahrtministerium in London meldete, sah sich ein älterer Major seine Referenzen an. »Sehr eindrucksvoll, junger Mann. Da ist nur ein Problem. Sie sind Amerikaner, und das heißt, daß Sie nach Kanada müssen, um in die RCAF einzutreten.«

»Ich habe achtundzwanzig Russen abgeschossen, zwölf davon mit der Hurricane. Ich verstehe was von meinem Handwerk. Sie brauchen Leute wie mich.«

»Eine Hurricane?« Der Major sah sich noch einmal Harrys Referenzen an. »Wie ich sehe, hat man Ihnen das finnische Tapferkeitskreuz in Gold verliehen.«

Harry nahm eine kleine Lederschachtel aus der Tasche und öffnete sie. Der Major, der im Ersten Weltkrieg mit dem Militärverdienstkreuz ausgezeichnet worden war, sagte: »Hübsches Stück Blech.«

»Trifft das nicht auf alle zu?« sagte Harry.

Sein Gegenüber schob ihm ein Formular hin. »In Ordnung. Füllen Sie das aus. Geburtsland: Amerika. Sie sind bestimmt nach Finnland zurückgekehrt, um die Heimat ihrer Vorväter zu verteidigen, oder?«

»Genau.«

»Tja, das macht Sie wohl zu einem Finnen, und so werden wir das auch auf Ihr Formblatt eintragen.« Der Major lächelte. »Die verdammten Schreibtischhengste. Dauernd machen sie Fehler.«

Das Ausbildungslager für Einsätze war ein feuchter und kärglicher Ort am Rande des Essexer Marschlands. Kommandeur war ein Oberstleutnant namens West, der 1918 ein Holzbein davongetragen hatte. Er sah sich Leutnant Kelsos Papiere an, blickte auf und bemerkte den Ordensstreifen unterhalb des Pilotenabzeichens.

»Und was soll das sein?«

Harry sagte es ihm.

»Wie viele haben Sie drüben erwischt?«

»Achtundzwanzig.«

»Hier steht, daß Sie sehr viel Erfahrung mit der Hurricane haben?«

»Stimmt, den Finnen ist es in den letzten Kriegsmonaten gelungen, ein paar davon zu beschaffen.«

»Okay, dann wollen wir mal sehen, was Sie so draufhaben.«

West drückte auf einen Klingelknopf, und der diensthabende Unteroffizier des Fliegerhorsts trat ein. »Ich mache eine kleine Spritztour mit diesem Leutnant hier, Mr. Quigley. Machen Sie meine Maschine und eine von den anderen Hurricanes startklar. In zwanzig Minuten.«

»Sofort, Sir«, sagte der diensthabende Unteroffizier mit unbewegter Miene.

West stand auf und griff nach seinem Gehstock. »Lassen Sie sich nicht von meinem Holzbein täuschen. Ich kenne einen gewissen Douglas Bader, der bei einem Absturz beide Beine verloren hat und immer noch fliegt.« Er hielt kurz inne, dann öffnete er die Tür. »Ich selbst habe im damaligen Fliegerkorps vor meinem letzten Absturz zweiundzwanzig auf meinem Konto verbuchen können, also fackeln Sie nicht lange. Wollen mal sehen, ob Sie mich kriegen.«

All jenen, die sich zu einer schaulustigen Menge versammelten, sollte es unvergeßlich bleiben, was sich dort oben im Regen abspielte. West jagte Harry Kelso auf fünftausend Fuß. Die beiden schossen steil auf, flogen rasante Kehren, und alles so dicht hintereinander, daß nicht wenige in der Menge entsetzt nach Luft schnappten. Aber Harry wich West aus, vollführte einen Looping und heftete sich an Wests Heck.

»Nicht schlecht«, rief West über Funk, dann scherte er schräg nach Backbord aus und machte eine Rolle, und Harry, der über ihn hinausschoß und ihn gleich wieder am Heck hatte, fuhr seine Landeklappen aus, wodurch die Maschine förmlich unter dem Bremsdruck erbebte.

»Allmächtiger Gott«, rief West aus und warf sich wieder auf den Steuerknüppel, wobei er Harry nur knapp verfehlte.

Harry, sofort wieder an Wests Heck, rief: »Peng, Sie sind tot.« Dann, als West versuchte zu entkommen, riß er die Maschine im halben Looping hoch, drehte sich auf dem Scheitelpunkt des Immelmann-Überschlags um die eigene Achse und rauschte fünfzehn Meter über Wests Kopf hinweg. »Und peng, Sie sind wieder tot, Sir.« Die Umstehenden applaudierten, als die beiden Männer wieder am Boden waren. Quigley nahm West den Fallschirm ab, gab ihm den Gehstock und machte eine Geste in Richtung Kelso.

»Wer zum Teufel ist das, Sir?«

»Jemand, in dem sich die besten Qualitäten vieler Piloten vereinigen, die ich im Fliegerkorps erlebt habe«, sagte West.

In seinem Büro angekommen, setzte West sich, nahm ein Formular und füllte es rasch aus. »Ich schicke Sie sofort zum 607. Geschwader nach Frankreich. Man ist dort von der Gladiator auf die Hurricane umgestiegen. Man kann Sie dort bestimmt gebrauchen.«

»Ich habe in Finnland auch die Gladiator geflogen, Sir. Verdammt kalt in diesen offenen Cockpits, wenn's schneit.«

West nahm eine Flasche Brandy und zwei Gläser aus der Schublade. Während er einschenkte, sagte er: »Kelso – ein ungewöhnlicher Name, und ein Finne sind Sie auch nicht. Ich kannte im Fliegerkorps einen Ami, der Kelso hieß.«

»Das war mein Vater, Sir.«

»Gütiger Gott, wie geht's ihm denn?«

»Er ist tot. Vor ein paar Jahren bei einem Autorennen umgekommen.«

»Sieht ihm ähnlich. Ist er nicht immer mit einem Teddybären geflogen?«

»Stimmt, Sir. Tarquin.« Harry hob die Tasche hoch, die er dabeihatte, nahm Tarquin heraus und setzte ihn auf den Schreibtisch.

West wirkte gerührt. »Na hallo, alter Knabe. Schön, dich wiederzusehen.« Er hob das Glas. »Auf Ihren Vater, auf Sie und auf alle tapferen Piloten, wo immer sie gerade sind.«

»Und auf meinen Zwillingsbruder.«

West runzelte die Stirn. »Ist der auch Pilot?«

»Oberleutnant bei der Luftwaffe, Sir.«

»Tatsächlich? Dann kann ich nur sagen, daß Ihnen ein interessanter Krieg bevorsteht, Herr Leutnant«, und damit trank West seinen Brandy.

Das 607. Geschwader steckte noch mitten im Umstellungsprogramm, als am 10. Mai an der Westfront der Blitzkrieg ausbrach. In dem wilden und wirren Luftkrieg, der nun folgte, wurde es ziemlich auseinandergenommen und mußte viele Verluste hinnehmen. Die alten Gladiator-Doppeldecker erwiesen sich als besonders anfällig.

Harry, der eine Hurricane flog, holte über Abbeville bei fünfzehntausend Fuß zwei Me 109 herunter. Und auch wenn die beiden Brüder vom anderen nichts wußten, so schoß Max am gleichen Tag eine Hurricane und eine Spitfire ab.

Das Geschwader – oder das, was noch davon übrig war – wurde nach England zurückgezogen, und dann folgte Dünkirchen. Harry, dem inzwischen das Fliegerkreuz verliehen, der aber noch nicht zum Oberleutnant befördert worden war, wurde in ein spezielles Jagdgeschwader mit der verschlüsselten Bezeichnung Hawk versetzt, das bei Chichester in West Sussex stationiert war – nur daß es weit und breit nichts zu jagen gab. Die Sonne schien, der Himmel war unbeschreiblich blau, und alle langweilten sich zu Tode.

Auf der anderen Seite des Ärmelkanals hockten Max und seine Kameraden auf ähnlichen Fliegerhorsten herum, in den entsprechenden Liegestühlen, ebenso gelangweilt.

Und dann, im Juli, begannen die Angriffe auf britische Transportschiffe im Ärmelkanal: im Sturzflug mit Bomben angreifende Stukas, dann die härteren Sachen mit den Dorniers und Junkers, die von den besten Jagdflugzeugen begleitet wurden, die die Luftwaffe aufzubieten hatte.

Ziel der Übung war es, den Ärmelkanal zu schließen. Und die RAF stieg auf, um sich der Herausforderung zu stellen.

Also zogen Harry Kelso und sein Bruder, der Schwarze Baron, gegeneinander in den Krieg.

Die Luftkämpfe über dem Ärmelkanal hielten den Juli über an, und dann kam die wahre Luftschlacht um England, die am 12. August anfing, dem Tag des Adlers.

Als Stützpunkt diente dem Hawk-Geschwader ein Vorkriegsflugverein namens Farley Field in West Sussex – Graspisten, Wellblechbaracken und nur vier Hangars –, und es war heiß, sehr heiß, während Harry und die anderen Piloten sich in Liegestühlen rekelten, rauchten und plauderten oder Bücher und Zeitschriften lasen. Zwei Wochen der Langeweile, der Taten- und Ereignislosigkeit hatten eine gewisse Apathie aufkommen lassen, und selbst das Bodenpersonal, das an den herumstehenden Hurricanes herumwerkelte, wirkte matt und abgespannt.

Der Major, ein Mann namens Hornby, ließ sich neben Harry in einen Liegestuhl fallen. »Also, wenn Sie mich fragen, kommen die Scheißkerle gar nicht.«

»Sie kommen«, sagte Harry und bot ihm eine Zigarette an.

Einige der Piloten trugen Fliegermontur, andere waren in gewöhnlicher Uniform gekleidet; alles andere wäre zu warm gewesen. Harry trug an seiner rechten Schulter ein gesticktes

Abzeichen, auf dem »Finnland« stand. Darunter befand sich ein Schulteremblem des amerikanischen Adlers mit britischer und amerikanischer Flagge in den Klauen.

»Sehr hübsch«, sagte Hornby.

»Hab ich mir von einem Schneider in der Savile Row machen lassen.«

»Was man sich nicht so alles leisten kann, wenn man reich ist, mein Ami-Freund.« Hornby tätschelte die Tasche zu Harrys Füßen. »Tarquin gut in Form?«

»Aber immer. Was der schon alles durchgemacht hat«, sagte Harry.

»Ich würde ihn mir gern mal ausleihen«, sagte Hornby gerade, als sie ein lautes Dröhnen irgendwo in der Nähe vernahmen. »Scheißtraktor.«

»Das ist kein Traktor.« Harry Kelso war aufgesprungen, packte die Tasche und rannte zu seinem Flugzeug, während schon die Stukas hoch oben am Himmel eine kurze Kehrtwende flogen und dann im Sturzflug hinabsausten.

Sein Oberfeldwebel warf ihm den Fallschirm zu. Kelso kletterte ins Cockpit, ließ die Tasche auf den Boden fallen, warf den Motor an und dröhnte davon. Er konnte gerade noch abheben, bevor die ersten Bomben auf der Rollbahn einschlugen. Neben ihm explodierte eine Hurricane mit wehenden Rauchschwaden, er schoß durch sie hindurch, kehrte nach Backbord, unter ihm ein Gemetzel, vier Hurricanes in Flammen.

Harry ging wieder in die Kehrtwende, entdeckte einen Stuka im Visier und schoß ihn vom Himmel. Da waren noch vier weitere, aber die drehten ab, weil sie ihren Auftrag offensichtlich als erledigt ansahen. Er jagte ihnen hinterher. Einen nach dem anderen schoß er sie über dem Meer ab – ohne Wut, ohne Zorn, allein auf sein Geschick vertrauend, alles genau berechnend.

Er kehrte nach Farley Field zurück, das ein Bild der Zerstörung bot, und schaffte es irgendwie, auf der einzigen noch intakten Rollbahn zu landen. Er fand Hornby auf einer Bahre liegen, dessen Kopf und der linke Arm bandagiert waren.

»Haben Sie wen erwischt?«

Harry gab ihm eine Zigarette. Ein Krankenwagen fuhr vor. »Fünf.«

»Fünf?« Hornby war verblüfft.

»Stukas.« Harry zuckte die Achseln. »Die sind langsam und schwerfällig. Kann man wie Fische im Faß abknallen. Die werden es hier nicht mehr lange machen. Die Me 109, die müssen wir im Auge behalten.«

Auf mehreren Tragbahren lagen zugedeckte Leichen. »Sechs Piloten sind tot«, sagte Hornby. »Sind nicht mehr vom Boden gekommen. Sie sind der einzige, der's geschafft hat. War es in Finnland genauso schlimm?«

»Genauso, nur daß es dort geschneit hat.«

Die Sanitäter hoben Hornby hoch. »Ich werde dem Oberst Meldung machen und vorschlagen, Sie zum Oberleutnant zu befördern. Die werden hier schnell Ersatz runterschaffen. Wie geht's Tarquin? Lassen Sie mal sehen.«

Harry öffnete die Tasche und nahm Tarquin heraus. Hornby schaffte es, ein kleines vergoldetes Dienstabzeichen von seinem blutgetränkten Hemd zu lösen und reichte es ihm. »19. Geschwader. Dort habe ich angefangen. Tarquin soll es tragen.«

»Geht in Ordnung.«

Hornby lächelte schwach. »Und die Stukas? Waren die über Land oder überm Kanal?«

»Einer über Land.«

»Schade. Die Schweine werden Ihnen den Abschuß niemals anrechnen.«

»Wen kümmert's? Der Krieg ist noch lang nicht vorbei«, sagte Harry Kelso und schloß den Verschlag des Krankenwagens.

Am gleichen Tag gaben Max und sein Geschwader den Stukas, die einen Angriff auf die Radarstationen in der Nähe von Bognor Regis flogen, mit Me-109-Jägern Deckung. Max wurde von Spitfires angegriffen und geriet unversehens in einen heftigen Luftkampf, in dem er eine Spitfire abschoß und eine weitere beschädigte. Allerdings wurden beinahe alle Stukas und drei Me 109 abgeschossen. Es war ein hastig durchgeführter Einsatz, bei dem keine abwerfbaren Zusatztanks mitgeführt wurden, so daß die Zeit über dem englischen Festland begrenzt war und sie sich mächtig beeilen mußten, wieder zurück über den Ärmelkanal zu kommen, bevor ihnen der Sprit ausging. Max schaffte es heil und unversehrt zurück und war anderthalb Stunden später wieder über Kent, wo er an den anhaltenden Angriffen auf die Stützpunkte der RAF in der Küstengegend teilnahm.

So ging das Tag für Tag, ein Zermürbungskrieg, bei dem die Strategie der Luftwaffe darin bestand, die RAF niederzuringen, indem sie deren Stützpunkte zerbombte. Max und seine Kameraden flogen ein und gaben den Dornier-Bombern Deckung, während Harry und seine Freunde aufstiegen, um dagegenzuhalten. Auf beiden Seiten ließen junge Männer ihr Leben. Aber da war ein Problem: Die Luftwaffe hatte mehr Piloten. Wie der General der Luftwaffe, Sir Hugh Dowding, Oberkommandeur von Fighter Command, der Befehlsstelle der britischen Jagdflieger, einmal bemerkte, müßten die jungen Männer der RAF die der Luftwaffe im Verhältnis vier zu eins abschießen, um die Sache einigermaßen ausgewogen zu gestalten. Dieses Unterfangen jedoch schien eher unwahrscheinlich.

So schleppte sich das Ganze also fort bis zum 30. August, dem Tag, als Biggin Hill, der Stolz von Fighter Command, mit durchschlagendem Erfolg von einem großen Geschwader Dorniers angegriffen wurde. Max war einer der Geleitschutzflieger. Auf dem Rückflug stiegen jede Menge Spitfires auf, um sie abzufangen, und da es die Aufgabe der Me-109-Flieger war, die Bomber zu beschützen, war über England sehr viel Zeit und noch mehr kostbares Benzin verschwendet worden. Als Max schließlich am Ärmelkanal ankam, blinkte bereits seine Warnleuchte.

Zur gleichen Zeit schoß Harry Kelso in der Nähe von Folkestone über dem Meer zwei Dornier-Bomber ab, allerdings wurde dabei durch den Zufallstreffer eines gegnerischen Bordschützen sein Motor beschädigt. Er sendete das Mayday-Signal und öffnete die Landeklappen. Der Brandgeruch stieg ihm bereits in die Nase. Dann mühte er sich in aller Ruhe mit dem Kanzeldach ab. Erst die Woche zuvor war ihm über der Isle of Wight ein Motor ausgefallen. Er war mit dem Fallschirm aus zweitausend Fuß abgesprungen und im Garten eines Pfarrhauses gelandet, wo er sogleich von den beiden Schwestern des Pfarrers mit Tee, Keksen und Sherry verwöhnt worden war.

Die Dinge lagen jetzt ganz anders. Da unten wartete der Ärmelkanal, der bereits Hunderten von Fliegern zum Grab geworden war, und die Küste war noch zehn Meilen entfernt. Er griff nach der Tasche mit Tarquin. Er hatte sich einen Tragriemen mit einem besonderen Verschluß besorgt, der sich einfach an seinen Gürtel klicken ließ, gerade um für solche Eventualitäten gerüstet zu sein. Er sprang kopfüber hinaus.

Er ließ sich bis auf tausend Fuß fallen, bevor er den Fallschirm öffnete, dann – das Meer war relativ ruhig – tauchte er ins Wasser ein, blies seine Schwimmweste auf und befreite sich vom Fallschirm. Tarquin schwamm neben ihm in seiner wasserdichten Tasche. Harry blickte in den wolkenlosen Himmel. Ein aufblasbares Schlauchboot hatte er nicht – es war mit der Hurricane abgestürzt. Er war sich nicht einmal sicher, ob sein Mayday-Signal durchgekommen war.

Er trieb dahin und dachte daran, wie viele seiner Kameraden allein in der vergangenen Woche verlorengegangen waren. War's das? dachte er schon, aber dann ertönte ein Schiffshorn. Er wirbelte herum und sah ein Boot der RAF-Flugzeugnotrettung zügig auf sich zukommen. Die Leute waren wie Matrosen gekleidet – in dicken Pullovern, grobem Drillich und mit schweren Stiefeln an den Füßen. Das Boot wurde langsamer, und schließlich wurde eine Strickleiter hinabgelassen.

Der diensthabende Unteroffizier blickte hinab. »Leutnant Kelso, habe ich recht, Sir?«

»Der bin ich.«

»Sie haben wirklich Glück gehabt, Sir. Wir waren nur eine Meile entfernt, als wir Ihren Notruf bekamen.«

Zwei Besatzungsmitglieder packten ihn und hievten ihn hoch. Harry ging in die Hocke, und aus allen Nähten quoll

Meerwasser. »Ich hätte nie gedacht, daß man sich auf einem Schiffsdeck so wohl fühlen kann.«

»Sie sind Amerikaner, Sir?« fragte der Unteroffizier.

»Und ob ich das bin.«

»Mensch, das ist ja toll. Unser erster Ami.«

»Nein, euer zweiter, um genau zu sein.«

»Wie bitte, Sir?« Der Unteroffizier sah verwirrt aus.

Harry deutete auf seine Tasche. »Bringen Sie mich nach unten, besorgen Sie mir einen Drink, und ich zeig's Ihnen.«

Max, der mittlerweile nur noch auf fünfhundert Fuß Höhe war, jagte auf die französische Küste zu. Auf seinem linken Knie lag ein Leinensäckchen, das mit einem Farbstoff gefüllt war. Stürzte man ins Meer, breitete es sich zu einem riesigen gelben Flecken aus. Er hatte unterwegs mehrere solcher Flecken gesehen. Als er die Küste nördlich von Boulogne erblickte, hatte sich das Thema Bruchlandung für ihn aber erledigt. Es war Ebbe, und vor ihm breitete sich ein riesiger Sandstrand aus. Als der Motor ausging, legte er sich in den Wind und glitt zu Boden.

Er gab über Funk seine Position durch, erklärte kurz, was passiert war, legte das Kanzeldach zurück und stieg aus. Dann zündete er sich eine Zigarette an und machte sich in Richtung der Sanddünen auf. Dort angekommen, setzte er sich, blickte aufs Meer hinaus und zündete sich die nächste Zigarette an.

Eine Stunde später traf ein Bergungstrupp der Luftwaffe mit zwei Lastern ein, gefolgt von einem gelben Sportwagen, einem Peugeot, an dessen Steuer Adolf Galland saß. Er stieg aus und eilte zu Max.

»Ich dachte schon, wir hätten dich verloren.«

»Pech gehabt.«

Galland gab ihm einen Klaps auf die Schulter, und Max fügte hinzu: »Die Maschine scheint völlig in Ordnung zu sein. Braucht nur Benzin.«

»Gut. Ich habe einen Oberfeldwebel mitgebracht. Der kann sie zurückfliegen. Wir beide fahren mit dem Auto. Und halten irgendwo unterwegs zum Abendessen an.«

»Nichts dagegen einzuwenden.«

»Kann losgehen. Sie wissen, was zu tun ist«, rief Galland dem Oberfeldwebel, einem stämmigen Kerl, zu.

Später, auf dem Weg nach Le Touquet, sagte er: »Biggin Hill war ein voller Erfolg. Wir haben's denen so richtig gegeben.«

»Ja, sicher, aber wie viele Jagdflugzeuge haben wir verloren, Dolfo«, sagte Max, »nicht Bomber, Jäger!«

»Du hast recht, ist nicht so toll, aber wie sollen wir das ändern?«

»Wir machen zu viele Fehler. Erstens, die Stukas sind gegen die Spitfires und Hurricanes nutzlos. Zweitens, die Bombardierungsstrategie. Wir zerstören also deren Stützpunkte, so gut's geht – okay. Aber Kampfflugzeuge sind zum Kampfeinsatz da, Dolfo, und ihre Zeit sollte nicht damit verschwendet werden, die Dorniers zu beschützen. Das ist so, als würde man ein Rennpferd vor einen Milchwagen spannen. Die Strategie ist verfehlt.«

»Dann möge Gott dir helfen, wenn wir über London herfallen.«

»London?« Max war entsetzt. »Also gut, wir haben schon Angriffe auf Liverpool und andere Städte geflogen, aber London? Dolfo, wir müssen die RAF an der Südküste zerstören, Jäger gegen Jäger. Dort entscheidet sich, ob es zum Sieg oder zur Niederlage kommt.« Er zuckte die Achseln. »Es sei denn, Göring und der Führer sind von Todessehnsucht befallen.«

»Es ist eine Sache, wenn du mir so was sagst, Max, aber tu das niemals jemand anderem gegenüber. Verstehen wir uns da, ja?«

»Daß wir alle auf der gleichen Straße in Richtung Hölle fahren?« Max nickte. »Das habe ich verstanden, in Ordnung.« Er lehnte sich zurück und zündete sich eine weitere Zigarette an.

Harry wurde von einem Fahrer der Marine in Folkestone nach Farley Field zurückgebracht. Mehrere Piloten und ein paar von den Bodenpersonalleuten scharten sich um ihn.

»Haben gehört, daß Sie ein bißchen naß geworden sind, Sir. Schön, daß Sie wieder hier sind«, sagte ein Leutnant namens Hartley. »Da ist ein Oberst, der Sie zu sehen wünscht.«

Harry öffnete die Tür seines kleinen Büros und sah sofort das Holzbein von West, der hinter Harrys Schreibtisch saß. »Welch eine Überraschung, Sir. Meinen Glückwunsch zu Ihrer Beförderung.«

»Sie haben sich großartig geschlagen, Kelso. Waren bange Stunden, als wir hörten, wo Sie waren, aber Ende gut, alles gut. Auch Ihnen meine Glückwünsche. Ihre Beförderung zum Oberleutnant ist bestätigt worden. Ebenso ein weiteres Fliegerkreuz.«

Harry ging zum Schrank und holte Whisky und zwei Gläser hervor. »Sollen wir auf uns anstoßen, Sir?«

»Hervorragende Idee.«

Harry schenkte ein. »Gewinnen wir?«

»Im Moment nicht.« West kippte seinen Drink hinunter. »Aber letzten Endes bestimmt. Amerika wird in den Krieg eintreten müssen, aber bis dahin müssen wir durchhalten. Ich brauche Sie ein, zwei Tage. Wie ich sehe, habt ihr nur fünf einsatzbereite Hurricanes. Oberleutnant Kenny kann die Stellung hier halten. Morgen abend sind Sie wieder zurück.«

»Darf ich fragen, worum es geht, Sir?«

»Ich wußte noch aus Ihren Unterlagen, daß Sie in Finnland eine Me 109 geflogen haben. Tja, also, wir haben da eine, in Downfield, nördlich von London. Der Pilot hatte ziemlich viel Öl verloren und sich entschieden zu landen anstatt zu springen. Wollte das Ding in Brand stecken, aber eine Einheit der Bürgerwehr war in der Nähe.«

»Ein dicker Fang, Sir.«

»Ja, nun. Seien Sie so gut, und springen Sie kurz unter die Dusche, ziehen sich um, und dann machen wir uns auf den Weg.«

Downfield war ein weiterer Stützpunkt, der vor dem Krieg einem einfachen Flugverein gedient hatte. Es gab nur eine Rollbahn, einen Kontrollturm und zwei Hangars. Das Gelände war von Stacheldraht umzäunt, und an den Toren standen Wachposten der RAF. Die Me 109 stand auf dem Vorfeld, draußen vor den Flugzeughallen. Zwei Dienstwagen des Generalstabs standen ganz in der Nähe. Drei Offiziere der RAF und zwei des Heeres nahmen das Flugzeug gerade in Augenschein. Ein Leutnant der deutschen Luftwaffe, nicht älter als zwanzig, stand in zerknitterter Uniform dabei. Er wurde von zwei mit Gewehren bewaffneten Soldaten der RAF bewacht.

Harry ging schnurstracks auf den Leutnant zu und streckte ihm die Hand entgegen. »Verdammtes Glück«, sagte er auf deutsch. »Schwein gehabt, daß Sie heil wieder runtergekommen sind.«

»Mein Gott, sind Sie Deutscher?«

»Mütterlicherseits.« Harry gab ihm eine Zigarette und Feuer und nahm dann selbst eine.

Der ältere der beiden Heeresoffiziere war ein Brigadegeneral mit den roten Streifen des Generalstabs. Er war auf eine sympathische Art und Weise häßlich, hatte schlohweißes Haar und trug eine Nickelbrille. Er mochte ungefähr fünfundsechzig sein.

»Dougal Munro. Ausgezeichnetes Deutsch, Oberleutnant.«

»Gelernt ist gelernt«, sagte Harry.

»Darf ich vorstellen, mein Adjutant, Jack Carter.«

Carter war Captain bei den Green Howards und trug die Spange für das Militärverdienstkreuz. Er stützte sich auf einen Gehstock – er hatte sein Bein in Dünkirchen verloren, wie Harry später erfahren sollte.

Der älteste der drei Air-Force-Offiziere war wie West ein Oberst. »Hören Sie, ich verstehe nicht, was hier vor sich geht, Teddy«, sagte er zu West. »Wer in aller Welt ist dieser Offizier? Ich bitte Sie, warum dieser ganze Aufwand? Dowding will so schnell wie möglich eine Bewertung dieser Maschine.«

»Bekommt er ja auch. Oberleutnant Kelso hat so eine schon einmal im Einsatz geflogen.«

»Gütiger Gott, wo denn?«

»Er ist für die Finnen geflogen. Gladiators, Hurricanes und die Me 109.« West wandte sich an Harry. »Sagen Sie bitte Oberst Green, was Sie von dem Flugzeug halten.«

»Hervorragende Maschine, Sir. Einen Tick besser als eine Hurricane und sicherlich mindestens so gut wie eine Spitfire.«

»Zeigen Sie mal, was in der Mühle steckt«, sagte West. »Aber nur fünf Minuten. Sonst werden Sie noch abgeschossen.«

Harry ging auf dreitausend Fuß, machte eine Kehrtwende und flog dann einen Looping. Dann tauchte er bei dreihundert Fuß wieder über der Rollbahn auf, drehte in den Wind und landete. Er rollte auf die wartende Gruppe zu, hielt an und stieg aus.

»Wie ich bereits sagte, Sir«, sagte Harry zu Green, »hervorragendes Flugzeug. Allerdings ist die Hurricane, was die Möglichkeit des Bordschützen betrifft, weit und breit das Beste. Aber letzten Endes kommt es ja immer auf den Piloten an.«

Green, noch ganz perplex von der kurzen Vorführung, drehte sich um und sagte an West gewandt: »Sehr interessant, Teddy. Der Offizier soll mir bitte eine schriftliche Bewertung anfertigen.«

»Schon so gut wie erledigt.«

Green und die beiden anderen Offiziere gingen zu ihrem Dienstwagen und fuhren davon. Munro hielt Harry die Hand hin. »Sie sind ein äußerst interessanter junger Mann.« Er nickte West zu. »Vielen Dank, Oberst.«

Jetzt ging auch er zu seinem Wagen. Carter hinkte hinterher. Während sie es sich im Fond bequem machten, sagte er noch: »Alles, was Sie über ihn in Erfahrung bringen können, alles, Jack.«

»Lassen Sie mich nur machen, Sir.«

Harry gab dem deutschen Piloten die angebrochene Packung Zigaretten. »Viel Glück noch.«

Die Wachposten führten den Jungen ab.

»Ich kenne da ganz in der Nähe auf dem Land ein Pub, wo wir eine großartige Schwarzmarktmahlzeit bekommen«, sagte West. »Danach können Sie dann diesen Bericht für mich schreiben.«

»Einverstanden.« Sie stiegen in den Wagen, und als der Fahrer losfuhr, zündete Harry sich eine Zigarette an, die er einer neuen Packung entnommen hatte. »Ich habe Sie doch gefragt, ob wir gewinnen, und Sie haben darauf geantwortet, im Moment nicht. Woran fehlt's uns denn?«

»An einem Wunder.«

»Die sind heutzutage Mangelware.«

Und dann überschlugen sich die Ereignisse. London wurde versehentlich von einer einzelnen Dornier bombardiert. Die RAF flog einen Vergeltungsschlag gegen Berlin, und am 7. September befahl Hitler der Luftwaffe, London zu attackieren. Es war der Anfang der Luftangriffe auf englische Städte, was andererseits der RAF Zeit gab, ihre stark beschädigten Fliegerhorste im Süden Englands wieder auf Vordermann zu bringen.

In einem Café in Le Touquet spielte Adolf Galland auf dem Klavier eine Jazzmelodie und rauchte dabei eine Zigarre. Max kam herein und setzte sich ans Ende der Bar.

»Das war's, Dolfo. Der Rest ist nur noch eine Frage der Zeit. Wir hatten die Tommys am Boden, und unser ruhmreicher Führer hat alles einfach weggeworfen. Was jetzt?«

»Wir lassen uns vollaufen«, sagte Adolf Galland. »Und dann machen wir uns wieder an die Arbeit und spielen das Spiel zu Ende.«

5

Die Luftangriffe auf London, das Blutbad, das sie anrichteten, war so schrecklich, daß die Piloten der Luftwaffe den rotglühenden Lichtschein schon sehen konnten, wenn sie nachts in Frankreich aufstiegen. Tagsüber schien der Himmel voller Bomber zu sein, und die Rauchstreifen durchschnitten den Horizont, an dem Hunderte von RAF-und Luftwaffen-Flugzeuge es untereinander ausfochten.

Wer mehr als zwanzig Abschüsse zu verzeichnen hatte, bekam das Ritterkreuz verliehen. Galland hatte es bereits, samt dem Eichenlaub für eine zweite Auszeichnung. Max wurde das Kreuz am 10. September verliehen, obwohl er zu dem Zeitpunkt bereits mindestens dreißig Maschinen ausgeschaltet hatte.

Harry und das Hawk-Geschwader nahmen an allen Kämpfen teil und flogen dabei sechs oder sieben Einsätze pro Tag. Man war bis zur Erschöpfung in der Luft, und die Verluste waren hoch. Irgendwann war Harry das einzige überlebende Mitglied des ursprünglichen Geschwaders. Und dann, am 15. September, folgten die letzten großen Kämpfe: vierhundert Jäger der Luftwaffe über dem Süden Englands und über London gegen dreihundert Spitfires und Hurricanes.

Einen richtigen Sieger gab es seltsamerweise nicht. Der Ärmelkanal blieb umkämpftes Gebiet, und die Luftangriffe auf London und andere Städte wurden fortgeführt, jedoch hauptsächlich bei Nacht. Hitlers grandioser Plan für die Invasion Englands, Unternehmen Seelöwe, wanderte in den Papierkorb. England stand jedoch weiterhin allein da, während der Führer nun seine Aufmerksamkeit Rußland zuwandte.

Anfang November regnete es in Berlin in Strömen, als Heinrich Himmler aus seinem Wagen stieg und das Gestapo-Hauptquartier in der Prinz-Albrecht-Straße betrat. Während er in der schwarzen Ausgehuniform des Reichsführers der SS zu seinem Büro durchmarschierte, folgte ihm ein ganzer Schwanz von Wachposten und Büropersonal. Er trug wie immer sein silbernes Monokel, und seine Miene war so undurchdringlich wie eh und je, während er die Marmorstufen zu seinen Büroräumen erklomm, wo seine Sekretärin, eine Frau mittleren Alters, in der Uniform aufstand.

»Guten Morgen, Reichsführer.«

»Holen Sie mir Sturmbannführer Hartmann her.«

»Sofort, Reichsführer.«

Himmler ging in sein palastartiges Büro, stellte seine Aktentasche auf den Schreibtisch und öffnete sie. Dann holte er ein paar Unterlagen heraus, setzte sich und sah sie durch. Es klopfte, und die Tür ging auf.

»Ah. Hartmann.«

»Reichsführer.«

Hartmann hatte eine ungewöhnliche Uniform an, die aus Fliegerjacke und weiten Hosen bestand, die wie die der Luftwaffe aussahen, aber in Feldgrau waren. Die Kragenspiegel wiesen ihn als Major der SS aus, obwohl er das Pilotenabzeichen der Luftwaffe trug und das Eiserne Kreuz erster und zweiter Klasse vorzuweisen hatte. Auf den Ärmelaufschlägen waren silberne Schriftzeichen zu sehen: RFSS – Reichsführer SS. Diese Ärmelaufschläge trug nur Himmlers Personalstab. Darüber war ein SD-Abzeichen zu sehen, das darauf hindeutete, daß er ebenfalls zum Sicherheitsdienst gehörte, dem Nachrichtendienst der SS – eine beachtliche Kombination.

»Wie kann ich Ihnen behilflich sein, Reichsführer?«

Hartmann, damals dreißig, war knapp eins fünfundachtzig groß und hatte ein kantiges, durchaus anziehendes Gesicht. Sein gebrochenes Nasenbein – Folge eines Flugzeugabsturzes – verlieh ihm besonderen Schneid. Er trug sein Haar, das mehr rot als braun war, kurzgeschoren wie ein Preuße. Er war noch vor der Luftschlacht um England als Kampfpilot der Luftwaffe bei einem Absturz in Frankreich schwer verwundet und daraufhin zu den Heeresfliegern versetzt worden, um in Fieseler-Storch-Aufklärern höhere Offiziere zu befördern. Dort sollte ihm auch eines Tages eine seltsame Sache passieren.

Himmlers Besuch in Abbeville war abgekürzt worden, aber die Junkers, mit der er abgeholt werden sollte, konnte wegen schlechten Wetters nicht landen. Zufällig war Hartmann, der einen General hergebracht hatte, mit seinem Storch auf dem Flugplatz, und Himmler kommandierte ihn in seine Dienste ab.

Was dann geschah, war wie ein böser Traum. Als er über die niedrig hängenden Wolken und den Regen hinausstieg, wurde er von einer Spitfire angegriffen, wobei die Tragflächen seines Flugzeugs von Kugeln zerfetzt wurden. Er faßte all seinen Mut zusammen und tauchte noch einmal in das Unwetter hinab. Die Spitfire saß ihm fest im Nacken. Die nächste Salve zerschmetterte die Windschutzscheibe, und die ganze Maschine wurde durcheinandergerüttelt.

»War's das für uns?« sagte Himmler seelenruhig.

»Nicht, wenn wir alles auf eine Karte setzen, Reichsführer.«

»Nur zu, ich bitte drum«, antwortete Himmler.

Hartmann war in den Regen und Nebel hinabgetaucht, zweitausend Fuß, tausend Fuß, um dann bei fünfhundert Fuß über offenes Gelände auszubrechen und dort den Steuerknüppel wieder hochzureißen. Den Piloten der Spitfire verließ der Mut, und er drehte ab.

Himmler, ein notorisch abergläubischer Mensch, hatte wiederholt beteuert, daß er an Gott glaube, und er war auf der Stelle davon überzeugt, daß Hartmann ein Werkzeug Gottes war. Er ließ ihn gründlich durchleuchten und war ganz begeistert, als er hörte, daß der junge Mann auf der Universität in Wien die Doktorwürde der Rechtswissenschaft erworben hatte. Das alles lief schließlich darauf hinaus, daß Hartmann zur SS und zum persönlichen Mitarbeiterstab Himmlers berufen wurde, um fortan sein Pilot und sein Talisman zu werden. Angesichts seiner rechtswissenschaftlichen Kenntnisse tat er auch als persönlicher Adjutant des Reichsführers im Nachrichtendienst der SS Dienst.

»Die Luftangriffe auf London werden fortgesetzt«, sagte Himmler. »Ich komme gerade vom Führer. Am Ende werden wir natürlich gewinnen. Es werden noch Panzer vor den Buckingham Palast rollen, Sie werden sehen.«

Hartmann behielt seine Bedenken für sich und sagte statt dessen: »Unleugbar, Reichsführer.«

»Also, wir werden England fürs erste schmoren lassen und uns Rußland zuwenden. Der Führer hatte hier beinahe eine göttliche Eingebung. Höchstens sechs Wochen, und die rote Gefahr wird ein für alle Mal besiegt sein.«

Hartmann stimmte trotz seiner ernsten Zweifel zu: »Natürlich.«

»Na, einerlei«, sagte Himmler. »Ich habe mich mit Admiral Canaris über das Fortkommen unserer geheimdienstlichen Tätigkeiten in England besprochen, und ehrlich gesagt, es sieht nicht gut aus.« Canaris war Chef der Abwehr, des deutschen Militärspionagedienstes. »Soweit ich das beurteilen kann, sind sämtliche Agenten der Abwehr in England geschnappt worden.«

»Hat ganz den Anschein.«

»Und wir können nichts tun.« Himmler wirkte wütend. »Es ist eine Schande!«

»Das muß nicht sein, Reichsführer«, sagte Hartmann. »Wie Sie wissen, habe ich Abteilung 13 übernommen, nachdem Sturmbannführer Klein letztes Jahr an Krebs gestorben ist. Und zu meinem Erstaunen habe ich festgestellt, daß er noch vor dem Krieg ein paar Maulwürfe rekrutiert hatte.«

»Wirklich? Und was sollen das für Leute sein?«

»Größtenteils Iren, die unzufrieden mit dem britischen Establishment sind. Die Abwehr hat sogar Verbindung mit der Irisch-Republikanischen Armee aufgenommen.«

»Ach, diese Leute sind doch total unzuverlässig«, sagte Himmler.

»Mit Verlaub, nicht alle, Reichsführer. Klein hat darüber hinaus übrigens auch verschiedene Neutrale auf seine Lohnliste gesetzt – ein paar spanische und portugiesische Diplomaten.«

Himmler erhob sich und ging zum Fenster. Er stand lange da, die Hände auf dem Rücken, und drehte sich schließlich wieder um. »Habe ich Sie recht verstanden, daß wir Maulwürfe haben, von denen die Abwehr nichts weiß?«

»So ist es.«

Himmler nickte. »Ja. Ja, das ist gut. Ich möchte, daß Sie diese Sache weiterverfolgen, Hartmann, zusätzlich zu Ihren sonstigen Pflichten natürlich. Vergewissern Sie sich, ob die besagten Leute noch an Ort und Stelle sind und bereitstehen, wenn sie gebraucht werden. Haben wir uns verstanden?«

»Zu Befehl, Reichsführer.«

»Sie können gehen.«

Hartmann kehrte in sein Büro zurück, wo seine Sekretärin, Trudi Braun, vierzig Jahre alt und schon Kriegswitwe, von ihrem Schreibtisch aufblickte. Sie war Hartmann treu ergeben – ein solcher Held und dazu noch eine tragische Gestalt, weil dessen Frau beim ersten Luftangriff der RAF auf Berlin umgekommen war. Sie wußte allerdings nicht, daß Hartmann beinahe einen Seufzer der Erleichterung ausgestoßen hatte, als das passiert war. Seine Frau war vom ersten Tag ihrer Heirat an allem hinterhergejagt, was Hosen trug.

»Ärger, Herr Hartmann?« fragte sie.

»Das kann man wohl sagen, Trudi. Kommen Sie herein, und bringen Sie Kaffee mit.«

Er nahm hinter seinem Schreibtisch Platz und zündete sich eine Zigarette an. Zwei Minuten später kam die Sekretärin hinzu, eine Tasse für sich, eine für ihn. Sie setzte sich ihm gegenüber auf den Stuhl.

»Und?«

Hartmann holte eine Flasche Weinbrand aus einer Schublade hervor und schenkte einen Schluck in seinen Kaffee ein, hauptsächlich um die Schmerzen im linken Bein zu betäuben, ein weiteres Vermächtnis jenes Flugzeugabsturzes.

»Trudi, ich weiß, daß unser werter Reichsführer glaubt, daß Gott mit uns ist, aber jetzt glaubt er auch noch, daß das Unternehmen Seelöwe doch noch stattfinden wird.«

»Wirklich?« Trudi hatte in solchen Dingen keine eigene Meinung.

»Also, jetzt zu dieser Liste von Klein, von der Sie mir erzählt haben. Sie haben doch für ihn gearbeitet – geben Sie mir einen vollständigen Bericht darüber, insbesondere über die Spanier und die Portugiesen, die auf seiner Lohnliste gestanden haben.«

»Die stehen immer noch drauf, Herr Hartmann.«

»Also, auf, es ist an der Zeit, daß sie sich ihren Lohn verdienen. Auf geht's, Trudi.«

»Tja, also, einer der Verbindungsleute, ein gewisser Fernando Rodrigues in London, Portugiese, hat tatsächlich von Zeit zu Zeit Nachrichten, allerdings von minderwertigem Interesse, weitergegeben. Er arbeitet an der portugiesischen Botschaft in London.«

»Aha«, sagte Hartmann. »Und wen gibt's noch?«

»Irgendeine Frau namens Dixon – Sarah Dixon. Sie arbeitet dort im Heeresministerium.«

Hartmann setzte sich auf. »Ist das Ihr Ernst? Wir haben eine Angestellte im Heeresministerium, und sie ist immer noch an Ort und Stelle?«

»Nun ja, sie hat nie der Abwehr angehört. Wenn ich kurz erklären darf, wie die Dinge vor Ihrer Ankunft waren, Herr Hartmann – nur die Abwehr durfte im Ausland ein Agentennetz unterhalten. Sturmbannführer Kleins Unternehmung für den SD war eigentlich illegal. Als die Briten also in das Netz der Abwehr eingedrungen sind und sämtliche Agenten in England enttarnt haben, blieben unsere davon unberührt. Sie wurden nie kompromittiert.«

»Ich verstehe.« Hartmann war ganz aufgeregt. »Bringen Sie mir die Akten. Sofort!«

Fernando Rodrigues war Handelsattaché an der portugiesischen Botschaft in London, und sein Bruder Joel war in der gleichen Funktion an der Botschaft in Berlin tätig. Sehr praktisch. Hartmann las die Akten und hatte die beiden schnell durchschaut: geldgierige Männer, die gern die Hand aufhielten. Nun denn. Zumindest wußte man bei solchen Leuten, woran man war, und zur Not konnte man sie ja jederzeit schnell loswerden.

Bei Sarah Dixon lag der Fall etwas anders. Sie war fünfundvierzig, die Witwe eines gewissen George Dixon, eines Bankangestellten, der seinen Kriegsverletzungen aus dem Jahre 1917 erlegen war. Ihr Mädchenname war Sarah Brown. Sie stammte aus London und hatte einen englischen Vater und eine irische Mutter. Ihr Großvater, IRA-Aktivist, war während der Osteraufstände gegen die Briten in Dublin erschossen worden.

Sie wohnte allein in Bayswater in London und arbeitete seit 1938 als Büroangestellte im Heeresministerium. Ursprünglich war sie im gleichen Jahr als IRA-Sympathisantin von einem Aktivisten namens Patrick Murphy während des Bombenterrors in London und Birmingham angeworben worden; und Murphy wiederum hatte für Klein und den SD gearbeitet. Sie hatte sich zur Zusammenarbeit bereiterklärt, und kurz darauf kam Murphy bei einer Schießerei mit Sicherheitspolizisten um.

Hartmann blickte auf. »Dann wartet sie also immer noch?«

»Allem Anschein nach, Herr Hartmann.«

»Gut. Bestellen Sie diesen Joel Rodrigues von der portugiesischen Botschaft her. Denn knöpfen Sie sich vor. Sagen Sie ihm, er soll sich auf diplomatischem Wege mit seinem Bruder in London in Verbindung setzen. Der soll sich dann mit der Dixon zusammentun. Stellen Sie sicher, daß sie verfügbar ist, wenn wir sie brauchen. Wenn diese Rodrigues-Brüder Ihnen Schwierigkeiten machen, kommen Sie zu mir. Wir werden denen schon den Marsch blasen.«

»Gut, Herr Hartmann.«

Trudi ging hinaus. Hartmann zündete sich noch eine Zigarette an. »Auch eine Art, einen Krieg zu führen«, sagte er leise.

»Sie sehen also«, sagte Trudi Braun zu Joel Rodrigues, der vor ihrem Schreibtisch saß, »es ist ganz einfach. Ihr Bruder nimmt Verbindung mit dieser Frau auf und hält sie sich warm. Deren Anstellung im Heeresministerium sollte der Mühe wert sein – sind dort doch jede Menge pikante Einzelheiten zu holen. Jedoch nichts übertreiben. Er soll bescheiden bleiben. Wir wollen nicht, daß sie in Verdacht gerät. Es könnte ja noch der Moment kommen, wo sie wirklich wichtig für uns wird.«

Rodrigues war nervös, und es war ihm anzumerken. »Ich weiß nicht, Frau Braun. Könnte sein, daß mein Bruder nicht allzu glücklich darüber sein wird.«

Hartmann, der hinter der angelehnten Tür im Zimmer nebenan stand und lauschte, trat auf der Stelle ein. Als Joel Rodrigues die prächtige Uniform erblickte, brach er sogleich in Schweiß aus.

»Ihr Bruder hat keine Wahl. Wenn Sie ihm also per Diplomatenpost schreiben«, sagte Hartmann, »dann erinnern Sie ihn daran, daß er seit mittlerweile drei Jahren einen monatlichen Pauschalbetrag einstreicht und bisher kaum etwas dafür getan hat.«

Rodrigues sprang auf. »Bitte, Herr Sturmbannführer, ich wollte damit nicht etwa andeuten, daß es da Probleme gibt.«

»Freut mich zu hören. Ich möchte Sie bei der Gelegenheit auch daran erinnern, daß Sie ebenfalls für recht geringfügige Dienste für das Reich gut bezahlt wurden. Verlieren Sie also keine Zeit.«

»Natürlich nicht. Sie können sich auf mich verlassen.«

Rodrigues hatte es eilig, zur Tür zu kommen. Als er sie öffnete, sagte Hartmann noch: »Ich weiß alles über Sie, Rodrigues. Was mich angeht, so sind Ihre sexuellen Vorlieben Ihre Privatsache, aber Sie sollten nicht vergessen, daß Homosexualität im Dritten Reich ein Verbrechen darstellt, das mit Arbeitslager bestraft wird.«

Rodrigues erzitterte. »Ja, Herr Sturmbannführer.«

»Allerdings, wenn Sie schön brav sind ...« Hartmann zuckte die Achseln.

»Ich bin Ihnen sehr dankbar, Herr Sturmbannführer.«

»Gut. Hübsche Villa, die Sie Ihren Eltern da in Estoril gekauft haben. Bestimmt genießen sie ihren Ruhestand. Wäre zu schade, wenn man sie stören müßte.« Er lächelte kühl. »Ich habe einen langen Arm, mein Lieber. Und jetzt raus.«

Rodrigues trat ab.

»Manchmal kenne ich Sie kaum wieder«, sagte Trudi.

»Manchmal kenne ich mich selbst kaum wieder, meine Gute, aber wenn ich nicht so hart gewesen wäre, würde er jetzt nicht Blut und Wasser schwitzen. Es ist alles Schauspielerei, Trudi, in dieser wundervollen Aufführung, die wir das Dritte Reich nennen.«

Er wandte sich um und ging in sein Büro zurück.

Später am Abend begleitete er Himmler auf einen Empfang im Ballsaal des Hotel Adlon. Der Führer hielt Hof, und seine Entourage scharwenzelte um ihn herum. Joseph Goebbels war da, Reichspropagandaminister und Organisator des totalen Krieges, Admiral Wilhelm Canaris, Chef der Abwehr, und der Reichsaußenminister von Ribbentrop.

»Nur Göring, dieser blöde Fettsack, scheint zu fehlen«, bemerkte Himmler bissig, und zu Hartmanns großem Bedauern winkte er einem Kellner mit einem Tablett Champagnergläser ab. »Nach dem Versagen seiner Kampfpiloten über England hat er allerdings auch allen Grund, sich zu verstecken.«

Hartmann war stocksauer, hielt jedoch an sich und zündete sich zur Beruhigung eine Zigarette an, wußte er doch, daß Himmler das Rauchen haßte wie die Pest. Doch dann, noch bevor Himmler etwas sagen konnte, betrat Göring die Szene.

»Die Frau an seinem Arm«, sagte Himmler. »Ist das nicht die Baronin von Halder?«

»Ich glaube wohl«, sagte Hartmann.

»Ist sie seine Mätresse?«

»Nach meinen Informationen nicht, Reichsführer.«

»Sie war mit einem Amerikaner verheiratet, nicht wahr?«

»Ist vor Jahren gestorben.«

»Interessant. Ebenso wie ihre Brillanten. Wie kommt sie zurecht?«

»Der Vater ihres verstorbenen Mannes ist ein amerikanischer Senator, Multimillionär. Er hat in Schweden für sie ein Treuhandvermögen eingerichtet. Sie erhält von dort erhebliche Summen.«

»Sie sind ausgesprochen gut informiert.«

»Wir haben eine Akte über sie.«

»Und wer sind die beiden Luftwaffen-Offiziere da bei Göring?«

»Der im weißen Jackett ist Major Adolf Galland, der Mann mit der höchsten Abschußrate während der Luftschlacht um England – die Gegenseite mit eingeschlossen.«

»Und der Hauptmann?«

»Baron von Halder, ihr Sohn. Sie nennen ihn den Schwarzen Baron.«

»Wie pathetisch.«

»Ein genialer Flieger. Spanien, Polen. Er hat dort zwanzig Abschüsse verbuchen können, und neunundzwanzig über dem Ärmelkanal. Im letzten September hat er das Ritterkreuz erhalten. Er gehört zu denen, die immer noch gegen London fliegen. Bis einschließlich letzte Woche gingen insgesamt sechzig Abschüsse auf sein Konto.«

»Eindrucksvoll. Mögen Sie den Mann?«

»Wir sind vor meinem Absturz eine Zeitlang zusammen geflogen.«

»Freunde also?«

Hartmann zuckte die Achseln. »In gewisser Weise, aber Max Kelso ist ein seltsamer Mann. Unnahbar.«

»Kelso?«

»Der Name seines Vaters. Und noch etwas. Er hat einen Zwillingsbruder – der für die Briten fliegt.«

»Gütiger Gott.« Himmler runzelte die Stirn. »Tatsächlich?« Er blickte einen Moment lang ganz starr durchs Zimmer. »Sorgen Sie dafür, daß die Halder-Akte geöffnet bleibt. Irgend etwas an der Sache schmeckt mir nicht.«

Im gleichen Moment bat Göring um allgemeine Ruhe und wandte sich an Hitler. »Mein Führer, Sie haben Major Galland zweimal ausgezeichnet und Sie sind gut bekannt mit der Baronin von Halder. Ihr Sohn hier, Baron von Halder, erhielt von mir in Frankreich während der Angriffe auf England sein Ritterkreuz. Noch vor zwei Tagen flog er über London und half dabei, unsere heldenhaften Bomberbesatzungen zu schützen. Ich habe ihn aus einem besonderen Grund herfliegen lassen. Seine Abschußrate feindlicher Flugzeuge liegt mittlerweile bei sechzig, und deshalb ist ihm das Eichenlaub für das Ritterkreuz verliehen worden.«

Göring nickte Galland zu, der ihm eine rote Lederschachtel reichte. »Ich bitte Sie, mein Führer, diesen tapferen Offizier persönlich zu ehren.«

Es folgte ein Schweigen. Hitler fixierte Max mit seinem unverkennbaren bohrenden Blick, dann nickte er feierlich und streckte den Arm aus.

»Sie irren, Herr Reichsmarschall. Die Ehre ist ganz meinerseits.« Göring gab ihm die Medaille, und Hitler überreichte sie Max. Er schüttelte ihm die Hand.

»Das Reich ist stolz auf Sie, Baron.« Er wandte sich an Elsa. »Und Sie, Frau Baronin, wie alle Mütter sind auch Sie dem Reich eine Ehre.«

Die versammelte Menge brach in Beifall aus. Der Führer nickte. Dann, als er Himmler sah, winkte er ihn zu sich, und der Reichsführer folgte der Aufforderung. Hartmann nutzte die günstige Gelegenheit und griff nach einem Glas Champagner.

»Na, das ist ja gut gelaufen«, sagte Elsa von Halder.

»Ja, Sie können stolz auf Ihren Sohn sein«, sagte Göring. »Wenn er sich nur entsprechend kleiden würde. Schauen Sie ihn sich nur an. Geradewegs aus der Pilotenkanzel.« Er schlug Max auf die Schulter. »Die Öffentlichkeit findet es jedoch offenbar ganz toll.« Er nahm dem Kellner ein Glas Champagner ab, und dann winkte Hitler auch ihn herbei. »Die Pflicht ruft«, sagte er, setzte sein Glas auf das nächste Tablett ab und ging.

Hartmann, der etwas scheu wirkte, trat heran. »Dolfo – Max«, sagte er.

»Mein Gott, das ist ja Bubi.« Galland lachte.

Max schüttelte Hartmann die Hand. »Na, du altes Haus. Und wir dachten nach dem Absturz, daß es mit dir aus ist.«

»Man hat mich zum Heeresflieger gemacht, in einem Storch. Mußte den Reichsführer mal in Frankreich abholen. Wir sind dabei von einer Spitfire angegriffen worden, aber ich habe den Spieß umdrehen können – und hier bin ich.«

»In einem Storch?« sagte Galland. »Muß eine echte Meisterleistung gewesen sein.«

»Einerlei, Himmler hat sich danach gesagt, daß ich so eine Art Glücksbringer bin, und hat mich zu seinem persönlichen Piloten gemacht, hat allerdings darauf bestanden, daß ich zur SS überwechsle.«

»Nun, man kann nicht alles haben.« Max wandte sich an seine Mutter. »Mutti, das ist ein alter Kamerad von uns, Bubi Hartmann.«

»Sturmbannführer«, sagte sie. »Was für eine hübsche Uniform.«

»Ich bin, ach, auch nur ein schlechter Schauspieler, Frau Baronin.« Er küßte ihr die Hand. »Darf ich dem allgemeinen Stolz auf Ihren Sohn hier noch etwas hinzufügen? Mir wurde hinterbracht, daß Ihrem anderen Jungen letzte Woche das Fliegerverdienstkreuz verliehen wurde.«

»Mein Gott«, entfuhr es ihr.

»Bist du da sicher?« wollte Galland wissen.

»O ja. Der Reichsführer hat dafür gesorgt, daß ich in meiner Freizeit beim SD aushelfe. Unsere Quellen sind ausgezeichnet.« Er wandte sich an Max. »Du erinnerst dich an den Angriff auf Bigging Hill am 13. August? Dein Bruder mußte überm Kanal bei Folkestone abspringen.«

Max wandte sich an Galland. »Der Tag, an dem ich meine Strandlandung hingelegt habe.«

»Er wurde von einem Boot aufgelesen. Eine Woche vorher hat er über der Isle of Wight abspringen müssen. Sein erstes Fliegerverdienstkreuz ist ihm bei Einsätzen über Frankreich noch vor der Luftschlacht um England verliehen worden.«

»Und das zweite?«

»Wie gesagt, letzte Woche. Es hat wohl in der *London Gazette* gestanden. Die bekommen wir freundlicherweise regelmäßig von der portugiesischen Botschaft zur Verfügung gestellt. ›Unnachgiebiger und tapferer Einsatz‹, und daß er an einem einzigen Tag eine Me 109 und vier Dorniers abgeschossen hat, alles bestätigte Abschüsse.«

Elsa wandte sich an Max. »Er ist genauso schlimm wie du, so schlimm wie euer Vater. Ihr scheint alle von der gleichen Todessehnsucht beseelt zu sein.«

»Schon gut, Mutti.« Max winkte einen Kellner herbei. »Champagner für uns alle, und laßt uns auf Harry trinken.«

»Und auf alle tapferen Piloten, wo immer sie sind«, fügte Galland hinzu. »Und wer immer sie sind.«

Tags darauf hatte Harry Kelso einen Termin in London. Es regnete, und als sein Taxi die Pall Mall zum Buckingham Palast hochfuhr, hüllte feuchter Dunst den St. James's Park ein.

Harry hatte sich eine Zigarette angezündet. Seine Wangen waren hohl und sein Gesicht blaß.

»He, Chef, kriegen Sie 'ne Medaille oder so was?« wollte der Taxifahrer wissen. »Ich mein, das Fliegerkreuz haben Sie doch da schon, oder?«

»Na ja, im Augenblick sind die damit sehr großzügig«, sagte Harry. »Ist heute wieder einer von diesen Tagen.«

»Menschenskind, Sie sind ja 'n Ami, Chef. Was tun Sie da in der RAF?«

»Oh, da bin ich nicht der einzige«, sagte Harry.

Ein Polizist winkte sie durchs Tor in den Palasthof. Harry holte seine Brieftasche heraus, aber der Fahrer winkte nur ab. »Sie ham se wohl nicht alle, Chef. Sie brauchen ja noch nicht mal hier zu sein.«

»O doch, das muß ich«, sagte Harry Kelso.

Er ging durch den Haupteingang und folgte der Menge die Treppen zur Bildergalerie hoch. Hofbeamte führten die einzelnen Leute zu ihren Plätzen. Die Militärkapelle spielte Unterhaltungsmusik. Nach einer Weile stimmten sie »God Save the King« an, worauf König George und Königin Elizabeth eintraten und sich auf ihre Thronsessel oben auf der Estrade setzten.

Die Auszeichnungen wurden in ansteigender Reihenfolge aufgerufen. Kelso hatte in dem ganzen Wirrwarr während der Luftschlacht um England keine Zeit gehabt, der Zeremonie bei seiner ersten Auszeichnung beizuwohnen. Er war nicht nervös, aber angespannt, und dann wurde sein Name ausgerufen.

»Oberleutnant Harry Kelso, Finnland.«

Plötzlich fand er sich vor dem König wieder. Der König steckte ihm das Fliegerkreuz an. »Finnland mit Umweg über Boston, wenn ich nicht irre, Oberleutnant? Wir sind Ihnen sehr dankbar.«

»Ist mir eine Ehre, Eure Majestät.«

Später wanderte er recht ziellos durch die Menge, eigentlich recht einsam. Er hatte niemanden, denn da war niemand. Er war noch nicht ganz durchs Tor getreten, da hörte er schon, wie jemand seinen Namen rief.

»Harry. Hier herüber.« Ein Wagen des Generalstabs der RAF fuhr vor. West lehnte sich aus dem Fenster.

»Inzwischen Brigadegeneral, wie ich sehe«, sagte Harry.

»Schnellbeförderung, Harry. Ist 'n schneller Krieg. Ich wußte, daß heute Ihr Lamettatag war. Hab mir gedacht, daß ich Sie in meinen alten Club mitnehme, den Garrick. Da kriegt man immer noch ein anständiges Mittagessen. Einfach, aber nahrhaft.«

»Hört sich gut an.«

»Na, dann los.«

Im Garrick saßen sie in der Ecke der Bar und tranken einen Whisky mit Soda. Dougal Munro und Jack Carter traten ein, beide in Uniform.

»Dougal«, rief West. »Setzen Sie sich zu uns.« Sie kamen herüber. »Sie erinnern sich an Brigadegeneral Munro und Captain Carter, Harry? Sie waren in Downfield dabei, als Sie für uns die Me 109 getestet haben.« Er lächelte. »Harry kommt gerade vom Palast. Hat sich einen Streifen für sein Fliegerkreuz abgeholt.«

»Wunderbar«, sagte Munro. »Kommen Sie, da trinken wir zusammen eine Flasche Champagner drauf.« Er rief den Barmann. »Veuve Clicquot, einundzwanziger, und sagen Sie bloß nicht nein. Ich weiß, daß ihr welchen habt.« Er bot Harry eine Zigarette an. »Da fällt mir ein, Sie könnten mir einen Gefallen tun, alter Junge.«

»Und der wäre, Sir?«

»Ach, lassen Sie doch das Sir. Ich war vor dem Krieg ein einfacher Archäologieprofessor. Man hat mich zum Brigadegeneral gemacht, damit ich, wie ihr Amerikaner euch wohl ausdrückt, den Leuten Feuer unterm Arsch machen kann.«

Harry lachte. »Ziemlich treffend gesagt, Herr Brigadegeneral. Was kann ich für Sie tun?«

»Das gleiche wie letztes Mal, nur geht's diesmal um einen Fieseler-Storch-Aufklärer. Kennen Sie die Maschine?«

»Aber sicher. Wir haben sie in Finnland eingesetzt. Wo haben Sie die her?«

»Der Kompaß war defekt. Der Pilot ist nachts von Holland losgeflogen und dann in Kent gelandet. Hat gedacht, er sei in

Frankreich. Wäre es Ihnen morgen früh recht? Wieder in Downfield?«

»Aber gern.«

»Gut. Ich habe eine Überraschung für Sie. Meine Nichte wird uns Gesellschaft leisten. Molly – Molly Sobel. Ist übrigens Amerikanerin. Ihr Vater ist Colonel im Kriegsministerium. Die Eltern haben sich getrennt, da kam sie 1935, sie war siebzehn, rüber, um bei ihrer Mutter zu sein. Sie hat hier dann Medizin studiert.«

»Hat sie ihren Abschluß gemacht?«

»O ja, 1939. Hochintelligentes Mädchen, arbeitet zur Zeit als Chirurgin im Cromwell Hospital. Traurige Sache jedoch – ihre Mutter ist während der Bombardements vor zwei Monaten ums Leben gekommen.«

»Das tut mir leid«, sagte Harry Kelso.

»Wem nicht«, sagte Dougal Munro, und dann betrat Molly Sobel den Barraum, allerdings zögerlich, denn er war traditionell den Männern vorbehalten. Munro übersah diese Tatsache einfach und stand auf.

»Molly, Liebes, kommt, wir gehen in den Speisesaal.«

Sie war damals dreiundzwanzig, drei Monate älter als Harry, ein kleines zierliches Mädchen – etwa eins sechzig, fünfundsechzig groß, blondes Haar, blaue Augen und mit einem entschlossenen, trotzigen Gesichtsausdruck. Man machte sich einander bekannt, und dann bestellten alle Shepherd's Pie. Dazu gab es Rheinwein.

»Ein deutscher Wein. Das ist ja paradox«, sagte Molly.

»Gegen einen guten deutschen Wein gibt's doch nichts einzuwenden«, sagte Harry.

»Ich dachte, Sie seien ein Ami in der RAF«, erwiderte sie.

»Das bin ich auch, mit Umweg über Boston. Aber darüber hinaus habe ich eine deutsche Mutter in Berlin und einen Zwillingsbruder, der Hauptmann der deutschen Luftwaffe ist.«

Als er sah, daß er sie sprachlos gemacht hatte, mußte er grinsen. Die Leute reagierten immer seltsam darauf.

»Schlägt sich prächtig, der Baron«, sagte Munro. »Hat kürzlich das Eichenlaub zu seinem Ritterkreuz verliehen bekommen. Haben ihn ganz schön lange schmoren lassen. Hat zur Zeit sechzig Abschüsse auf seinem Konto, wie man hört.«

»Und woher wissen Sie das?«

»Oh, ich leite so eine gewisse Art von Abteilung.« Er stand auf. »Ich muß jetzt los. Wissen Sie schon, wo Sie heute übernachten?«

Harry schüttelte den Kopf.

»Ich besitze eine Wohnung am Haston Place, die ist nur zehn Minuten von meinem Hauptquartier entfernt. Molly übernachtet dort immer, wenn sie nicht im Krankenhaus ist. Es wäre Platz genug da. Sie können dort gern schlafen, wenn Sie möchten.« Munro klopfte seiner Nichte auf die Schulter. »Paß auf ihn auf, Liebes.« Er wandte sich an West. »Kann ich Sie irgendwohin mitnehmen, Teddy?«

»Nein, hab meinen eigenen Wagen.«

Und weg waren sie. West zündete sich eine Zigarette an. »Passen Sie auf. Jetzt, wo täglich immer mehr von euch Amis hier eintreffen, zu den vielen die bereits in der RAF sind, ist von oben beschlossen worden, ein neues Geschwader zu bilden, was dann Eagle-Geschwader heißen soll. Könnte mir vorstellen, daß Sie überwechseln wollen.«

»Da bin ich nicht besonders scharf drauf.« Harry stand auf und sagte an Molly gewandt: »Sicher haben Sie noch viel zu tun. Wenn Sie mir die Adresse geben, dann werde ich gegen Abend dort auftauchen.«

»Ich habe seit achtundvierzig Stunden keine ruhige Minute gehabt. Ich werde mir also den Rest des Tages frei nehmen. Worauf haben Sie Lust? Ins Lyceum tanzen gehen? Es gibt dort eine Nachmittagsveranstaltung.«

»Lieber spazierengehen«, sagte Harry Kelso. »Ich will einfach nur spazierengehen.« Er wandte sich an West. »Dann bis morgen früh, Sir.« Er ging mit Molly zur Tür und drehte sich noch einmal um. »Und tun Sie mir einen Gefallen. Halten Sie mich aus diesem Eagle-Geschwader raus. Ich habe in der RAF angefangen, und ich werde in der RAF aufhören.«

»Genaugenommen haben Sie als Finne angefangen.«

»Ist doch Jacke wie Hose«, sagte Harry und ging mit Molly zur Tür hinaus.

Sie spazierten in der Stadt umher, die von den Bombardements noch ganz rauchverhangen war. Nach einer Weile fing es an zu regnen. Molly spannte ihren Regenschirm auf.

»Muß alles ziemlich hart für Sie gewesen sein«, sagte er. »Tausende von Leichen, Tod und Zerstörung. Das Krankenhaus platzt sicher aus allen Nähten.«

»Die Nächte sind meistens ziemlich hart, aber wir schaffen das schon. Die Menschen sind wunderbar. ›London Pride‹, so hat Noël Coward das einmal in einem seiner Lieder genannt.«

»Munro hat mir erzählt, daß Ihr Vater Colonel im Kriegsministerium ist.«

»Das stimmt. Ein Flieger wie Sie, Bomber.«

»Und Ihre Mutter ist bei den Luftangriffen vor zwei Monaten umgekommen? Das muß schlimm für Sie gewesen sein.«

»Ich hatte keine Zeit, lange zu trauern. In der Notaufnahme ging es hoch her.« Sie kamen am Victoria Embankment an und blickten auf die Themse mit den vorbeituckernden Booten hinaus. Dann wurde der Regen stärker, und sie stellten sich kurz unter. Er holte seine Zigaretten heraus.

»Rauchen Sie auch?«

»Das einzige, was mich vom Durchdrehen abhält.« Sie nahm eine. Er gab ihr Feuer, und sie setzten sich auf eine Bank. »Was ist das da für eine Geschichte mit Ihrem Bruder in der Luftwaffe?«

»Mein Bruder Max. Unser Vater war Amerikaner. Ist vor Jahren verstorben, aber wenn ich mich nicht in Munro täusche, dann wird er Sie bestimmt mit all den blutrünstigen Einzelheiten über meine Mutter, die Baronin, bestens versorgt haben.«

»Und über Ihren Bruder, den Baron.«

»Der Schwarze Baron. Ein echtes Fliegeras, unser Max.«

»Sie sind doch auch so einer. Stört Sie das nicht?«

»Daß Max drüben ist und ich hier? Ist doch Jacke wie Hose. Wenn ich zehn Minuten früher geboren wäre, wäre ich drüben und er hier.«

»Ich sehe da schon Unterschiede. Ihr Bruder war in Deutschland. Er hatte gar keine andere Wahl, als dort zu kämpfen, Sie dagegen schon. Sie sind Amerikaner und haben sich aus freien Stücken dazu entschieden, hier zu sein. Das *ist* ein Unterschied.«

»Unterstellen Sie mir nur ja keine edlen Beweggründe. Ich fliege, weil das mein Leben ist. Ich bin für die Finnen geflogen, jetzt fliege ich für die Briten. Schauen Sie, die meisten von diesen Luftwaffe-Piloten sind genauso wie die jungen Kerle in meinem Geschwader damals auf dem Farley-Field-Stützpunkt. Flieger sind Flieger.« Er stand auf. »Na ja, egal, gehen wir mal wieder ein Stück weiter. Ich spaziere gern im Regen.«

Sie hakte sich bei ihm unter. »Sie sehen müde aus.«

»Müde?« Er lachte. »Ich bin fix und fertig. Wie wir alle. Die, die noch übriggeblieben sind, meine ich.«

»Wie hoch ist denn bei Ihnen die Verlustquote?«

»Beim Fighter Command etwa fünfzig Prozent. Und bei meinem Geschwader? Ich bin mittlerweile der einzige, der von Anfang an bei den Luftkämpfen dabei ist. Sie gehen mit einem Gespenst spazieren, Fräulein Doktor. Schauen Sie mal, da drüben auf der anderen Seite ist ein Pub. Angeblich haben sie wegen der Luftangriffe die Öffnungszeiten geändert. Kommen Sie, wir genehmigen uns jetzt einen Drink.«

»Scotch ist aber nur schwer zu bekommen.«

»Für unsere tapferen Helden werden sie schon was da haben.« Er lächelte, nahm sie an der Hand, und sie rannten über die Straße.

Später am Nachmittag gingen sie ins West End hoch, schauten sich die Bombenschäden an und wanderten noch ein bißchen in den Straßen umher. Am frühen Abend kamen sie schließlich am Haston Place an, einem alten heimeligen Platz, der einen kleinen Park in der Mitte hatte.

»Hübsch«, sagte Harry. »Munro hat gemeint, es sei nur zehn Minuten zu Fuß von seinem Hauptquartier entfernt.«

»Das stimmt. Die SOE ist in der Baker Street.«

»Und was wäre das?«

»Ach, irgendeine Einheit des Nachrichtendienstes.«

Das Haus war im georgianischen Stil und die Wohnung geräumig, mit gemütlichen Zimmern. Im Wohnzimmer loderte ein Feuer im Kamin, und überall schmückten Antiquitäten den Raum, die meisten waren wohl aus Ägypten.

»Ihr Onkel war Archäologe«, sagte er.

»Ägyptologe, um genau zu sein. Kommen Sie, ich hole Ihnen einen Drink.« Sie schenkte aus einer Karaffe zwei Gläser Whisky ein. »Ein kleiner für mich. Ich habe zwar frei, bin aber auf Abruf, falls es heute nacht hoch hergeht.« Sie prostete ihm zu. »Ich möchte etwas sagen: Sie haben erzählt, daß Ihr Bruder ein Fliegeras ist. Nun, das sind Sie ebenfalls und, von halbem Ami zu halbem Ami, ich bin unheimlich stolz auf Sie.«

Sie kippte ihren Whisky hinunter, wobei ihr die Tränen in die Augen traten. Harry setzte sein Glas ab und legte ihr eine Hand auf die Schulter. »Molly, meine Liebe, passen Sie auf, daß der Schutzpanzer, der Sie die ganze Zeit über zusammengehalten hat, nicht zerbricht. Nacht für Nacht dem Tod ins Auge blicken, dann das mit Ihrer geliebten Mutter. Das ist wie einmal zur Hölle und zurück.«

»Bin noch immer dort.«

»Glaube ich nicht. Sie sind die Tochter eines Soldaten, ein prima Kerl, auf den man sich immer verlassen kann. Sie werden's überstehen. Nur, verschwenden Sie Ihre wertvolle Zeit nicht mit mir. Ich dürfte eigentlich gar nicht mehr auf Erden weilen.«

»So was dürfen Sie nicht sagen.«

»Ist aber die Wahrheit. Würden Sie so gut sein, mir mein Zimmer zu zeigen? Ich habe jetzt erst einmal eine Dusche nötig.«

Sie saß am Kamin und las in der *Times*, als Munro aufkreuzte. Carter hinkte hinterher. »Da bist du ja, meine Liebe. War's interessant heute nachmittag?«

»Durchaus.« Sie faltete die Zeitung zusammen. »Wie geht's dir, Jack?« Sie gab ihm einen herzlichen Kuß auf die Wange.

»Alles in Ordnung, altes Mädchen.«

»Irgendwelche Probleme mit dem Bein?«

»Nun ja, es tut halt manchmal höllisch weh, aber was soll's.«

»Du bist ein wunderbarer Mann, Jack Carter.«

»So, genug von diesen ganzen erotischen Begleitklängen. Geben Sie mir einen Scotch, Jack«, sagte Munro und setzte sich. »Hast du irgend etwas rausgekriegt, was wir noch nicht wußten, Molly?«

»Nicht viel, und mir wär's lieber, wenn du mich nicht in deine Machenschaften hineinziehen würdest, Onkel Dougal. Wir haben über seine Vergangenheit gesprochen, seinen Bruder. Wenn du die Meinung einer Ärztin hören willst, dann liebt er seinen Bruder, bewundert ihn. Ein echtes As hat er ihn genannt. Sich selbst hat er nicht so bezeichnet.«

»So ein Blödsinn«, warf Carter ein. »Glaub bloß nicht, was in den Zeitungen steht. Da bekommen sogenannte Asse nicht nur das Fliegerkreuz, sondern obendrein noch den Kriegsverdienstorden. Und jetzt mal ehrlich, die Öffentlichkeit hat von einigen der erfolgreichsten Jagdpiloten nicht einmal gehört. Wir haben Kelso genau unter die Lupe genommen. Meistens erhebt er nicht einmal den Anspruch auf ein abgeschossenes Flugzeug und läßt irgendeinen Jungspund seines Geschwaders den Abschuß geltend machen.«

»Jungspund?« sagte sie. »Er ist selbst erst zweiundzwanzig.«

»Nicht so hastig. Ich will damit ja nur sagen, daß er zu den Fliegern mit der höchsten Abschußrate gehört. Verflixt noch mal, er hat zwei Fliegerkreuze, meine Liebe.«

»Ein Mann, der der Meinung ist, daß er eigentlich gar nicht mehr auf Erden weilen dürfte.«

»Ziemlich melodramatisch, aber vielleicht treffend.«

Harry, der auf der Treppe gestanden und das meiste mit angehört hatte, trat lächelnd ein. »Tja, da sind wir ja wieder alle beisammen. Welche Freuden haben Sie denn heute abend für mich auf Lager, Herr Brigadegeneral?«

»Den River Room im Savoy. Anständiges Essen, aber teuer.«

»Sie scheinen wirklich Beziehungen zu haben.«

»Weniger ich als Jack. Sagen Sie mir eines: Falls Ihr Bruder fällt, würden Sie dann Baron von Halder werden?«

»So ist es.«

»Nun, dann haben Sie und Jack etwas gemeinsam. Jacks Vater ist nicht nur Generalmajor der Artillerie, er ist auch Sir William Carter, Baronet und stinkreich. Unter den richtigen unglücklichen Umständen würde Jack also zu Sir Jack werden.«

»Okay, dann kann er heute abend ja die Rechnung übernehmen«, sagte Harry.

Das Abendessen im River Room war vorzüglich: geräucherter Lachs, Seezunge, Salat, Champagner.

»Man würde kaum denken, daß Krieg ist«, sagte Jack.

Es spielte eine Kapelle: Carrol Gibbons and the Orpheans. »Also, will mich denn niemand zum Tanzen auffordern?« sagte Molly.

»Ich bin zu alt, und Jack kriegt's nicht mehr richtig hin. Da müssen wohl Sie ran, Herr Oberleutnant«, sagte Munro.

Harry führte sie also aufs Parkett, und sie tanzten zu »A Foggy Day in London Town«. »Das paßt ja hervorragend«, sagte er. »Nur sollte es anstatt ›nebliger‹ besser verrauchter Tag heißen.«

»Mein Gott, tut das gut«, sagte sie. »Zum ersten Mal seit Wochen spüre ich wieder so richtig Leben in mir. Geht es Ihnen nicht auch so, Kelso?«

Noch bevor er antworten konnte, hatte sich der Oberkellner durch die Tanzenden durchgeschoben. »Entschuldigen Sie, Frau Doktor Sobel. Es hat gerade jemand vom Krankenhaus angerufen. Sie sollen so schnell wie möglich dort hinkommen.«

Sie kehrten an ihren Tisch zurück. »Das Krankenhaus?« fragte Munro.

»Ich fürchte ja.«

Munro nickte Carter zu. »Sorgen Sie dafür, daß sie in meinem Dienstwagen hingebracht wird, und sagen Sie dem Chauffeur, daß er so schnell wie möglich wieder herkommen soll.«

Molly nahm ihre Handtasche, und Carter half ihr in den Mantel. Sie lächelte. »Passen Sie auf sich auf, Mr. Kelso.«

Er sagte nichts darauf. Sie drehte sich um und ging. Carter hinkte hinter ihr her.

Harry und Munro genehmigten sich noch einen Brandy. »Das 71. wird das erste Eagle-Geschwader sein, aber ich glaube, man will noch zwei weitere aufbauen. Die werden ganz scharf auf Sie sein, Harry.«

»Nicht, wenn ich es verhindern kann.«

»Darf ich fragen, warum Sie das wollen?«

»Hab ich West schon gesagt. In der RAF habe ich angefangen, und in der RAF werde ich auch aufhören. Hat mein alter Herr im letzten Krieg auch so gemacht, aber das wissen Sie ja bereits.«

»Ja ... aber wissen Sie was, Harry? Es dürfte Ihnen wahrscheinlich unbekannt sein, aber ich leite eine Einheit, die Agenten nach Frankreich schmuggelt, per Luft und für gewöhnlich mit einer Lysander. Sie haben wohl nicht zufällig Interesse?«

»Ich bin Jagdflieger.«

»Na schön, aber so ein Geschwader bietet auch Schutz. Insbesondere vor ... hungrigen Adlern, wenn ich so sagen darf?«

Harry lächelte, schüttelte aber wieder den Kopf.

»Nein? Tja, also gut. Trotzdem, Sie wissen, wo Sie mich finden.«

»Ja, so könnte man sagen«, meinte Harry. »Wie dem auch sei, ich werde ja morgen für Sie den Storch fliegen. Und das eine kann ich Ihnen jetzt schon sagen: Die Lysander ist gut, aber der Storch ist besser.«

Munro lächelte. »Wissen Sie, irgendwie war mir klar, daß Sie das sagen werden.«

6

Es war zwei Wochen später, als Sarah Dixon das Heeresministerium verließ und durch den winterlichen Schneeregen hastete. Weihnachten war nicht mehr fern, obwohl das in diesen Zeiten nicht viel zu bedeuten hatte. An der nächstbesten Haltestelle nahm sie eine U-Bahn, die aber ziemlich überfüllt war. Sämtliche Fahrgäste sahen erschöpft aus und waren durchnäßt. Sarah merkte nicht, daß sie verfolgt wurde.

Fernando Rodrigues war ein gutaussehender Mann – dunkler Typ, fünfunddreißig, mittelgroß. Er trug einen weichen Filzhut und einen Trenchcoat. Die Einzelheiten, die sein Bruder ihm per Diplomatenpost hatte zukommen lassen, waren recht ausführlich gewesen. Auch ein Foto fehlte nicht. Er hatte ihre Adresse überprüft, nämlich eine Wohnung in einem Mietshaus, das in einer Seitenstraße der Westbourne Grove lag. Ihr Name war dort zusammen mit den vielen anderen klar und deutlich aufgeführt gewesen.

An jenem Morgen hatte er seit halb acht am Ende der Straße gewartet. Um acht kam sie die Straße herunter, und er erkannte sie sofort anhand des Fotos. Dann war er ihr den Queensway hoch zur U-Bahn-Haltestelle Bayswater gefolgt und anschließend den ganzen Weg bis zum Heeresministerium.

Um fünf Uhr war er wieder an Ort und Stelle, und um halb sechs kam sie tatsächlich im Gedränge mit anderen Büroangestellten heraus. Er hätte einfach die Klingel an der Eingangstür ihrer Wohnung drücken und mit ihr sprechen können, aber er war von Natur aus vorsichtig. Merkwürdigerweise lag es jedoch nicht daran, weil er etwa Angst gehabt hätte. Er hatte lange genug in Berlin für den SD gearbeitet, um voll und ganz darauf zu vertrauen, daß seine diplomatische Immunität ihn immer decken würde. Wie dem auch sei, er war nie in eine größere Sache verwickelt gewesen. Er hatte lediglich Berichte über die Kriegssituation – Bombenschäden und Truppenbewegungen – geliefert, mehr nicht.

An der Bayswater-Haltestelle stieg er mit ihr aus der U-Bahn aus. Er folgte ihr den Queensway hinunter, bog in die Westbourne Grove ein und kam schließlich vor ihrem Wohnblock in der Seitenstraße an. Sie hatte ihn immer noch nicht bemerkt. Als sie ihren Haustürschlüssel herausnahm, tauchte er jedoch plötzlich hinter ihr auf.

Sie wandte sich um, und zu seiner Überraschung schien sie überhaupt nicht erschrocken zu sein.

»Mrs. Sarah Dixon?« sagte er.

»Ja, was wollen Sie?« Sie schien ungeduldig zu sein. Erwartete sie vielleicht bereits jemanden?

»Ich habe eine Nachricht für Sie: *Der Tag der Abrechnung ist gekommen.*« Es war der Erkennungskode, den der Ire, Patrick Murphy, ihr 1938 gegeben hatte. Ihre Reaktion war erstaunlich gelassen. »Gütiger Gott, Sie haben aber lange auf sich warten lassen. Na, dann kommen Sie mal rein.«

Die Wohnung war sehr klein. Sie bestand nur aus Badezimmer, Küche, Wohnzimmer und Schlafzimmer. Sie legte ihren Mantel ab. »Nehmen Sie Platz, ich mache uns einen Tee. Wer sind Sie eigentlich?«

Sie ging in die Küche, und er folgte ihr bis zur Tür.

»Bevor ich antworte, sagen Sie mir eines: Als Patrick Murphy Sie achtunddreißig anwarb, hieß es, Sie wären sehr antibritisch eingestellt. Ist das noch immer der Fall?«

»Natürlich.«

»Aber Ihr Vater war doch Engländer.«

»Er hat mir nie etwas bedeutet. Ich war zwei, als er starb.« Sie war dabei, den Tee aufzukochen, und sprach in nüchternem Tonfall. »Die haben 1916 meinen Großvater ermordet, ihn abgeknallt wie einen Hund. Dafür werde ich mich rächen. Setzen wir uns.«

Ihre Beherrschtheit versetzte ihn nach wie vor in Erstaunen. Gleichzeitig packte ihn eine seltsame Art von Erregung. Sie war so typisch Mittelschicht, so adrett und ordentlich in ihrem Tweedrock und dem Twinset. Um ihren Hals hing eine einfache Perlenkette. Sie hatte helles, wahrscheinlich nicht echtes blondes Haar und sah sehr gepflegt aus. Sie war sicher keine Schönheit, hatte aber irgendwie das gewisse Etwas. Es war äußerst verwirrend.

»Worum geht's also?«

»Als Murphy Sie angeworben hat, war das nicht für die deutsche Abwehr. Es war für den SD, den Nachrichtendienst der SS.«

»Ich weiß, wer die sind. Arbeiten Sie für die?«

»Wie man's nimmt. Hören Sie, hier in der Nähe gibt's doch bestimmt ein schönes Restaurant. Kommen Sie, ich lade Sie ein.«

»Großartige Idee. Vielleicht finden Sie ja sogar noch die Zeit, mir Ihren Namen zu nennen.«

»Fernando Rodrigues«, sagte er, während er ihr in den Mantel half.

»Portugiese? Also das ist jetzt wirklich interessant.«

Sie gingen zu einem kleinen italienischen Familienrestaurant auf der Westbourne Grove, das so früh am Abend noch ganz leer war. Dem Krieg zum Trotz standen Kerzen auf den Tischen. Sie setzten sich abseits in eine Nische, und er bestellte eine Flasche Rotwein und zweimal Lasagne. Es war unglaublich, wie sehr er sich für sie erwärmte, um ihr schließlich alles freiheraus zu erzählen.

»Die meisten Agenten der Abwehr sind enttarnt worden.«

»Der britische Geheimdienst behauptet allerdings, daß alle aufgeflogen sind. Ich bin zwar nur ein völlig unbedeutendes Rädchen in der Ministeriumsmaschinerie, aber das habe ich mitbekommen«, sagte sie.

»Das mag sogar sein, aber die SD-Kontakte sind niemals abgebrochen worden. Sie wurden von einem kleinen Genie namens Klein eingerichtet, der in der Zwischenzeit allerdings gestorben ist. Sein Nachfolger ist ein gewisser Sturmbannführer Hartmann, der unmittelbar Himmler unterstellt ist.«

»Da sind wir ja in bester Gesellschaft. Und welche Rolle spielen Sie dabei?«

»Ich bin Handelsattaché an der portugiesischen Botschaft. Ich stehe via Diplomatenpost – die so gut wie unantastbar ist – mit meinem Bruder Joel in Verbindung, der einen ähnlichen Posten an unserer Botschaft in Berlin hat. Ist alles äußerst praktisch und dazu auch noch idiotensicher.«

»Und wahrscheinlich äußerst lukrativ.«

»Von irgendwas muß der Mensch ja leben.«

»Ein schöner Anzug, den Sie da tragen, und die Uhr sieht nach echtem Gold aus.«

»Das Leben ist ein Freudenfest, Senhora.« Er lächelte.

»Ich halte Sie für einen Schuft, Mr. Rodrigues, aber Sie sind mir sympathisch«, sagte sie.

»Für Sie Fernando, bitte. Also, machen Sie mit oder nicht?«

»Natürlich mache ich mit. Ich arbeite als Sekretärin beziehungsweise Buchhalterin in der Rechnungsstelle des Heeresministeriums. Ist ziemlich langweilig dort, und ich habe auch keinen Zugang zu irgendwelchen brisanten Sachen.«

»Wer weiß? Die Dinge ändern sich.« Er nahm ein Kärtchen aus seiner Brieftasche. »Die Botschaft steht im Telefonbuch, aber hier ist für alle Fälle meine Adresse und Telefonnummer. Ich wohne auf der anderen Seite von Kensington Gardens. Ennismore Mews.«

»Ihnen scheint's ja tatsächlich gut zu gehen.«

In der Ferne hob Fliegeralarm an. »Da kommen sie wieder.« Sie sprang auf. »Wir sollten schnellstens hier verschwinden, solange es noch geht.«

Er zahlte die Rechnung und holte ihre Mäntel. »Wohin?« fragte er. »Der nächste Schutzraum dürfte bei der U-Bahn-Haltestelle Bayswater sein.«

»O nein, ich würde da nie im Leben bei einem Angriff runtergehen. Ich würde überhaupt nirgendwo runtergehen. Letzte Woche sind in der Holborn über einhundert Leute umgekommen, nachdem der Bahnhof einen Volltreffer abbekommen hat. Kommen Sie.«

Sie nahm ihn an der Hand und ging im Eilschritt mit ihm die Westbourne Grove entlang, während in der Ferne bereits die Bomben fielen. Sie kamen vor dem Wohnblock an. Sarah schloß die Haustür auf, und beide schoben sich in die Finsternis.

»Der Strom ist wieder abgestellt worden. Das heißt auch, daß der Aufzug nicht mehr geht. Nehmen Sie meine Hand, und folgen Sie mir die Treppe hoch. Ich kenne den Weg mit verbundenen Augen.«

Rodrigues stolperte unterwegs. Sie lachte und zog ihn wieder auf die Beine, und dann waren sie auch schon vor ihrer Wohnungstür. Sie schloß auf, und sie gingen hinein.

Sarah nahm ihren Mantel ab und öffnete die Verdunkelungsvorhänge. Ein wenig Licht drang herein, in der Ferne war der Flammenschein zu sehen und das Donnern der explodierenden Bomben zu hören.

»Ich glaube nicht, daß Sie es heute nacht noch nach Ennismore Mews zurückschaffen«, sagte sie.

»Erlauben Sie mir eine Frage«, sagte er. »Gibt es einen Mann in Ihrem Leben?«

»Würde das etwas ändern?«

»Nicht im geringsten.«

»Sie scheinen mir wirklich ein Schuft zu sein. Nein, es gibt keinen.«

Er stellte sich hinter sie, legte ihr die Arme um die Hüften und küßte sie auf den Nacken.

»Das tut gut«, sagte sie. »Aber noch viel besser wär's im Bett, findest du nicht?«

Es war der Beginn einer außergewöhnlichen Freundschaft. Sie hatte eine seltsame Art, war extreme Leidenschaft und völlige Beherrschung zugleich. Die beiden kamen regelmäßig zusammen. Nebenher gab es für ihn natürlich auch andere Frauen – das war eben so seine Art. Sie wußte das, aber es störte sie keineswegs.

Im Januar schneite es in Sussex, und Harry, der des öfteren zu Patrouillenflügen aufstieg, fühlte sich irgendwie an Finnland erinnert. Auch in Frankreich schneite es, wo Galland, Max und überhaupt die Luftwaffe die erbarmungslosen Luftangriffe auf England mit unvermindertem Druck fortsetzten.

Es war während einer jener Angriffe Ende Januar – die U-Bahn war wegen Bombenschäden geschlossen –, daß Sarah Dixon zu Fuß vom Heeresministerium nach Hause ging. Es war bereits dunkel, und alles war von einer dünnen Schneeschicht überpudert. Sie schob sich behutsam durch die mit Schutt und Geröll übersäten Straßen, als plötzlich Sirenengeheul anhob.

Die Leute auf den Straßen gerieten in Panik und rannten wie von Sinnen durch die Gegend. Die Menschen schrien, und nicht wenige bibberten vor Angst. Ganz in Sarahs Nähe fielen Bomben, Scheiben wurden zerschmettert, und dann schlug eine Bombe unmittelbar am Ende der Straße ein. Sarah Dixon nahm alles andere um sie herum nicht mehr wahr, denn die Druckwelle der Explosion war so stark, daß sie beinahe davongeweht wurde.

Sie hatte entsetzliche Schmerzen, soviel war ihr klar, als sie wieder aus ihrer Ohnmacht erwachte. Zeit, für eine Bestandsaufnahme. Sie versuchte, sich aufrecht hinzusetzen, und da wurde ihr plötzlich bewußt, daß sie im Bett eines Krankensaals lag. Eine Krankenschwester kam auf sie zugerannt.

»Nanu, das lassen wir lieber, legen Sie sich wieder schön hin.« Die Krankenschwester schob sie sanft zurück und rief: »Doktor Sobel!«

Eine junge Ärztin in einem weißen, zerknitterten Kittel kam herein. Sie fühlte Sarah den Puls und hörte ihr Herz ab.

»Wo bin ich?«

»Im Cromwell Hospital. Sie sind bereits seit zwei Tagen hier. Bombe der Deutschen. Sie haben noch mal Glück gehabt.«

Sarah bemerkte die Krücke die neben ihrem Bett lag. »O Gott, ich habe ein Bein verloren.«

»Nein, Sie sind nur ein bißchen verletzt. Wird alles wieder werden.« Molly Sobel wandte sich an die Krankenschwester. »Rufen Sie wieder diesen Mann an. Seine Nummer steht in der Krankenakte.«

»Wer soll das sein?« fragte Sarah Dixon schwach.

»Ein Mr. Rodrigues. Wir haben in Ihrer Brieftasche eine Visitenkarte von ihm gefunden. Er ist gestern sofort gekommen.«

Innerhalb einer Stunde war er da. Er machte einen tiefbesorgten Eindruck. Irgendwie hatte er es geschafft, Weintrauben aufzutreiben. »Die besten, die auf dem Schwarzmarkt zu haben waren«, sagte er und gab ihr einen Kuß. »Du siehst aus, als hätte dich jemand zusammengeschlagen, aber es könnte schlimmer sein.«

»Mein Bein, darum mache ich mir Sorgen.«

»Wird schon alles wieder. Komm, ich hol dir was zu trinken.« Er machte sich auf den Weg zum Stationszimmer. Molly Sobel saß gerade am Schreibtisch und schrieb etwas. Eine Krankenschwester war auch anwesend. »Könnte ich eine Tasse Tee für sie bekommen?« fragte er.

»Natürlich, werd mich gleich drum kümmern.«

Die Krankenschwester ging hinaus, und Rodrigues wandte sich an Molly: »Sie macht sich Sorgen wegen des Beins. Wie steht es denn Ihrer Meinung nach wirklich darum?«

»Sieht nicht so gut aus.« Molly zündete sich eine Zigarette an. »Der Chefchirurg hat eine Edelstahlplatte eingesetzt und ein paar Nägel. Der Knochen war zerschmettert. Um ehrlich zu sein, sie ist nur haarscharf an einer Amputation vorbeigekommen.«

»Gott im Himmel.« Er war sichtlich entsetzt. »Aber sie wird doch wieder gesund?«

»Mit der Zeit schon, aber ich glaube, sie wird in Zukunft ohne Gehstock nicht auskommen. Tut mir leid, daß ich nicht mehr für Sie tun kann.«

»Ist nicht Ihre Schuld, Frau Doktor.«

Als er zurückkehrte, saß Sarah aufrecht da und trank eine Tasse Tee. »Da wär ich wieder«, sagte er fröhlich und setzte sich auf die Bettkante.

»Was hat die Ärztin gesagt?«

»Ärztin?«

»Komm schon, Fernando, du bist für mich wie ein offenes Buch. Ist im Eimer das Bein, stimmt's?«

»Du hättest es beinahe verloren.«

»Und wie soll's weitergehen?« Er zögerte, und sie nickte wissend. »Ich bin ein Krüppel, darauf läuft's wohl hinaus. Zum Glück hast du ja nicht all deine jungen Freundinnen sausenlassen.«

Er zündete eine Zigarette an und steckte sie ihr zwischen die Lippen. »Rauch erst mal eine und halt den Mund.« In der Ferne ertönte wieder Sirenengeheul. »Allmächtiger Gott, hören die denn nie auf?«

Sie hustete, und als er ihr die Zigarette abnahm, lächelte sie und flüsterte: »Red keinen Unsinn, Fernando. Letztlich sind sie auf unserer Seite.«

Im März tauchte West überraschend in Farley Field auf, saß wieder einmal bei Harry im Büro und redete. »Sie sehen müde aus, Harry. Sie haben sich wahrscheinlich zuviel zugemutet. Ich könnte Sie turnusmäßig als Ausbilder wechseln lassen.«

»Nein, danke. Da stirbt man schneller als im Gefecht.«

»Hören Sie zu, diese Sache mit dem Eagle-Geschwader wird immer akuter«, sagte West. »Es ist bereits beschlossene Sache, daß man irgendwann ein zweites und drittes Geschwader einrichten wird. Alle Amis zusammen. Die wollen Sie, Harry. Sie sind der Mann mit der höchsten Abschußrate.«

»Reden Sie keinen Unsinn. Das muß Peterson oder irgendein anderer sein.«

»Jeder weiß, daß Sie gar nicht alle Ihre Abschüsse geltend machen. Also hören Sie schon auf, Harry.«

»Ich muß mich wohl wiederholen. Ich wechsele nicht, und das ist endgültig. Es gibt ja auch in anderen Geschwadern Amerikaner, die nicht abgezogen wurden, bei den Bombern zum Beispiel.«

»Aber so ganz allmählich werden auch die abbeordert.« West merkte, daß er so nicht weiterkam, seufzte und schüttelte den Kopf. »Was soll ich nur mit Ihnen machen?«

»Mich verstecken«, sagte Harry. »Irgendwo, wo man mich nicht findet.«

»In Ordnung«, sagte West. »Die Italiener haben mit ihrem Angriff auf Ägypten von Libyen aus Schiffbruch erlitten. Hitler hat einen gewissen General Rommel rübergeschickt, um dort eine Truppe zu übernehmen, die Afrikakorps genannt wird. Wir haben zwei Hurricane-Geschwader in Ägypten stationiert. Ich werd Sie dorthin versetzen lassen.«

»Vielen Dank.«

»Leider bedeutet das, daß aus Ihrer Beförderung vorerst nichts wird. Ich wollte Sie zum Major machen lassen.«

»Behalten Sie Ihre Beförderung«, sagte Kelso.

Max saß in Adolf Gallands Büro auf der Fensterbank und rauchte. »Libyen? Was zum Teufel soll ich denn da?«

»Die Italiener haben den Feldzug gegen Ägypten in den Sand gesetzt. Haben sich von den Engländern eine blutige Nase geholt – und zwar eine ziemlich blutige. Der Führer hat ein Afrikakorps unter Rommel aus der Taufe gehoben.«

»Rommel ist wohl einer der kommenden Männer.«

»Noch was, falls du hier bei mir bleibst, besteht eine kleine Chance, daß du es zum Major bringst. Falls du nach Libyen gehst, bleibst du fürs erste Hauptmann. Du hast die Wahl.«

»Welche Wahl, Dolfo? Draußen schneit es. Wie kann ich zu all der Sonne und dem vielen Sand nein sagen?«

»Blödmann!« sagte Galland. »Sei's drum, wie du willst.«

Bubi Hartmann ging in seinem Büro in der Prinz-Albrecht-Straße gerade ein paar Unterlagen durch, als Trudi hereinschaute.

»Er ist da.«

»Führen Sie ihn rein.«

Joel Rodrigues wischte den Schnee von seinem Hut. »Herr Sturmbannführer.« Er legte einen Umschlag auf Hartmanns Schreibtisch. »Der letzte Bericht meines Bruders.«

»Und?«

»Die Frau hat wieder ihre Arbeit im Heeresministerium aufgenommen. Um ihr verwundetes Bein steht's nicht gut. Sie braucht einen Gehstock.«

»Sonst noch was?«

»Ein paar Einzelheiten über Truppenbewegungen nach Ägypten, darunter auch Geschwader der RAF.«

»Gut. Kleinvieh macht auch Mist. Sie können gehen.«

Rodrigues machte einen Abgang, und Trudi sagte: »Soll ich eine Kopie des Berichts anfertigen?«

»Ja, tun Sie das.«

»Kopie für den Reichsführer?«

»Minderwertiges Material, Trudi. Zu minderwertig für den Reichsführer.« Er wandte sich um und lächelte. »Keine Angst. Unser Tag wird kommen.«

INTERIM
1941-1943

7

Harry stieß nun auf Kriegsbedingungen, wie er sie zuvor nicht gekannt hatte: Wüste, brütende Hitze, Sandstürme und ein Afrikakorps unter Rommel, das alles vernichtete, was sich ihm in den Weg stellte. Rommels Ausstrahlung war so groß, daß er, als eine prominente englische Zeitung bei ihren Lesern eine Befragung nach dem besten General durchführte, als Erster abschnitt.

Das Heeresministerium war davon wenig angetan und schickte General Montgomery rüber, um das Kommando über das alliierte Wüstenheer zu übernehmen, das nicht nur englische, sondern auch französische, australische und südafrikanische Truppen einschloß. Montgomery vermochte es, das Blatt zu wenden, und war bald ebenso berühmt wie Rommel.

Die Schlachten in Nordafrika gingen hin und her. Harry, der wie gewöhnlich Hurricanes flog, holte weitere sechzehn deutsche und italienische Maschinen vom Himmel, und im September 1942 wurde ihm sein drittes Fliegerkreuz und zudem das französische Croix de Guerre für die Luftunterstützung bei Bir Hacheim verliehen, dem französischen Außenposten. Nur ein paar Tage später folgte El Alamein, der Wendepunkt des Nordafrika-Kriegs.

Max, der die Me 109 flog, kämpfte oft in den gleichen Schlachten. Seine Abschußrate stieg um ein weiteres Dutzend. Es war jedoch nicht so leicht wie früher, denn die meisten der Spitfire- und Hurricane-Piloten waren Veteranen der Ärmelkanal-Kämpfe und kannten ihr Einmaleins.

Im Juni 1941 startete die deutsche Armee das Unternehmen Barbarossa und fiel in Rußland ein. Der Luftwaffe gelang es am ersten Tag, die Hälfte der russischen Luftstreitkräfte noch am Boden zu zerstören. Alles schien nun möglich, Afrika wurde zum Nebenkriegsschauplatz, und Max und seine Kameraden fieberten vor Ungeduld, hatten sie doch das Gefühl, daß ihnen die wirklich wichtigen Dinge entgingen. Dieses Gefühl wurde nach dem japanischen Angriff auf Pearl Harbor, mit dem Amerika in die Kämpfe hineingezogen wurde, nur stärker. Der Wüstenkrieg schleppte sich hin. Und dann machte Max im September 1942, eine Woche vor El Alamein, seine erste wirkliche Bekanntschaft mit dem Tod.

Bei einem Angriff auf Benzindepots in Gila, einer Oase südlich der Sahara, flog Max mit nur einem Flügelmann, einem Jüngling namens Goertz. Der Himmel war blau, und es lief alles wie am Schnürchen, als Goertz, bedingt durch eine momentane Konzentrationsschwäche, zu langsam auf drei Hurricanes reagierte, die plötzlich aus der Sonne auf ihn zukamen. Er schrie auf und ging samt seiner Maschine in einem Feuerball auf.

Max riß aus, aber nicht schnell genug: Die Salven aus einem der vier Hispano-Geschütze einer Hurricane richteten seine Me 109 übel zu. Er machte eine Rolle und ging in den Sturzflug. Seine Verfolger waren einen Moment lang perplex, als er plötzlich wieder aufstieg, einen Looping flog und im Vorbeifliegen auf einen von ihnen feuerte: wieder ein Feuerball am Himmel.

Das half ihm aber nicht viel. Er verlor an Geschwindigkeit und Höhe, der Motor rauchte, und die Me 109 erzitterte unter dem anhaltenden Feuer der Geschütze. Als ihm keine andere Wahl mehr blieb, öffnete er bei zehntausend Fuß das Kanzeldach, ging in Rückenlage, packte noch seine Überlebensausrüstung und purzelte hinaus.

Bei fünftausend Fuß öffnete er den Fallschirm. Unter ihm war nur die Wüste, Dünen, die sich bis ins Unendliche erstreckten. Er war nicht einmal dazu gekommen, einen Funkspruch abzusetzen. Bei dreitausend Fuß sausten zwei Hurricanes vorbei, wackelten mit ihren Tragflächen und drehten ab, und wie der Zufall des Krieges es wollte, war einer von ihnen sein Bruder.

In seiner Überlebensausrüstung befanden sich Essensrationen, eine Feldflasche, ein Päckchen mit Verbandsmaterial, ferner ein Kompaß und verschiedene Kleinigkeiten. Darüber hinaus noch eine Mauser-Pistole und eine MP 40, die fälschlicherweise so bezeichnete, aber nicht weniger berühmte Schmeisser. Unten angekommen, trank er erst einmal einen Schluck Wasser, bestimmte mit dem Kompaß seine Marschrichtung und machte sich dann auf den Weg.

Die Sache sah natürlich nicht gut aus. Es war viel zu heiß, obwohl es später Nachmittag war und die Dämmerung nahte. Dann brach die Dunkelheit herein, und der Vollmond spendete weiterhin genügend Licht. Aber jetzt war es kalt. Mein Gott, war das kalt.

Als die Rettung kam, war es wie ein Wunder. Max hörte zuerst Glocken klingeln, und dann kam eine Karawane über eine Sanddüne getrottet. Drei der sechs Kamele waren mit Waren bepackt; auf den drei anderen saßen Reiter. Die Männer sahen aus, wie man sich die Wüstenbeduinen vorstellt. Ihr Anführer hob eine Hand, und die Karawane hielt an. Er ritt vor, und Max nahm die Schmeisser aus der Tasche und lud durch. An dem Patronenmagazin war mit Band ein zweites angeklebt. Seine Kenntnisse der arabischen Sprache beschränkten sich auf das Wesentliche – vorsichtig ausgedrückt.

Der Beduine rief ihm in dessen Sprache zu: »He, Effendi, auf wessen Seite?«

»Ich bin Deutscher«, sagte Max auf deutsch.

»Nicht gut.« Der Beduine versuchte es auf englisch. »Verstehen Sie Englisch, Effendi?«

»Aber sicher!«

»Wer sind Sie?«

»Ein Pilot. Bin abgeschossen worden. Wenn Sie mich zu deutschen Stellungen bringen, bekommen Sie eine große Belohnung.« Einer der anderen rief irgend etwas auf arabisch, und der Anführer rief etwas zurück. »Was hat er gesagt?« fragte Max.

»Daß wir Sie töten sollen, Effendi.«

»Sie mögen die Deutschen nicht?«

Der Mann zuckte die Achseln. »Wir ergreifen keine Partei. Ihr kommt hierher, ihr, die Engländer und die Franzosen, und bekriegt euch gegenseitig in unserem Land. Wir wollen nur, daß ihr bald verschwindet.«

»Wenn der richtige Zeitpunkt gekommen ist, werden wir

das auch tun, aber lassen Sie mich Ihrem Freund antworten.« Max gab aus der Schmeisser eine Salve ab, die den Sand aufspritzen ließ.

»Sehr eindrucksvoll, Effendi.«

»Wie heißen Sie?«

»Rashid.«

»Ich kann noch viel eindrucksvoller sein.« Max griff in die Tasche seiner Überlebensausrüstung und holte einen Lederbeutel hervor, den er hinüberwarf. »Fünfundzwanzig englische Sovereigns. Mehr Goldstücke als Sie in einem ganzen Jahr verdienen.«

Rashid wog den Beutel in der Hand. »Stimmt.«

Max zog einen weiteren Beutel hervor. »Weitere fünfundzwanzig, wenn Sie mich zu den Stellungen bringen oder einer deutschen Patrouille übergeben.«

Rashid lächelte. »Ich glaube, das läßt sich machen. Wir sind näher an einer Stellung, als Sie denken. Zuerst müssen wir aber ein paar Lastballen umpacken, um für Sie Platz zu schaffen. Dann reiten wir noch zwei Stunden, bevor wir unser Lager aufschlagen.«

»Na, dann sollten wir am besten keine Zeit verlieren.«

Als er später, um ungefähr zwei Uhr morgens, bei einem Lagerfeuer aus getrocknetem Kameldung saß, hatte er plötzlich das Gefühl, als ob sich da im Dunkeln irgend etwas bewegte. Er griff nach der Schmeisser, aber da kam bereits eine dunkle Gestalt auf ihn zugeflogen. Eine weitere finstere Gestalt war jedoch gleich dahinter: Rashid legte eine Hand über den Mund des Mannes, ein kurzes Ächzen und Stöhnen, und dann wischte Rashid das Messer an dem Umhang des Mannes ab und ließ ihn fallen.

»Ich bitte um Verzeihung, Effendi. Er war von Stamm der Hakim. Hätte ihm lieber keine Arbeit geben sollen. Keine Ehrgefühl, diese Hunde.«

»Hat ganz den Anschein«, sagte Max kühl.

Rashid stocherte kurz im Feuer, setzte sich und holte Datteln und Kamelmilch hervor. Der noch verbliebene Beduine gesellte sich zu ihnen, ohne der Leiche irgendwelche Beachtung zu schenken.

»Ehre!« sagte Rashid, während er aß. »Wenn ein Mann keine Ehre hat, hat er gar nichts. Sie ist das, was er ist. Durch sie sieht und beurteilt er sich selbst.«

»Sie haben recht«, sagte Max. »Voll und ganz recht, verdammt noch mal. Es geht nicht um das, was die anderen denken. Es geht um das, was man selbst von sich denkt. Hier, nehmen Sie eine Zigarette. Oder behalten Sie von mir aus gleich die ganze Schachtel.«

Rashid und sein Begleiter strahlten übers ganze Gesicht. Max nahm eine kleine Flasche Weinbrand aus seiner Tasche, öffnete sie und trank davon. »Ich würde euch ja gern einen Schluck anbieten, aber als Moslems trinkt ihr wohl keinen Alkohol.«

Rashid langte nach der Flasche. »Die Nacht ist kalt, Effendi, und Allah ist gnädig.«

Am nächsten Morgen um sechs Uhr stießen sie auf eine Panzerspähpatrouille. Der junge Leutnant war völlig aus dem Häuschen.

»Haben Sie ein Glück, Herr Hauptmann. Was fangen wir mit dem arabischen Abschaum an, erschießen wir sie?«

»Nur zu, aber dann erschieße ich Sie«, sagte Max freundlich. »Und lassen Sie das ›Herr Hauptmann‹. Ich bin Baron von Halder.«

»Der Schwarze Baron? Mein Gott.« Der Leutnant war völlig entgeistert.

Max nahm den zweiten Beutel Goldstücke aus seiner Tasche, ferner die Schmeisser samt Ersatzmagazin. »Mein Geschenk an Sie«, sagte er zu Rashid.

»Mögen Sie ein Dutzend Söhne haben, Effendi.«

»Sachte, sachte. Ich dürfte eigentlich gar nicht mehr auf Erden weilen. Meine Uhr ist schon längst abgelaufen.«

»Dann wünsche ich Ihnen einen ehrenhaften Tod, mein Freund.« Rashid stieg aufs Kamel, nickte dem anderen Beduinen zu, und sie zogen mit klirrenden Glocken davon.

Max war gerade im Lazarett des Galeila-Stützpunktes und ließ sich im Zimmer des Obersts untersuchen, als die Tür aufging und Rommel eintrat.

»Sie müssen entschuldigen, Hardt«, sagte er zum Oberstabsarzt. »Ich war gerade auf dem Weg zum Mittagessen und habe von Baron von Halders erstaunlicher Flucht gehört.« Er reichte Max die Hand. »Wir sind uns noch nie begegnet, aber ihre Mutter ist eine gute Bekannte von mir. Ich habe bereits eine dringende Meldung nach Berlin genehmigt, in der Ihre Rettung bestätigt wird.«

Max war aufgestanden. »Herr Feldmarschall, welch Ehre.«

»Nein, Sie sind es, der uns zur Ehre gereicht.« Rommel lächelte. »So ich muß wieder los. Die letzte Schlacht. El Alamein, dann Kairo. Meine Herren.« Er salutierte und ging.

»Was für ein Mann«, sagte Oberst Hardt. »Wie können wir mit so einem verlieren?«

Aber die Schlacht von El Alamein zerstörte die deutschen Panzer, drängte sie erbarmungslos zurück, und im November landeten britische und amerikanische Truppen in Marokko und Algerien. Nicht daß dies Max zerstörte. Mit seiner Beförderung zum Major in der Tasche, war er mittlerweile bereits an die russische Front geschickt worden.

Was Harry betraf, so war er aufgrund eines ernsthaften Mangels an Piloten zu den Halifax-Bombern versetzt worden und unternahm Feindflüge über das Mittelmeer nach Italien. Im Januar 1943 sollte er Stellungen in Taranto angreifen, aber das Geschwader war durch die extrem schlechten Wetterbedingungen auseinandergesprengt worden. Als er sich durch den Nebel nach unten kämpfte, stieß er auf den italienischen Panzerkreuzer *Orsini,* änderte auf eigene Faust den Einsatzbefehl und griff aus einer Höhe von tausend Fuß an. Er landete zwei Volltreffer. Der Kreuzer brach auseinander und sank.

Es gelang Harry, sich mit der schwer beschädigten Halifax – ein Motor war ausgefallen und zwei der Kameraden tot – zu einem Stützpunkt an der ägyptischen Küste zu retten, wo er bruchlanden mußte. Er bekam auf der Stelle das Militärverdienstkreuz verliehen und wurde gar zum Major befördert.

Danach ruhte er sich eine Zeitlang aus, diente im Generalstab in Kairo und kehrte schließlich wieder zu den Hurricanes zurück – während der letzten Rückzugsgefechte des Afrikakorps, die im Mai 1943 in Tunesien in der Kapitulation von einhundertfünfzigtausend Deutschen und Italienern kulminierten. Nur Rommel und eine kleine Schar konnten entkommen.

In Rußland standen die Dinge für die Deutschen nicht viel besser. Zunächst errang man große Siege, aber dann, im Winter, wendete sich das Kriegsglück und die Niederlagen begannen. Obwohl die deutschen Heerestruppen im Schnee steckenblieben, konnten es die russischen Piloten insgesamt gesehen nicht mit ihren Gegnern in der Luftwaffe aufnehmen – Männern, die durch die Erfahrungen in Spanien, Polen und aus der Luftschlacht um England den letzten Schliff bekommen hatten. Max' Abschußrate stieg weiter rasch an, bis er schließlich sechzig Abschüsse an der Ostfront auf sein Konto verbuchen konnte und die Schwerter verliehen bekam, insbesondere für seine Einsätze vom zerbombten Flughafen in Stalingrad aus, das er schließlich, eine Woche bevor Generalfeldmarschall Paulus sich den Russen ergab, verließ. Es war die größte Katastrophe in der Geschichte der deutschen Armee. Dreihunderttausend Mann gingen verloren.

Bei den Briten und den Amerikanern sah es so aus, daß die Piloten eine festgesetzte Anzahl an Einsätzen flogen und sich dann ausruhen durften. Die Luftwaffe kannte etwas Derartiges nicht. Man machte einfach immer weiter. Max hatte das Glück, daß Göring den Eindruck hatte, der junge von Halder habe genug getan, wofür die Auszeichnung mit den Schwertern zu seinem Ritterkreuz Zeugnis genug war, und ihn im Mai herausholte.

Zurück in Berlin, wurde er von seiner Mutter in einer Suite im Adlon erwartet. Sie sah gut aus, keinen Tag älter. Das Entsetzen stand ihr jedoch ins Gesicht geschrieben, als sie seiner ansichtig wurde.

»Max, du siehst ja schlimm aus.«

»Würdest du an meiner Stelle auch, Mutti. Rußland war lausig und elend. Das letzte Loch. Werd nie verstehen, was zum Teufel der Führer da will.«

Es klopfte an der Tür, und Elsas Dienstmädchen, Rosa Stein, trat ein. »Eine Nachricht für Sie, Frau Baronin. General Galland wird sich um sieben zum Abendessen einfinden.«

Galland war im November 1942 zum General befördert worden – mit zweiunddreißig Jahren der jüngste in der deutschen Wehrmacht – und hatte nun das Kommando über sämtliche Jagdfluggeschwader.

»Dann treffen wir uns also mit Dolfo?« sagte Max. »Gute Sache.«

»Du brauchst ein ordentliches Abendessen«, sagte sie. »Wir wollen also einen schönen Abend verbringen und unseren geliebten Führer und seine verfluchte Nazi-Partei vergessen.«

»Du hast dich aber gewaltig verändert«, bemerkte Max. »Es gab einmal eine Zeit, da hast du gedacht, daß die einen frischen Wind nach Deutschland bringen.«

»Das ist lange her, Max. Kennst du den alten Witz darüber, wer hier das Irrenhaus leitet? Ich glaube, ich kenne jetzt die Antwort.«

»Sag so was nur nicht laut, Mutti. Komm jetzt, ich brenne darauf, Dolfo zu sehen.« Als sie nach unten gingen, sagte er: »Rosa sah bekümmert aus.«

»Sie hat auch allen Grund dazu. Ihr Mann Heinrich ist Jude. Man hat ihn nur deshalb nicht in eines der verdammten Lager geschickt, weil er ein Fachmann in Sachen Elektronik ist und hier in Berlin in einer Fabrik arbeitet, wie viele andere Juden übrigens auch, aber in letzter Zeit …« Sie zuckte die Achseln. »Die SS hat viel Geschrei darum gemacht.«

»Wird das alles jemals aufhören?« sagte Max, sichtlich genervt.

»Nur mit dem Sieg.«

»Mutti, wenn du daran glaubst, glaubst du alles.«

»Ich habe ja nicht gesagt, wessen Sieg, Max.«

Sie gingen in die Bar, die immer noch in der Pracht der Vorkriegszeit stand. Der Oberkellner eilte aus dem Restaurant herbei.

»Werte Baronin.«

»Danke, Paul. Sie erinnern sich an meinen Sohn?«

»Natürlich. Welche Ehre, Herr Baron. General Galland hat angerufen. Er bittet vielmals um Entschuldigung, aber er wird sich eine halbe Stunde verspäten.«

»Danke. Dann bringen Sie uns doch vielleicht erst mal einen Champagner«, sagte sie.

»Selbstverständlich.«

Sie setzten sich auf das Sofa, das in einer Ecke stand. Max bot seiner Mutter eine Zigarette an. »Irgendwas Neues von Harry?« fragte er.

»Eigentlich nicht. Da hat es die Versenkung des italienischen Panzerkreuzers im Januar gegeben, wofür er das Militärverdienstkreuz erhalten hat. Göring hat mir davon erzählt, aber natürlich habe ich dir das längst geschrieben.«

»Ich frage mich, wie es ihm geht. Würd ihn wirklich gern mal wiedersehen«, sagte Max.

Ein Kellner eilte herbei. »Standartenführer Hartmann empfiehlt sich Ihnen und läßt fragen, ob er Ihnen seine Aufwartung machen darf.«

Elsa wandte den Kopf und sah Hartmann an der Bar stehen. »Ein Oberst in Rang und Würden. Er hat sich wirklich gemacht.« Sie neigte den Kopf, und Hartmann kam herüber.

»Frau Baronin, Sie sind wie immer eine Augenweide.« Er wandte sich Max zu und zeigte sich aufrichtig erfreut. »Du siehst wie ein Hundertjähriger aus, mein Freund, aber das ist wahrscheinlich nicht verwunderlich. Ich weiß gar nicht, zu was ich dich als erstes beglückwünschen soll – zu deiner Flucht aus Stalingrad oder zu den Schwertern, die du ergattert hast.«

Max schüttelte ihm die Hand und gab dem Kellner ein Zeichen. »Ein Glas Champagner für den Standartenführer. Wir warten auf Dolfo. Und du?«

»Der Reichsführer ist mit dem schwedischen Botschafter oben. Ich schlage hier nur die Zeit tot.« Er zündete sich eine Zigarette an. »Darf ich auch zu der phantastischen Leistung deines Bruders gratulieren – dem Versenken der *Orsini?*«

»Phantastisch? Aber es hat unserer Seite geschadet.«

»Das schon. Aber als Flieger kann ich die Fähigkeiten eines anderen Fliegers bewundern, oder etwa nicht? Wie ich höre, hat dein Bruder in der Wüste Hurricanes geflogen. Vielleicht seid ihr beide ja einmal gegeneinander geflogen, Max.«

»Vielleicht, ja.« Max, der sich noch eine Zigarette anzündete, fühlte sich unangenehm berührt.

»Tja, nur sind meine Nachrichtenquellen über euren Major inzwischen leider ziemlich versiegt, seit das Afrikakorps letzte Woche kapituliert hat.«

»Ich dachte, die würden unaufhörlich sprudeln«, erwiderte Max.

»Auf die Qualität kommt's an, auf sonst nichts, Max.«

Himmler tauchte im Eingangsbogen auf. Hartmann stand auf, küßte Elsa die Hand und nickte Max zu. »Mein Herr und Gebieter ruft, und ich gehorche wie ein braves Hündchen.«

Er schloß sich dem Reichsführer an, und die beiden gingen hinaus. Einen Augenblick später tauchte Galland auf. Max sprang auf und umarmte ihn.

»Hast dich gemausert, Dolfo.« Er strich über das Ritterkreuz. »Und auch die Brillanten.«

»*Ich* habe mich gemausert?« Galland hielt ihn ein Stück von sich weg. »Du siehst schrecklich aus. Ein kurzer Aufenthalt im Generalstab würde dir guttun, gutes Essen, junge Frauen. Ja, Herr Oberst, das würde dir guttun.«

»Oberst?« fragte Elsa.

»Na ja, Oberstleutnant reicht wohl erst mal«, sagte Galland zu ihr. »Ihm wurde die Beförderung in Rußland angeboten, aber er hat die Ernennungsurkunde einfach zerrissen.«

»Fliegen bedeutet mir alles, Dolfo«, sagte Max. »Und einen Schreibtisch kann man nicht fliegen.«

»Schon gut, eine Verschnaufpause im Generalstab, und dann darfst du wieder fliegen. In Frankreich, wenn du magst, Ärmelkanal, wie in alten Zeiten, aber Oberstleutnant bist du, alter Freund, ob du willst oder nicht. Ich befehlige die Jagdfluggeschwader des Landes, und was ich sage, gilt.«

»Gut«, sagte Elsa. «Dann wäre das also geklärt. Können wir nun essen?«

Als sie ins Restaurant gingen, sagte Max: »Aber was ist mit Harry? Bubi zufolge ist er immer noch Staffelführer. Der entsprechende Dienstgrad ist Major.«

»Und was kommt danach?« fragte sie, als der Oberkellner sie an ihren Tisch führte.

»Gruppenkommandant«, sagte Galland. »Dann war Bubi also hier?«

»Er sitzt mit Himmler hinter dir in der Ecke«, sagte Elsa. »Nordafrika ist gescheitert, und Rußland sieht wahrlich nicht gut aus. Gewinnen wir weiterhin, Dolfo?«

»Wir haben immer noch einiges in petto«, sagte Galland. »Es gibt da ein Waffenentwicklungsprogramm mit Raketen, die den Engländern einiges Kopfzerbrechen bereiten könnten.« Er wandte sich an Max. »Und wir haben ein großartiges neues Flugzeug in der Mache – die Me 262, ein Düsenflugzeug. Schwere Raketen, Geschütze. Damit könnte man die Bomber gleich reihenweise vom Himmel holen. Der einzige Haken dabei ist, daß der Führer daraus einen Blitzbomber für einen neuerlichen Angriff auf England gemacht haben will.«

»Wieder der Führer«, sagte Elsa.

»Schluß jetzt, Mutti«, sagte Max zu ihr. »Wir wollen in Ruhe essen.«

Himmler blickte zum Tisch der Baronin. »Was für ein arroganter Schnösel dieser Galland ist. Man hätte ihn nie und nimmer befördern dürfen.«

»Er ist ein ausgezeichneter Pilot«, sagte Hartmann.

»Piloten gibt's wie Sand am Meer«, sagte Himmler. »Er sollte größere Vorsicht walten lassen, was seinen Umgang betrifft.«

»Wie meinen, Herr Reichsführer?«

»Die Baronin. Sie pflegt einen völlig falschen Bekanntenkreis, Leute, die der Partei nicht wohlgesinnt sind.« Er beugte sich vor und senkte die Stimme. »Wir haben es hier mit etwas zu tun, was ich als eine Verschwörung der Generäle beschreiben würde. Nicht einmal Sie erfahren die Details, Hartmann. Generäle wie Steiff, Wagner und von Hase. Selbst Rommel, der Held des Volkes, trotz seiner Niederlage in Afrika. Wenn der Zeitpunkt gekommen ist, schlage ich zu. Aber es wird kein Erschießungskommando geben – das wäre viel zu gut für diese Verräter. Der Galgen, was anderes verdienen die nicht, finden Sie nicht auch?«

»Selbstverständlich, Herr Reichsführer«. Hartmann versuchte sein Entsetzen zu verbergen.

»Es ist doch höchst seltsam, daß die Baronin mit all denen befreundet ist. Vorerst jedenfalls noch.« Himmler setzte sein Monokel gerade. »Jetzt wollen wir aber essen.«

Am selben Abend hinkte Sarah Dixon in London die Westbourne Grove entlang, wobei sie stark auf ihren Gehstock angewiesen war. Sie betrat schließlich das kleine italienische Restaurant, in dem sie und Rodrigues damals zum ersten Mal miteinander zu Abend gegessen hatten. Er saß an einem Ecktisch und las gerade in einer Zeitung. Als er sie erblickte, stand er auf und begrüßte sie mit einem zärtlichen Kuß auf den Mund.

»Wie geht's dir?«

»Man soll nicht klagen.« Sie setzte sich.

Er hatte bei einer Flasche Rotwein gesessen und schenkte ihr nun ein Glas ein. »Wie geht's dem Bein?«

»Ich probiere gerade ein neues Schmerzmittel aus. Wie das nun mal so ist, Schatz. Es will einfach nicht besser werden. Egal, ich habe ein paar ziemlich überraschende Neuigkeiten. Ich bin versetzt worden.«

»Wohin?«

»Zur Special Operations Executive in der Baker Street.«

»Mein Gott«, sagte er. »Das ist eine heiße Sache. Die SOE schmeißt doch all diese Geheimdienstsachen auf dem Kontinent. Die bringen Agenten per Fallschirm rüber und so weiter, stimmt doch, oder?«

»Allem Anschein nach ist das so. Allerdings wird meine neue Aufgabe dort nichts Besonderes sein. Mein Chef hat mich zu sich hereingerufen und gesagt, daß einer der leitenden Verwaltungsangestellten in der Baker Street nach einem Herzanfall gestorben sei. Es ist der gleiche alte, langweilige Bürokram, aber die Bezahlung ist besser. Am Montag fange ich schon richtig an.«

»Daraus könnten sich unbegrenzte Möglichkeiten ergeben.«

»Tja, es wäre schon schön, zur Abwechslung mal etwas Wichtiges ranschaffen zu können, nach all dem drittklassigen Müll bisher.« Sie drückte seinen Arm. »Ich freue mich ja so, Fernando.«

»Das steht dir auch zu.«

»Kommst du später noch mit zu mir?«

»Natürlich.« Er beugte sich vor und gab ihr einen Kuß voll echter Zärtlichkeit. Zwischen den beiden hatte sich mittlerweile ein Gefühl aufrichtiger Zuneigung entwickelt.

»Gut«, sagte sie. »Dann wollen wir mal bestellen. Ich komme um vor Hunger.«

Als Trudi Braun in Hartmanns Büro trat, brachte sie die letzte, von Joel Rodrigues übergebene Nachricht aus London mit. Hartmann las sie und reichte sie ihr zurück.

»Schauen Sie sich das bitte an.«

Sie tat, wie ihr geheißen. »Das ist doch interessant.«

»Mehr als das. Könnte ein einzigartiger Durchbruch sein. Die SOE macht uns in Frankreich seit einiger Zeit schwer zu schaffen. Die schmuggeln Agenten per Fallschirm oder mit einer Lysander rein und gießen Öl aufs Feuer der französischen Résistance. Bringen Sie mir die Akte.«

»Ich kenne sie auswendig, Herr Hartmann, ebenso wie ich den Kern unseres Problems kenne: Brigadegeneral Dougal Munro, Chef der Abteilung D, allgemein bekannt als Abteilung für ›Dumme Streiche‹.«

»Genau. Ist Joel Rodrigues bereits gegangen?«

»Nein, er wartet im Vorzimmer. Wollen Sie mit ihm sprechen?«

»Nein, Sie übernehmen das. Sagen Sie ihm, daß er und sein Bruder von jetzt an das Doppelte bekommen.«

»Gut.«

»Diese Dixon macht ja offenbar nicht wegen des Geldes mit. Eigentlich schade. Und dennoch, irgendwie muß man ihr klarmachen, wie wichtig jede Einzelheit über die SOE ist, insbesondere alles, was Munro betrifft.«

Trudi ging hinaus, und Hartmann stand auf, ging ans Fenster und zündete sich eine Zigarette an. Unbegrenzte Möglichkeiten. Wirklich interessant.

Im August wurde Sizilien besetzt, und im September landeten alliierte Truppen auf dem italienischen Festland. Harry Kelso, der von seinem Geschwader abgezogen worden war, meldete sich unterdessen in Kairo bei einem Offizier der Transporteinheiten im Shepherd's Hotel.

»Für Sie heißt's zurück nach England, Sir«, sagte dieser. »Eine Dakota soll nach Malta, dort auftanken und dann weiter nach Gibraltar. Die Sache ist nur, daß dazu zwei Piloten gehören, aber wir haben erfahren, daß einer von den vorgesehenen krank ist oder so was. Nicht verfügbar halt. Hätten Sie was dagegen, für den einzuspringen?«

»Ist mir ein Vergnügen«, sagte Harry.

Im Mannschaftsraum des Flughafens traf er den Piloten, einen Oberleutnant namens Johnson, der ihn gleich in Beschlag nahm. »Mein Gott, Sie haben doch die *Orsini* versenkt, Sir, was für eine Tat!«

Harry überhörte all das geflissentlich. »Mit welchen Problemen müssen wir rechnen?«

»Die Stützpunkte der Luftwaffe befinden sich mittlerweile alle in deren Teil des italienischen Festlandes. Routineflug, mehr nicht. Außerdem fliegen wir bei Nacht. Zwei Unteroffiziere der Versorgungseinheit und eine Handvoll andere Passagiere.«

»Irgend jemand Besonderes?«

»Ach, der eine oder andere Brigadegeneral. Die sind alle im Warteraum. Dort stehen Sandwiches und Tee bereit, Sir. Warum gehen Sie nicht hinein? Wir starten erst in zwei Stunden.«

Harry ging in den Warteraum, in jeder Hand trug er eine Tasche. Er sah einen Oberstleutnant, ein paar Majore und zwei Männer in Zivil, und alles trank und lachte. Als er den Raum betrat, wandten sie sich nach ihm um, betrachteten sein Schiffchen, das strohblonde Haar und das sonnengebräunte Gesicht mit den feinen Zügen – und dann diese vielen Auszeichnungen an dem Khaki-Hemd. Ein Schweigen senkte sich über den Raum.

»Kelso«, sagte Harry.

»Gütiger Gott, mein lieber Junge, Sie haben doch die *Orsini* versenkt.« Der Oberstleutnant erhob sich und schüttelte Harry die Hand, der dazu eine der Taschen absetzen mußte.

»Wo Sie sind«, sagte jemand von hinten, »da kann doch dieser berühmte Tarquin nicht weit sein. Ist er in dieser Tasche da?«

Harry wandte sich um: Es war Dougal Munro.

Sie setzten sich etwas abseits und tranken Whisky mit Soda. »Es ist nicht zufällig so, daß hinter unserem Zusammentreffen irgendein falsches Spiel steckt, Herr Brigadegeneral?«

»Also, sehe ich etwa so aus?« sagte Munro.

»Ehrlich gesagt, ja.«

»Nun, da täuschen Sie sich aber. Wie man hört, haben Sie sich seit unserer letzten Begegnung mit Ruhm bedeckt, ebenso wie Ihr Bruder.«

»Max? Was wissen Sie von ihm?«

»Ist mit knapper Not aus Stalingrad rausgekommen. Hat weiß der Himmel wie viele russische Flugzeuge abgeschossen. Lassen Sie mal überlegen, Ritterkreuz, Eichenlaub und Schwerter. Göring hat ihn abgezogen. Ihr Bruder ist jetzt im Generalstab in Berlin. Ist wieder mal die Treppe raufgefallen – Oberstleutnant.«

»Toll für Max.«

»Was wird man wohl erst mit Ihnen in England anfangen?«

»Keine Ahnung.«

»Wußten Sie, daß Teddy West mittlerweile Generalmajor ist?«

»Nein.« Harry war aufrichtig erfreut. »Er ist ein großartiger Mensch. Er hat's verdient. Wie geht's Ihrem Jack Carter?«

»Hält in London die Stellung.«

»Und Ihrer Nichte, der lieben Ärztin?«

»Molly? Hat sich halb kaputtgeschuftet. Sie hat sich aber zu einer ausgezeichneten Chirurgin entwickelt. Sie waren ihr sympathisch, Harry.«

»Ich bin nichts für sie, Herr Brigadegeneral. Ich bin für niemanden etwas. Ist ein Wunder, daß ich überhaupt noch unter den Lebenden weile, aber das kann nicht ewig dauern.« Er erhob sich. »Ich werd noch kurz unter die Dusche springen, bevor wir starten.«

Der Vollmond war aufgegangen, als Johnson die Maschine schließlich abheben ließ. Harry saß auf dem Sitz rechts neben ihm. Sie stiegen auf zehntausend Fuß und gingen dann auf Kurs.

»Wollen Sie vielleicht übernehmen, Sir?« fragte Johnson.

»Nein, danke«, sagte Harry. »Sie finden mich in der Kabine, wenn Sie mich brauchen.«

Er setzte sich nach hinten zu Munro. Die beiden Unteroffiziere versorgten alle mit Getränken und Sandwiches. Harry bat um einen Tee und einen Scotch.

»Keinen Kaffee?« fragte Munro.

»Nein, der Krieg dauert bereits eine Ewigkeit, Herr Brigadegeneral. Ich bin langsam zum Teetrinker geworden. Und außerdem, ihr Engländer macht sowieso den schlechtesten Kaffee der Welt.«

»Ekelhaftes Zeug«, sagte Munro fröhlich, und nahm selbst einen Whisky von einem der Unteroffiziere entgegen. »Also, Harry. Haben Sie eigentlich schon vergessen, daß Sie mich nicht Sir nennen sollen?«

»Nein.« Harry zögerte. »Sir.«

»Sie sind unverbesserlich. Ich komme übrigens gerade von Eisenhower. In unserem Gespräch fiel zufällig Ihr Name.«

»Wirklich?«

»Ihr Großvater, das ist doch Senator Abe Kelso, oder? Präsident Roosevelt hat ihn zu einer Art fahrenden Botschafter ernannt.«

»Schöne Sache für Abe.«

»Natürlich weiß der Präsident von Ihrer Existenz bei uns Engländern. Eisenhower war überrascht, daß Sie nicht zu Ihren Landsleuten gewechselt sind.«

»Und wer bitte schön sind meine Landsleute?«

»Lassen Sie mich was erklären, für den Fall, daß Ihnen die Sachlage nicht vollständig bekannt ist. Drei Eagle-Geschwader in der RAF, alles amerikanische Freiwillige. Im September zweiundvierzig wurden sie versetzt und bilden nun mehrere Geschwader innerhalb der Jagdfliegergruppe Vier der 8. U.S. Air Force.«

»Das ist mir nicht neu.«

»Nun, da waren eine ganze Reihe Amis dabei, selbst bei den Bombern, Leute, die sich wie Sie nicht dem Eagle-Geschwader angeschlossen hatten. Es wurde damals ja kein Druck ausgeübt. Man ging einfach davon aus, daß alle es tun würden, aber Männer wie Sie, die seit mindestens zwei Jahren bei der RAF waren, haben es größtenteils irgendwie vorgezogen zu bleiben, wo sie sind.«

»Das liegt vor allem daran, daß diejenigen, die bereits gewechselt hatten, oftmals als Ausbilder nach Amerika weitergereicht wurden«, sagte Harry. »Wer will das schon?«

»Ist doch aber verständlich. Die amerikanischen Luftstreitkräfte sind voll von blutigen Anfängern, Harry. Junge Menschen, die keinen blassen Schimmer haben. Sie haben achtundzwanzig Maschinen in Finnland abgeschossen, mindestens fünfundzwanzig in der Luftschlacht um England, Gott weiß wie viele in Nordafrika, und Sie haben die *Orsini* versenkt.«

»Die sollen hingehen, wo der Pfeffer wächst«, sagte Harry. »Wo waren denn meine amerikanischen Landsleute, als wir in der Luftschlacht um England standen? Roosevelt, das Kriegsministerium, mein Großvater – alle hübsch damit beschäftigt, ihre Spielchen zu spielen, während England seinen Mann stand.« Harry schüttelte den Kopf. »Ich erzähle hier kein Rührstück, Herr Brigadegeneral. Nur die einfache Wahrheit.«

»Na schön.« Munro gab einem der Unteroffiziere ein Zeichen. »Noch zwei Scotch. Passen Sie auf, Harry. Wir kennen Sie und wissen alles über Ihre hinlänglich bekannte Gewohnheit, nicht alle Ihre Abschüsse geltend zu machen und dabei anderen den Vortritt zu lassen. Sie sind wahrscheinlich der Mann mit der höchsten Abschußquote auf seiten der Alliierten, obwohl die Öffentlichkeit nichts davon weiß.«

»Gott sei Dank.«

»Man will Sie mit Haut und Haaren, Harry. Eisenhower hat es sehr irritiert, daß Sie nicht gewechselt sind. Er und Monty kehren bald nach England zurück, um die Invasion des europäischen Festlands vorzubereiten. Die scheinen der Ansicht zu sein, daß Sie sie im Stich lassen.«

»Tja, tut mir leid für die«, sagte Harry – und im gleichen Moment erbebte die Dakota jäh unter Geschützfeuer.

Schreie der Angst und des Entsetzens erschallten, und Harry, der ins Cockpit rannte, spürte, wie die Maschine rasch an Höhe verlor. Die Windschutzscheibe war zerschmettert. Johnsons Gesicht war voller Blut, sein Mund stand sperrangelweit offen. Er war nach vorn gesackt. Harry kletterte in den Sitz rechts neben ihn und packte den Steuerknüppel.

Hinter ihm tauchte Munro im Eingang auf. »Was ist los?«

Ein dunkler Schatten drehte ab. Harry erkannte sofort einen Nachtjäger, eine zweimotorige Junkers 88S, die mit seltsamem Antennengewirr geschmückt war, ein Flugzeug, das in Nachteinsätzen schon in der Vergangenheit unter den alliierten Bombern verheerende Schäden angerichtet hatte.

»Eine Junkers«, sagte Harry.

»Gütiger Gott, wir haben denen nichts entgegenzusetzen«, rief Munro.

»Mag sein – vielleicht aber auch nicht. Mal sehen.«

Harry ging mit der Dakota nach unten, wußte, daß die Junkers gerade dabei war zu wenden, daß sie gleich wieder auf ihn zuschnellen würde, und zwar so schnell, daß der Pilot sie würde hochziehen müssen, um einen Zusammenstoß zu vermeiden. Und genau damit rechnete Harry. Er ging mit der Dakota auf sechshundert Fuß runter. Die Junkers kam wieder heran und feuerte aus dem Bordgeschütz. Die Dakota schien sich mitten im Flug zu schütteln, während die Junkers in Querlage ging und wieder zur Kehrtwende ansetzte. Einer der Unteroffiziere tauchte hinter Munro auf.

»Vier Tote hier hinten, Sir.«

Harry hörte gar nicht hin. »Also gut, du Dreckskerl, jetzt knöpfen wir uns dich mal vor.«

Er blieb bei fünfhundert Fuß konsequent auf Kurs. Die Junkers kam herangeflogen, um ihm den Rest zu geben. Die Dakota erbebte ein weiteres Mal unter dem Geschützfeuer, und dann entschied sich Harry zu einem seiner Lieblingskniffe, eines der ersten Dinge, die Rocky ihm und Max beigebracht hatte. Er öffnete die Landeklappen, und die Dakota kam beinahe zum Stillstand. Dadurch wurde die Junkers gezwungen, steil nach Backbord abzudrehen, um ihm auszuweichen – und ins Meer hinab weiterzufliegen.

Harry stieg auf dreitausend Fuß, ging auf Kurs und setzte sich mit der Flugleitung auf Malta in Verbindung. Gleich darauf tauchte Munro wieder hinter ihm auf.

»Richtiges Blutbad da hinten, fünf insgesamt.«

Harry nickte in Richtung Johnson, der in seinem Sitz schlaff zur Seite gekippt war. »Er weilt auch nicht mehr unter uns. Das macht sechs.«

»Wenn ich's nicht mit eigenen Augen gesehen hätte, hätte ich's nicht geglaubt. Sie hatten kein einziges wie auch immer geartetes Geschütz an Bord, und dennoch haben sie ihn erledigt.«

»So was nennt man Sich-auf-sein-Handwerk-Verstehen, Herr Brigadegeneral.«

»Nein«, sagte Munro. »Da steckt mehr dahinter. Muß einfach.«

»Malta, in dreißig Minuten«, sagte Harry Kelso und schob den Steuerknüppel zurück.

Am folgenden Tag flogen sie in einer Liberator nach Gibraltar, tankten auf und setzten ihren Weg nach England fort. Irgendwo über der Biscaya sagte Munro: »Ich muß mit Ihnen reden.«

»Worüber?«

»Über die Sache mit der amerikanischen Air Force. Wie bereits gesagt, es wurde kein Druck ausgeübt, um in der RAF dienende Amerikaner zum Wechseln zu bewegen. Zunächst jedenfalls nicht. Als sich dann aber herausstellte, daß eine Menge Leute sich einfach nicht angesprochen fühlte, traf das amerikanische Kriegsministerium mit der RAF eine Vereinbarung. Bis zum September letzten Jahres mußten alle Amerikaner überwechseln. Entsprechender Dienstgrad, amerikanische Uniform. Aber zusätzlich gab's ein Privileg – das Recht, weiterhin das RAF-Pilotenabzeichen auf der rechten Brust zu tragen.«

»Wie rücksichtsvoll«, sagte Harry.

»Es gibt eine Ausnahmeregelung, die aber eigentlich nur für Bomberpiloten gedacht ist. Jeder Pilot, der eine Einsatzserie von dreißig Feindflügen angefangen hatte, beispielsweise in einem Lancaster-Bomber mit RAF-Besatzung, durfte die Serie zu Ende fliegen, mußte aber übertreten, den entsprechenden Dienstgrad annehmen und eine amerikanische Uniform tragen.«

Harry dachte darüber nach. »Wollen Sie mir etwa sagen, daß es niemand von den Jungs schafft, da irgendwie drumherum zu kommen?«

»Ein paar schaffen's schon, aber die Amis werfen ständig ihre Netze aus.«

»Sollen sie doch.«

»Sie, Kelso, könnten sie allerdings in eine peinliche Lage bringen.«

»Indem ich Lysanders für Sie fliege?«

»Sie könnten eine ganze Reihe von Dingen für mich fliegen, Harry. Ich gehöre einem Sonderkommando an, wenn Sie sich erinnern. Wir spielen nach anderen Regeln. Sie fliegen keine Dreißiger-, sondern eine Sechziger-Einsatzserie. Wenn man nun diese Regelung als Ausgangspunkt nähme, dann müßte man Sie die Serie zu Ende fliegen lassen.«

»In amerikanischer Uniform?«

»Nur, wenn man Ihnen auf die Schliche kommt.«

»Dann schauen wir mal, ob die das schaffen und auch, was Teddy West dazu zu sagen hat.«

»Oh, ich glaube Sie werden überrascht sein«, sagte Munro, lehnte sich zurück und nickte ein.

Harry, der in England zwei Wochen freihatte, kehrte zu seinem kleinen Häuschen zurück, das er sich in der Nähe von Farley Field gekauft hatte. Er hielt sich dem Geschwader fern. Waren wahrscheinlich sowieso nur Neue da, und er wußte daß seine Gegenwart den Kommandanten des Stützpunktes nur nervös machen würde.

Er spazierte am Kieselstrand entlang, warf Steinchen ins Wasser und dachte an die Luftkämpfe über dem Ärmelkanal und seinen Fallschirmsprung bei Folkestone ins Meer. Wenn er Hunger hatte, setzte er sich immer ins Smugglers Inn, unweit seines Häuschens, aber nie in Uniform, sondern in schlichter Zivilkleidung, Pullover und Hose.

Manchmal kamen Piloten des Hawk-Geschwaders vorbei, Jungspunde mit unbekümmerten Gesichtern und der Lautstärke und Arroganz der Jugend. Jessy Arnold, die Wirtin, war eine alte Bekannte von Harry noch aus den Tagen der Luftschlacht. Sie hatte es alles mitgemacht, die ständigen Fliegerkämpfe hoch oben, das Sterben der Leute.

Eines Tages saß Harry am Ende der Bar bei einem Kartoffelauflauf, als eine Handvoll junger Piloten hereinkam. Jessy gab ihnen ihr Bier und kehrte dann zu Harry zurück.

»Hab was Besonderes für Sie, Harry. Ist was Amerikanisches. Bourbon Whiskey«, flüsterte sie.

»Du liebe Zeit, hab ganz vergessen, wie so was schmeckt.«

Sie schenkte ihm einen ein. Ein junger Pilot namens Green, der das sah, fing an zu sticheln: »Was haben Sie denn da, Jessy? Was Besonderes? Ist ja 'n starkes Stück, so was auf Zivilisten zu verschwenden.«

Jessy wurde darüber wütend und stand bereits mit offenem Mund da, um zu antworten, aber Harry hielt sie zurück. »Laß nur, Jess.« Er kippte den Bourbon hinunter und ging.

Green lachte. »Der Scheißkerl sollte wie jeder andere auch sein Teil tun.«

»Mr. Green«, sagte Jessy. »Hat Ihnen eigentlich schon mal jemand gesagt, daß Sie ein Vollarsch sind? Denn genau das sind Sie. Sie haben gerade den größten Fehler Ihres Lebens begangen, und eines Tages werden Sie's wissen, aber das soll mir egal sein. Falls Sie so was je wieder tun, kriegen Sie hier Hausverbot.«

Green starrte sie verdattert an. Jessy wandte sich um und verschwand in der Küche.

Als Harry an einem kühlen Regentag Ende September wieder einmal Kiesel ins Meer warf, hörte er, wie oberhalb des Strandes jemand vorfuhr. Er drehte sich um und sah einen Wagen des Generalstabs der RAF. Ein Unteroffizier kam herausgesprungen, schlug einen Regenschirm auf und öffnete die hintere Tür. Teddy West kam zum Vorschein, in der ganzen Pracht seiner Generalmajorsuniform.

»Harry!« Er winkte. »Schön, Sie zu sehen.«

Harry ging rasch den Strand hoch und begrüßte ihn. »Freut mich sehr, Sir.«

»Dougal Munro hat mir erzählt, daß Sie ein wenig mitgenommen aussehen würden. Also, ich kann das jedenfalls nicht bestätigen.«

»Seeluft, Essen im Pub, viel Schlaf.«

»Schön. Steigen Sie ein, und wir fahren zu Ihrem Haus. Haben jede Menge zu besprechen.«

»Dienst, Sir?« fragte Harry, als er sich zu ihm in den Fond setzte.

»Ja, so könnte man wohl sagen.«

Der Fahrer parkte den Wagen neben dem MG-Roadster. West schnappte sich vom Vordersitz noch eine Tasche und folgte Harry ins Haus. Harry legte noch ein paar Holzscheite im Kamin nach.

»Kann ich Ihnen irgend etwas anbieten, Sir?«

»Ich habe gedacht, daß wir vielleicht später ins hiesige Pub essen gehen, aber kommen wir erst mal zur Sache.«

»Ja, Sir.«

»Die Amerikaner sind immer noch ganz scharf darauf, Sie zu übernehmen, Harry. Ich habe versucht, Sie im Aktengewirr verschwinden zu lassen. Offiziell sind Sie natürlich immer noch Finne, aber damit kommen wir auf die Dauer nicht durch. Ich hätte da einen Vorschlag.«

»Und der wäre, Sir?«

»Wir haben das Sondereinsatz-Geschwader 138 in Tempsford. Besser bekannt als das Mond-Geschwader. Die werfen Agenten über Frankreich ab, holen Leute wieder raus und so weiter.«

»Sie hätten gern, daß ich da mitmache?«

»Nicht unbedingt. Was den Bereich von Sondereinsätzen betrifft, gibt es eine ganze Reihe von Verbindungen zu Tempsford. Tangmere zum Beispiel, das Sie bestimmt noch von früher kennen.«

»Und Munro ist involviert.«

»Ja, er operiert von einem geheimen Stützpunkt in Cold Harbour aus, einem kleinen Örtchen in Cornwall. Er läßt von dort aus alle möglichen Einsätzen fliegen, nicht nur mit Lysanders, sondern auch mit dem Fieseler Storch, selbst eine Junkers 88S mit Luftwaffe-Abzeichen ist dabei. Man hätte dort durchaus Verwendung für Sie, aber ich werde Sie vorerst nicht dorthin versetzen. Warten wir erst mal ab, ob es Ihren Landsleuten gelingt, Sie aufzustöbern, dann sehen wir weiter.«

»Was wären denn dort meine Aufgaben?«

»Der gelegentliche Nachtflug nach Frankreich, je nachdem. Testflüge mit erbeuteten Feindflugzeugen. Alles, was halt so anfällt. Würde Ihnen das zusagen?«

»Klingt interessant.«

»Sie wären in gewisser Weise mein persönlicher Adjutant, was auch einen angemessenen Rang bedeuten würde, um die Muskeln spielen lassen zu können, wenn's mal darauf ankommt.« Er öffnete die Tasche, die er mitgebracht hatte, und nahm eine nagelneue Uniform heraus. »Ich hoffe, Sie werden mir das nachsehen, Harry, aber ich bin zu Ihrem Schneider in der Savile Row gegangen. Er hat's auf Ihre Rechnung gesetzt. Wie Sie sehen, sind Sie jetzt Oberstleutnant. Damit sind Sie auf einer Stufe mit Ihrem Bruder.«

»Gütiger Gott«, sagte Harry Kelso.

»Der Schneider hat all ihre Ordensbänder aufgenäht, auch den merkwürdigen amerikanischen Adler mit den beiden Flaggen an der Schulter.«

»Ich weiß nicht, was ich sagen soll.«

»Ziehen Sie sich einfach nur um, seien Sie so lieb, und dann gehen wir ins Pub und essen zu Mittag.«

Es war noch früh, als sie im Pub ankamen. Jessy Arnold schürte gerade den Kamin in der Bar ein. Als sie Harry sah, fiel ihr die Klappe runter. »Du meine Güte, Harry Kelso. Ein Oberstleutnant!« Sie küßte ihn spontan auf die Wange.

»Darf ich vorstellen: Generalmajor West, Jessy. Wir sind wegen Ihres berühmten Auflaufs hier. Nach Scotch braucht man in diesen schweren Zeiten wohl gar nicht erst zu fragen.«

»O doch, da ist noch welcher.« Jessy lächelte. »Zumindest für euch zwei Gentlemen.«

Sie setzten sich ans Ende der Bar, und gerade als Jessy die Flasche zurückstellen wollte, platzten Green und drei andere

Piloten herein. Green sah die Flasche, langte über die Theke hinweg und versuchte, sie sich zu schnappen.

»Kommen Sie schon, Jessy, oder wollen Sie die etwa wieder für Zivilisten aufheben?«

»Junger Mann!« rief West. »Zeigen Sie bitte ein bißchen Benimm. Sie sind schließlich Offizier und Gentleman.«

Green drehte sich um, und beim Anblick eines derartig hohen Offiziers machte seine aufkommende Wut einer vollkommenen Verblüffung Platz. West stand auf, und im selben Moment kam ein Hauptmann herein.

»Ah, wenn Sie zum Hawk-Geschwader gehören, dann müßten Sie eigentlich Varley sein«, sagte West.

Varley schaffte es gerade noch »Ja, Sir« zu stammeln.

»Ich bin Generalmajor West. Oberstleutnant Kelso hier hat das Hawk in der Luftschlacht um England befehligt.«

Die plötzliche Stille war atemberaubend. Alles wandte sich zu Harry um. »Mein Gott, Sir«, sagte Varley. »Sie sind eine Legende bei uns im Geschwader – eine Legende.«

»Dann wollen wir alle mal darauf trinken.« Harry wandte sich an Jessy. »Was immer Sie auftreiben können, meine Liebe, aber keinen Bourbon für Mr. Green.«

ENDSPIEL
1943-1944

8

Den Oktober über arbeitete Harry für West, reiste landauf, landab zu verschiedenen Geschwadern und versuchte ihre Gefechtsbereitschaft für das einzuschätzen, was – wie alle wußten – 1944 bevorstand: die Invasion des europäischen Festlandes. Es war eine eintönige, aber notwendige Arbeit. Wie es der Zufall wollte, erledigte Max eine ähnliche Aufgabe für Galland, hauptsächlich in Frankreich, obwohl er auch sehr viel in Berlin war. Wie Harry ging ihm das Ganze ziemlich auf den Wecker, aber Galland bat ihn eindringlich darum, sich in Geduld zu fassen.

Elsa wiederum hatte die Geduld längst verloren. Anfang des Jahres hatte die Gestapo eine Welle von Verhaftungen von jüdischen Männern mit deutschen Ehefrauen durchgeführt. Es handelte sich hierbei durchweg um Männer, die kriegswichtige Tätigkeiten verrichteten. Nicht alle waren verhaftet worden, aber Ende Oktober marschierten Soldaten der SS und Gestapo-Schärgen in Labore, Büros und Maschinenbaubetriebe ein und nahmen Juden an Ort und Stelle fest. Alle, die in gemischter Ehe lebten, wurden im Verwaltungsgebäude der Jüdischen Gemeinde in der Rosenstraße festgehalten.

Was dann geschah, war ohne Beispiel. Über dreihundert deutsche Frauen protestierten gemeinsam vor dem Gestapo-Hauptquartier in der Prinz-Albrecht-Straße, und ganz vorn in der ersten Reihe stand die Baronin Elsa von Halder gleich neben ihrem Dienstmädchen, Rosa Stein, deren Ehemann Heinrich auch verhaftet worden war. Himmler, der das Geschehen mit Bubi Hartmann vom Fenster aus beobachtete, war davon alles andere als angetan.

»Da führen sich also anständige deutsche Frauen in solcher Weise auf und werden auch noch von der Baronin einer unserer ältesten Familien unterstützt. Eine Schande ist das. Eine noch größere Schande allerdings, daß diese Frauen Juden geheiratet haben.«

Bubi Hartmann hatte absolut nichts gegen Juden. So war es sogar sein dunkles Geheimnis, daß seine Urgroßmutter mütterlicherseits jüdisch gewesen war und sich »herausgeheiratet« hatte, wie man es nannte. Glücklicherweise war das alles so lange her, daß niemand davon wußte.

»Natürlich hat die Industrie gegen die Verhaftung solcher Männer Beschwerde eingelegt«, sagte Hartmann. »Alles hochqualifizierte Leute, ein Gewinn für das Reich. Soweit ich weiß, haben Sie noch vor ein paar Monaten ihre Nützlichkeit gegenüber dem Führer herausgehoben, Herr Reichsführer.«

Himmler nickte ernst. »Das ist richtig. Tiere zwar, aber sofern wir Verwendung für sie haben ...« Er zuckte die Achseln.

»Wirklich zu schade, daß der Herr Propagandaminister nichts davon hören wollte«, merkte Hartmann diskret an. »Und das hier ist jetzt die direkte Folge seines Befehls.«

»Goebbels, dieser Schwachkopf. Leistet sich eine Dummheit nach der anderen«, sagte Himmler.

»Der Führer wird nicht sehr erfreut sein. Vielleicht sollte der Herr Reichsführer sich in dieser Angelegenheit äußern. Wie immer an die Vernunft appellieren, zum Beispiel. Goebbels würde dumm dastehen.«

»Sie haben recht, Hartmann, und es würde sich außerdem ausgezeichnet als Vorwand eignen, den Führer um ein Gespräch zu bitten. Ich habe noch andere Angelegenheiten mit ihm zu besprechen.«

»Natürlich, Herr Reichsführer.«

Als Hartmann schon auf dem Weg zur Tür war, sagte Himmler: »Da ist noch was. Die Anwesenheit der Baronin von Halder dort draußen ist ein weiterer Nagel zu ihrem Sarg. Ich habe Ihnen ja bereits gesagt, daß sie sich mit den falschen Leuten gemein macht. Die Tatsache, daß ihr Sohn einer unserer großen Kriegshelden ist, wird sie nicht retten.«

Hartmann bekam eine trockene Kehle. »Ich verstehe.«

»Ich habe, wie Sie ja wissen, eine Sondereinheit, die sich mit diesen Verrätern, diesen Generälen befaßt. Das alles geht Sie zwar nichts an, Herr Standartenführer, trotzdem möchte ich eines klarstellen: So wertvoll Ihre Dienste für mich sind, jeder ist entbehrlich. Ich weiß, daß Sie Baron von Halder zu Ihren Freunden zählen, aber ich rate zur Vorsicht.«

»Ich bin Ihnen sehr dankbar, Herr Reichsführer.«

Hartmann hatte es eilig, hinauszukommen. Er kehrte in sein Büro zurück, marschierte schnurstracks an Trudi vorbei, setzte sich an seinen Schreibtisch, nahm eine Flasche Cognac aus der Schublade und schenkte sich großzügig ein.

Trudi kam herein. »Ärger?«

Er erzählte ihr alles.

»Was wird Ihrer Meinung nach jetzt geschehen?« fragte sie.

»Goebbels, dieser mickrige Idiot, wird den Befehl zurücknehmen müssen.«

»Glauben Sie?«

»Hundertprozentig. Es kommt Himmler gerade recht, ihn als den Dummkopf aussehen zu lassen, der er ist. Insbesondere vor dem Führer.«

»Und die Baronin?«

Er zuckte die Achseln. »Sie hatte immer einen starken Willen, und den von Halders gelingt es seit Jahrhunderten, das zu bekommen, was sie wollen.«

»Die Zeiten haben sich geändert.«

»Versuchen Sie mal, ihr das zu sagen.«

»Aber Max von Halder ist doch Ihr Freund.«

»Was soll ich also Ihrer Ansicht nach tun? Meinen Kopf auf den Richtblock legen?« fragte er sie aufgebracht. »Gehen Sie jetzt und machen Sie Ihre Arbeit.«

Sie schüttelte den Kopf. »Sie sind ein guter Mensch, Herr Hartmann, auf einem völlig falschen Posten.«

Am gleichen Abend wurde Abe Kelso von seinem Wagen am Weißen Haus in Washington vor dem Kellereingang des Westflügels abgesetzt. Die Agenten des Secret Service kannten ihn natürlich, aber aus Respekt vor den Vorschriften zeigte er seinen Ausweis.

»Der Präsident erwartet Sie bereits, Herr Senator«, sagte einer der Wachhabenden. »Ich bringe Sie rauf.«

Das Oval Office lag im Halbdunkel da. Nur auf dem Schreibtisch brannte eine Lampe, und überall lagen Unterlagen herum. Die Luft war ganz verraucht. Roosevelt saß in seinem Rollstuhl am Schreibtisch und hielt eine Zigarette in seiner üblichen, langen Zigarettenspitze.

»Da sind Sie ja, Abe.«

»Mr. President.«

»Wie läuft der Krieg Ihrer Ansicht nach?«

»Mal besser, mal schlechter. In Italien schlecht.«

»Das war ein gekonnter Coup, wie sich dieser SS-Kerl Skorzeny und seine Fallschirmjäger Mussolini vom Berggipfel geschnappt haben, wo er gefangengehalten wurde. Hat der Welt gezeigt, daß Hitlers Arm nach wie vor weit reicht.«

»Churchill hat vor dem Unterhaus gesagt, es sei das bemerkenswerteste Kommandounternehmen im ganzen Krieg gewesen.«

»Winston war schon immer sehr großzügig in seinen Beurteilungen, aber da hat er mal recht gehabt.«

»Was kann ich für Sie tun, Mr. President?«

»Tja, Abe, top secret, aber die Alliierten werden im Januar in Anzio südlich von Rom landen.«

»Die deutschen Truppeneinheiten in Italien gehören zum Besten, was sie haben. Kesselring dürfte momentan wohl ihr erfolgreichster General sein. Könnte eine harte Nuß werden«, sagte Abe.

»Davon kann man ausgehen. Eisenhower und Montgomery werden im Januar in London Quartier beziehen, um die Invasion in Frankreich vorzubereiten. Ich möchte, daß Sie rübergehen, Abe, als mein persönlicher Gewährsmann. Ich sag's Ihnen bereits jetzt, damit Sie genügend Zeit haben, noch alles zu erledigen, was sich auf Ihrem Schreibtisch angesammelt hat.«

»Stets zu Ihrer Verfügung, Mr. President.«

»Gut, und wohlgemerkt, den inoffiziellen Botschafterstatus habe ich Ihnen deshalb verliehen, damit Sie sich genügend Geltung verschaffen können. Ich weiß, Sie haben keine bestimmte Funktion, aber Sie werden bei Reisen oder was auch immer stets mit absolutem Vorrang behandelt werden.« Roosevelt schob ihm einen Umschlag zu. »Darin werden Sie eine präsidiale Vollmacht finden, von mir unterschrieben. Das sollte selbst Eisenhower beeindrucken.«

Abe steckte den Umschlag ein. »Sonst noch was, Mr. President?«

»Vorerst nicht. Was ist mit Ihren Enkeln? Wie geht's denen?«

»Nun, der, von dem wir nicht reden, ist mittlerweile Oberstleutnant der Luftwaffe. Die Uniform voller Auszeichnungen.«

»Und der andere? Harry, wenn ich mich recht erinnere?«

»Auch Oberstleutnant, ebenfalls die Uniform voller Auszeichnungen.«

Roosevelt runzelte die Stirn. »Soll das heißen, er ist immer noch bei der RAF? Abe, wir sind in diesem Krieg seit geraumer Zeit mit von der Partie. Meinen Sie nicht, daß sein Platz bei der Air Force wäre?«

»Eine ganze Reihe von Leuten haben ihm dies nahegelegt, aber er scheint die Sache anders zu sehen.«

»Dann finde ich, daß Sie ihn umstimmen sollten, Abe. Sprechen Sie mit ihm, wenn Sie drüben sind. Sagen Sie ihm, daß es der Wunsch des Präsidenten ist.«

»Wie Sie wünschen, Mr. President.«

»Großartig. Und jetzt rollen Sie mich bitte ins Wohnzimmer, und ich mixe Ihnen einen meiner berühmten Martinis, bevor Sie gehen.«

In Berlin gab Goebbels schließlich nach und befahl die Freilassung von Juden mit deutschen Ehepartnern. Rosa und Heinrich waren endlich wieder vereint. Elsa freute sich riesig, als Max, der zu einem Treffen des Generalstabs in Berlin weilte, sie besuchte.

»Ist das nicht großartig? Wir haben dieses kleine Nazi-Schwein in die Knie gezwungen.«

»Vorläufig, Mutti, nur vorläufig. Du solltest aufpassen.«

»Ich habe keine Angst vor diesen Dreckskerlen.«

Das Telefon schellte. Elsa ging ran und reichte Max dann den Hörer. »Für dich.«

»Max, ich bin's, Bubi. Ich wußte, daß du hier bist, um mit Galland zu Abend zu essen. Hast du fünf Minuten Zeit?«

»Natürlich.«

Max legte auf und wandte sich seiner Mutter zu. »Bubi. Er ist in der Bar und will mich kurz sprechen.«

»Ich komme dann auch, wenn ich mich umgezogen habe«, sagte sie und ging ins Ankleidezimmer, wo sie bereits von Rosa erwartet wurde.

Max saß in der Ecknische und nippte an dem Champagner, den Hartmann bestellt hatte. »Was kann ich für dich tun?«

»Max, du bist mein Freund. Wir sind lange vor Dünkirchen in Frankreich zusammen geflogen. Du hast mir bei mindestens einer Gelegenheit das Leben gerettet.«

»Und?«

»Ich lege also meine Karriere in deine Hände – und höchstwahrscheinlich auch mein Leben.«

Max runzelte die Stirn. »Worum geht's denn?«

»Um deine Mutter. Mit ihrer Beteiligung an dem jüdischen Protest hat sie in ein Wespennest gestochen.«

»Du sprichst vom Reichsführer?«

»Er ist nicht der einzige. Ich kenne nicht alle Einzelheiten, aber da ist eine Untersuchung gegen unzufriedene Armee-Offiziere im Gange, Leute, die keine Träne vergießen würden, wenn dem Führer etwas zustoßen würde. Es hat bereits zwei fehlgeschlagene Bombenattentate gegeben, wie mir hinterbracht wurde.«

»Aber was hat das mit meiner Mutter zu tun?«

»Sie verbringt ihre Zeit mit den falschen Leuten. Also, Max, ich weiß genau, daß sie nicht persönlich verwickelt ist, aber Freunde von ihr sind dies mit Sicherheit. Und wenn das Schiff sinkt, geht sie mit unter.« Hartmann war sichtlich erregt.

»In Ordnung, Bubi. Ich habe begriffen, und ich danke dir.«

»Tu mir bitte einen Gefallen. Wenn du sie warnst, sag ihr nicht, daß der Wink von mir kam. Wenn die Baronin redet, dann redet sie laut, und wenn du mir für die Bemerkung eine reinhauen willst, dann beeil dich, ich muß jetzt nämlich los.«

Max mußte grinsen. »Du hast vollkommen recht, Bubi, und ich bin dir auch jetzt noch dankbar.«

»Bis bald«, sagte Hartmann und ging.

Max bestellte ein weiteres Glas Champagner und ließ sich das Ganze noch einmal durch den Kopf gehen. Es hatte keinen Sinn, mit seiner Mutter einen Streit vom Zaun zu brechen. Er mußte es geschickter anfangen.

Kurz darauf kam Galland herein und setzte sich. »Kommt deine Mutter auch?«

»Ja.« Max gab dem Barmann ein Zeichen. »Aber vorher habe ich noch etwas mit dir zu bereden. Diese ganzen Stabsarbeiten, all diese Inspektionen in Frankreich. Ich langweile mich zu Tode, Dolfo.«

»Hör zu, du alter Hund, ich weiß sehr wohl, daß du selbst zur französischen Küste hinuntergeflogen bist. Me 109, letzte Woche eine Junkers 88S. Keine Besatzung, nur der Überführungspilot, und du hast übernommen.«

»Ich muß in Übung bleiben.«

»Genau wie ich.« Galland mußte grinsen. »Hab noch etwas Geduld, Max. Nach Weihnachten, sagen wir im Januar, werde ich dich wieder in Jagdflugzeuge setzen, nachts oder tagsüber, du hast die freie Wahl.«

»So gefällst du mir schon besser.« Max stand sofort auf, als seine Mutter hereinkam.

Später rauchte er auf dem Balkon ihrer Suite eine Zigarette und schaute hinaus. Die Türen standen weit offen und die kühle Nachtluft drang herein.

»Keine RAF heute nacht«, sagte Elsa, als sie zu ihm hinauskam.

»Ich habe den Wetterbericht für England gesehen. Die Lancasters würden bei ihrer Rückkehr nicht landen können. Dichter Nebel.«

»Gott sei Dank. Tut gut, mal eine Nacht Ruhe zu haben. Es war in letzter Zeit schon ziemlich schlimm. Gehst du bald nach Frankreich zurück?«

»Gleich morgen.« Er zögerte. »Mutti, in letzter Zeit geht so manches Gerücht um, Andeutungen von Verschwörungen gegen den Führer seitens einiger Stabsoffiziere und so.«

»Ich würde mich freuen, wenn eine davon erfolgreich verlaufen würde.«

»Red keinen Unsinn, Mutti. Sei nur vorsichtig in der Wahl deiner Freunde, und bitte keine Auftritte mehr wie bei dieser jüdischen Protestversammlung. Das kann nicht gutgehen.«

»Ich bin Elsa von Halder, und ich tue, was mir paßt.«

»Was für eine Arroganz«, sagte er. Er war wütend geworden. »Ist dir denn nicht klar, wozu diese Schweine fähig sind? Sie würden dich ohne viel Federlesens erhängen lassen.«

»Du bist ja nicht bei Trost«, sagte sie, und doch wirkten ihre Augen plötzlich verändert.

»Wenn sie einen festnehmen, nehmen sie alle fest«, sagte Max. »Das bedeutet das Personal auf dem Gut, die gute alte Rosa und den Schwarzen Baron, Held der Luftwaffe. Wegen deiner Dummheit würden wir alle auf der gleichen Straße gen Hölle fahren.«

»Max, du übertreibst.«

Er machte kehrt, nahm sein Schiffchen und setzte es auf. »Ich werde heute nacht auf dem Stützpunkt schlafen. Ich muß morgen sehr früh los.« Er ging zur Tür.

»Max!« rief sie.

Er öffnete die Tür und ging hinaus.

Sarah Dixon fand das Leben in der Baker Street mit der SOE erheblich interessanter als im Heeresministerium. Zum einen lernte sie hier, auch wenn ihre Aufgaben verwaltungstechnischer Natur waren, die Leute persönlich kennen. Munro, zum Beispiel, Jack Carter und andere. Eines Tages kam West mit Harry Kelso hereinspaziert.

»Dieser Oberstleutnant da«, sagte sie in der Kantine zu einer Frau namens Madge Smith. »Ich habe ihn sprechen hören, und er hat irgendwie amerikanisch geklungen, aber auf dem Abzeichen seiner Uniform steht Finnland.«

»Ach, du meinst Kelso, Harry Kelso. Ein echtes Fliegeras. Er hat den italienischen Kreuzer versenkt, die *Orsini,* und du hast recht, der ist ein Ami.«

»Und warum ist er dann nicht bei der amerikanischen Air Force?«

»Keine Ahnung. Er ist Adjutant von Generalmajor West, soviel ich weiß, und er erledigt Kurierflüge für Munro.«

»Kurierflüge?«

»Sondereinsätze, die von Tangmere, Croydon oder von Cold Harbour unten in Cornwall aus geflogen werden.«

»Wie interessant«, sagte Sarah.

Noch interessanter waren die Ereignisse vom Dienstag nachmittag. »Sei so lieb und bring diese Akte zu Nelly in den Kopierraum. Fünf Kopien. Steht auf dem Zettel«, sagte Madge Smith.

Im Flur auf dem Weg nach unten warf Sarah rasch einen Blick in die Akte. Da war ein Begleitschreiben an irgendeine Abteilung im Heeresministerium, eine Karte von Cold Harbour, Einzelheiten über die dort stationierten Flugzeuge. Zwei Kategorien von Flügen – Lysander-Abwürfe über Frankreich und Flüge mit Lysanders von Londons Croydon-Stützpunkt aus, mit beiliegender Pilotenliste. Harry Kelso wurde erwähnt.

Sie konnte es einfach nicht fassen und ging in den Kopierraum, wo sie Nelly, eine grauhaarige Frau mittleren Alters, beim Stapeln von Papier antraf.

»Sehr eilig, Nelly. Fünf Kopien.«

»Gott, was für ein Morgen. Hab mir schon die Füße wund gelaufen und noch nicht mal Zeit gehabt, aufs Töpfchen zu gehen.«

»Na, dann geh doch jetzt. Ich mach inzwischen für dich weiter.«

»Du bist ein Schatz.«

Sie eilte hinaus, und Sarah kopierte die Seiten, eine nach der anderen, legte sie zusammen, faltete sie und steckte sie in die Innentasche ihrer Jacke. Dann fing sie mit den verlangten fünf Kopien an und war beinahe fertig, als Nelly wieder auftauchte.

»Hab's gleich geschafft.«

»Du bist wirklich lieb, ich hab noch schnell eine geraucht.« Das letzte Blatt lief gerade durch, und Nelly stapelte die Kopien. »Hier, bitte, Liebes, und bestell Madge einen lieben Gruß.«

Vier Tage später gab Joel Rodrigues den Bericht an Trudi weiter, die ihn sofort zu Hartmann hineinbrachte. Hartmann las ihn mit einem Ausdruck ehrfurchtsvoller Scheu und gab ihn ihr schließlich zurück.

»Wir sind auf eine Goldader gestoßen. Lesen Sie das.«

Sie blätterte den Bericht flüchtig durch. »Gütiger Gott, ein echter Fang – und ist Ihnen auch der Name einer der Piloten dieser Sonderflüge aufgefallen?«

»Harry Kelso.«

»Werden Sie es dem Baron mitteilen?«

»Natürlich nicht, aber Himmler schon, selbst wenn es nur darum gehen sollte, ihm zu zeigen, was für eine großartige Arbeit wir hier leisten. Sagen Sie Rodrigues, er soll seinem Bruder in London eine Nachricht schicken. Sagen Sie ihm, er soll Frau Dixon klarmachen, daß wir über das hier so viel Informationen wie möglich brauchen.«

»Alles klar«, sagte Trudi und ging hinaus.

Max flog eine Junkers 88S von Berlin nach Fermanville, einem Stützpunkt an der Küste. Die Junkers wurde normalerweise mit einer Drei-Mann-Besatzung geflogen – einem Piloten, einem Navigator und einem Bordschützen im Heck –, aber bei Überführungen flog der Pilot meist allein. Eigentlich sollte er solche Arbeiten nicht übernehmen, aber wie Galland konnte er der Aussicht zu fliegen nicht widerstehen. Um zwei Uhr nachts überflog er in der Nähe von Le Touquet bei Halbmond mit vereinzelten Wolken die Küste. Die Sichtweite war ausreichend. Über Funk rief er den Nachtjagdflugstützpunkt in Fermanville an und gab seine Position durch.

»Wer sind Sie?« Die Stimme des Flugleiters knisterte in Max' Kopfhörer.

»Oberstleutnant von Halder mit einem neuen schwarzen Vogel für euch.«

»Fliegen Sie mit Besatzung?«

»Nein.«

»Wie schade, Herr Baron. Ich habe ein Zielobjekt.«

»Geben Sie mir die Position durch. Ich schau's mir mal an.«

»Gehen Sie auf null-sechs-sieben Grad. Entfernung des Zielobjekts fünf Kilometer.«

Die Junkers schob sich aus einer Wolke heraus, und Max sah seine Beute vor sich, einen Lancaster-Bomber. Aus dem Steuerbordmotor kringelte sich eine Rauchfahne.

Über Funk gab er durch: »Bin auf Sichtweite«, und dann beendete er den Funkkontakt.

Die Maschine war stark beschädigt, so stark, daß der Schützenstand im Heck völlig fehlte. Er ging etwa sechshundert Fuß runter in die Wolken und tauchte unterhalb vom Heck des ramponierten Bombers wieder auf. Er flog näher heran und schob sich unter den Bomber. Die Ju 88S war mit zwei 20-mm-Geschützen ausgerüstet, die schräg nach oben zielten. Wenn man feuerte, würde man die Bauchseite des Zielobjekts zerfetzen.

Max, der aufblickte und sich über den schlimmen Zustand des Bombers völlig im klaren war, mußte unwillkürlich an das Blutbad denken, das er verursachen würde, an den kalten Wind, der durch die klaffenden Löcher im Rumpf pfiff, an die Toten und die Sterbenden. Und zu seiner eigenen Verblüffung dachte er aus irgendeinem Grund: Nein. Es reicht. Er stieg neben dem Bomber auf und sah den Piloten klar und deutlich im Mondlicht. Er hob die Hand zum Gruß und drehte dann ab.

Er landete in Fermanville, ließ sich zum Abstellplatz ausrollen, und als das Bodenpersonal auf ihn zukam, stieg er bereits aus. Der Nachrichtenoffizier, ein Major namens Schultz, stand Zigarette rauchend da.

»Was ist passiert, Herr Baron? Was war los?«

»Eine Lancaster, mit Riesenrauchfahne. Hab sie kurz zu sehen gekriegt, aber dann ist sie in dichte Wolken hinein. Ohne Navigator und ohne jemanden, der die Lichtenstein-Anlage bedient, hatte ich keine Möglichkeit, ihr zu folgen.«

»Beim nächsten Mal läuft's sicher besser.«

Max machte sich in Richtung Offiziersmesse auf, stampfte in seinen Stiefeln über den Rollsplitt, niedergeschlagen, abgekämpft und verstört. Eine leichte Beute, und er hatte sie einfach ziehen lassen. Warum? So was hatte er noch nie getan, war immer auf einen Abschuß ausgewesen.

»Was ist nur mit dir los, alter Junge?« fragte er sich selbst, leise und auf englisch.

Die Messe war leer, abgesehen von einem Oberst namens Haupt. Die beiden kannten sich bereits eine halbe Ewigkeit. Haupt trank gerade an der Bar einen Kaffee.

»So sieht man sich wieder, Max. Was war dort oben denn los?«

Max gab ihm die gleiche Erklärung wie zuvor dem Nachrichtenoffizier und bestellte einen Kaffee und einen Schnaps.

»Was hätten Sie da auch groß tun können, ohne Navigator und Bordschützen.«

»Tja, der Tommy hat sein Glück ganz schön strapaziert. Ich hoffe, er schafft's zurück.«

»Von seinen Bombenabwürfen auf das Reich?«

»Wird wohl so gewesen sein.«

»Galland wird nicht erfreut sein, wenn er hört, daß Sie wieder einen von diesen Flügen gemacht haben.«

»Sie werden's ihm natürlich sagen.«

»Muß ich doch.«

Max zuckte die Achseln. »Er ist gut im Nehmen. Hab ihn in Berlin getroffen. Er hat mir für den Januar wieder Jagdflugzeuge versprochen.«

Haupt runzelte die Stirn. »Max, Sie haben genug getan, mehr als genug. Verdammt noch mal, Mann, es ist ein Wunder …«

Er zögerte, aber Max lächelte. »Ein Wunder, daß ich noch unter den Lebenden weile? Das ist wohl wahr. Aus den alten Tagen sind nicht mehr viele übrig. Irgendwer hat mir erzählt, daß von den alten Kriegern, die in der Luftschlacht um England geflogen sind, nur noch zwanzig Prozent dabei sind.« Er lächelte Haupt wieder an. »Und Sie und ich sind zwei davon, und mit Dolfo wären's drei. Dann ist da natürlich noch mein Bruder, aber von dem sprechen wir lieber nicht.« Er bestellte sich noch einen Schnaps.

»Warum wollen Sie immer noch weitermachen, Max? Mit Ihrem Rekord und Ihrem Titel könnten Sie einen festen Posten im Generalstab haben.«

»Es ist halt das, was ich am besten kann«, sagte Max. »Fliegen ist meine Welt. Mein Vater hat für das Royal Flying Corps Bristols geflogen. Nach dem Krieg hat er sich zu Hause in Boston eine gekauft und sie auf einem kleinen Flughafen in der Nähe untergebracht. Als Harry und ich zehn waren, hat er uns ins hintere Cockpit geschnallt und auf einen kleinen Rundflug mitgenommen. Danach war nichts mehr wie zuvor. Als wir sechzehn waren, und ich eben in die Staaten zurückgekehrt war, um etwas Zeit mit meinem Bruder zu verbringen, haben wir bei einem alten Piloten vom Fliegerkorps fliegen gelernt. Und wir waren gut, Herr Oberst, verdammt gut, von Anfang an.« Er zuckte die Achseln. »Danach hat für mich nur noch das Fliegen gezählt.«

Haupt nickte. »Ich verstehe, aber wissen Sie, was das wirklich Interessante an Ihrer Geschichte ist, Max? Die Tatsache, daß Ihr Vater, ein Fliegeras über der Westfront von neunzehnsiebzehn, noch Jahre nach dem Krieg das gleiche Jagdflugzeug flog. Warum wohl?«

»Kommen Sie herein, Doktor Freud.« Max nickte. »Weiß schon, worauf Sie hinauswollen. Der Höhepunkt seines Lebens, und er konnte nicht loslassen.«

»Offensichtlich. Ich würde jetzt loslassen, Max, wenn ich Sie wäre. Es ist noch nicht zu spät.«

Max dachte darüber nach. »Vielleicht haben Sie ja recht. Na egal, ich muß morgen weiter nach Abbeville. Ich hau mich jetzt aufs Ohr.« An der Tür blieb er kurz stehen. »Sagen Sie mir eines: Fühlen Sie sich auch manchmal so müde? So völlig ausgepumpt? So als wären Sie irgendwie am Ende?«

»Ja, so geht's uns allen ab und an. Der Krieg dauert schon so lange«, sagte Haupt ernst. »Gehen Sie nur, gehen Sie schlafen, Max.«

Die Tür fiel ins Schloß. Haupt saß mit düsterer Miene da und sagte zu dem Barmann: »Geben Sie mir einen Cognac. Ich hab einen nötig.«

Als Harry Munro und Carter zum ersten Mal in einer Lysander nach Cold Harbour fliegen sollte, war es ein schlechter Flug. Es war Neujahr, der Himmel wolkenverhangen, und schiefergrauer Regen durchschnitt die Landschaft von Cornwall. Er ging auf tausend Fuß und setzte zur Landung an. Unter ihnen lag die Küste von Cornwall, die Bucht von

Cold Harbour und der Kai an dem ein Kriegsboot angedockt war.

»Ist das nicht ein deutsches Torpedoboot?« sagte Harry, während er den Ort umkreiste.

»So ist es«, antwortete Munro fröhlich. »Geheimprojekt. Geht Sie nichts an. Dies ist ein Ort, an dem sich jeder um seine eigene Angelegenheiten kümmern sollte, Harry. Sie werden schon noch sehen.«

»Was ist mit den Dorfbewohnern?« fragte Harry und setzte den Landungsanflug fort.

»Haben wir alle ausgesiedelt, alter Junge«, sagte Carter. »Das Pub, The Hanged Man, ist noch offen, fürs Personal. Eine Frau namens Julie Legrande führt den Laden für uns. Sie ist auch die Wirtschafterin des Gutshauses. Ah, da können Sie es gerade sehr gut sehen. Grandcester Manor.«

Grauer Stein, ein paar Türmchen, alles sehr imposant, mit einem eingefriedeten Garten, der bis zum Fluß hinunterreichte. Ein See.

»Hübsch«, sagte Harry.

»Wir bringen dort unsere Joes für die Nacht unter. So nennen wir die Agenten, die wir in Frankreich absetzen. Julie kümmert sich um sie. Sie war selbst einmal in der Branche tätig.«

Harry konzentrierte sich ganz auf das Landemanöver, fegte über das Gutshaus und den See hinweg und setzte auf der Graspiste auf.

Es gab zwei Hangars und ein paar Baracken. Auf dem Vorfeld standen zwei Maschinen, eine Ju 88S und ein Fieseler Storch, beide mit Luftwaffe-Abzeichen. Die Mechaniker, die daran herumwerkelten, trugen Overalls der Luftwaffe. Harry stellte den Motor ab, öffnete die Tür, und er, Carter und Munro stiegen aus. Es regnete leicht.

»Erkennen Sie den Storch?« sagte Munro. »Das ist die Maschine, die Sie damals für uns getestet haben. Um Ihre Neugier zu befriedigen, guter Junge, in unserer Branche ist es gelegentlich von Nutzen, Flugzeuge des Feindes einzusetzen.«

»Und das Torpedoboot?«

»Genau das richtige für Einsätze vor der französischen Küste, aber das braucht Sie nicht weiter zu interessieren.«

Ein Jeep tauchte auf, an dessen Steuer eine Frau Anfang dreißig saß. Sie trug einen Schafsfellmantel, und ihr blondes Haar war nach hinten gebunden. Sie hatte ein ruhiges, gleichmäßiges Gesicht. Hübsches Mädchen.

»Da sind Sie ja, Herr Brigadegeneral«, sagte sie mit einem Lächeln. »Jack, wie geht's Ihnen?«

»Darf ich vorstellen: Julie Legrande, Harry Kelso. Er ist Adjutant von Generalmajor West, zeigen Sie also ein bißchen Respekt. Und überhaupt, seine recht speziellen Fähigkeiten bedeuten, daß er für uns bei Gelegenheit von Nutzen sein könnte.«

»Oh, ich weiß, dem Oberstleutnant eilt sein Ruf voraus.«

»Genug damit. Wir nehmen den Jeep.« Er wandte sich Harry zu. »Sie fliegen gleich wieder nach Croydon zurück. Wollte nur, daß Sie mal sehen, wie's hier aussieht. Jack und ich bleiben vielleicht ein paar Tage. Versorgen Sie ihn in der Kantine mit einem Sandwich oder so was, Julie, und dann nichts wie weg mit ihm.«

Die Kantine war recht bescheiden eingerichtet: ein paar Tische und Stühle, eine Theke und eine Küche.

»Kaffee?« fragte Julie.

»Nein, Tee.«

Es war sonst niemand da. Er setzte sich und wartete. Julie kam bald mit einer Teekanne, einfachem Geschirr und einem Teller Käsesandwiches auf einem Tablett zurück. Dann zündete sie sich eine Zigarette an und sah ihm beim Essen zu.

»Der große Harry Kelso. Das mit dem italienischen Kreuzer war schon ein ziemliches Ding.«

»Glück«, sagte er. »Eins der wenigen Male, daß ich einen Bomber geflogen habe. Ich bin eigentlich Kampfpilot.«

»Was soll das heißen?« sagte sie. »Wenn irgendwer behauptet, daß er ein Künstler, ein Schriftsteller oder ein Schauspieler ist...« Sie runzelte die Stirn und kratzte sich am Kopf. »Weiß gar nicht mehr, was ich sagen wollte. Bin plötzlich ganz verwirrt.«

»Ich verstehe schon«, sagte Harry. »Sie sind nicht der Meinung, daß das Fliegen von Jagdflugzeugen etwas mit Kunst zu tun hat.«

»Na ja, es ist wohl schon etwas, das man in vollendeter Form betreiben kann. Sie und Ihr Bruder sind die besten Beispiele.« Sie nickte. »Ja, Munro hat mir alles über Sie beide erzählt. Er ist der Ansicht, daß jemand wie ich in unserer Branche stets auf dem laufenden sein sollte.«

»Es kann also in vollendeter Form betrieben werden. Worauf wollen Sie nun eigentlich hinaus?«

»Was kommt danach? Es ist ein vorübergehender Lebensumstand. Kriege kommen und gehen, aber aufhören tun sie irgendwann immer, stimmt's?«

»Französische Philosophie an einem nieseligen Morgen in Cornwall? Ich glaube nicht, daß ich mich dem jetzt gerade gewachsen fühle.« Er aß das letzte Sandwich auf und erhob sich. »Es wird Zeit.«

»Ich begleite Sie.«

Als sie zu der Lysander gingen, sagte er: »Munros Nichte, Molly. Kennen Sie sie? Sie ist Ärztin.«

»Ja, sie kommt gelegentlich von London runter, wenn wir einen Notfall haben.«

»Was für Notfälle denn?«

»Ach, manchmal kommen hier Leute von der anderen Seite in ziemlich schlechtem Zustand an.«

»Aha.« Er reichte ihr die Hand. »Hat mich gefreut, Sie kennenzulernen.«

»Dann auf das nächste Mal«, sagte sie.

Er stieg in die Lysander, schloß die Tür, ließ den Motor an und rollte davon. Als er durch die dichte Bewölkung aufstieg, dachte er über ihre Worte nach und fand, daß sie irgendwie recht hatte. Was würde er tun, wenn alles vorbei war? Es fiel ihm plötzlich mit einem gewissen Gefühl des Entsetzens auf, daß er tief in seinem Innersten nie davon ausgegangen war, daß es eines Tages vorbei sein könnte.

Eisenhower und Montgomery trafen im Januar in London ein. Ike wohnte am Grosvenor Square und ging manchmal zu Fuß zum Connaught Hotel, in dem General de Gaulle gute zwei Jahre lang in ziemlichem Glanz logiert hatte.

In jenem Monat ging die Luftwaffe wieder zu Bombenangriffen auf London über. Der »Kleine Blitz«, wie die Londoner es nannten. Es war nicht ganz so schlimm wie beim ersten Mal, aber immer noch schlimm genug und dieses Mal irgendwie gekonnter. Die Ju 88S, die von Chartres und Rennes aus als Pfadfinder eingesetzt wurden, flogen voran und machten das Punktziel aus, und Max, der Galland schließlich davon überzeugen konnte, ihn den Dienst wieder aufnehmen zu lassen, flog eine davon.

Es war Ende Februar, als Munro in Hayes Lodge auftauchte, Eisenhowers vorübergehendes Hauptquartier in London. Er traf den General in der Bibliothek bei Kaffee und Gebäck an.

»Kommen Sie nur, Herr Brigadegeneral, nehmen Sie auch was zu sich.«

»Nur einen Tee für mich, wenn's beliebt, Sir.«

»Nehmen Sie sich nur. Dieser Bericht über Rommels Absichten da, was die Invasion betrifft, war ein echter Coup. Ich weiß, daß Sie sich dafür ganz schön ins Zeug gelegt haben. Ich weiß allerdings auch, daß ein paar Ihrer Cold-Harbour-Leute dabei auf der Strecke geblieben sind. Mein Mitgefühl.«

»So ist das nun mal im Krieg, Herr General.«

»Auf jeden Fall habe ich vor, Southwick des öfteren zu benutzen, sobald die Vorbereitungen für den D-Day konkretere Formen annehmen.«

Southwick House im Norden von Portsmouth war von der Seefahrtsschule der Royal Navy übernommen und als Hauptquartier für die Operation Overlord ausgewählt worden, der Invasion von Frankreich. Eisenhower und Montgomery sollten ein paar Wohnwagen auf dem Gelände gestellt bekommen, obwohl Montgomery auch im Broomfield House ganz in der Nähe abstieg.

»Ich habe nachgedacht«, sagte Eisenhower. »Ständig zwischen London und Southwick hin und her zu fahren ist zu zeitaufwendig. Hat Southwick eine Rollbahn?«

»Graspiste. Klein, aber für eine Lysander reicht's. Wenn Sie von Croydon aus fliegen, sind Sie in einer halben Stunde da.«

»Ausgezeichnet. Ihre Einsatzleute können das übernehmen.«

»Aber sicher, Herr General. Kann ich sonst noch was für Sie tun?«

»Im Moment nicht. Unser größtes Geheimnis werden die Strandabschnitte sein, an denen wir landen. Wenn Rommel das herausbekommt, sind wir geliefert, weil die Deutschen dann in der Lage sind, alles, was sie aufzubieten haben, an genau den richtigen Stellen zusammenzuziehen.«

»Es ist sehr unwahrscheinlich, daß er es herausfindet, Herr General. Wir haben neunzehn-vierzig sämtliche Agenten der deutschen Abwehr in England enttarnt. Die meisten davon haben wir umgedreht, und sie schicken jetzt Falschinformationen ins Reich.«

»So soll's auch bleiben.« Eisenhower schüttelte Munro die Hand. »Wenn Sie mich jetzt bitte entschuldigen würden. Ich habe noch einen Haufen Arbeit zu erledigen.«

Harry flog Munro wieder nach Cold Harbour, diesmal allein. Das Wetter war sogar noch schlechter als beim letzten Mal. Dicke schwarze Wolken hingen tief am Himmel. Als er auf fünfhundert Fuß zur Landung ansetzte, fiel ihm sofort auf, daß das Torpedoboot nicht mehr da war. Statt dessen war ein Rettungsboot der RNLI am Kai vertäut. Nachdem sie gelandet waren, sah er, daß auch von der Junkers weit und breit nichts mehr zu sehen war. Nur der Storch stand noch da.

Als er die Tür öffnete, sagte er: »Hier scheint sich einiges verändert zu haben.«

»Wie gesagt, das sollte Sie alles nichts angehen, Harry«, sagte Munro, während Julie Legrande im Jeep vorfuhr.

»Soll mir nur recht sein.«

»Wir brauchen Sie unter Umständen demnächst für ein paar wichtige Kurierjobs. Vielleicht werden Sie sogar Ike von London nach Southwick House fliegen.«

»Sie scherzen?«

»Nein, ich meine es ernst. Vergessen Sie nicht, der persönliche Dienstgrad spielt in einem Sondereinsatzkommando keine Rolle. Ein Pilot ist ein Pilot.«

»Die Rüge habe ich verdient, Herr Brigadegeneral.«

»Zurück nach Croydon. Ich lasse Sie holen, wenn ich Sie brauche. – Morgen, Julie. Ich nehme den Jeep. Kümmern Sie sich bitte um den Oberstleutnant«, und damit kletterte er hinters Steuer und brauste davon.

In der Kantine, bei einem Tee und einer Zigarette, fragte Harry Julie: »Was ist hier passiert? Munro wollte mir nichts sagen.«

»Die Junkers und das Torpedoboot sind bei einem Einsatz verlorengegangen«, sagte sie. »Mehr kann ich nicht sagen.«

»Ist der Krieg nicht die Hölle?« Harry stand auf. »Ich mache mich jetzt lieber auf den Weg.«

»Ist ziemlich neblig. Sollten Sie nicht vielleicht warten?«

»Wenn ich muß, wandle ich sogar auf Wasser, Julie. Wußten Sie das nicht?« Er stieg in die Lysander, zündete, hob rasch ab, und einen Moment später war schon nichts mehr von ihm zu sehen.

Sie blieb noch längere Zeit dort unten stehen, dann wandte sie sich um und ging.

9

An einem der folgenden Tage fand Abe Kelso sich wieder beim Präsidenten im Oval Office ein. Diesmal war es am Vormittag, ein schöner, sonniger Tag, und die Atmosphäre war ganz anders als beim vorigen Mal.

»Wird bald Zeit, Abe«, sagte Roosevelt zu ihm. »Eine Woche noch, nicht länger. Winston ist damit einverstanden, Sie zu empfangen. Hören Sie sich an, was er zu sagen hat, hören Sie sich alle an – Ike, Montgomery, Patton, die ganze Truppe. Ich will von Ihnen nur eine ehrliche, unvoreingenommene Meinung darüber, wie die alle die Invasion des europäischen Kontinents beurteilen.«

»Ich werde mein Bestes tun, Mr. President.«

Roosevelt steckte eine weitere Zigarette in seine Spitze. »Diese Bombardierung von London, der ›Kleine Blitz‹: Scheint ja Gott sei Dank zu einem Ende gekommen zu sein.«

»Sieht ganz so aus. Dem Kriegsministerium zufolge waren nie mehr als sechzig oder siebzig Flugzeuge gleichzeitig im Einsatz«, sagte Abe. »Erhebliche Schäden und viele Tote zwar, aber nicht in dem Ausmaß wie früher.«

»Das mag ja sein, aber aus dem Bericht, den ich von unseren Nachrichtenleuten erhalten habe, geht hervor, daß die braven Bürger Londons langsam ziemlich ungeduldig werden. Sie wollen Taten sehen. Sie dürfen eines nicht vergessen: Die Briten befinden sich bereits seit neununddreißig im Krieg. Und dann noch etwas – dieses Nazi-Raketenprogramm, diese Fernlenkgeschosse, von deren Bau wir wissen. Erstellen sie mir darüber einen zusammenfassenden Bericht. Ich will wissen, was die Leute sagen, aber es ist Ihre Meinung darüber, an der mir wirklich was liegt.«

Abe lächelte. »Mit anderen Worten, was die Politiker und die hohen Tiere drüben in Wahrheit denken.«

»Genau.« Der Präsident lächelte. »Dann mal los, Abe. Ich weiß, daß ich mich auf Sie verlassen kann.«

Als er später an jenem Abend in einer Flying Fortress auf dem Weg zur 8. Air Force in England die Küste Neuenglands überquerte, machte Abe es sich mit den Armeedecken und -kopfkissen bequem, mit denen die Besatzung ihn versorgt hatte, und nahm von dem jungen Bordschützen einen Kaffee entgegen.

Er ließ sich noch einmal die Unterhaltung mit Roosevelt durch den Kopf gehen. Genaugenommen dachte er an nichts anderes. Er mußte alles richtig machen, so einfach war das. Wie dem auch sei, die Aussicht, ein paar der wichtigsten Leute der alliierten Kriegsbemühungen von Angesicht zu Angesicht kennenzulernen, erfüllte ihn mit Freude – aber auch mit einer gewissen Angst.

Nach ein paar Stunden kam einer der Piloten, ein junger Lieutenant namens Miller, mit einer Thermosflasche Kaffee vorbei und setzte sich zu ihm. Miller schenkte zwei Tassen ein und reichte eine davon Abe.

»Tut mir leid, ist nicht gerade bequem hier, Herr Senator. Sie werden nicht allzu vertraut mit Militärflügen sein.«

Beinahe ohne nachzudenken, erwiderte Abe: »Ich persönlich vielleicht nicht, aber es liegt in der Familie. Mein Sohn ist im letzten Weltkrieg als Kampfpilot für die Briten geflogen.« Er zögerte – und ließ Max schließlich aus der Gleichung heraus. »Und mein Enkel ist jetzt Kampfpilot bei der RAF.«

»Bei der RAF? Sollte er dann nicht mittlerweile mit uns fliegen?«

»Ja, das sollte er, lautet darauf die Antwort«, sagte Abe. »Aber er scheint ein ziemlicher Dickkopf zu sein.«

Miller lachte. »Typisch Kampfpilot – ein seltsames Volk. Wissen Sie, wie man die Bomberpiloten nennt? Lastwagenfahrer!«

»Da fällt mir ein, er hat übrigens auch eine Weile lang Bomber geflogen, im Mittleren Osten. Hat einen italienischen Kreuzer versenkt.«

Miller registrierte nicht eigentlich, was er da hörte, sondern nickte nur einfach und stand auf. »Ist ja großartig. Tja, ich muß jetzt wieder an die Arbeit, Herr Senator. Bis später.«

Abe saß da und dachte über alles nach, während die Fortress durch die Nacht dröhnte. Dann wickelte er sich bis zu den Schultern in eine Decke ein und legte sich schlafen.

Max sollte sich in Berlin bei Galland im Hauptquartier der Luftwaffe melden und traf ihn dort in der Kantine an, wo dieser sich ein paar belegte Brote und ein Bier in den Magen schlug. Galland blickte auf und war sichtlich erfreut. »Schön dich zu sehen, Max.«

»Ich muß mal mit dir reden.« Max setzte sich. »Jetzt, wo unsere jüngste Eskapade über London ihr Ende gefunden hat, möchte ich zu den 109ern zurückkehren. Die Junkers sind ja schön und gut, aber sie sind eigentlich nicht so mein Fall.«

»Nun, du hast sie fünfzehn Mal nach London geflogen und wieder heil zurückgebracht.«

»Darum geht's nicht. Komm schon. Dolfo.«

Galland saß da, blickte Max an, runzelte leicht die Stirn und nickte dann. »Ich mache dich zu meinem persönlichen Adjutanten im Großraum französische Küste. Du sollst deine Me 109 haben. Was du mit ihr anstellst, wenn ich grade mal nicht hinschaue, ist dein Bier. Reicht dir das?«

»Vollkommen.«

»Gut. Ich muß los. Übrigens, ich habe mir sagen lassen, daß die Gestapo neulich die Generäle Prien und Krebs festgenommen hat, ferner Priens Adjutant, Oberst Lindemann, und ein paar untergeordnete Leute.«

»Aus welchem Grund?«

»Gerüchten zufolge hat es ein fehlgeschlagenes Bombenattentat gegen den Führer gegeben. Sie waren alle Mitglied dieses Bridge-Klubs im guten alten Adlon.«

»Und?« sagte Max.

»Spielt deine Mutter da nicht auch?«

Max war wie vom Donner gerührt. »Ich weiß nicht genau.«

»Ich glaube, sie wäre gut beraten, sich einen anderen Umgang zu suchen«, sagte Galland. »Wir leben in unruhigen Zeiten«, und damit machte er kehrt und ging.

Max versuchte sofort, Hartmann in dessen Büro zu erreichen, aber er war gerade fort, wie Trudi Braun ihm mitteilte. Er sagte ihr, daß er Hartmann unbedingt treffen wolle und daß er um sechs in der Bar des Adlon sei.

Trudi legte auf – ebenso wie Hartmann, der über den Nebenanschluß mitgehört hatte.

»Ist das ein schlechtes Zeichen?« fragte sie.

»Möglicherweise.«

»Sollten Sie sich da überhaupt einmischen?«

»Er ist mein Freund.« Er straffte die Uniform. »Ich werde mal beim Reichsführer vorfühlen. Geben Sie mir mal den Bericht über die Umtriebe der französischen Résistance am Westwall. Wird mir als Entschuldigung für ein Gespräch dienen.«

Ihr wurde richtiggehend mulmig. »Seien Sie bloß vorsichtig.«

Himmler sah sich den Bericht eingehend an und nickte. »Sehr gründlich. Sämtliche Terroristen werden sofort nach der Ergreifung erschossen. Keine Ausnahmen.«

»Jawohl, Herr Reichsführer.«

»Und jetzt muß ich mich imBunker mit dem Führer treffen. Hab gerade den Anruf erhalten.«

»Irgendwas Besonderes?« fragte Bubi Hartmann behutsam.

»Ich bin mir da nicht sicher, obwohl er über diesen vereitelten Anschlag auf sein Leben kaum erfreut sein wird. Selbstverständlich hat meine Sondereinheit alle Beteiligten verhaftet. Ein Bridge-Klub, wer hätte das gedacht? Sie sind alle auf der Stelle hingerichtet worden – Prien, Krebs, Lindemann, ein paar untergeordnete Offiziere und auch ein paar Frauen.«

Hartmann erblaßte. »Erschießungskommando, Herr Reichsführer?«

»Ein viel zu ehrenvolles Ende für solches Gesindel. Nein, der Befehl des Führers war unmißverständlich: Hinrichtung mit Klaviersaiten und die ganze Prozedur auf Film festhalten. Eine solche Dokumentation hat durchaus ihren Nutzen«, fügte Himmler hinzu. »Und nein, Herr Standartenführer, die Mutter Ihres Freundes, die gute Baronin, war nicht darunter. Die Anhaltspunkte gegen Sie reichen noch nicht aus.«

»Ich verstehe, Herr Reichsführer.«

Hartmann machte in Richtung Tür kehrt, aber Himmler schien noch nicht fertig zu sein: »Ich rate Ihnen, Ihre Freundschaft mit dem Baron noch einmal zu überdenken, Hartmann. Sie sind ein sehr wertvoller Mitarbeiter, aber niemand ist unentbehrlich.«

Max saß in der Bar des Adlon an seinem gewohnten Tisch und trank einen Cognac, um die Nerven zu beruhigen. Er hatte Angst, jedoch nicht um sich, einzig und allein um seine Mutter. Wie dumm sie sich verhalten hatte, wie unglaublich töricht! Hartmann kam herein, setzte sich zu ihm und gab dem Kellner ein Zeichen, daß er nichts wünsche.

»Gott sei Dank bist du gekommen«, sagte Max.

»Das letzte Mal, Max. Ich kann kein Risiko mehr eingehen. Die Umstände sind äußerst unangenehm.«

»Erzähl mir alles.«

Was Hartmann dann auch tat, und zwar in allen Einzelheiten. »Jetzt weißt du's also.«

»Gott im Himmel, daß sie das so einfach tun können.«

»Das können sie, glaube mir. Deine Mutter sollte jetzt wirklich auf der Hut sein.« Er stand auf. »Wir werden uns nicht noch einmal auf diese Weise treffen, Max. Himmler persönlich hat mich gewarnt.«

Elsa saß in ihrer Suite auf dem Sofa am Kamin und gönnte sich gerade einen Drink, als Rosa Max die Tür öffnete. »Mein Schatz, wie schön. Gerade rechtzeitig zum Cocktail.«

»Laß das jetzt. Ich habe Neuigkeiten für dich. Deine Freunde, die Generäle Prien und Krebs, Oberst Lindemann und die anderen, samt einiger Frauen, alles Mitglieder deines Bridge-Klubs im Adlon: Sagt dir das irgend etwas?«

Sie reagierte fast bockig. »Ich habe da so ein Gerücht gehört, daß es irgendwelche Schwierigkeiten gegeben hat.«

»So kann man's auch nennen. Die Schwierigkeiten bestanden aus dem Versuch, den Führer in die Luft zu jagen, was aber – natürlich – fehlgeschlagen ist. Deine Freunde, die Leute, die ich gerade aufgezählt habe, sind alle tot, Mutti, mit einer Klaviersaite um den Hals aufgehängt. Und ihr trauriges Ende wurde für Himmlers Akten auch noch gefilmt.«

Elsa war sichtlich erschüttert. »Das kann nicht wahr sein.«

»Mein guter Freund Bubi Hartmann hat seinen Hals riskiert, um mich zu warnen. Himmler hat dich nur deshalb noch nicht verhaftet, weil er keine stichhaltigen Beweise hat.«

»Zum Teufel mit ihm!« sagte Elsa, und ihre Augen füllten sich mit Tränen der Wut. »Das können Sie mir nicht antun.«

Die Tür des Ankleidezimmers flog auf, und Rosa erschien. »Ist alles in Ordnung, Frau Baronin?«

Rosas Augen waren ganz verweint, weshalb Max sie fragte: »Was ist los?«

»Sie haben Heinrich wieder festgenommen und dann nach Auschwitz geschickt«, sagte Elsa.

»Tatsächlich? Wie kann das sein, Mutti? Du hast mir doch gerade erzählt, daß die dir das nicht antun können, waren das nicht deine Worte?«

»Der Teufel soll dich holen, Max.«

Sie hämmerte mit den Fäusten gegen seine Brust. Er packte sie an den Handgelenken. »Töricht, arrogant und eitel. Glaubst du etwa, Baronin von Halder zu sein zählt irgendwas? Nicht im Dritten Reich. Glaubst du etwa, Göring wird dir helfen, wenn du in so einem Schlamassel steckst? Nicht im Dritten Reich. Du warst immer nur Staffage, Mutti, genau wie ich. Der Schwarze Baron in Fliegerklamotten mit all den Auszeichnungen.«

»Max – bitte.«

»Ich hab's satt. Wenn du so weiter machst, wirst du noch alle mit dir ins Verderben stürzen.« Er wandte sich an Rosa. »Da haben sie Ihnen also Ihren Heinrich weggenommen? Machen Sie sich nichts draus. So wie meine Mutter sich aufführt, werden sie Sie auch bald holen kommen. Und vielleicht sogar auch mich.«

Er ging zur Tür.

»Max – hör mich an!« rief Elsa.

Er wandte sich um. »Und dafür also haben wir Boston verlassen? Um die Arroganz einer von Halder zu nähren, habe ich meinen Bruder verloren?«

Er machte die Tür auf, und nachdem er hinausgegangen war, brach Elsa von Halder weinend auf dem Sofa zusammen.

Himmler bog mit dem Mercedes vom Wilhelmplatz in die Voßstraße und fuhr auf die Reichskanzlei zu. Unter den Fundamenten dieses unglaublichen Gebäudes hatte der Führer einen Bunker errichten lassen. Es war sein unterirdisches Hauptquartier, durch dreißig Meter dicken Beton geschützt und damit gegen jede Bombe gefeit, die die Alliierten über Berlin abwerfen könnten.

Der Mercedes fuhr auf eine Rampe, und eine SS-Wache trat heran. Der Wachposten wußte natürlich ganz genau, daß es der Reichsführer war, aber Himmler war ein Mann mit strengen Prinzipien, und der Wachposten verlangte daher seine Papiere. Er schaute sie sich an, salutierte, und dann stieg Himmler aus und verschwand nach unten.

Durch endlose Korridore, die schummrig beleuchtet waren und wo überall das leise Surren der elektrischen Ventilatoren im Belüftungssystem zu hören war, kam er schließlich zu einer Tür, vor der ein weiterer SS-Mann Wache stand. Himmler nickte, der Wachposten öffnete, und der Reichsinnenminister ging hinein und traf dort auf Goebbels, von Ribbentrop, Martin Bormann und Admiral Canaris, die sich alle um den großen Kartentisch versammelt hatten. Er konnte die verärgerte Stimme des Führers hören, die aus dessen Arbeitszimmer drang.

»Was ist los?« fragte Himmler, an Bormann gerichtet.

»Er ist nicht zufrieden.«

Die Tür ging auf, und Feldmarschall von Rundstedt, Rommel und Feldmarschall von Kluge kamen heraus, hinter ihnen folgte der Führer.

»Los, raus mit Ihnen. Entweder Sie kommen zurück, wenn Sie Vernunft angenommen haben, oder Sie können bleiben wo Sie sind.«

Sie sahen verwirrt aus, Rommel hatte eine finstere Miene aufgelegt. Hitler wandte sich an die anderen. »Diese Karte da«, sagte er. »Der Ärmelkanal, Frankreich. Die ganz Zeit reden Sie nur davon, wo der Feind eventuell landet. Pas de Calais oder Normandie, wen kümmert's? Wir werden den Feind noch auf dem Strand zerschlagen!«

»Natürlich, mein Führer«, pflichtete Bormann ihm bei.

»Wo der Feind also landen wird, ist völlig nebensächlich. Warum können diese Narren sich nicht etwas Nützliches einfallen lassen?« Er schlug sich auf den Schenkel und lachte. »Wissen Sie, was hilfreich wäre, meine Herren, wirklich hilfreich?« Sie starrten ihn alle nervös an. Es war Himmler, der schließlich sagte: »Was denn, mein Führer?«

»Wenn auf Eisenhower eine Bombe niedergehen würde! Er ist der Chef, er ist das Hirn, gute deutsche Herkunft, ein würdiger Gegner. Wenn er aus dem Weg geschafft wäre, wären die sofort am Ende mit ihrem Latein. Dieser Montgomery ist ein Narr, nichts weiter.«

»Sie haben wie immer recht«, sagte Himmler. »Und es gibt natürlich viele Wege, die zum Ziel führen. Wie schade, daß das Geheimagentennetz der Abwehr in England völlig zerschlagen wurde.« Er warf Canaris einen Blick zu. »Da hätten wir jetzt einfaches Spiel, ein simples Attentat, aber natürlich ist niemand mehr da, der es ausführen könnte.«

Canaris wirkte ganz abgespannt und verhärmt, aber Hitler sagte in beinahe freundlichem Ton: »Sie trifft keine Schuld. Die Geschicke des Krieges, Herr Admiral.« Er wandte sich Himmler zu. »Aber welch eine erfreuliche Aussicht, Herr Reichsführer. Allein bei der Vorstellung wird mir ganz warm ums Herz.«

Später, wieder zurück im Büro, sagte Himmler zu Bubi Hartmann: »So. Jetzt wissen Sie, was der Führer gesagt hat. Und jetzt will ich von Ihnen eines wissen: Gibt es unter unseren englischen Agenten jemanden, der einer solchen Aufgabe gewachsen wäre?«

»Bedauerlicherweise nicht, Herr Reichsführer. Können Sie sich die Sicherheitsmaßnahmen rund um Eisenhower vorstellen? Es gibt natürlich immer noch die IRA. Wir könnten an sie herantreten und ein Attentat in Auftrag geben.«

»Unsinn«, sagte Himmler. »Die vermasseln nur alles, diese irischen Bauerntölpel. Trotzdem, behalten Sie's im Auge, Herr Standartenführer.«

Zurück in seinem Büro, griff Hartmann wieder nach dem Cognac und erzählte alles Trudi.

»Eisenhower ermorden?« sagte sie.

»Phantastereien.« Er hob sein Glas. »Auf uns beide, Trudi, die einzigen vernünftigen Menschen in einer verrückten Welt.«

In London bezog Abe Quartier im Savoy. Eines der ersten Dinge, die er in Angriff nahm, war, Harry aufzuspüren, was zu einem Telefongespräch mit West führte.

»Wie ich höre, ist mein Enkel Ihr Adjutant?« sagte Abe.

»Sozusagen, Herr Senator, aber es ist ein bißchen komplizierter. Er steht bei einem Sondereinsatzkommando im Dienst, vor allem wegen seiner weitreichenden Erfahrungen im Fliegen von Feindflugzeugen. Manchmal fällt uns eins in die Hände, und in diesen Fällen ist er unser Cheftestpilot.«

»Wollen Sie damit etwa sagen, daß ich ihn nicht sehen kann?« sagte Abe.

»Darum geht's nicht. Tatsache ist, daß er nicht hier ist. Er ist in Schottland. Eine Junkers 88S, die von Norwegen aus im Einsatz war, ist dort versehentlich gelandet. Harry ist dort, um die genaue Inspizierung zu überwachen. Er wird es zur – wie wir sagen – Feindflugzeugstaffel an einen speziellen Stützpunkt fliegen, aber das könnte noch einige Tage dauern. Hätten wir doch nur früher gewußt, daß Sie kommen.«

»Strenge Geheimhaltung. Bin in einer Fortress rübergeflogen. Das Problem ist nur, daß ich in sechs Tagen wieder zurück sein muß. Ich habe hier allerhand zu erledigen. Ich werde mich mit Churchill, Eisenhower und anderen treffen. Harry stand natürlich auch ganz oben auf meiner Liste. Ich habe ihn das letzte Mal im November neununddreißig gesehen, bevor er nach Finnland gegangen ist.«

»Ich weiß, aber ich kann nichts ändern. Ich werde mal mit ihm sprechen und schauen, ob wir die Sache nicht etwas beschleunigen können.«

»Da ist noch was. Er ist immer noch nicht zur U. S. Air Force übergewechselt.«

»Er möchte nicht, Herr Senator.«

»Nun, der Präsident der Vereinigten Staaten will es aber. Es gibt Leute, die Harrys Verhalten als Schlag ins Gesicht empfinden.«

West regte sich allmählich auf und holte tief Luft. »Also das ärgert mich jetzt wirklich, Herr Senator. Ihr Enkel ist dafür bekannt, daß er nicht alle seine Abschüsse geltend macht. Er ist meiner Meinung nach der Mann mit der höchsten Abschußquote in der RAF und der beste Pilot, den ich jemals kennengelernt habe. Sie müssen schon entschuldigen, daß ich etwas aufgebracht bin, aber der Druck wird von Leuten aus Ihrer Air Force ausgeübt, für gewöhnlich hochrangige Offiziere, die bisher nicht einen Finger krumm gemacht haben. Ihr Enkel ist wie alt, sechsundzwanzig? Fünf Jahre Kampfflugeinsätze. Er dürfte eigentlich gar nicht mehr auf Erden weilen, aber das tut er weiterhin.«

»Gott sei Dank«, sagte Abe. »Und Sie können von mir aus so wütend werden, wie Sie wollen. Ich muß jetzt Schluß machen. Ich habe gleich ein Treffen mit Eisenhower.«

»Ich hoffe, daß wir noch die Möglichkeit haben werden, uns kennenzulernen«, sagte West.

»Oh, das werden wir, verlassen Sie sich drauf.«

Der Pilot mit der Ju 88S in Schottland hatte Pech gehabt. Nachdem er von einer Mosquito über der Nordsee angegriffen worden war, war er in eine dichte Wolkendecke abgetaucht und zunächst entkommen. Die Instrumente waren beschädigt, und sowohl den Navigator als auch den Bordschützen hatte es erwischt. Da er den Polarstern nicht sehen konnte, konnte er auch nicht in dessen Richtung steuern. Davon abgesehen, war er auch am linken Arm so schwer verwundet, daß er sich nur noch mit letzter Kraft am Steuerknüppel festhalten konnte. Als vor ihm die Küste auftauchte und er die Lichter eines Flughafens sah, ging er sofort runter und landete dort, was sich als Bomberstützpunkt der RAF namens Kinross herausstellen sollte. Man holte ihn bewußtlos aus dem Flugzeug.

Es war völlig ausgeschlossen, das Flugzeug in den Süden Englands zu fliegen, bevor nicht zumindest ein Minimum an Reparaturen im Cockpit und an den Instrumenten vorgenommen worden war. Ein Offizier des Bodenpersonals und erstklassige Mechaniker waren bewilligt worden, denen Harry nach gründlicher Inspektion sagte, was er gemacht haben wollte.

Er war an jenem Abend gerade in der Messe, als West anrief. »Wann können Sie die Kiste frühestens runterfliegen?«

»In drei Tagen, vielleicht vier.«

»Geht es nicht früher? Ihr Großvater ist hier.«

Was für eine Überraschung! »Wissen Sie, wie lang er bleibt?« sagte Harry.

»Sechs Tage, den heutigen mitgerechnet. Wissen Sie, was, Harry, lassen Sie da oben einfach alles stehen und liegen. Fliegen Sie zurück. Ich werde schon jemand anders auftreiben.«

»Es gibt aber niemanden, der über meine Fachkenntnisse verfügt, das wissen Sie so gut wie ich.«

»Er hat übrigens auch die Frage nach einem Wechsel zu Ihren Ami-Freunden angesprochen. Er meint, Roosevelt sei schwer dafür.«

»Nun, der kann mich genauso wie all die anderen«, sagte Harry. »Ich bin zurück, wenn ich zurück bin, Sir. Ich melde mich.«

Er stand in der Offiziersmesse an der Bar, trank einen Whisky mit Wasser und ließ sich alles noch einmal durch den Kopf gehen. Die anderen Offiziere hielten sich gewöhlich vor lauter Ehrfurcht vor den Auszeichnungen dieser lebenden Legende von ihm fern. Harry schenkte dem allen keine Beachtung. Er hätte kurz nach London zurückeilen können, warum also hatte er's nicht getan? Die Antwort lag auf der Hand. Er ging seinem Großvater absichtlich aus dem Weg. Der alte Mann war für ihn wie aus einem anderen Leben, einem Leben mit Max und Mutti. Aber dieses Leben gehörte nun mal der Vergangenheit an, kam ihm nur noch wie ein ferner Traum vor. Dennoch, er würde seinen Großvater treffen müssen, da kam er nicht drumherum.

Er rief Jervis zu sich, den für Motorenreparaturen zuständigen Hauptmann. »Kommen Sie, trinken Sie einen mit mir. Wir haben was zu besprechen.«

»Danke, Sir.« Jervis fühlte sich vom Ruhmesglanz gestreift und war ganz begeistert.

»Sie sagten, Sie würden drei bis vier Tage für die Ju brauchen. Die Sache ist nur die, daß da unten gerade helle Aufregung herrscht. Hab gerade Generalmajor West an der Strippe gehabt, und er hätte die Sache lieber gestern als morgen erledigt. Können Sie's in zwei Tagen schaffen?«

»Tja, also dann brauchte ich aber zwei Teams, und in der Nacht muß durchgearbeitet werden, Sir.«

»Ich bin sicher, daß Generalmajor West das zu schätzen weiß. Übrigens, sobald die Leute sehen, was Sie geleistet haben – wenn wir also die Maschine bei der Feindflugzeugstaffel abgeliefert haben –, wird man Sie wahrscheinlich gar nicht mehr weglassen wollen. Sie sind ein erstklassiger Flugzeugingenieur, und ich bin mir sicher, daß West das zu schätzen weiß, vor allem wenn er meinen Bericht gesehen hat.«

Das reichte. Jervis hätte nicht geschmeichelter sein können. »Also, Sir, wenn Sie das sagen.« Er kippte seinen Drink hinunter. »Wenn Sie mich jetzt entschuldigen wollen, ich glaube, ich werde mich lieber gleich um alles kümmern. Zwei Tage, sagten Sie, Sir? Betrachten Sie's als erledigt.«

»Und Sie werden bei der Feindflugzeugstaffel bestimmt viel Freude haben«, sagte Harry. »Betrachten Sie's als beschlossen.«

Abe rackerte sich durch die Termine bei Churchill und Anthony Eden. Er war ein geduldiger Zuhörer. Selbst wenn Generäle wie Patton und Bradley unterschiedlicher Meinung waren, lohnte es sich dennoch, auch ihnen zuzuhören. Ein Mittagessen bei Montgomery in Broomfield House verlief weniger erfreulich, da der Feldmarschall keinen Hehl aus seiner Überzeugung machte, daß er und nicht Eisenhower den Oberbefehl innehaben sollte.

Abe wurde sogar nach Norfolk gefahren, um einem amerikanischen Stützpunkt, von dem aus Tagesangriffe mit B-17-

Bombern gegen Deutschland geflogen wurden, eine Stippvisite abzustatten. Die Verluste waren enorm, beinahe nicht zu verkraften. Abe sah mit eigenen Augen, wie Flugzeuge mitten am Nachmittag zurückkehrten. Eines davon war so schwer beschädigt, daß es bauchlanden mußte, bis ans Ende der Rollbahn schlitterte, explodierte und in Flammen aufging. Es war eines der erschütterndsten Ereignisse seines Lebens, und die Tatsache, daß fünf Flugzeuge es nicht zurückgeschafft hatten, wie man ihm berichtete, machte es nicht besser.

Bevor er wieder fuhr, ging er noch auf einen Drink in die Offiziersmesse und sagte seinem Gastgeber, einem Brigadegeneral namens Read: »Noch so blutjung, diese Leute. Ich werde dem Präsidenten berichten, was ich gesehen habe, darauf können Sie sich verlassen, aber in gewisser Weise kann ich mich nur schämen.«

Ein junger Major mit müdem, abgekämpftem Gesicht trat an die Bar. Auf seiner linken Brust hatte er die üblichen Abzeichen und Bänder, aber auf der rechten trug er das RAF-Abzeichen.

»Das ist Major Wood«, sagte Read. »Er war bei dem Angriff dabei.«

»Das Abzeichen der RAF«, sagte Abe.

»Oh, natürlich. Woodsy hat Wellingtons und dann Lancasters beim Bombergeschwader der RAF geflogen. Das ist Senator Abe Kelso, Major.«

Wood schüttelte Abe die Hand und runzelte dann die Stirn. »Kelso? Sie kennen nicht zufällig Harry Kelso?«

»Mein Enkel.«

Der junge Mann wollte jetzt gar nicht aufhören, Abe die Hand zu schütteln. »Er ist der Beste. Den ganzen Luftkampf um England, dann Afrika und dieser italienische Kreuzer, den er versenkt hat. Er *ist* doch immer noch dabei, wie ich hoffe?«

»Zur Zeit versieht er als Oberstleutnant irgendwelche Sonderaufgaben.«

»Toll. Will sagen, wenn ein Mann wie er immer noch dabei ist, dann gibt das uns allen Hoffnung.« Wood lächelte und ging.

»Hab ich gar nicht gewußt, Senator«, sagte Read. »Ich bin überrascht, daß er nicht zu uns gewechselt hat.«

»Das ist eine lange Geschichte, General.« Abe lächelte. »Aber jetzt sollte ich mich lieber wieder auf den Weg nach London machen.«

Am nächsten Morgen flog Harry nach Surrey, wobei er von zwei Spitfires begleitet wurde für den Fall, daß jemand versuchen sollte, ihn abzuschießen. Jervis nahm auf dem Navigator-Sitz Platz – und Tarquin saß in seiner Tasche auf dem Boden. Harry öffnete ein bißchen den Reißverschluß und legte den Kopf des Bären frei.

»Er sieht nachdenklich aus«, sagte Jervis.

»Würden Sie auch, wenn Sie gesehen hätten, was er schon alles gesehen hat. Er fliegt bereits seit neunzehnsechzehn.«

»Mein Gott.«

Der Flug verlief reibungslos. Kurz vor ihrer Ankunft drehten die Spitfires ab, und Harry landete. Er hörte sich an, was der Flugleiter zu sagen hatte, rollte schließlich zu einer Reihe von Hangars hinaus und stellte den Motor ab. Er und Jervis stiegen aus. In den Hangars war eine ganze Sammlung von Flugzeugen der Luftwaffe untergebracht: eine Arrado, zwei Me 109, ein paar Fieseler Störche.

»Sind genügend da, daß Sie sich richtig ins Geschirr legen können«, sagte er zu Jervis.

Ein Wagen des Generalstabs der RAF kam herangerollt, und West stieg aus. »Hab mir gedacht, ich hol Sie ab.«

»Das ist nett von Ihnen, Sir. Darf ich Ihnen Hauptmann Jervis vorstellen? Ich habe ihn gestern in meinem Tagesbericht erwähnt.«

»Hervorragende Arbeit, Jervis.« West schüttelte ihm die Hand. » Ich werde Sie zum Sonderkommando versetzen lassen. Sie werden zum Major auf Zeit höhergestuft. Machen Sie Ihre Arbeit gut, werden wir Ihre Beförderung bestätigen.«

Jervis stammelte: »Danke, Sir.« Harry winkte ihm zu und folgte West in den Wagen.

»Ihr Großvater ist im Savoy. Wenn Sie wollen, setze ich Sie da ab.«

»Sehr nett von Ihnen, Sir. Haben Sie meinen Großvater bereits kennengelernt?«

»O ja. Netter Mann.« West bot Harry eine Zigarette an. »Es wird immer schwieriger, Sie bei uns zu halten, Harry. Das Luftfahrtministerium will auch keinen Ärger bekommen.«

»Ist mir so was von egal«, sagte Harry.

»Sie sind mir vielleicht ein sturer Bock. Na ja, ich werde Sie jetzt dort absetzen. Ach, übrigens habe ich morgen einen Kurierflug für Sie. Zwei Fliegen mit einer Klappe sozusagen.«

»Und das wäre?«

West erklärte es ihm und setzte ihn dann am Savoy ab. Harry ging mit seinem Reisegepräck hinein. Die Empfangsdame nahm es ihm ab und gab es an einen Pagen weiter.

»Ich bedaure, aber wir sind voll belegt, Herr Oberstleutnant.«

»Mein Großvater ist hier, Senator Kelso.«

Die Empfangsdame strahlte ihn an. »Natürlich, Sir. Zwei-Schlafzimmer-Suite im ersten Stock. Kein Problem.«

Abe stand am Fenster des Wohnzimmers seiner Suite, paffte genüßlich eine Zigarre und blickte auf die Themse hinaus. Es klopfte an der Tür.

»Der Portier, Sir.«

»Kommen Sie herein. Ist nicht abgeschlossen«, brüllte Abe.

Die Tür ging auf, und der Portier trat mit den Taschen ein. »Was ist das denn?« fragte Abe mit fester Stimme, aber dann trat Harry ein.

»Hallo, Großvater«, sagte er, genau wie in alten Zeiten, so als hätten sich all die Jahre in Luft aufgelöst.

Abe, ganz übermannt von Gefühlen der Rührung, warf die Arme um seinen Enkel und weinte.

Ein paar Minuten später saß er am Fenster und trank einen Brandy, um die Nerven zu beruhigen. »Verflixt, Harry, ich kann es kaum fassen. Mein Gott, all diese Auszeichnungen.«

»Weißt du noch, was Dad immer gesagt hat? Hübsches Stück Blech. Hast du irgendwelche Neuigkeiten über Max und Mutti?«

»Nein, meine schwedische Informationsquelle ist leider versiegt.«

»Ich könnte vielleicht was rauskriegen.«

»Und wie?«

»Ich arbeite für einen gewissen Brigadegeneral Munro. Er ist bei der SOE und in geheimdienstlichen Angelegenheiten ziemlich gut im Bilde.«

»Ich hab von ihm gehört. Er und Eisenhower stecken zur Zeit ständig die Köpfe zusammen.«

»Das kann ich mir denken«, sagte Harry. «Die Invasion. Munro wirft unablässig Agenten über Frankreich ab. Ich fliege für ihn. Werd mal sehen, was ich tun kann.«

Abe nickte. »Wir haben da ein Problem, über das ich gern reden würde. Der Präsident will dich in der U.S. Air Force haben, und Eisenhower ebenso.«

»Ach, um Himmels willen!« brach es aus Harry hervor. »Jetzt reicht's mir aber langsam! Was haben sie denn vor? Mich vors Kriegsgericht zu stellen?«

»Harry, das ist kindisch.«

»Wieso? Finden die etwa auch, daß Max von der Luftwaffe rüberwechseln soll?« Er stand auf und holte tief Luft. »Mir reicht's. Ich brauche jetzt ein Bad. Was hast du heute abend vor?«

»Ich habe einen Tisch im River Room reserviert.«

»Großartig.« Harry öffnete eine seiner Taschen und setzte Tarquin auf den Tisch. »Hier, Abe. Weckt das nicht alte Erinnerungen? Er war auf allen meinen Flügen dabei.« Er nahm die andere Tasche. »Ist das da mein Zimmer?« Als er die Tür öffnete, sagte er noch: »Wie ich höre, fliegst du morgen mit Eisenhower von Croydon nach Southwick House.«

»Woher weißt du das?«

»Weil ich euer Pilot bin.«

Obwohl es noch recht früh war, herrschte im River Room reges Treiben. Aber das war in diesen Tagen überall in London der Fall. Als Abe und Harry eintrafen, kam sofort der Oberkellner auf sie zu.

»Ich habe einen sehr netten Tisch für Sie am Fenster, Senator. Vier Personen sagten Sie?«

»Genau«, sagte Abe.

Nachdem sie Platz genommen hatten, bestellte er Champagner.

»Wer sind die anderen?« sagte Harry.

»Oh, als du im Bad warst, fand ich, daß es vielleicht eine gute Idee wär, mich einmal bei deinem Brigadegeneral Munro zu melden. Ich habe ihm erzählt, daß du heute mit mir zu Abend essen würdest, und ihn gefragt, ob er nicht auch kommen wolle. Er meinte, daß er gern seine Nichte mitbringen würde, eine Frau Doktor Sobel. Ihr kennt euch wohl, wenn ich richtig verstanden habe?«

»Ja, wir haben uns mal gesehen. Ist aber schon einige Zeit her. Ihre Mutter war Munros Schwester, also eine Engländerin. Und das letzte, was ich von dem Vater des Mädchens gehört habe, ist, daß er Colonel bei der Air Force ist.«

»Nicht mehr. Er ist mittlerweile Major General, und seit einem Monat ist er hier. Hat viel mit Ike zu tun.«

»Na, schön für ihn.« Harry runzelte die Stirn. »Ich frage mich, was Munro wohl zur Zeit so alles im Schilde führt?«

»Muß er denn etwas im Schilde führen?«

»O ja, ist für ihn wie Speis und Trank.«

In diesem Moment trafen Munro und Molly ein. Er trug Uniform, sie ein Abendkostüm, das aus einer Jacke und einem kurzen Rock aus braunem Crêpe bestand. Sie hatte kaum Make-up aufgelegt, und ihr Haar war mit einer braunen Samtschleife straff nach hinten gebunden.

Harry und Abe erhoben sich, und Munro sagte: »Meine Nichte Molly, Herr Senator.« Abe musterte sie mit einem unübersehbaren Ausdruck der Zustimmung im Gesicht. »Ich kenne Ihren Vater, und Sie wiederum kennen wohl meinen Enkel, wie ich gehört habe.«

Sie lächelte Harry an und schüttelte ihm die Hand. »Wie geht's Ihnen?«

»In der Blüte meines Lebens.«

»Das waren Sie doch immer.«

»Das letzte Mal, als ich Sie gesehen habe, haben Sie müde ausgeschaut«, sagte er.

»Und jetzt?«

»So hübsch, daß ...« Er zögerte. »Daß man mit Ihnen tanzen möchte, und genau das werden wir jetzt auch tun und die ältere Generation ihren Unterhaltungen überlassen.«

Die Orpheans spielten einen langsamen Foxtrott, »Night and Day«. Molly schob sich in Harrys Arme. »Da wären wir also wieder«, sagte er.

»Und da sind Sie wieder, wie immer von Ruhm bedeckt.«

»Was ist mit Ihnen? Ich weiß noch, Sie waren damals im Cromwell. Immer noch dort?«

»Ab und zu. Ich bin mittlerweile Oberärztin.«

»Phantastisch. Da müssen Sie ja richtig gut sein.«

»Ach, der Krieg hilft, Sie wissen, wie das ist. Ich arbeite von einer zentralen Einsatzstelle aus und bin in verschiedenen Krankenhäusern tätig.«

»Arbeiten Sie auch weiterhin für Munro? Julie Legrande hat mir erzählt, Sie wären so was wie eine fliegende Ärztin für Cold Harbour.«

»Ab und zu.« Sie runzelte die Stirn. »Sie meinen damit doch noch etwas anderes.«

»Damals haben Sie und ich nach dem Mittagessen im Garrick einen Spaziergang gemacht. Ich habe mitbekommen, was der alte Dougal anschließend zu ihnen in der Wohnung gesagt hat. Er hat sie gebeten, aus mir herauszukriegen, was Sie können.«

»Oh, verflixt«, sagte sie. »Ich würde eine schlechte Spionin abgeben.«

»Ist schon in Ordnung. Der Spaziergang war schön gewesen. Haben Sie heute einen ähnlichen Auftrag?«

»Wenn Sie's unbedingt wissen wollen: Mein Onkel hat mir nur erzählt, daß er Sie heute abend hier treffen wird, und ich habe lediglich gefragt, ob ich mitkommen könnte.«

»Sieh an, das haben Sie? Ich frage mich, warum?«

»Hören Sie auf, sich wie ein gemeines Schwein zu benehmen, Harry Kelso. Sie wissen verdammt gut, warum.«

Einen Moment lang war sie den Tränen nah, und er bekam sofort ein schlechtes Gewissen. »Okay, tut mir leid, und ja, ich bin ein gemeines Schwein.«

Das Orchester ging in »A Foggy Day in London Town« über, und Molly schob sich zentimeterweise näher. »Wie geht's Jack Carter?« fragte er.

»Gut. Mittlerweile Major Carter.«

»Irgendein Mann in Ihrem Leben?«

»Ja, aber er legt sich nicht gerade ins Zeug.«

Er hielt sie noch enger, und am Tisch sagte Munro zu Abe: »Ich kann's Ihnen ruhig sagen, Herr Senator. Das arme Ding hat sich in diesen Schuft gleich beim ersten Mal, als sie ihn kennenlernte, verknallt.«

»Und ich kann ihnen ruhig sagen, daß ich absolut nichts dagegen hätte«, sagte Abe.

Molly und Harry nahmen wieder Platz. Der Weinkellner schenkte Champagner nach, und der Oberkellner schlug das Hauptgericht des Abends vor: Schellfisch und eine Zwiebelpastete mit Kartoffeln. Sie waren alle einverstanden.

»Daß das im Krieg möglich ist: richtiges Essen.« Munro hob sein Glas. »Auf uns, und zum Teufel mit Hitler.«

»Wo wir gerade vom Führer sprechen«, sagte Harry, »haben Sie irgend etwas Neues über Max gehört?«

»Zumindest nichts Erfreuliches. Bei der letzten Welle von Luftangriffen ist er von Chartres und Rennes aus als Pfadfinder in einer Ju 88S mitgeflogen. Ich glaube er war bei fünfzehn oder sechzehn Angriffen dabei.«

»Das muß schlimm gewesen sein«, sagte Harry ruhig. »Der Süden Englands ist zur Zeit ein hartes Pflaster für die Luftwaffe.«

Es folgte ein kurzes Schweigen. Dann sagte Molly: »Schlimm? Harry, er hat London bombardiert. Wußtest du, daß in einer einzigen getroffenen U-Bahn-Station über einhundert Menschen umgekommen sind?«

»Der Kreuzer *Orsini* hatte eine Besatzung von achthundertzwanzig Mann«, erwiderte Harry unbeeindruckt. »Weißt du, wie viele Leute man aus dem Wasser gefischt hat, nachdem ich ihn versenkt habe?«

»Nein«, sagte sie kleinlaut, und in ihrem Gesicht lag beinahe so etwas wie Angst.

»Zweiundsiebzig. Ich habe also siebenhundertachtundvierzig Menschen getötet.« Er zuckte die Achseln. »Wie es so schön heißt: Der Krieg ist die Hölle. Eine U-Bahn-Station, ein Kreuzer ... Menschen sterben, Molly. Wir töten sie. Das ist unser Job.«

Ein paar peinlich verlegene Momente lang herrschte Stille, dann wechselte Munro geschwind das Thema. »Sie werden morgen mit Eisenhower nach Southwick fliegen?« sagte er, an Abe gewandt.

»Richtig, und Harry ist der Pilot.«

»Haben Sie Eisenhower bereits kennengelernt, Harry?« fragte Munro.

»Nein, aber das wissen Sie doch, Sie alter Fuchs.«

»Seien sie auf der Hut. Er wird versuchen, sie zum Wechseln zu bewegen.«

In dem Moment kam der Oberkellner herbei. »Tut mir fürchterlich leid, aber das Guy's Hospital hat angerufen, Frau Doktor Sobel. Sie werden dringend benötigt.«

»Oje, da haben wir's ja wieder. Darf ich deinen Dienstwagen benutzen, Onkel?«

»Natürlich.«

»Ich bringe Sie zur Tür«, sagte Harry.

Sie gingen hinaus. Der Portier vor dem Eingang sagte: »Brigadegeneral Munros Fahrer ist gerade dort drüben etwas essen gegangen, Herr Oberstleutnant. Ich gehe kurz rüber und hole ihn.«

Er eilte davon. Harry und Molly folgten ihm und blieben schließlich auf dem Bürgersteig stehen. Nebenan war ein Kamerageschäft, vor dem ein Fotograf stand, der im schwindenden Abendlicht die Passanten ansprach.

»Ist es nicht bereits zu dunkel?« fragte Molly.

Der Fotograf hatte offensichtlich mitbekommen, was Molly gesagt hatte, denn er schüttelte den Kopf. »Ich arbeite mit Blitzlicht. In vierundzwanzig Stunden könnten Sie, wenn Sie wollen, ein Bild bekommen. Kostet ein Pfund.«

»Da bin ich vielleicht schon tot«, sagte Harry.

»So was Schlimmes sagt man nicht«, meinte Molly.

Harry nahm einen Fünfpfundschein aus seiner Brieftasche und faltete ihn auf. »Zwei Abzüge, bitte. Einen für die Dame und einen für mich – wenn Sie es schaffen, sie innerhalb von zwei Stunden am Empfangstisch des Savoys abzugeben. Auf den Namen Kelso. Und enttäuschen Sie mich nicht, sonst sorge ich dafür, daß mein Bruder Ihr Geschäft bombardiert.«

»Sie sind ja ein drolliger Kerl, Mister, aber jetzt im Ernst: Die Abmachung gilt.« Sie gingen zum Savoy zurück, und stellten sich am Eingang auf. Der Fotograf schoß ein Foto und machte zur Sicherheit noch eine zweite Aufnahme. »Ich werde sie nicht enttäuschen, Mister.«

Munros Dienstwagen fuhr vor, und Harry öffnete den Verschlag. »Schön, daß wir uns wiedergesehen haben.«

»Ach, Sie Dummer.« Sie nahm seinen Kopf und küßte ihn auf den Mund. »Ich schätze, Sie werden schon noch auf Ihre unverwechselbare Art zugrunde gehen«, und dann stieg sie ein.

Als Harry an den Tisch zurückkehrte, waren Abe und Munro gerade tief in eine Unterhaltung verstrickt. »Was ist denn mit euch beiden los?« sagte er, als er sich setzte. »Gewinnt ihr gerade den Krieg?«

»Nein, der Krieg *ist* bereits gewonnen, Harry«, sagte Abe. »Es ist nur noch eine Frage der Zeit.«

»Was ist mit den Geheimwaffen des Führers? Die Raketen und so weiter? Wir alle wissen, was gemunkelt wird. Die haben sogar ein einzigartiges Düsenflugzeug in der Entwicklung.«

»Unserer Einschätzung nach wird all dies keine Rolle spielen«, sagte Munro. »Wir werden gewinnen, daran gibt es keinen Zweifel. In Rußland und auf dem europäischen Festland stehen blutige Kämpfe bevor, aber der Endsieg ist unser.«

»Das hört sich an, wie ein Propagandaspruch der Deutschen.«

»Ja, weiß ich. Noch Champagner?«

»Lieber nicht. Ich muß morgen fliegen.«

»Brigadegeneral Munro hat mir von einer bestimmten Sache aus Berlin berichtet, die nicht gerade erfreulich ist«, sagte Abe. »Es hat ein mißglücktes Attentat auf Hitler gegeben. Eine größere Anzahl von Offizieren und zwei Frauen sind festgenommen und hingerichtet worden. Sie waren alle Mitglied in ein und demselben Bridge-Klub.«

»Na und?«

»Nun ja, Elsa gehört dem Klub ebenfalls an.«

Harry erblaßte und saß mit versteinertem Gesicht da. Dann schnippte er nach dem Weinkellner. »Ich werde doch noch ein Glas Schampus trinken.« Er zündete sich eine Zigarette an und wandte sich Munro zu. »Erzählen Sie.«

Als Munro fertig war, saßen sie alle schweigend da. Schließlich sagte Harry: »Und Ihre Kontakte in Berlin sind zuverlässig?«

»Äußerst zuverlässig. Wir haben sogar Leute innerhalb der Streitkräfte, die uns Informationen liefern.«

»Und Sie sind sich sicher, daß meine Mutter nicht festgenommen wurde?«

»Absolut. Harry, sie hält eine hohe gesellschaftliche Stellung inne. Sie ist ständig in Begleitung Görings.« Er schüttelte den Kopf. »Wie dem auch sei, ihre Verbindung mit den ›falschen‹ Leuten wird im Gestapo-Hauptquartier nicht auf Beifall stoßen. So wie es aussieht, ist sie zwar kein Freund der Nazis, aber ihre privilegierte Stellung hat sie wohl bis jetzt geschützt.«

»Aber wird das auch so bleiben?«

»Na, wollen wir hoffen, daß der Schrecken des Geschehenen sie nachdenklich stimmt«, sagte Abe.

»Ich weiß nicht. Das Problem ist doch, daß sie sich bislang durch kein einziges Geschehnis in ihrem Leben hat nachdenklich stimmen lassen.« Harry war aufgebracht.

»Geht's Ihnen nicht genauso?« sagte Munro.

Harry lachte widerwillig. »Okay, Herr Brigadegeneral, okay. Dennoch hoffe ich, daß sie ihre Lektion gelernt hat.«

»Das tun wir alle«, sagte Abe.

In dem Moment tauchte der Oberkellner mit einem großen Umschlag auf. »Der Fotograf des Geschäfts um die Ecke hat dies hier abgegeben, Herr Oberstleutnant.«

»Danke.« Harry öffnete den Umschlag und nahm vier Abzüge heraus. »Er hat's doppelt gut gemacht. Ich habe nur um zwei gebeten.«

Es war ein hübsches Bild, die beiden zusammen vor dem Eingang des Savoy. »Nehmen Sie eins für Molly und eins für sich. Und du bekommst auch eins, Abe.« Harry zog seine Brieftasche heraus, nahm kurz Maß und rief wieder den

Oberkellner. »Sie haben sicher eine Schere. Schneiden Sie mir das doch bitte so, daß es in die Brieftasche paßt.«

»Mit Vergnügen, Sir.«

Harry trank seinen Champagner aus. »Und jetzt: Marsch, ins Bett! Wir müssen morgen früh raus, wenn wir nach Croydon wollen, Abe.«

»Das ist wohl wahr.«

Der Oberkellner kehrte mit der Brieftasche und dem Foto zurück.

»Haben Sie vielen Dank«, sagte Harry. Er steckte das Foto hinein. »Sie können Molly sagen, daß ich sie auf meinem Herzen trage, Herr Brigadegeneral. Bis bald«, und damit stand er auf und ging.

Sarah und Fernando saßen an ihrem gewohnten Tisch in dem kleinen Café in der Westbourne Grove.

»Gibt eigentlich kaum was zu berichten«, sagte sie. »Ich habe hier einen Dienstplan für Sondereinsatzpiloten, die Eisenhower von Croydon nach Southwick House fliegen. Er benutzt die dortige Rollbahn zur Zeit ziemlich häufig. London–Croydon und zurück.«

»Über diesen Oberstleutnant Kelso, der ihn morgen fliegt«, sagte Fernando, »über den wollte Berlin doch Näheres erfahren, oder?«

»Stimmt. Er ist offenbar dem Kurierdienst fest zugeteilt, aber das scheint noch längst nicht alles zu sein. Da sind auch irgendwelche Sondereinsätze. Wie wir ja wissen, hängt alles mit Tempsford und Tangmere zusammen, und natürlich mit Cold Harbour.«

»Gut.« Er faltete die Unterlagen zusammen und steckte sie in seine Tasche. »So, und jetzt wird gegessen.«

Croydon war in dichten Nebel gehüllt, und während Abe in einer recht kahlen Wellblechbaracke wartete und schlechten Kaffee trank, regnete es draußen in Strömen. Die Lysander, dieser gedrungene, häßliche Hochdecker, stand auf dem Vorfeld und wurde von Mechanikern gewartet. Harry, im Regenmantel und in Stiefeln, hielt sich einen Regenschirm über den

Kopf, während er mit ihnen redete. Als ein Wagen des Generalstabs vorfuhr, wandte er sich um und ging auf ihn zu. Der Fahrer stieg aus und öffnete Eisenhower den Verschlag. Ein junger Major kam von der anderen Seite des Wagens herumgeeilt. Harry trat mit dem Regenschirm vor.

»Na, danke, junger Mann«, sagte Eisenhower, und sie gingen in Richtung Baracke.

»Morgen, Abe«, sagte Eisenhower. »Ist das Kaffee?«

»Der schlechteste der Welt, aber heiß.«

»Mehr brauche ich jetzt auch nicht.« Er nahm die Tasse, die ihm ein Unteroffizier reichte. »Darf ich Ihnen meinen Adjutanten vorstellen: Major Hill.«

Hill trug das Pilotenzeichen, das Fliegerkreuz und das Verwundetenabzeichen. »Sehr erfreut, Herr Senator.«

»Fliegen wir überhaupt?« wollte Eisenhower wissen. Er spähte in den Regen und die Nebelsuppe hinaus. »Was meinen Sie, Herr Major?«

»Ich weiß nicht genau. Besser, wir fragen den Piloten.« Im selben Moment kam Harry aus dem Kartenraum. »Fliegen wir?« fragte Hill ihn. »Sieht für mich aus, als könnten wir's vergessen.«

Harry spähte hinaus. »Kein Problem. Nebel hat beim Starten überhaupt keine Bedeutung, Major. Das sollten Sie wissen.«

Hill war verärgert. »Hören Sie, es geht hier um den Oberbefehlshaber. Ich will nicht, daß irgendein Kurierflieger versucht, sich einen Namen zu machen.«

»Nun, wir müssen einfach unser Bestes tun, Major, und nehmen Sie bitte einen anderen Ton gegenüber einem Ranghöheren an.«

Harry legte seinen Regenmantel ab und nahm seine Fliegerjacke vom Haken. Eisenhower wandte sich um und runzelte die Stirn. Hill sah plötzlich die ganzen Auszeichnungen und Schulterstreifen von Harry. »Entschuldigung, Herr Oberstleutnant. Das habe ich nicht gewußt«, stammelte er.

»Nun, jetzt wissen Sie's ja.«

Harry schlüpfte in seine Fliegerjacke, und Eisenhower sagte: »Sie sind Amerikaner?«

»Harry Kelso, Sir.«

Eisenhower hielt ihm die Hand hin. »Dann lernen wir uns also doch noch kennen, Herr Oberstleutnant, und es ist mir eine Ehre.« Er wandte sich an Hill. »Er ist Senator Kelsos Enkel.«

Jetzt war auch in Hills Gesicht dieser Ausdruck von Ehrfurcht zu lesen, der bei vielen Leuten des Gewerbes zu beobachten war, wenn sie Kelso gegenüberstanden. »Sie haben an der Luftschlacht um England teilgenommen. Sie haben die *Orsini* versenkt.«

»Gehört zum Geschäft, Herr Major.« Harry wandte sich an Eisenhower. »Heftiger Regen in der Gegend um Southwick House, aber ansonsten klar. Ein wenig böig, aber in vierzig Minuten habe ich Sie dort.«

»Einverstanden«, sagte General Eisenhower.

Es war kein angenehmer Flug. Es war laut, der Regen trommelte aufs Kanzeldach, und das Flugzeug fiel beängstigend oft in Luftlöcher. Aber dann tauchte links Portsmouth auf, das vom Regen geradezu verschluckt wurde, aber Harry hielt sein Versprechen und landete pünktlich auf der Rollbahn. Ein Wagen des Generalstabs stand bereit.

Als sie darauf zugingen, sagte Eisenhower zu Harry: »Um vier wieder zurück. Ist Ihnen das recht, Herr Oberstleutnant?«

»Selbstverständlich. Die Maschine wird bereits gewartet, und wir werden auch auftanken, obwohl das eigentlich nicht nötig wäre. Was tut man nicht alles für wichtige Passagiere, Herr General. Ich werde hier auf Sie warten.«

»Nein, das werden Sie nicht. Sie kommen mit uns ins Haus«, und damit stieg Eisenhower in den Wagen.

Fort Southwick war eine Festungsanlage aus dem neunzehnten Jahrhundert, das über eine labyrinthische, unterirdische Tunnelanlage verfügte. Es wurde von den Alliierten als Einsatz- und Planungszentrum für die Operation Overlord benutzt. Der gesamte die Invasion betreffende Nachrichtenverkehr lief hier zusammen, und das Herzstück war der Planungsraum der Marine. Der Ort war eines der bestgehüteten Geheimnisse des Krieges.

Southwick House war wegen seiner Nähe zum Fort als Hauptquartier für die Operation Overlord ausgewählt worden, weshalb die Marine die Gebäude hatte freimachen müssen, worauf SHAEF, das Oberkommando der alliierten Expeditionsstreitkräfte, eingezogen war. Überall standen Zelte und Wohnwagen, um die riesige Schar von Mitarbeitern unterzubringen. Montgomery, der an jenem Tag nicht da war, hatte sich auch in einem solchen Wohnwagen einquartiert. Und Eisenhower bewohnte ein riesiges Gefährt an der Pitymoor Lane. Es war unglaublich geräumig und mit einem Fernmeldebüro, Wohn- und Schlafzimmern und sanitären Anlagen ausgestattet.

»Ich möchte etwas mit Ihnen besprechen«, sagte Eisenhower zu Abe und wandte sich dann an Hill. »Führen Sie den Oberstleutnant herum. Zeigen Sie ihm alles. Wir sehen uns dann zum Essen. Sagen wir um eins.«

Hill zeigte Harry also alles. Vor allem der Kartenraum, wie Hill ihn nannte, fand Harrys Interesse. Zwei Arbeiter hatten sich dort gerade darangemacht, in Teilen etwas aufzuhängen, das ganz offensichtlich eine riesige Wandkarte werden sollte.

»Die französische Küste und das gesamte Landungsgebiet.« Hill schüttelte den Kopf. »Arme Teufel.«

»Warum sagen Sie das?«

»Die Arbeiter wissen es noch nicht, aber wenn sie fertig sind, werden sie das Gelände erst nach dem Tag X wieder verlassen dürfen.«

Harry brach in Lachen aus. »Sie werden sich dann wohl fragen, auf wessen Seite sie eigentlich sind.«

Später saßen sie in einer Ecke der Kantine, rauchten eine Zigarette, und Harry trank einen Tee. »Sehen Sie, wie verdammt englisch ich geworden bin? Kann Kaffee nicht mehr ausstehen.«

»Sie sind sicher schon lange dabei.«

»Finnland, November neunundreißig.«

»Du lieber Himmel, fünf Jahre.«

»Und Sie?«

»B-17-Pilot. Elf Einsätze, dann im Cockpit Geschützfeuer abgekriegt. Mein linker Arm ist nur noch fünfzig Prozent tauglich. Fliegen ist für mich für immer vorbei. Ich kann froh sein, daß man mir den jetzigen Job angeboten hat.«

»Was haben Sie vor, wenn alles vorbei ist?«

»Ich war in Hollywood in der Werbebranche, bevor es losging. Werd zurückgehen und mich wieder der Herstellung von Träumen widmen. Vielleicht werden ja wieder Fliegerfilme produziert wie damals nach dem letzten Weltkrieg. Und Sie?«

»Denke ich gar nicht drüber nach. Haben immer noch einen langen Weg vor uns.«

»Ich verstehe.«

Einen Moment später tauchte eine Ordonnanz auf und bat sie, sich zu General Eisenhower und Abe in den Eßraum zu begeben.

Bei Roastbeef und Yorkshire Pudding sagte Eisenhower: »Herr Oberstleutnant, ich will offen zu Ihnen sein. Für Sie ist nun die Zeit gekommen, zu unserer Air Force überzutreten, natürlich mit dem entsprechenden Rang eines Oberstleutnants.«

Harry ließ sich seinen Unmut nicht anmerken – es war immerhin General Eisenhower, der da vor ihm saß. »Ich bin mit der jetzigen Situation sehr glücklich, Herr General. Ich möchte beenden, was ich angefangen habe.«

»Ich nehme an, Ihr Großvater hat ihnen bereits mitgeteilt, daß es der Wunsch des Präsidenten ist, und dem kann ich mich als Ihr Oberbefehlshaber nur anschließen. So, und jetzt wollen wir in aller Eintracht zu Ende essen. Das Fleisch ist wirklich hervorragend.«

Als Harry am Abend wieder im Savoy war, kam ein Anruf von Munro. »Wie ist es mit Ike gelaufen?«

»Um einen schönen, alten englischen Ausdruck zu benutzen: Er hat mir die Daumenschrauben angelegt. Er hat mir eine Woche gegeben, um mich aus freien Stücken für einen Wechsel zu entscheiden. Danach bleibt mir keine Wahl mehr. Wissen Sie, wo Teddy West gerade zu erreichen ist?«

»Das läßt sich herausbekommen. Übrigens, ich habe Ihnen da etwas anzubieten, was Sie die Sache für die nächsten zwei Tage erst einmal vergessen lassen könnte.«

»Ich sage zu allem ja. Worum geht's?«

»Um einen sehr wichtigen Mann, der von Cold Harbour aus mit einer Lysander aus Frankreich rausgeholt werden muß. Ich will Sie jedoch nicht mit der Lysander einsetzen, sondern Sie mit einer Hurricane mitschicken, um den Einsatz abzusichern. Die betreffende Person ist wirklich sehr wichtig. Ein hohes Tier in de Gaulles Organisation. Wollen Sie die Sache übernehmen?«

»Mein Gott, ja.«

»Falls West nichts dagegen hat, daß Sie fliegen, würde eine darartige Mission bedeuten, daß Sie ganz offiziell eine Einsatzserie mit meinem Sondereinsatzgeschwader angefangen haben. Sie wissen ja, daß eine solche Reihe sechzig Feindflüge umfaßt.«

»Aber ja.«

»Vielleicht habe ich Sie ja noch einmal gerettet.« Munro legte auf.

»Alles in Ordnung?« fragte Abe.

»Ich habe morgen wieder Dienst. Sondereinsatz. Tut mir leid, aber so ist es nun mal.«

»Was Gefährliches?«

»Ich werde rüberfliegen, aber was soll's, zum Teufel noch mal, seit Jahren tue ich nichts anderes. Du fliegst ja sowieso übermorgen zurück in die Staaten.«

»Stimmt.« Abe nickte. »Ich kann dir gar nicht sagen, wie viel es mir bedeutet hat, dich wieder einmal zu sehen.« Er schien ganz aufgewühlt zu sein. »Ich glaube, ich lege mich jetzt hin.«

Harry knipste die Lampen aus, zündete sich eine Zigarette an und blickte auf die im Dämmerlicht dahinfließende Themse hinaus. Dann drehte er sich um und sah, wie Tarquin ihn aus dem Halbdunkel heraus anspähte.

»Tja, jetzt geht's bald wieder los, alter Junge«, sagte er.

10

Als Harry sich am nächsten Morgen um zehn in Croydon zum Dienst meldete, war die Hurricane bereits von einem tschechischen Piloten aus Duxford herbeigeflogen worden. Der Mann hieß Hess und hatte einen starken Akzent.

»Herr Oberstleutnant Kelso. Ist große Freude, Sie kennenzulernen.« Er war mit irgendeinem tschechischen Orden und einem Fliegerkreuz ausgezeichnet.

»Ich kenne euch Jungs doch«, sagte Harry. »Sind Sie sicher, daß Sie mir da nicht zweite Wahl unterschieben?«

Hess grinste. »Also, würden wir Ihnen so was antun? Ich habe auch an Luftschlacht teilgenommen, ja?«

»Also gut dann.«

»Ich weiß nicht, worum geht, aber viel Glück, mein Freund. Ich gehe jetzt. Ein Wagen wartet, um mich nach Duxford zurückbringen.«

Er verschwand durch den Regen. Der Oberfeldwebel, der die Hurricane mit einem Mechanikerteam wartete, wandte sich an Harry. »Sieht in Ordnung aus, Herr Oberstleutnant. Wir tanken auf, schauen noch einmal alles durch, und dann können Sie losfliegen, wann immer Sie soweit sind.«

Harry schlüpfte in Fliegerjacke und Stiefel, trank einen Tee und aß ein Specksandwich, während er durchs Fenster die Lysander betrachtete, die neben der Hurricane stand. Ein Pilot in Fliegermontur werkelte daran herum. Der Himmel war bedeckt, und es sah ganz nach einer nahenden Schlechtwetterfront aus. Harry ging in den Raum der Einsatzleitung und sah sich die Wetterbedingungen für Cornwall an. Im Moment war alles noch wolkenlos, aber die Wetterberichte verhießen nichts Gutes. Als er aus der Einsatzleitung zurückkehrte, sah er einen Dienstwagen des Generalstabs vorfahren. Munro und Jack Carter stiegen aus – und Molly Sobel. Wer hätte das gedacht!

Sie traten ein, während der Pilot aus der Lysander stieg und ebenfalls kam.

»Ah, da sind Sie ja«, sagte Munro fröhlich.

»Kommen Sie etwa mit?« sagte Harry zu Molly.

»Scheint so.«

»Nur eine Vorsichtsmaßnahme«, sagte Munro. »Ein gefährlicher Einsatz kann zu Verlusten und Verwundungen führen. Besser, wir haben Molly gleich an Ort und Stelle.«

Harry wandte sich an Jack Carter. »Inzwischen Major? Herzlichen Glückwunsch.«

»Gleichfalls.«

Sie schüttelten sich die Hand, während der Lysander-Pilot den Raum betrat.

»Hauptmann Grant«, sagte Munro. »Ist letzte Nacht von Tangmere hergeflogen. Er hat für mich zahllose Abwürfe in Frankreich durchgeführt. Versteht sein Handwerk.«

Grant war etwa dreiundzwanzig und hatte einen rötlichgelben Schnurrbart. »Immer wieder erfreut, Sie zu sehen, Sir. Ich schaue mir kurz die Wetterberichte an.«

»Habe ich bereits getan«, sagte Harry. »Wir werden ohne Probleme hinkommen, allerdings ist eine Schlechtwetterfront im Anmarsch. Für heute nacht sieht's nicht gut aus.«

Grant verzog die Miene und ging in die Einsatzleitung. Die Ordonnanz stellte einen Tee bereit, und Harry öffnete den Reißverschluß seiner Aktenmappe, in der sich eine Stange Zigaretten befand. Seine andere Tasche stand auf dem Tisch neben der Mappe.

»Ist da der berühmte Tarquin drin?« sagte Molly.

»Oh, Sie haben von ihm gehört?«

»Natürlich. Darf ich mal sehen?«

»Wenn Sie möchten.«

Er zündete sich eine Zigarette an, zog den Reißverschluß auf und nahm Tarquin heraus. Munro und Jack unterbrachen ihre Unterhaltung. »Du liebe Zeit«, sagte Jack.

»Oh, ist der schön.« Molly hielt Tarquin ganz nah an sich.

»Er hat meinen Vater auf allen Flügen in Flandern begleitet, als er für das Royal Flying Corps geflogen ist. Deshalb trägt er das RFC-Abzeichen. Das Abzeichen der RAF stammt von mir. Er hat es sich redlich verdient.«

»Auf allen Flügen?« fragte Munro.

»Auf allen.«

Molly setzte Tarquin in die Tasche zurück und zog gerade den Reißverschluß zu, als Grant zurückkehrte. »Oberstleutnant Kelso hat absolut recht, Herr Brigadegeneral. Ist fraglich, ob wir heute abend starten können.«

»Ach, na ja, jetzt legen wir erst mal los.« Munro wandte sich an Harry. »Wir sehen uns in Cold Harbour.«

Der Flug verlief völlig reibungslos, aber als Harry die Hurricane zu einer perfekten Landung in Cold Harbour nach unten brachte und in Richtung der Hangars ausrollte, schob sich bereits eine Regenfront vom Meer her heran. Eine Flugbesatzung kam heraus, um ihn in Empfang zu nehmen. Sie trugen nach wie vor die Fliegermontur der Luftwaffe, diesmal jedoch mit RAF-Mützen. Er schob das Kanzeldach zurück und warf seine Taschen einem Unteroffizier zu. Als er herauskletterte, sah er wieder den Fieseler Storch, der immer noch in einer der Hallen stand.

Er rekelte sich und zündete sich eine Zigarette an, als Julie Legrande im Jeep vorfuhr. »Hallo. Springen Sie schnell rein«, sagte sie, gerade als die ersten Regentropfen fielen. »Sieht nicht gut aus, was den Einsatz betrifft, oder?«

»Lausiger Wetterbericht.«

»Die weiteren Aussichten waren aber gut.«

»Vielleicht schlägt's später ja noch um. Wie geht's Ihnen eigentlich?«

»Gut. Wie ich höre, sind die Amis hinter Ihnen her.«

»So wurde mir gesagt.« Er machte den Eindruck, als würde ihm das völlig schnuppe sein.

»Sie sind ganz schön stur, was?«

»Nun ja, ein Dickschädel halt, wie man hier wohl sagt.« Sie bog in die Dorfstraße ein. »Wohin fahren wir?«

»Sie können auch noch später mit Ihren Sachen ins Gutshaus. Die Lysander wird frühestens in einer Stunde hier eintreffen. Hab ich gerade gehört. Ich werde im Pub gebraucht. Mittagessen für die Jungs vom Rettungsboot, und ich bin sicher, daß Sie ebenfalls etwas zu essen nötig haben.«

»Soll mir recht sein. Wie geht's denn so mit der Bootsbesatzung? Hab gedacht, daß sämtliche Einwohner rausgeworfen wurden?«

»Waren sie auch, aber die Dinge haben sich geändert. Ist immer noch alles streng geheim, aber die Besatzungsmitglieder wohnen in den kleinen Häuschen dort, und ihre Familien wurden hier in der Gegend untergebracht. Bauernhöfe, Dörfer und so was. Die Männer wechseln sich turnusmäßig ab, um ihre Familien an den Wochenenden zu besuchen.«

»Tun sich da nicht Sicherheitslücken auf?«

»Sie kennen offensichtlich die Lebensretter nicht. Die sind wahrscheinlich die diszipliniertesten Männer, die es gibt. Normalerweise handelt es sich bei so einem um einen unbezahlten Freiwilligen. In unserem Fall werden sie aber bezahlt, da sie ihrem gewöhnlichen Beruf momentan nicht nachgehen können.«

Sie fuhr vor dem Hanged Man vor. Harry stieg aus und sah sich das Schild an. »Hübsch. Eine Tarot-Figur. Woher haben Sie das?«

»Selbstgemalt.«

»Ist Tarot ein Hobby von Ihnen?«

»Tarot ist kein Hobby, Herr Oberstleutnant.«

»Vielleicht können Sie mir ja mal ein Spiel deuten«, sagte Harry und warf seine Fliegerjacke in den Jeep.

»Geht nicht. Dazu weiß ich zuviel über Sie«, sagte sie. Sie wandte sich ab und ging hinein. Harry folgte ihr.

Im offenen Kamin brannten einige Holzscheite. Von den acht anwesenden Männern spielten vier Karten, einer saß beim Feuer und las Zeitung und die übrigen standen an der Theke und tranken Bier.

»Na endlich, Julie, wir sterben schon vor Hunger«, rief einer der Männer.

»Immer mit der Ruhe. Ich hab vorhin alles vorbereitet. Der Auflauf ist schon im Ofen, dazu gibt's Kartoffeln und Kohl. Zufrieden?«

Der Mann mit der Zeitung rief: »Du läßt Julie schön in Ruhe, sonst setzt es was.« Die restlichen Besatzungsmitglieder lachten alle.

»Gibt ihm nur richtig Bescheid, Zec, so ist's richtig«, sagte jemand.

Sie blickten Harry alle neugierig an. Julie führte ihn zum Kamin. »Zec Acland, der Bootsführer.«

Acland war fünfunddreißig, ein äußerst gutaussehender Mann, voller Energie, mit gegerbtem Seemannsgesicht. Er könnte seine Herkunft nicht verleugnen: ein Fischerssohn, dem das Meer ein zweites Zuhause war.

»Darf ich vorstellen: Oberstleutnant Harry Kelso«, sagte Julie.

»Ah, der Hurricane-Pilot.« Zec reichte Harry eine Hand, die so hart wie Granit war. »Mein lieber Gott, Junge, gibt's noch irgendeine Auszeichnung, die Sie nicht schon haben?«

»Hab ich alle in einem Trödelladen auf dem Camden Market in London gekauft«, sagte Harry.

»Ah ja, natürlich, wo sonst?« Der Rest der Besatzung lachte. Harry stellte seine Tasche behutsam auf den Tisch und setzte sich.

Sofort war Zecs Neugierde geweckt. »Ist da etwas Besonderes drin?«

»Ein Teddybär«, antwortete Harry und zündete sich eine Zigarette an.

Plötzlich schwiegen alle, und dann entfuhr einem der Männer ein Lachen. »Ein Teddybär?«

»Wohl ein Maskottchen, was?« sagte Zec.

»Nein, mehr als das. Er ist im letzten Weltkrieg mit meinem Vater geflogen, und im jetzigen hat er mich bisher auf allen meinen Einsätzen begleitet.«

Wieder mußte irgend jemand lachen. Julie ging hinter die Theke und zapfte zwei Bier.

»Ich selbst war mal bei der Marine«, sagte Zec. »In Torpedobooten war für Maskottchen kein Platz.«

Julie stellte das Bier auf den Tisch. »Der Oberstleutnant hat die *Orsini* versenkt.«

Plötzlich wurde es im Raum ganz still, und es schien, als würden alle Harry ansehen.

»Sie waren das?« sagte Zec.

»Ja.«

»Dabei sind eine Menge Seeleute draufgegangen.«

»Siebenhundertachtundvierzig.« Harry nahm einen ersten Schluck von seinem Bier. »Das tut gut. Hab ich irgend etwas falsch gemacht?«

»Wir sind hier alle Seeleute, und die meisten von uns haben sogar eine Zeitlang in der Marine gedient. Ein Seemann ist ein Seemann, Herr Oberstleutnant. Unabhängig von seinem Heimatland, das war immer so. Das Meer war der gemeinsame Feind.«

»Der Krieg, der Krieg, der verdammte Krieg«, sagte Julie.

»Das wird's wohl sein. Wir wollen Ihnen das nicht vorwerfen, Herr Oberstleutnant, ist wohl alles das Werk des Krieges. War der Bär dabei?«

»O ja.«

»Dann zeigen Sie ihn doch mal.«

Harry nahm Tarquin heraus, stand auf und setzte ihn auf die Theke. Niemand lachte. Es war mucksmäuschenstill, bis einer der Seeleute, ein vierschrötiger Hüne mit wildem Haar und Bart, für sie alle sprach.

»Na, du prächtiges Kerlchen. Mal ehrlich, so was wie dich habe ich noch nie gesehen.«

Sie scharten sich um das Tier, und Julie beugte sich über der Theke vor. »Wie süß. Können wir ihn nicht eine Weile hierlassen?«

»Aber sicher«, sagte Harry. »Solange er für den Flug heute nacht wieder zurück in seiner Tasche ist.«

»Sie fliegen heute nacht nirgendwo mehr hin, Junge«, sagte Zec. »Bevor es besser wird, wird's erst noch einmal schlechter.«

»Das wird Munro gar nicht gern hören«, sagte Harry. Im selben Moment ging die Tür auf, und Munro, Molly, Jack Carter und Grant traten ein.

»Das riecht ja wunderbar, Julie, meine Liebe«, sagte Munro. »Wir kommen wohl gerade rechtzeitig für den Auflauf, oder?«

Später am Abend, während der Regen gegen die Fenster des Gutshauses trommelte, versammelten sie sich um den Kartentisch in der Bibliothek. Vor ihnen lag eine Karte, die von der Küste Cornwalls über den Ärmelkanal bis hin nach Frankreich alles detailliert erfaßte.

»Hier ist der Zielort, zwei Meilen außerhalb dieses Dorfes, Grouville«, sagte Munro. »Sie wissen Bescheid, Grant: ein Passagier, ein gewisser Oberst Jobert, äußert wichtig für General de Gaulle. Die Gestapo ist ihm seit Wochen auf den Fersen. Wir müssen ihn da drüben rausholen.«

»Nun ja, ursprünglich hatten wir uns ja vorgestellt, daß wir bei der Aktion helles Mondlicht haben, so daß Oberstleutnant Kelso mir nachts ohne Probleme folgen kann. Alle Voraussagen lassen jetzt aber nicht gerade auf Besserung der Wetterverhältnisse hoffen.«

Zec Acland wandte sich vom offenen Kamin ab und zündete sich eine Pfeife an. »Die treten gewöhnlich alle nicht ein. Ich tippe darauf, daß der Wind und der stürmische Regen den Nebel um halb vier, vier vertrieben haben werden. Fünfundvierzig Minuten werdet ihr bis nach drüben brauchen. Ihr werdet bis in die Morgendämmerung hinein einen klaren Mond haben. Wenn euer Passagier an Ort und Stelle ist, dann schafft ihr's auch, ihn da rauszuholen.«

»Die Stimme der Erfahrung«, sagte Munro. »Wir stehen in Funkkontakt. Ich kann den Abholzeitpunkt problemlos nach hinten verschieben.« Er wandte sich an Harry. »Ist es Ihnen so recht?«

»Völlig«, sagte Harry. »Aber ich möchte darauf hinweisen, daß wir im Morgengrauen von überall her zu sehen sein werden.«

»Deshalb fliegen Sie ja mit«, sagte Munro. »Dann wäre das also geregelt. Essen wir zu Abend.«

Zec behielt recht, denn der Wind vertrieb den Nebel, und dann hörte es auch auf zu regnen und der Halbmond stand deutlich sichtbar am klaren Himmel. Grant startete als erster. Er hob die Lysander vom Boden und drehte in Richtung Meer ab.

Ursprünglich beherbergte die Lysander auf jeder Seite des Fahrwerks je zwei 20-mm-Hispano-Geschütze, und unter den Verkleidungsblechen der Räder versteckte sich ein Browning-Maschinengewehr, aber das war in den Zeiten, als sie noch als Aufklärer dienten. Mittlerweile für Sondereinsätze umgebaut, waren sie ohne Waffen und flogen normalerweise so niedrig, daß sie, oft unter Radarhöhe, ihrem Kurs mittels bestimmter Orientierungspunkte auf dem Boden folgten.

Harry gab Grant fünfzehn Minuten Vorsprung, dann hob auch er ab, ging bei zweitausend Fuß auf Kurs und hatte die Lysander, der er mit knapp fünfhundert Stundenkilometern folgte, im Nu eingeholt. Er fand sie weit unten, ging selbst hinunter, sauste vorbei, stieg wieder auf zweitausend Fuß und hielt dann Position.

Sie erreichten die französische Küste, drangen ins Landesinnere vor, und dann tauchte vor ihnen bereits das Ziel auf: auf typische Résistance-Manier L-förmig ausgelegte Fahrradlampen. Harry kreiste, und Grant setzte im heraufziehenden Morgengrauen zur Landung an.

Auf dem Fliegerhorst in Fermanville, dreißig Kilometer weiter, spielten Max und zwei andere Piloten, die mit ihm auf Nachtwache waren, gerade Karten, als Alarm gegeben wurde.

»Wir haben Flugverkehr, wir haben Flugverkehr«, verkündete der Flugleiter. »Zwei Zielobjekte. Sofort antreten. Gebe die Koordinaten gleich durch.«

Max und seine Kameraden, bereits in Fliegermontur, waren sofort zur Tür hinaus und rannten über das Vorfeld, wo ihre drei Me 109 auf sie warteten. Max nahm von einem Feldwebel seinen Fallschirm entgegen, schnallte ihn um und setzte sich dann den Helm auf. Kurz darauf hob er, der Staffelführer, ab, und die anderen folgten gleich hinterher.

Mit dem Morgengrauen waren graue Wolken aufgezogen, und jetzt hämmerte der Regen gegen das Kanzeldach. Harry flog auf dreitausend Fuß durch zerrissene Wolkenzüge, kreiste in weiten Bögen und behielt dabei stets Grant weit, weit unten im Auge. Plötzlich tauchte ein paar Meilen entfernt eine Me 109 aus tiefhängenden Wolkenformationen auf und stürzte sich auf die Lysander.

Harry ging nach unten. Eine Hurricane konnte im Sturzflug über sechshundert Stundenkilometer erreichen. Harry nahm irgendeine Bewegung auf der Steuerbordseite wahr, wußte gleich, daß es sich nur um eine weitere Me 109 handeln konnte, hatte aber jetzt keine Zeit für irgendwelche Spielchen. Das wichtigste war die Lysander. Er setzte sich hinter die erste Me 109 und feuerte aus allen vier Hispano-Geschützen, wodurch er dem Feindflugzeug beinahe das ganze Heck wegriß. Im gleichen Moment kam die zweite Me 109 von der Steuerbordseite herangefegt und bestrich die Hurricane von vorn bis hinten mit Geschützfeuer. Ein Teil des Cockpits brach samt der Windschutzscheibe auseinander. Ein Splitter riß Harrys linke Wange auf. Er scherte aus, machte eine Rolle – gerade als die zweite Me 109 vorbeiblitzte. Ohne groß nachzudenken, gab er Feuer. Die Maschine der Luftwaffe explodierte.

Die Küste Corwalls war nur noch fünfzehn Meilen entfernt, und die Lysander hielt bei achthundert Fuß Kurs auf die Heimat. Grant hatte nach oben gespäht und alles mit angesehen. Er sah noch zwei weitere Dinge – daß die Hurricane eine Rauchfahne hinter sich herzog und daß eine dritte Me 109 aus den Wolken aufgetaucht war.

»Jetzt kann nur noch ein Wunder helfen«, rief Oberst Jobert aus. »So etwas habe ich noch nie gesehen.«

»Da braucht's jetzt mehr als ein Wunder«, sagte Grant. Über Funk rief er Cold Harbour. »Voraussichtliche Ankunft in fünfzehn Minuten. Hurricane schwer beschädigt. Schlage vor, daß Rettungsboot in See sticht.«

Max hatte sich am äußeren Bereich aufgehalten und die Kampfhandlungen aus der Distanz verfolgt. Er erkannte auf den ersten Blick, daß sie es hier mit einem ausgezeichneten Piloten zu tun hatten. Er sah erst die eine Maschine, dann die zweite abstürzen, fegte anschließend seitlich herum, machte eine Rolle und kam zum Abschuß der Hurricane herangebraust, die mit ihrer dichten schwarzen Rauchfahne unübersehbar war. Er flog von hinten an sie heran, um ihr den Gnadenschuß zu geben – und dann war alles wieder wie damals bei der Lancaster.

Als die Hurricane an Geschwindigkeit verlor, ging Max vom Gas und zog backbord auf Position. Sein Funkgerät besaß eine zweite Frequenz, die dazu gedacht war, den Funkverkehr der RAF mitzuhören, und die schaltete er nun ein.

»He, Tommy, du hast einen großartigen Kampf geliefert, aber jetzt wird's langsam Zeit, daß du verschwindest, sonst endest du noch wie ein verbranntes Steak auf einer Grillparty.«

Harry, dem nur noch das Prinzip Hoffnung blieb, bedurfte nicht einmal der Stimme, um seinen Bruder zu erkennen. Mit jeder Faser seines Wesens spürte er, wer da neben ihm war.

»Hallo, Max. Lang nicht mehr gesehen.«

»Lieber Gott. Harry, du bist's«, sagte Max, während die Hurrican weiter an Höhe verlor. »Meinst du, du schaffst es bis zur Küste?«

»Eher nicht, aber ich werd's versuchen.« Die Wunde im Gesicht tat verflixt weh. »Wird nicht leicht sein, dieses geliebte Miststück oben zu halten. Wie geht's Mutti?«

»Um Himmels willen, Harry!«

»Sag ihr, sie soll auf sich aufpassen. Hab gehört, daß Himmler nur auf eine Gelegenheit wartet.«

»Achtung, Harry, paß auf! Von deinem Rumpf brechen gerade ein paar Teile weg.«

Zec Aclands Stimme ertönte über Funk. »Hier Rettungsboot *Lively Jane* aus Cold Harbour. Wir sind unterwegs, Kelso. Geben Sie mir Ihre Position durch.«

In dem Moment trat Rauch aus dem Funkgerät, und die Verbindung brach ab.

Die See wogte bei auffrischender Windstärke 4, und die *Lively Jane* ritt volle Kraft voraus über die schlagenden Wellen hinweg. Sie war ein zwölf Meter langes, fünfzehn Tonnen schweres Boot der Watson-Reihe und wurde von zwei fünfunddreißig PS starken Motoren angetrieben. Die Besatzung umfaßte acht Mann. Notfalls konnte das Boot bis zu fünfzig Personen an Bord nehmen. Darüber hinaus gehörte es zu den sich selbst aufrichtenden Booten, was bedeutete, daß sie im Falle eines Kenterns wieder hochkam. Die Männer waren alle auf ihren Posten. Zec stand hinten im Cockpit am Steuerrad. Dort war auch Molly, die Ölzeug und eine gelbe Schwimmweste trug und einen Arztkoffer neben sich hatte.

»Haben wir eine Chance, Zec?« rief sie.

Die *Lively Jane* drehte scharf nach Backbord und wurde über eine riesige, sich wie ein grüner Berg auftürmende Welle gehievt. Molly stürzte zu Boden. Zec zog sie wieder hoch. »Ich habe hier, auch ohne auf Sie aufpassen zu müssen, alle Hände voll zu tun. Gehen sie mit Ihrem Koffer lieber nach unten, Mädel, und beten Sie.«

Sie folgte seiner Aufforderung. Zec ging etwas vom Gas und kämpfte weiter gegen die See an.

»Feuer, Harry. Ich sehe Feuer.« Max hatte sein Tempo gedrosselt und Harry die ganze Zeit im Auge behalten. »Du mußt springen, alter Knabe, oder du verbrennst mit der Maschine.«

Der schlimmste Alptraum eines jeden Kampffliegers war eingetreten. Harry flog mittlerweile auf tausendfünfhundert Fuß. »Du hast wohl recht. Hat Spaß gemacht, mit dir zu plaudern, Max. Bis zum nächsten Mal sollten wir nicht wieder so viel Zeit vergehen lassen.«

Alles wie bei Folkestone. Er klickte die Tasche an sich fest, schob das Kanzeldach zurück und löste den Sitzgurt. Der Brandgeruch war entsetzlich, und die Flammen umzüngelten bereits seine Fliegerstiefel. Er drehte die Maschine in Rückenlage und ließ sich herausfallen.

Wieder ertönte Zec Aclands Stimme über Funk. »Sind Sie noch da? Können Sie mir Ihre Position durchgeben, Herr Oberstleutnant?«

Max schaltete sich ein. »Hören Sie mir zu. Hier spricht ein freundlich gesinnter Pilot der Luftwaffe. Ihr Mann ist bereits gesprungen. Notieren Sie seine Position.« Er gab die Daten durch, ging dann im Sturzflug nach unten und folgte dem Fallschirm, der auf der Backbordseite in die Tiefe glitt.

Der Regen hatte wieder eingesetzt und brauste vom Atlantik heran. Der Wellen- und Gischtteppich bot ein Bild des Grauens. »Mein Gott«, dachte Max, »das war's dann wohl für dich. Die finden dich nie.« Aber dann fiel ihm etwas ein, was vielleicht helfen könnte. Er griff nach dem Farbstoffbeutel, der an seinem linken Knie befestigt war, und nahm ihn ab. Dann stieß er sein Kanzeldach zurück und ging weiter hinunter.

Harry stürzte ins rollende Meer. Er sank in die Tiefe und zog an der Leine seiner Schwimmweste, die sich daraufhin aufblies. Nachdem er wieder an die Oberfläche getaucht war, versuchte er verzweifelt, den Fallschirm loszuwerden. Er geriet kurz in ein Wellental, und die Brecher waren so hoch, daß er nicht über sie hinwegsehen konnte. Dann, als er auf den Wellenkamm gehoben wurde, sah er nichts als eine einförmige Dämmerlandschaft unter dunklen Sturmwolken.

Die Me 109 ein paar hundert Meter weiter zu seiner Linken flog wenige hundert Fuß hoch. Er fragte sich, was sein Bruder im Sinn hatte. Dann drosselte Max sogar bis zu einer kritischen Geschwindigkeit und kam auf unfaßbare hundert Fuß heran. Max lehnte sich aus dem Cockpit, wartete allem Anschein nach einen günstigen Augenblick ab und ließ einen Beutel fallen, der nur knapp zwanzig Meter neben Harry ins Meer fiel. Ein gelber Fleck breitete sich auf der Oberfläche aus.

Harry kämpfte sich darauf zu, während Max wieder die Geschwindigkeit erhöhte, den Steuerknüppel zurückzog und auf tausend Fuß zog. Nur eine Meile in Richtung Norden kam die *Lively Jane* in Sicht.

Als das schwarze Flugzeug mit den Luftwaffenkreuzen und dem Hakenkreuz auf der Höhenflosse vorüberflog, schrien einige aus der Besatzung bestürzt auf.

Max rief sie über Funk. »*Lively Jane*, hören Sie. Er ist ziemlich genau eine Meile südlich von Ihnen. Ich habe meinen Farbbeutel abgeworfen, halten Sie also nach einem gelben Fleck Ausschau. Ich umkreise ihn, bis Sie dort sind. Und seht zu, daß ihr nichts vermasselt, sonst versenke ich euch mit allem, was ich habe.«

»In Ordnung, Sie Mistkerl. Ich weiß nicht, worauf Sie es anlegen, aber wir werden dort sein«, antwortete Zec. Danach drehte Max ab. Zec war so sehr mit der Suchaktion befaßt, daß es einen Moment dauerte, bis bei ihm der Groschen fiel: Hatte dieser Luftwaffen-Pilot nicht *Englisch* gesprochen?

Gott, war das kalt, viel kälter als sein Schwimmausflug damals vor Folkestone. Harry glitt in die Wellentäler hinab, nur um einen Moment später wie ein Korken auf den Kämmen zu tanzen. Die Tasche trieb am Riemen hinter ihm her.

»Oje, alter Junge, sieht gar nicht gut aus«, sagte er und zog die Tasche an sich. Dann bemerkte er das Heulen des Motors und blickte auf.

Max kam ganz niedrig herangeflogen, wackelte mit den Tragflächen, flog einmal im Kreis herum und kam dann wieder auf ihn zu.

»Du verdammter alter Narr«, sagte Harry halblaut vor sich hin. »Mach schon, zisch endlich ab, Max, solange du noch genügend Sprit hast.«

Der gelbe Fleck war durch die bewegte See mittlerweile riesengroß. Harry schwamm fast genau in der Mitte. Und plötzlich, als er wieder einmal in die Höhe geworfen wurde, sah er die *Lively Jane* etwa einhundert Meter zu seiner Linken. Er glitt in ein Tal hinab, wurde wieder hochgehoben, und da war auch schon das Rettungsboot bei ihm und drehte bei.

Harry war total erschöpft. Er wollte dem Boot entgegenschwimmen, aber dann war es praktisch neben ihm. Zwei Jungs von der Besatzung, die mit Rettungsleinen gesichert waren, sprangen ins Wasser und nahmen ihn zwischen sich. Eine Leiter wurde heruntergelassen, Hände wurde ihm entgegengestreckt. Man zog ihn über die Reling. Einen Moment später kniete er hinten im Cockpit auf dem Boden und kotzte Salzwasser aus.

Molly kauerte neben ihm. »Ihr Gesicht – sieht ziemlich schlimm aus. Kommen Sie, wir schaffen Sie nach unten.«

Aus den Funklautsprechern ertönte eine knisternde Stimme. »He, habt ihr ihn?«

»Ja, dank Ihrer Hilfe«, sagte Zec. »Wer auch immer Sie sind.«

Harry hob zitternd eine Hand. »Geben Sie mir das Mikrophon.« Er umklammerte es. »Max, ich bin's.«

»Du fehlst mir, Harry.«

»Du mir auch. Vergiß nicht, Mutti zu sagen, daß sie sich in acht nehmen soll.«

Die Me 109 drehte ab, stieg weit in den düsteren Himmel hinauf und jagte wie ein fliehender Geist davon.

Jemand von der Besatzung zog Harry auf die Beine, und Molly legte ihm einen Arm um die Schulter. »Wer zum Teufel war das?« wollte Zec wissen. »Auf was hat er's abgesehen? Er hat amerikanisch geklungen.« Er runzelte die Stirn. »Himmel, er hat sich eigentlich wie Sie angehört.«

»Tja, Kunststück«, sagte Harry. »Das war ja auch mein Bruder Max, mein Zwillingsbruder.«

Frühstückszeit im Gutshaus. Harry saß im Bademantel im Behandlungszimmer. Das Morphium, das Molly ihm gespritzt hatte, begann langsam zu wirken. Sie untersuchte gerade seine linke Wange.

»Wie schlimm ist es?«

»Könnte schlimmer sein.«

»Krankenhaus?«

»Beweisen Sie mal ein bißchen Vertrauen. Ich bin eine wirklich gute Chirurgin. Egal, das hier ist jedenfalls nicht mehr als ein Fall für die Notaufnahme. Halten Sie jetzt kurz still, während ich es vernähe. Zehn Stiche müßten ausreichen. Sie werden eine wirklich interessante Narbe bekommen, Harry. Die Mädchen werden drauf fliegen.«

»Ach, hauen Sie doch ab«, sagte er.

»Könnte Ihnen wohl so passen. So, jetzt Klappe halten und stillsitzen.«

Eine Weile später ging die Tür auf, und Munro blickte ins Zimmer. »Darf ich reinkommen?«

»Tun Sie sich keinen Zwang an, hier können Sie noch was

lernen«, sagte Harry. »Grant und der Oberst haben es also zurückgeschafft?«

»Und ob sie das haben. Nach dem Auftanken sind sie gleich weiter nach London gereist. Jack ist mit ihnen geflogen. Der Oberst hat Sie in höchsten Tönen gelobt. Hat gemeint, Sie seien ein Held *extraordinaire*. Er will de Gaulle bitten, Sie zum Chevalier der Ehrenlegion zu ernennen.«

»O nein«, stöhnte Harry.

»Halten Sie sich fest: Ich habe gerade mit Teddy West gesprochen und ihm in allen Einzelheiten von der Operation erzählt. Er hat gemeint, daß er Sie zur sofortigen Auszeichnung mit einem Streifen zu Ihrem Kriegsverdienstorden vorschlägt.«

»Das wird ja immer schlimmer.«

»Er ist stolz auf Sie, Harry. In gewisser Weise waren Sie sein Schützling. Darüber hinaus ist er Ihr Freund.« Er ging zur Tür und öffnete sie. »Ich übrigens auch. Wir sind auf Ihrer Seite. Bis später.«

»Sehen Sie?« sagte Molly, als sie den letzten Stich vornahm. »Sie tun immer so, als wären Sie allein. Dem ist aber nicht so. Heute waren Max, Zec, Munro und Generalleutnant West für Sie da.«

»Und Sie.«

»Ach, das sowieso. Die arme alte Molly, die sich die tollsten Flausen in den Kopf setzt.«

Bevor er antworten konnte, ging die Tür auf, und Julie kam herein. »Wie macht sich denn unser Wunderknabe?«

»Ein paar Tropfen Morphium und zehn Stiche, und schon ist er wieder ganz der alte. Er wird zum Essen runterkommen.«

»Da ist aber ein Problem.« Harry stand auf. »Ich habe keine Ersatzuniform dabei. Das, was ich anhatte, wird ja wohl kaum noch was taugen.«

»Schauen wir mal, was wir im Vorratslager haben«, sagte Julie. »Da müßte eigentlich was dabei sein.«

Harry und Molly folgten ihr hinaus. Sie gingen den Korridor entlang, an dessen Ende Molly eine Tür öffnete und hineintrat. Der Raum kam Harry vor wie eine Höhle aus Tausendundeinernacht: ein riesiger Tisch, auf dem ganze Reihen von Pistolen und MGs lagen; ferner Kleidungsstücke aller Art, britische und deutsche Uniformen, dazu Alltagskleider sowohl für Frauen als auch für Männer.

»Das benutzen alles die Franzosen«, sagte Julie. »Bevor unsere Agenten nach Frankreich fliegen, kleiden wir sie hier ein. Dann schauen wir mal, was wir für Piloten dahaben. Oberstleutnant der deutschen Luftwaffe. Wohl nicht ganz passend. Hier haben wir ja schon was, RAF, und scheint sogar Ihre Größe zu sein. Leider nur Hauptmann.«

»Geben Sie ihm einen hübschen bequemen Pullover und ein Paar einfache Hosen«, sagte Molly. »Ein kräftiges zweites Frühstück und zwei Gläser Rotwein, und dann stecke ich ihn sowieso wieder ins Bett.«

Julie zuckte die Achseln. »Bedienen Sie sich, Harry. Sie finden hier alles, was Sie wünschen. Unterhosen, Hemden, Schuhe und Socken.«

»Wir sehen uns in der Bibliothek.« Molly folgte Julie hinaus.

Sie gingen in die Küche, wo Julie sich daranmachte, etwas fürs Essen herzurichten.

»Kann ich helfen?« sagte Molly.

»Eigentlich nicht.« Julie schaute im Ofen nach dem Hähnchen. »Er ist nichts für Sie, *ma chère*«, sagte sie, ohne sich umzuwenden.

»Er ist für niemanden etwas«, sagte Molly.

»Warum sich also die Mühe machen? Seine Uhr ist bereits abgelaufen, und das ist sie schon seit langer Zeit.«

»Wir haben Krieg, Julie. Da nimmt man, was man kriegt.«

»Sie haben die Wahl, *ma chère*.«

»Ich habe keine Wahl, wenn Sie verstehen, was ich meine.«

Während des improvisierten Essens, das Julie hergezaubert hatte, war Munro die Geselligkeit in Person, eine Art freundlicher, jovialer Onkel. »Und wie geht's deinem Vater?« fragte er Molly. Er wandte sich an Harry. »Major General Sobel ist in Eisenhowers Generalstab verantwortlich für die Zusammenarbeit zwischen Marine und Luftstreitkräften.«

»Das ist ja toll«, sagte Harry. »Wie lange ist er schon hier?«

»Einen Monat«, sagte Molly.

»War er nicht vorher im Kriegsministerium?«

»Stimmt.«

»Na ja, ob so jemand die besten Voraussetzungen mitbringt, was die Zusammenarbeit zwischen Marine und Air Force betrifft?«

Sie hätte platzen können vor Wut. »Mein Vater ist mit seinen fünfzig Jahren zwar schon ein bißchen zu alt, um noch Kampfeinsätze zu fliegen, aber zufällig hat er das gleiche wie Ihr Vater getan, nur daß er 1916 Jagdflugzeuge für die Franzosen geflogen hat. Die Lafayette Escadrille. Er war damals einundzwanzig.«

»Da scheine ich mich ja geirrt zu haben.«

»Sie irren sich in vielen Dingen, Harry.« Sie stand auf und ging hinaus.

»Da haben Sie sich ja ganz schön was geleistet«, sagte Julie, während sie die Teller abräumte.

»Ach, was soll's. Ich fühle mich hundsmiserabel«, sagte Harry. »Ich hau mich jetzt aufs Ohr«, und damit ging auch er hinaus.

Als er später im Bett las, schob er sich ein Kissen unter den Rücken und rauchte bei zugezogenen Vorhängen eine Zigarette. Die Tür öffnete sich mit einem Klicken, und einen Moment später schlüpfte Molly neben ihn unter die Decke.

»Grant wird morgen nachmittag mit der Lysander zurück sein.«

»Gut.« Er legte sanft einen Arm um sie.

»Was wird nur aus uns, Harry?«

»Weiß der Himmel«, sagte er und hielt sie in der lautlosen Dunkelheit fest an sich gedrückt.

11

Zwei Tage später nahm Harry, der sich wieder in London bei Munro einquartiert hatte, ein Taxi zum Guy's Hospital, um sich mit Molly in der Notaufnahme zu treffen. Er meldete sich an der Rezeption und setzte sich dann auf eine der Sitzbänke. Es war viel Betrieb, so daß die meisten Plätze belegt waren. Nach ein paar Minuten kam eine Krankenschwester und holte ihn ab.

»Hier lang, Herr Oberstleutnant.«

Er folgte ihr durch den Korridor entlang bis zu einem Operationssaal. Molly, in weißem Kittel, saß dort und wartete.

»Da bist du ja. Dann schauen wir es uns mal an. Teilen Sie bitte Professor Joseph mit, daß alles bereit ist«, sagte sie zur Krankenschwester.

»Wird es weh tun?« fragte Harry.

»Das bleibt nicht aus, also am besten, wir machen's schnell.« Mit einer einzigen flinken Bewegung riß sie den OP-Verband herunter. »War gar nicht so schlimm, oder?«

»Das sagst du, zum Teufel noch mal.«

Die Tür ging auf, und ein freundlich aussehender, graubärtiger Mann, der einen weißen OP-Kittel trug, trat ein. »Also, Molly, was haben wir denn hier?«

»Oberstleutnant Kelso ist bei einem Luftkampf leicht verwundet worden«, sagte sie. »Ist ins Meer gestürzt, die Wunde hat also eine gründliche Reinigung erfahren.«

»Schauen wir's uns mal an.« Er untersuchte Harrys Gesicht und nickte. »Sehr gut, Molly. Sie sollten Sticken zu Ihrem Hobby machen. Die Narbe werden Sie natürlich behalten, Herr Oberstleutnant.«

»Damit kann ich leben – wenn Molly es kann.«

»Was hör ich denn da? Hervorragend.« Joseph legte Molly einen Arm um die Schultern. »Aber nehmen Sie sie uns nicht sofort weg, Herr Oberstleutnant. Wir haben Krieg, vergessen Sie das nicht.«

Er ging hinaus, und Molly sagte: »Ich werde dich nicht wieder verbinden. Vor allem nicht nach dem vielen Salzwasser. Die Wunde schließt sich bereits, und es ist besser, wenn wir es an der Luft heilen lassen.« Sie nahm eine Dose. »Wir sprühen noch ein Antiseptikum drauf, und bald bist du wieder gesund.«

Als sie fertig war, sagte er: »Und nun? Hast du Zeit für ein Mittagessen?«

»Ich habe jetzt eigentlich frei, aber mein Onkel hat angerufen. Er braucht dich am Haston Place. Generalmajor West hat mit dir etwas zu besprechen.«

»Okay. Vielleicht können wir ja später zu Mittag essen.«

»Mal sehen. Bin gleich zurück«, und weg war sie.

Am Haston Place gingen sie zur Wohnung hoch, Molly klingelte, und Jack Carter öffnete ihnen die Tür. Er gab ihr einen Kuß auf die Wange, wandte sich dann zu Harry um und schüttelte ihm die Hand.

»Schön, Sie heil und unversehrt wiederzuhaben.«

»Ganz meinerseits«, sagte Harry.

Vom Wohnzimmer drang Gelächter herüber. Carter führte sie hinein. Munro und West waren da und auch ein amerikanischer Major General mit Pilotenabzeichen. Zur großen Überraschung war auch General Eisenhower anwesend, der auf der Fensterbank saß.

»Was ist das, eine Verschwörung?« fragte Harry, an Molly gewandt.

»Ganz und gar nicht«, sagte Munro. »Molly hatte nicht die leiseste Ahnung, daß der Herr Oberbefehlshaber hiersein würde.«

»Tut mir leid, Harry«, murmelte sie. Sie ging auf den Major General zu und gab ihm einen Kuß. »Hallo, Dad.«

Eisenhower stand auf und reichte Harry die Hand. »Herr Oberstleutnant, Sie sind ein außergewöhnlicher Mann. Ich glaube, Sie kennen Mollys Vater noch nicht, Tom Sobel.«

Sobel war von mittlerer Größe, das Haar und der Schnurrbart waren pechschwarz, irgendwelche Anzeichen von Altersgrau waren nicht auszumachen. Er hatte ein Gesicht, wie man es häufig bei hohen Militärs antrifft, von einer Art also, die allergisch auf Widerspruch reagiert. Er hatte einen festen Händedruck.

»Eine Ehre, Sie kennenzulernen, mein Sohn.«

»Gut, die Nettigkeiten hätten wir damit ja hinter uns, kommen wir zur Sache«, sagte Eisenhower. »Ich hatte Ihnen eine Woche gegeben, Herr Oberstleutnant.«

»Ich habe Ihnen bereits gesagt, wie ich darüber denke, Herr General.«

»Darf ich Ihnen mal was sagen?« sagte Sobel. »Ich war im ersten Krieg im Lafayette-Geschwader, und als mein Land in den Krieg einstieg, wollte ich auch nicht wechseln, hab's dann aber getan, weil ich gebraucht wurde. Das gleiche gilt für Sie. Sie haben der RAF in großartiger Weise gedient, aber nun ist es an der Zeit, die Uniform Ihres Landes überzustreifen.«

Es folgte Schweigen, bis Eisenhower sagte: »Ich kann einen direkten Befehl erlassen.«

Es war West, der sich mit gewandten Worten einschaltete: »Die Abmachung zwischen unseren beiden Luftstreitkräften sieht vor, daß amerikanische Besatzungsmitglieder die übertreten, eine amerikanische Uniform und den entsprechenden Dienstgrad annehmen. Diejenigen jedoch, die gerade mitten in einer Einsatzserie mit der RAF stecken, sollen diese Serie aber noch zu Ende fliegen. Soweit ich weiß, hat Oberstleutnant Kelso noch den einen oder anderen Einsatz vor sich.«

Eisenhower blickte ihn scharf an. »Okay, nur zu, ich kann die Wahrheit vertragen.«

»Oberstleutnant Kelso hat gerade eine Einsatzserie bei unserem wichtigsten Sonderkommando angefangen.«

»Wieviel geflogene Einsätze?«

»Einen, um die Wahrheit zu sagen, und da Sonderkommandoeinheiten sechzig Einsätze pro Serie fliegen, hat er noch neunundfünfzig vor sich. Natürlich schließt dies auch Einsätze ein, auf denen er Sie im Kurierdienst fliegt, Herr General.«

Eisenhower blickte West lange an, dann brach er in Lachen aus. Selbst Sobel mußte jetzt lächeln. »Sie schlauer Fuchs«, sagte Eisenhower. »Und Sie ebenfalls, Herr Brigadegeneral.

Okay, Sie haben gewonnen, aber ich will, daß er noch heute in eine amerikanische Uniform gesteckt wird.« Er wandte sich an Harry. »Das ist ein Befehl, Lieutenant Colonel.«

Munro lächelte. »Ehrlich gesagt, ist dies alles bereits in die Wege geleitet, Herr General. Generalmajor West und ich haben gestern mit dem Schneider des Oberstleutnants in der Savile Row gesprochen. Man hat sich bereit erklärt, die Bestellung expreß zu erledigen.«

Eisenhower grinste. »Ihr beide macht wirklich Nägel mit Köpfen, wenn ihr einmal dabei seid.«

»Nun, er soll ja entsprechend ausstaffiert sein. Wie der Herr General sicher weiß, wird der Oberstleutnant um drei im Connaught Hotel erwartet, um von General de Gaulle den Orden der Ehrenlegion entgegenzunehmen.«

»Mein Gott«, stöhnte Harry.

»Morgen früh um elf, Buckingham Palast für seine zweite Verleihung des Kriegsverdienstordens.«

Eisenhower mußte wieder grinsen und sagte zu Harry: »Damit wären Sie erst einmal versorgt.«

»Wenn du noch Zeit hast, bevor du ins Krankenhaus zurückkehrst«, sagte Munro zu Molly, »dann geh doch mit ihm in die Savile Row, und sorge dafür, daß die dort gute Arbeit leisten. Er muß schon was hermachen, wenn er de Gaulle gegenübertritt. Der Mann ist sehr eigen.«

»Ihr könnt mir alle mal den Buckel runterrutschen«, sagte Harry und ging hinaus. Molly eilte hinterher.

»Passen Sie auf ihn auf, Frau Doktor«, rief Eisenhower ihr nach.

Bei dem Schneider in der Savile Row breiteten der gute alte Mr. Crossley und sein Mitarbeiter George die neuen Anzüge aus.

»Leider ist das meiste, was wir für Sie zusammengestellt haben, aus alten Lagerbeständen, Herr Oberstleutnant.« Crossley lachte. »Entschuldigen Sie vielmals, Lieutenant Colonel.«

»Ach Sie«, sagte Harry.

»Also, hier sind zwei Uniformen mit Waffenrock. Da ich weiß, wie gern Sie während Ihres RAF-Dienstes den Kampfanzug getragen haben, habe ich aber auch noch zwei ganz ähnliche Monturen angefertigt, so wie sie von vielen amerikanischen Piloten geschätzt werden. Oh, und wir haben Ihre Ordensbänder für Sie zurechtgemacht, mit einfacher Sicherheitsnadelbefestigung.«

Harry sah es sich an. »Sie waren da wohl ein bißchen voreilig. Wie ich sehe, haben Sie die Ehrenlegion und das Band für das Kriegsverdienstkreuz hinzugefügt.«

»Ist doch gleich, Sir, und es spart Zeit.«

»Komm schon«, sagte Molly. »Zeig dich mal, wie du darin aussiehst.« Harry zog mit George davon.

Als er zurückkehrte, trug er eine crèmefarbene Hose und einen braunen Waffenrock im Kampfanzugsstil, wie er von Offizieren der U.S. Air Force geschätzt wurde, wie ja Crossley bereits bemerkt hatte. Auf der linken Brust über den Auszeichnungen strahlte das silberne Pilotenabzeichen, auf der rechten das Abzeichen der RAF.

»Sehr hübsch«, sagte Crossley. »Schirmmütze oder Schiffchen, Colonel?«

»Ich glaube, ich nehme am besten beides.«

Harry rückte das Schiffchen auf seinem strohblonden Haar zurecht und blickte mürrisch in den Spiegel. »Das bin nicht ich.«

»Unsinn, du siehst toll aus«, sagte Molly. »Einfach umwerfend.«

»Nur noch eins, Colonel. Sie sollten ein paar amerikanische Frontabzeichen tragen, auf die Sie ja jetzt, wo Sie bei Ihren Landsleuten sind, auch ein Anrecht haben. Ich werde mich da mal umschauen. Das regeln wir schon.«

Molly blickte auf die Uhr. »Wir sollten uns beeilen. General de Gaulle erwartet uns. Schicken Sie bitte alles zum Haston Place, Mr. Crossley.«

»In Ordnung, Frau Doktor. George, die Tür.«

Molly und Harry traten in das fahle Sonnenlicht hinaus. Sie hakte sich bei ihm ein. »Wie die Engländer sagen würden: Du siehst wirklich fesch aus. Mach also nicht so ein Gesicht.« Dann hielt sie ein Taxi an.

General de Gaulle hatte die Suite 103 im Connaught bereits 1943 verlassen, aber die Einrichtungen des Hotels standen hochrangigen Mitgliedern seines Stabes nach wie vor zur Verfügung.

»Ich warte lieber unten«, sagte Molly, als sie auf den Empfang zugingen.

»Kommt gar nicht in die Tüte. Der Oberbefehlshaber hat befohlen, daß du auf mich aufpassen sollst, also halt dich daran.« Harry nickte dem Empfangsportier zu. »Harry Kelso und Doktor Sobel. Wir werden von General de Gaulle erwartet.«

»Selbstverständlich, Colonel.« Der Portier nahm das Telefon.

Harry und Molly warteten. »Ich liebe diesen Ort«, sagte sie. »Das Hotel hieß früher einmal Coburg – hatte was mit Königin Viktorias Prinz Albert zu tun. Ende des letzten Kriegs hat König George dann sämtliche deutsche Namen der königlichen Familie abgeschafft, und aus Coburg ist Connaught geworden.«

»Man lernt nie aus.«

Ein junger französischer Hauptmann tauchte auf. »Colonel Kelso?« Er blickte unsicher in Richtung Molly. »Begleitet Sie die junge Dame?«

»Ja, auf Befehl General Eisenhowers. Darf ich vorstellen, Frau Doktor Sobel.«

»Ah, *bien sûr*.« Der Hauptmann schenkte ihr sein schönstes Lächeln. »Wenn Sie mir bitte folgen würden.« Auf dem Weg nach oben sagte er noch: »Oberst Jobert erwartet Sie in der ehemaligen Suite General de Gaulles. Er möchte Ihnen persönlich seinen Dank aussprechen.«

Sie erreichten die Tür mit der Aufschrift 103. Der Hauptmann öffnete und ging voraus.

General de Gaulle saß am Fenster neben einem kleinen Tischchen, auf dem eine Schachtel aus Saffianleder stand. Oberst Jobert, der jetzt Uniform trug, stand gleich neben ihm. Er trat rasch vor und umarmte Harry.

»Nicht mehr Oberstleutnant sondern Lieutenant Colonel, wie ich sehe. Sie sind ein bemerkenswerter Mann. Ich werde

Ihren heldenhaften Mut mein Leben lang nicht vergessen. Sie haben mir das Leben gerettet.«

»Darf ich Ihnen Doktor Sobel vorstellen? Sie ist auf Bitte des Oberbefehlshabers hier.«

»Da der Colonel erst kürzlich verwundet wurde, hielten wir es für klüger, ihn unter Beobachtung zu halten«, fügte Molly hinzu.

»Der Vater von Frau Doktor, Major General Sobel, ist in Eisenhowers Generalstab«, sagte Harry, an Jobert gewandt.

»Großartig.« Der Franzose drehte sich zu de Gaulle um, der sich gerade eine Zigarette anzündete und dem Geschehen recht gleichgültig gegenüber zu sein schien. »Mit Verlaub, Herr General?«

General de Gaulle nickte, und Jobert öffnete die Schachtel, nahm den Orden eines Chevaliers der Ehrenlegion heraus und steckte ihn Harry an den Waffenrock. Er küßte ihn auf beide Wangen, trat einen Schritt zurück und salutierte.

General de Gaulle ergriff nun zum ersten Mal das Wort: *»La République* dankt Ihnen Colonel, aber jetzt müssen Sie uns bitte entschuldigen. Wir haben viel zu tun.«

Harry salutierte mechanisch, wandte sich dann zu Molly um und nickte. Der Hauptmann öffnete die Tür, und die beiden gingen hinaus, hielten bis zum Treppenabsatz an sich und brachen schließlich in Lachen aus.

»La République dankt Ihnen«, sagte Molly mit tiefer Stimme. »Der kann wahrscheinlich keinen einzigen Menschen leiden. Der Mann ist nicht einmal dankbar. Wie man hört, macht er Winston und Eisenhower auch ständig fürchterliche Schwierigkeiten.«

Harry versuchte den Orden abzunehmen. »Das verdammte Ding sitzt irgendwie fest.«

»Laß mich mal. Er ist aber sehr hübsch. Gibt mir doch mal die Schachtel.«

Auf dem Weg nach unten legte sie den Orden zurück, klappte den Deckel zu und reichte ihm dann die Schachtel.

»Nein, behalt du sie«, sagte er. »Als Souvenir.«

»Red keinen Unsinn.«

»Ich bestehe darauf. Ich krieg ja schließlich noch eine. Elf Uhr morgen früh im Palast. Kommst du da auch mit? Gäste sind erlaubt.«

»Das fände ich toll, Harry.« Sie war offensichtlich sehr bewegt. Als die beiden auf dem Bürgersteig standen, legte sie ihm die Hand auf den Arm. »Aber jetzt muß ich dich allein lassen.«

In dem Moment fuhr ein Taxi vor, um jemanden abzusetzen. Molly gab dem Fahrer ein Zeichen. »Ich habe die Spätschicht im Guy's, und die zieht sich oft bis in die Nacht hin.«

»Macht doch nichts. Uns bleibt der Palast. Elf Uhr. Nicht vergessen.«

»Wie könnte ich?« Sie küßte ihn auf die Wange, stieg ins Taxi, und weg war sie.

Es wartete natürlich eine Heidenarbeit auf sie. Sie führte drei Operationen aus, arbeitete bis Mitternacht, um sich dann fix und fertig in eines der für das Personal reservierten Betten fallen zu lassen. Um acht stand sie auf, nahm eine Dusche, frühstückte in der Kantine und wollte gerade gehen, als ihr Name ausgerufen wurde.

»Doktor Sobel. Notfall in der Ambulanz.«

Es handelte sich um einen jungen Soldaten, der in betrunkenem Zustand von einem Bus angefahren worden war. Der linke Lungenflügel war von einer gebrochenen Rippe durchbohrt worden.

»OP drei. Bereitet ihn vor. Ich komme gleich.«

Der Soldat wurde auf der Bahre weggerollt. Molly schnappte sich das nächstbeste Telefon und rief in der Wohnung an. Es meldete sich ihr Onkel. »Munro.«

»Ich bin's«, sagte Molly, »und ich bin fürchterlich in Eile. Ein Notfall nach dem anderen. Sag Harry, daß ich nicht kommen kann.«

»Mache ich, keine Sorge.«

Kurz darauf kam Harry zu Munro ins Wohnzimmer, geschniegelt und gestriegelt für die bevorstehende Festlichkeit. »Mann, o Mann, sind Sie schick«, sagte Munro. »Aber schlechte Neuigkeiten von der Sanitätsfront. Sie kann nicht kommen.«

»Wirklich?« Harry zuckte die Achseln. »Geschieht mir recht dafür, daß ich mich mit einer Ärztin einlassen mußte. Dann kann ich mich ja jetzt eigentlich zu Fuß auf den Weg machen. Mir ist sowieso nach einem Spaziergang.«

Er nahm den Burberry-Armeetrenchcoat, den Corssley mit den Uniformen geliefert hatte, zog ihn über und ging hinaus. Es regnete nicht, aber der Himmel sah so aus, als könnte es jeden Moment losgehen. Er rauchte eine Zigarette und wanderte recht ziellos umher. Seine Gedanken drifteten zu Max und dem Luftkampf über dem Meer vor Cornwall. Zu Max' Stimme. Wie hatte Zec noch einmal gesagt? *Er klang wie Sie.* Nun, wen wundert's. Max wird es Mutti inzwischen erzählt haben. Das hatte er bestimmt getan, weshalb Harry nun an Elsa denken mußte. Das eine stand jedenfalls fest: Wenn jemand es toll gefunden hätte, heute morgen im Palast zu erscheinen, dann sie.

Er hielt ein Taxi an. »Buckingham Palast«, sagte er zu dem Fahrer.

»Kriegen Sie 'n Orden oder so was, Chef?«

»Nein, nichts dergleichen.«

»Na, kann ja auch nicht, oder? Sind ja 'n Ami.«

»Sie haben völlig recht«, sagte Harry und lehnte sich zurück.

Als er durch die Palasttore wieder hinausschritt, regnete es in Strömen. Der wachhabende Polizist salutierte. Harry salutierte zurück und zögerte angesichts der vielen geschäftig umhergehenden Menschen, und dann, genau wie beim ersten Mal, fuhr ein Dienstwagen des Generalstabs vor, und Munro lehnte sich aus dem Fenster.

»Na, kommen Sie, steigen Sie schon ein.«

Harry sprang rasch hinein und schloß die Tür. »Wieso habe ich das Gefühl, daß mir all dies schon einmal passiert ist?«

»Wollte eigentlich früher hiersein. Wollte mit Ihnen zusammen rein, bin aber im Kriegsministerium aufgehalten worden. Na, kommen Sie schon, lassen Sie sehen.«

Harry nahm die Schachtel heraus und öffnete sie. »Genau wie beim letztenmal.«

»Es ist nie genau das gleiche, Harry. Was hat der König gesagt?«

»Er hat gesagt: ›Das wird ja langsam zur Gewohnheit‹, und dann hat Königin Elizabeth gesagt: ›Wie ich sehe, haben Sie die Seiten gewechselt.‹«

»Na, ist doch nett.« Munro tippte dem Fahrer auf die Schulter. »Bringen Sie uns zu einem guten Pub, Jack. Der Oberstleutnant, verflixt, der Colonel und ich wollen jetzt ein bißchen feiern. Tut mir leid, daß Sie sich uns nicht anschließen können.«

Harry nahm einen Fünfer aus der Brieftasche, langte hinüber und steckte ihn dem Fahrer in die Brusttasche. »Holen Sie's heute abend nach, Jack.«

»Der Himmel steh mir bei, Colonel, damit bin ich eine Woche lang betrunken.«

»Weiß Eisenhower, daß Max mich gerettet hat? Das heißt, wieviel Leute wissen eigentlich davon?« fragte Harry, an Munro gewandt.

»Nur meine eigenen Leute, mein Lieber. Und ich will auch, daß in Zukunft nichts nach außen dringt. Es wird nicht einmal in meinem offiziellen Bericht erwähnt. Sie sind mit dem Fallschirm abgesprungen, und die *Lively Jane* hat Sie gerettet. Und damit hat sich der Fall.«

Jack fuhr vor das Grenadier, ein Pub in der Nähe des St.-James's-Palasts. Es war recht angenehm und jetzt, kurz vor der Mittagessenszeit, auch nicht sehr voll. Munro, der selbst in Uniform war, ging an die Bar. Der Wirt hatte die Ärmel hochgekrempelt und zeigte seine ganzen Tätowierungen.

»Was kann ich Ihnen anbieten, Herr Brigadegeneral?«

Munro hielt sich nicht zurück: »Dem Colonel hier, der erst kürzlich von der RAF zu seinen Landsleuten übergewechselt ist, ist vor gerade einmal vierzig Minuten von Seiner Majestät der Kriegsverdienstorden zum zweiten Mal an die Brust geheftet worden. Das möchten wir feiern. Ich weiß, daß Champagner nicht in Frage kommt, aber ...«

»Für Sie durchaus. Zufällig habe ich gerade einen im Kühlschrank. Der ist zwar einem Major der Grenadiere vom Kensington-Palast versprochen, aber der wird warten müssen. Ich selber war bei der Marine, Sir, Oberbootsmann und erster Geschützoffizier. Machen Sie sich's bequem, meine Herren.«

Sie nahmen in einer Sitzecke beim Fenster Platz. Munro bot Harry eine Zigarette an. »So, na bitte. Jetzt sind Sie also endlich in einer Ami-Uniform gelandet.«

»Scheint so.«

Der Wirt kam mit einem Eiskübel, der Flasche und zwei Gläsern. »Moët, meine Herren, ich hoffe, der tut's.«

»Nein, tut's nicht«, sagte Harry. »Es sei denn, Sie holen ein drittes Glas und setzen sich zu uns.«

»Also, ich weiß nicht, Colonel.«

»Tun Sie sich keinen Zwang an«, sagte Munro. »Und jetzt sind Sie schön brav und lassen mich die Flasche entkorken, während Sie sich ein Glas holen.«

Er zog gekonnt den Korken und war bereits beim Einschenken, als der Wirt zurückkam. Munro füllte auch dessen Glas und hob dann seines. »Auf Colonel Harry Kelso, auf Sie, Herr Oberbootsmann, und auf mich, wenn Sie nichts dagegen haben. Tapfere Männer, bei denen stets die Pflicht zuerst kommt.«

Der Wirt wurde ganz rot vor Freude. »Also, danke, Herr Brigadegeneral. Jetzt lasse ich Sie aber lieber allein.« Er zögerte. »Wenn Sie vielleicht einen Happen essen wollen: Meine Frau macht einen sehr guten Fleisch- und Kartoffelauflauf. Für den reisen viele von weit her an.«

»Klingt hervorragend«, sagte Munro. Er wandte sich an Harry. »Für Sie auch?«

»Na klar.«

Der Wirt verschwand hinter der Bar in der Küche. Vier einfache Soldaten kamen herein, entdeckten Munro und Harry und machten auf dem Fuße wieder kehrt.

Munro füllte die Champagnergläser wieder auf. »Nachdem Sie gestern gegangen waren, meinte Eisenhower noch, daß Sie wirklich Ihren Teil beigetragen hätten und daß Kampfeinsätze für Sie der Vergangenheit angehören sollten. Kurierflüge in den südlichen Grafschaften gehen in Ordnung, den Oberbefehlshaber in der Lysander umherzufliegen ebenso, aber Eskapaden wie neulich kommen nicht mehr in Frage.«

»Wollen Sie mir damit sagen, das war's? Keine weiteren Spezialeinsätze?«

»Machen wir ihn glücklich. Mein Gott, Mann, können Sie denn niemals stillsitzen? Lassen Sie es doch einmal ruhiger angehen.«

Der Wirt kam mit dem Auflauf und Besteck herein. »So, meine Herren.«

Munro schnitt in die Kruste und probierte einen Happen. »Köstlich. Erinnert mich an Eton, als ich noch klein war.«

Harry tat es ihm sofort nach und nickte anerkennend. »Wissen Sie, in den viereinhalb Jahren, die ich nun hier bin, war das Essen in den Pubs oft das beste. Dann sitze ich jetzt also bei den Kurierflügen fest?«

»Das habe ich nicht gesagt, Harry. Sie sind sehr, sehr gut. Sie können alles fliegen, einschließlich der meisten Luftwaffenmaschinen. Sie sind wirklich einmalig.«

»Dann wollen Sie mich also nicht von vornherein aufs Abstellgleis schieben?«

Munro füllte die Gläser auf, wobei er die Flasche ganz leerte. »Mein lieber Junge, wir haben Krieg.«

Harry war in seiner Hurricane wie ein Blitz auf die beiden Me 109 niedergegangen, aber sonst hatte der Flugleiter in Fermanville nicht die leiseste Ahnung, was passiert war. Die zweite Frequenz war nicht mitgehört worden, was bedeutete, daß Max' Unterhaltung mit Harry und später mit Zec Acland nicht aufgezeichnet worden war. Als Max zurückkehrte, war seine Version der Ereignisse äußerst simpel: Sie hatten eine Suchjagd unternommen, und seine beiden Kameraden hatten den ersten Sichtkontakt. Er hatte gesehen, wie sie abstürzten, gefolgt von der Hurricane. Die Lysander erwähnte er mit keinem Wort. Die Geschichte wurde akzeptiert. Denn wer würde schon auf die Idee kommen, den Schwarzen Baron in Frage zu stellen?

Zurück in Berlin, erfuhr er, daß Elsa auf dem Gut weilte und fuhr deshalb dorthin. Wie immer war sie außer sich vor Freude, ihn zu sehen, und veranstaltete einen Riesenwirbel.

»Mutti, jetzt sei doch bitte mal ruhig. Ich habe dir etwas zu sagen.«

Als er fertig war, saß sie völlig perplex da. »O mein Gott, Harry, welch ein Wunder.«

»Ja, er hat's unversehrt überstanden, und das ist das einzige, was zählt. Was er aber über Himmler gesagt hat... Was hältst du davon?«

»Woher er das nur weiß?«

»Da kann ich nur raten. Er hat einem anderen Flugzeug Geleitschutz gegeben, einer sogenannten Lysander, mit dem Agenten der Alliierten über Frankreich abgeworfen und wieder herausgeholt werden. Das kann nur heißen, daß er bei einem Sonderkommando ist, und damit sind wir beim Geheimdienst. Das wird wohl die Erklärung sein.«

Zum ersten Mal schien Elsa tatsächlich so etwas wie Angst zu zeigen. »Was soll ich nur tun?«

»Du mußt vorsichtig sein, Mutti, sehr, sehr vorsichtig. Treffe dich regelmäßig mit Göring, sei nett zu den anderen, und wenn der Führer auf irgendeiner Feier mit dir spricht, dann laß dir anmerken, wie hingerissen du von seiner Erhabenheit bist. Mehr kann ich dazu nicht sagen.«

Tränen stiegen ihr in die Augen. »Es tut mir leid, Max, so leid.«

»Ist schon in Ordnung, Mutti, wir alle machen Fehler. So einfach ist das. Wir haben das Ungeheuer miterschaffen, und jetzt droht es, uns zu verschlingen.«

Es war Nacht, als Bubi Hartmann drei Tage später in einem Storch nach Wewelsburg reiste. Er flog selbst und landete fünfundzwanzig Kilometer außerhalb auf einem Luftwaffenstützpunkt für Nachschublinien, wo er von einem Fahrer mit einem Mercedes erwartet wurde.

Er wußte nicht, warum Himmler ihn zu sehen wünschte. Der Reichsführer hatte sich seit nunmehr einer Woche in Wewelsburg zurückgezogen. Er hatte das Schloß zu einem Zentrum aller wahren SS-Tugenden ausgebaut, mit einem runden Tisch, auf dessen zwölf Stühlen seine bewährtesten Vertrauten Platz nahmen. All dies basierte auf der Legende von König Artus und den Rittern der Tafelrunde, von der Himmler förmlich besessen war. Darüber hinaus war es ein Zentrum für Rassenkunde.

Der Mercedes näherte sich stetig dem Schloß, dessen Türme und Mauern immer deutlicher hervortraten. Es war nicht verdunkelt; die Fenster waren erleuchtet, und an der Zugbrücke brannten Fackeln. Es wirkte wie die Kulisse für einen Historienfilm. Hartmann haßte es.

In der Eingangshalle half ihm der Feldwebel der Wache aus dem Mantel und nahm die kleine Walther in Verwahrung. »Der Reichsführer befindet sich im Salon des Südflügels, Herr Standartenführer. Wünschen Sie eine Eskorte?«

Hartmann schüttelte den Kopf und ging die Treppe hoch. Der Ort war überall mit Nazi-Fahnen geschmückt, und selbst an der Decke prangten Hakenkreuze. Er ging durch das Dunkel der Korridore und kam vor dem Salon an, hielt kurz inne, klopfte dann und ging hinein.

Er sah ein Kaminfeuer und weitere Fahnen – und Himmler hinterm Schreibtisch. Er trug einen Tweed-Anzug. »Da sind Sie also endlich angekommen?«

»Nebel und Regen in Berlin, Herr Reichsführer. Womit kann ich Ihnen dienen?«

»Ich bin den Postsack durchgegangen, den Sie mir gestern geschickt haben. Besonders interessant war Ihr jüngster Bericht aus London von dieser gewissen Dixon. Ich rede von Brigadegeneral Munro und seinem Stützpunkt in Cold Harbour.«

»Ja, Herr Reichsführer.«

»Die Information über den Bruder des Barons von Halder, wie er auf einer Geheimmission zwei unserer Flugzeuge abgeschossen hat, mit dem Fallschirm ins Meer gesprungen ist, wo zufällig sofort ein Rettungsboot zur Stelle war, ist ein Melodram erster Güte.«

»Ganz Ihrer Meinung«, sagte Hartmann, dem nichts Besseres einfiel.

»Und jetzt ist dieser Kelso also zum Colonel der U.S. Air Force gemacht worden und wird als Pilot innerhalb eines Sonderkommandos dazu eingesetzt, Eisenhower durch die Gegend zu fliegen. Ziemlich sonderbar, finden Sie nicht?«

»Denke ich auch«, sagte Hartmann gleichgültig.

»Und noch sonderbarer ist etwas, was Ihnen offenbar entgangen ist, Herr Standartenführer. Das dritte Flugzeug von uns, das, welches durchgekommen ist: Interessiert es Sie vielleicht, wer der Pilot war?«

Hartmann verspürte plötzlich eine gewisse Kälte, eine Eiseskälte, um genau zu sein, und er mußte schwer schlucken, da er völlig entsetzt bei dem Gedanken war, daß sich das, was er befürchtete, als wahr herausstellen sollte. »Herr Reichsführer?«

»Es war Baron von Halder, was ein bemerkenswerter Zufall! Aber das Leben ist ja schließlich voll davon, wie jeder weiß.«

Hartmann schaffte es irgendwie, gleichmäßig zu atmen. »Was verlangen Sie von mir, Herr Reichsführer?«

»Tja, also nichts, absolut gar nichts, außer der lückenlosen Überwachung von Frau Baronin. Deren Stunden sind gezählt. Da ist übrigens noch etwas anderes, das ich mit Ihnen besprechen möchte. Sie wissen doch noch, wie der Führer die Frage nach einem Attentat auf Eisenhower aufwarf. Ich habe Sie gefragt, ob Sie jemanden in England zur Verfügung haben, der für einen solchen Auftrag geeignet ist.«

»Und ich habe die IRA vorgeschlagen.«

»Bringt nichts«, sagte Himmler. »Reine Zeitverschwendung. Besteht denn keine Möglichkeit, jemanden von unseren eigenen Leuten einzuschleusen? Einen ausgebildeten Spezialisten?«

»Ich glaube nicht, Herr Reichsführer, nicht in diesem Stadium des Krieges. Ich verfüge über ein paar Leute in England, wie zum Beispiel Rodrigues und Sarah Dixon, und sie leisten gute Arbeit, aber sie stellen kein Agentennetz dar. Einen solchen Spezialisten per Fallschirm abspringen zu lassen, wäre also äußerst riskant.«

»Was, wenn er auf einem anderen Wege reinkäme? Die Portugiesen als Neutralstaat betreiben einen Schiffsfrachtverkehr mit England, auch Passagierflüge. Vielleicht können wir ja auf diesem Wege einen geeigneten Agenten einschleusen. Ich habe in Lissabon ausgezeichnete Kontakte. Schon seit Jahren habe ich Nunes da Silva in der Tasche, Staatsminister im Auswärtigen Amt. Er hat uns 1940 bei dem fehlgeschlagenen Versuch, den Herzog von Windsor zu entführen, geholfen. Hat von uns große Geldsummen bekommen. Hoffnungslos verstrickt. Davon abgesehen hat er eine Schwäche für kleine

Jungs. Die Fotos, die wir von seinen Praktiken haben, sind besonders ekelhaft.«

»Es würde einfach nicht funktionieren, Herr Reichsführer«, sagte Hartmann.

»Wirklich nicht? Nun, dann setzen Sie sich mal hin und lassen sich was einfallen, Herr Standartenführer. Ich habe nicht die Absicht, den Führer zu enttäuschen. Sie können nun nach Berlin zurückkehren. Am Wochenende bin ich zurück.«

Hartmann konnte nicht schnell genug hinauskommen.

Für Harry hatten die Dinge eine anhaltende Wendung genommen. Er erledigte allgemeine Kurieraufgaben und flog regelmäßig Eisenhower auf der Croydon-Southwick-Strecke. Ebenso häufig flog er mit Munro und Jack nach Cold Harbour, und manchmal kam Molly mit. Es ging nun immer hektischer zu, da alles in Europa auf den Tag der Alliierteninvasion zulief. Munro ließ mehr und mehr Agenten auf den Kontinent bringen, manchmal auch Mitarbeiter des OSS und des SAS.

Das Wetter zeigte sich von seiner besten Seite, und wenn Molly in Cold Harbour war, gingen sie und Harry üblicherweise an den Strand, aßen im Hanged Man und alberten ein bißchen mit Zec Acland und der Besatzung des Rettungsboots herum.

»Es ist, als hätte der Krieg aufgehört zu existieren«, sagte Molly zu Harry, als sie eines Tages auf den Felsen am Strand saßen.

»Oh, der ist schon noch da«, sagte Harry. »Mach dir nur nichts vor.« Er blickte aufs Meer hinaus, und am Horizont rollte der Donner. »Da hast du's, Kanonenfeuer.«

»Du kleiner Teufel«, sagte sie. Sie stieß ihn vom Felsen und stürmte davon. Harry stand auf und rannte ihr hinterher.

Natürlich konnte es nicht ewig so weitergehen. Als er eines Tages in Croydon landete, nachdem er zwei heimkehrende Agenten nach London zurückgebracht hatte, fand er eine Nachricht vor, in der man ihn bat, sich im SOE-Hauptquartier in der Baker Street zu melden. Draußen wartete bereits ein Dienstwagen samt den beiden Agenten.

Als sie dort eintrafen, tauchte ein junger Hauptmann auf, der die Agenten eilig fortschaffte. Harry ging unterdessen nach oben, wo er von Jack Carter begrüßt wurde.

»Er ist im Kartenraum, Harry.«

»Steht irgendeine Riesensache an oder so was?«

»Oder so was. Er wird's Ihnen gleich erklären.«

Munro hatte eine Karte mit großem Maßstab vom Ärmelkanal vor Cornwall und der französischen Küste auf dem Tisch liegen. Er nahm grob mit einem Lineal Maß.

»Um was geht's?« fragte Harry.

»Morlaix, zwanzig Meilen landeinwärts der französischen Küste auf direkter Linie mit Cold Harbour. Grant hat sich einen Plan ausgedacht. Er hat gemeint, in der Lysander braucht man bis dorthin eine Dreiviertelstunde, vielleicht eine ganze. Stimmen Sie dem zu?«

Harry sah sich die Karte kurz an. »Wenn das Wetter mitspielt, spricht nichts dagegen.«

»Ich muß dort um Mitternacht einen äußerst wichtigen Agenten absetzen. Ein Rein-raus-Einsatz, ohne daß jemand zurückgebracht werden müßte. Ist von entscheidender Bedeutung. Handelt sich um einen Franzosen namens Jacaud, der Anführer der Résistance-Leute dort in der gesamten Gegend. Da ist zur Zeit sehr viel los, und er muß unbedingt dort sein.«

»Wo liegt nun das Problem?«

»Grant sollte den Flug machen, Grant hat auch alles geplant. Jetzt ist dieser Tölpel aber von seinem Motorrad gestürzt und hat sich den linken Arm gebrochen.«

»Und Sie hätten gern, daß ich die Sache übernehme.«

»Harry, bei einem so kurzfristigen Einsatzbescheid braucht es jemanden von Ihrem Kaliber.«

»Sparen Sie sich die Schmeicheleien. Wann fliege ich los?«

»Sagen wir in zwei Stunden. Jack und ich werden mit von der Partie sein. Und Jacaud natürlich.«

»Das reicht, um kurz zur Wohnung zurückzukehren, zu duschen und mich umzuziehen.«

»Ich werde veranlassen, daß man Sie fährt.«

»Dann bis später«, sagte Harry und ging.

Er duschte also, suchte und fand auch tatsächlich ein sauberes Unterhemd und ein Hemd, und gerade als er sich fertig angezogen hatte und nach unten gehen wollte, kam Molly herein.

»Schön, daß du schon da bist.«

»Und bereits wieder auf dem Weg hinaus. Hast du gewußt, daß Grant sich den Arm gebrochen hat?«

»Nein.«

»Er war heute für einen Agentenflug nach drüben vorgesehen. Munro hat mich gebeten, für ihn einzuspringen.«

»Harry?« Sie war sofort beunruhigt und packte ihn am Arm.

»Rein, abspringen lassen und sofort wieder raus, niemanden abholen. Ehe du dich's versiehst, bin ich wieder zurück. He, vertrau mir.« Er küßte sie sanft auf den Mund. »Muß jetzt los. Bis bald.«

Er schnappte sich die Tasche mit Tarquin, nahm seine Aktenmappe und ging. Sie stand da, blickte regungslos die Tür an und verspürte aus irgendeinem Grund Angst.

Bubi Hartmann saß im Büro an seinem Schreibtisch und trank einen Weinbrand. Trudi hatte sich gegen die Wand gelehnt. »Verrückt, Trudi, der vollkommene Wahnsinn, dieses ganze Gerde von einem Attentäter, der über Lissabon oder wer weiß woher nach England eingeschleust werden soll.«

»Nun, lassen Sie sich auf gar keinen Fall anmerken, wie Sie wirklich darüber denken. Erzählen Sie, daß wir sämtliche Möglichkeiten sondieren. Spielen Sie einfach auf Zeit, bis Himmler sich anderen Dingen zuwendet.«

»Also gut, ich werde schön artig sein.« Er schenkte sich nach. »Aber im Ernst, einen Attentäter nach England. Was *erwarten* die eigentlich von mir?«

»Machen Sie sich keine Sorgen, nach einer Weile werden die's vergessen haben. Ich geh und setz einen Kaffee auf. Den haben Sie jetzt nötig, bei dem vielen Weinbrand«, und damit ging sie in ihr Büro zurück.

Natürlich lagen sie beide mit ihrer Einschätzung daneben, denn schon bald sollte eine Kette von Ereignissen ausgelöst werden, die für alle Beteiligten weitreichende Konsequenzen zeitigen würde.

12

Jacaud entsprach ganz und gar nicht der Vorstellung, die Harry sich von ihm gemacht hatte. Er war allenfalls eins fünfundsechzig groß, trug eine Nickelbrille, einen Tweedanzug mit Regenmantel und einen Schlapphut und sah eher wie ein Schuldirektor aus. Sie unterhielten sich auf französisch.

»Ihr recht eigentümlicher Status ist mir von Brigadegeneral Munro erklärt worden, Colonel«, sagte Jacaud. »Wenn Sie mir die Bemerkung erlauben – wie aus einem Roman, diese Geschichte mit Ihnen und Ihrem Bruder.«

»Ich glaube, es war Oscar Wilde, der gesagt hat, daß das Leben in seinen bemerkenswertesten Momenten einem schlechten Roman gleicht«, sagte Harry.

»Hört sich interessant an, obwohl Begriffe wie gut und schlecht in dem Leben, das ich führe, kaum eine Bedeutung haben.« Jacaud zündete sich eine Gitane an. »Wie sind die Wetteraussichten?«

»Hervorragend. Waren Sie schon mal in Cold Harbour?«

»O ja. Der Brigadegeneral und ich kennen uns bereits seit langer Zeit, und Julie Legrande und ihr Mann waren in den frühen Tagen der Résistance in Paris gute Kameraden.«

In dem Moment fuhr draußen ein Dienstwagen vor, dem Munro und Jack Carter entstiegen.

»Na endlich«, sagte Munro. »Entschuldigen Sie die Verspätung. Wir fliegen gleich los, wenn's Ihnen recht ist, Harry.«

»Gewiß, Herr Brigadegeneral. Wir sind startklar.«

Munro und Jacaud gingen voraus, Harry und Carter folgten ihnen. »Nachricht von Molly«, sagte der Major. »Sie wollte sich eigentlich von Ihnen verabschieden, aber wie immer gab's irgendwelche Notfälle im Guy's. Sie kennen das ja.«

»Sie hängt sich zu sehr rein«, sagte Harry. »Aber morgen abend werde ich sie in den River Room ausführen. Ein gutes

Essen, Carrol Gibbons spielt die passende Musik – kann man denn mehr verlangen?«

»Molly schon«, sagte Carter.

»Na ja, die Wege der Frauen sind unerforschlich, jedenfalls für mich. So, dann wollen wir mal.«

Harry hatte recht gehabt, was die Wetteraussichten betraf. Ein zerrissener Wolkenhimmel mit Viertelmond. Hervorragende Bedingungen für einen Tiefflug. Sie beugten sich in der Bibliothek über die Karte. Harry malte einen roten Kreis um Morlaix.

»In einer Heidelandschaft fünf Meilen außerhalb. Sie kennen sich da natürlich aus.«

»Wie in meiner Westentasche«, sagte Jacaud.

»Gut. Die üblichen Bodensignale. Ohne Umwege reinfliegen, Sie steigen aus, und ich hebe sofort wieder ab.«

»Haben Sie Vertrauen, Colonel. Ich mache das jetzt bereits zum sechsten Mal«, sagte Jacaud.

»Dann wäre ja alles geklärt.« Harry warf einen Blick auf die Uhr und wandte sich an Munro. »In zwanzig Minuten, Herr Brigadegeneral?«

»Sie sind der Chef«, sagte Munro, nahm seine Mütze und ging zur Tür.

Lysander-Piloten unterschieden sich in jene, die es vorzogen, in mehreren tausend Fuß Höhe zu fliegen, und jene, denen ein Flug knapp über dem Meeresspiegel lieber war, unsichtbar für den gegnerischen Radar. Es machte letztere jedoch auch zur Zielscheibe von Geschützfeuer der Kriegsmarine beider Seiten, sollten sie auf entsprechende Schiffe stoßen. Aber im Falle eines verhältnismäßig kurzen, höchst riskanten Flugs mit dem Ziel, eine so wichtige Person wie Jacaud abzusetzen, blieb einem letztlich keine Wahl.

Der Flug von Cornwall nach Frankreich stellte bei den günstigen Wetterverhältnissen kein Problem dar. Mit vierhundert, fünfhundert Fuß Höhe befand sich Harry unterhalb des gegnerischen Radars. Der Flug verlief eigentlich recht angenehm. Tarquin saß wie immer auf dem Boden des Cockpits. Doch dann geschah etwas, mit dem niemand gerechnet hatte.

Plötzlich tauchten auf der Backbordseite zwei Torpedoboote der königlich-holländischen Marine auf, die üblicherweise von einem Marinestützpunkt in Falmouth aus agierten. Sie eröffneten sofort mit allem, was sie hatten, das Feuer. Maschinengewehrkugeln schlugen kurz vorm Heck ein, und ein paar Kanonengeschosse durchschlugen die Tragfläche auf der Backbordseite.

Harry stieg in die zerklüftete Wolkendecke auf, kletterte auf tausend Fuß und wurde so die Angreifer los.

Er wandte sich an Jacaud und rief: »Alles in Ordnung mit Ihnen?«

»Ja.«

»Tut mir leid. Diese Vollidioten wissen nicht, auf wessen Seite sie stehen. Wir haben ein paar Treffer abbekommen, sollte aber alles kein Problem sein. Voraussichtliche Ankunft in fünfzehn Minuten.«

Die Flugleitung in Fermanville fing das Signal der Lysander bei der jetzt größeren Höhe auf, und der diensthabende Lotse alarmierte sofort die Nachtpatrouille. Max verbrachte in jener Nacht, als die drei Me 109 in den Nachthimmel aufstiegen und sich auf die Suche nach seinem Bruder begaben, gerade seine drei dienstfreien Tage in Saint-Malo.

Die Landezone in Morlaix war deutlich in der Heidelandschaft markiert, und Harry gelang eine perfekte Landung. Er rollte bis ans Ende der Piste und drehte dann in den Wind. Jacaud klopfte ihm auf die Schulter, kletterte rasch hinaus, um von den Leuten, die auf ihn zugerannt kamen, empfangen zu werden. Er schlug die Luke hinter sich zu. Harry drückte voll aufs Gas, rauschte durch die Heide und wollte gerade abheben. Bei achthundert Fuß trat die Katastrophe ein.

Zwei Me 109 kamen eine nach der anderen in niedriger Höhe herangefegt und schossen an den Stellen in die Heide, wo die Landelichter noch sichtbar waren. Das Donnern und Knallen hallte in die Nacht hinaus, und als Harry schließlich abhob, heftete sich ihm eine dritte Me 109 an die Fersen. Ihr Geschützfeuer zerfetzte seine Tragflächen.

Er kippte mit dem Bug jäh nach unten und verlor rasch an Höhe. Am anderen Ende der Landezone standen Bäume. Er zog den Steuerknüppel zurück und versuchte, die Maschine noch einmal hochzubringen. Aber mit den Rädern rasierte er bereits die Wipfel ab. Die Zuschauer in der Landezone sahen, wie er auf der anderen Seite verschwand. Einen Moment später schossen Flammen in die Nacht auf.

Jacaud, um den sich fünf seiner Männer scharten, sagte: »Gott im Himmel, los, kommt!«, und damit rannten alle auf das Feuer zu.

Sie erreichten den Wald und drangen bereits in ihn ein, als sie sahen, wie sich zwei gepanzerte Mannschaftswagen gegen den Flammenschein abhoben. Einer der Männer, ein Bauer namens Jules, der aus der Gegend stammte, packte Jacaud am Arm.

»SS. Erst gestern ist hier eine Panzertruppe eingerückt. Angeblich, um sich auszuruhen. Wir können nichts tun. Die Schweine verstehen ihr Handwerk.«

»In Ordnung«, sagte Jacaud. »Aber schauen wir wenigstens, was passiert.«

Er kroch mit den anderen an den Rand des Wäldchens und schaute zu.

Harry war es gelungen, die Tür zu öffnen. Er griff nach der Tasche mit Tarquin und stürzte mit brennender Fliegerjacke ins Freie. Als er jedoch aufzustehen versuchte, fiel er gleich wieder zu Boden. Der linke Knöchel schmerzte fürchterlich. Er schleppte sich über den Boden fort, zog die Tasche mit sich, aber die Schmerzen im Knöchel waren schließlich so heftig, daß er sie losließ. Und dann war auch schon jemand aus einem der Mannschaftswagen neben ihm. Mehrere Soldaten kamen zu Hilfe, und gemeinsam rissen sie ihm die brennende Fliegerjacke vom Leib.

Jacaud sah all dies aus dem Wald mit an. Die SS-Leute trugen Harry zum Mannschaftswagen, verfrachtete ihn hinein, und einen Moment später fuhren sie davon. Von der Lysander, die lichterloh brannte, bevor sich die Flammen nach und nach legten, war kaum noch etwas übrig. Die Männer in Jacauds Gruppe standen auf, traten näher und sahen sich den Ort genauer an.

Jacaud steckte sich eine Zigarette in den Mund und sagte zu Jules: »Was 'n Scheißpech. Er war einer der Besten, Ehrenlegion und alles.«

Einer der Männer kam mit der Tasche herüber. »Die habe ich beim Flugzeug gefunden.«

»Was ist das?«

»Tja, Sie werden's nicht glauben: Es ist ein Teddybär in Fliegermontur.«

»Wirklich?« sagte Jacaud. »Tja, warum auch nicht. Inzwischen glaube ich so ziemlich alles. Nehmen Sie das Ding mit. Und jetzt kommt, wir gehen zur Mühle. Ich muß mich noch mit meinen Leuten in Cornwall in Verbindung setzen.«

Auf dem Dachboden der alten Mühle war es recht bequem. Überall stapelten sich Getreidesäcke. Eine Geheimtür in der Holzwand führte zu einem Hinterzimmer – seit nunmehr zwei Jahren die Führungszentrale der Résistance für Morlaix und Umgebung. Eine junge Frau rührte in einem Kaffetopf, der auf dem Herd stand.

»Ich muß unbedingt mit Cold Harbour sprechen, Marie, laß jetzt den Kaffee«, sagte Jacaud.

»Ich kann die Leute dort frühestens in dreißig Minuten anfunken«, sagte sie. »Wir verfahren nach festem Zeitplan. In der Zwischenzeit wird dir ein Kaffee und dazu vielleicht ein Cognac guttun.«

»Du hast wie immer recht.« Er nahm die große Tasse Kaffee, die sie ihm reichte. »Wohin werden die Colonel Kelso wohl bringen?«

»Zum Château Morlaix, gleich draußen vor dem Dorf. Der Graf und seine Familie sind nach England geflohen und haben es der Obhut des Verwalters anvertraut. Die SS hat es kurzerhand beschlagnahmt und zu ihrem Hauptquartier gemacht.«

»Keine Chance, an ihn ranzukommen?«

»Nur wenn du darauf versessen bist, Selbstmord zu begehen.«

Er nickte und lehnte sich zurück. Jules kam mit der Tasche herein, öffnete sie und setzte Tarquin auf den Tisch. »Da ist ein Etikett drin. ›Tarquins Tasche‹ steht da drauf.«

»Muß so eine Art Maskottchen sein«, sagte Jacaud.

»Ganz schön behämmert, würde ich sagen«, meinte Jules. »Ein Bär mit Pilotenabzeichen.«

»Ach was.« Marie hob Tarquin hoch. »Der ist etwas Besonderes, das sieht man doch gleich.« Sie wandte sich an Jacaud. »Kann ich ihn haben? Meine fünfjährige Tochter wird hin und weg sein.«

»Warum nicht?« Jacaud warf einen Blick auf die Uhr. »Aber hol mir jetzt Cold Habour ran.«

Munro verließ den Funkraum, ging nach unten, stieg in einen Jeep und fuhr zum Hanged Man hinunter. Als er den Schankraum betrat, war gerade die gesamte Besatzung des Rettungsboots dort versammelt. Jack trank ein Bier mit Zec Acland. Julie stand hinter der Bar.

Munro stand regungslos da, war kaum richtig eingetreten, aber sein Gesicht sprach Bände. Die Leute blickten ihn an und verstummten einer nach dem anderen. Es war Julie, die schließlich sagte: »Was ist los, Herr Brigadegeneral?«

Später, als er mit Jack und Zec beim Kamin saß, sagte Munro: »Na, zumindest hat Jacaud es geschafft und ist in Sicherheit. Ich weiß, das klingt gefühllos, aber so ist es nun mal. Jacaud hat Vorrang. Stimmen Sie mir zu, Jack?«

»Eigentlich schon, Herr Brigadegeneral, aber offen gesagt, was für mich in diesem Moment Vorrang hat, ist die Frage, wer es Molly beibringen wird.«

Munro atmete tief durch. »Tja, Jack, Sie stehen ihr sehr nah ...«

»Und Sie, Herr Brigadegeneral, sind ihr Onkel.«

»In Ordnung, akzeptiert. Überlassen Sie's mir«, und damit stand Munro auf, ging hinaus und ließ sie allein.

Molly war im Aufenthaltsraum der Ärzte und saß bei einem Sandwich und einem Kaffee. Ein junger Stabsarzt namens Holly, der für Patienten der Armee zuständig war, saß zeitunglesend in einer Ecke. Es klopfte an der Tür. Er stand auf und öffnete. Es war Major General Tom Sobel.

»Ist meine Tochter zufällig hier?«

Holly, der ihn bereits bei einer anderen Gelegenheit kennengelernt hatte, nahm sofort militärische Haltung an. »Jawohl, ist sie, Herr General.«

Molly wandte sich um und lächelte. »Dad, was führt dich denn her?«, aber dann verschwand ihr Lächeln plötzlich.

»Könnten Sie uns einen Moment allein lassen, Herr Stabsarzt?«

»Natürlich, Sir.«

Holly ging hinaus. Nachdem die Tür geschlossen war, sagte Molly: »Raus mit der Sprache. Red nicht lange drum herum.«

Als sie dann ein paar Minuten später in völliger Auflösung dasaß und eine Zigarette rauchte, sagte sie: »Dann könnte er also noch am Leben sein?«

»Nach dem, was dieser Jacaud sagt, ja. Harrys Fliegerjacke stand in Flammen, als die SS ihn schnappte. Dann haben sie ihn in einen Mannschaftswagen geschafft und weggebracht. Nach Aussagen aller muß der Absturz jedenfalls schlimm gewesen sein.«

»Aber er hat überlebt.« Sie nickte und drückte ihre Zigarette aus.

»Molly, er wird auf jeden Fall schwere Verwundungen erlitten haben.«

»Vielleicht, aber er lebt.«

»Wie in aller Welt kannst du dir da so sicher sein?«

»Weil ich es weiß, Dad.« Auf ihren Lippen lag ein sonderbar kaltes Lächeln. »Wenn Harry Kelso tot wäre, würde ich es wissen. So einfach ist das.«

Die Tür ging auf, und Holly steckte den Kopf herein. »Tut mir fürchterlich leid, aber ich komme wegen diesem Jungen von der Minenräumtruppe, dem Sie das Bein amputieren mußten. Er hat einen Rückfall.«

»Bin sofort da.« Sie stand auf und gab ihrem Vater einen Kuß auf die Wange. »Hab zu tun, Dad, und ich danke Gott dafür. Onkel Dougal weiß, wo ich bin. Er wird mich sicher auf dem laufenden halten. Ich muß los.«

Tom Sobel stand einen Augenblick regungslos da und folgte ihr schließlich schweren Herzens hinaus.

Kelso im Château Morlaix war ausgesprochen lebendig. Er befand sich im Erdgeschoß und lag im Bett eines Zimmers, das die SS-Panzereinheit, die das Château nun bewohnte, in einen OP-Saal verwandelt hatte. Er lag halb aufrecht mit ein paar Kissen im Rücken da und rauchte eine Zigarette. Keine Verbrennungen, was ans Unglaubliche grenzte, obwohl er ziemlich übel zugerichtet und sein Gesicht mit blauen Flecken übersät war, von dem Knöchel ganz zu schweigen. Der SS-Wachposten an der Tür trug eine schwarze Uniform und hatte eine Schmeisser in Händen. Er zeigte nicht die geringste Gefühlsregung, blickte Harry nicht einmal an, sondern starrte einfach nur vor sich hin.

Die Tür ging auf, und der junge SS-Hauptsturmführer Schröder, der sich als Truppenarzt vorstellte, kam mit einem Röntgengerät herein.

»Wie ich befürchtet habe, Herr Oberstleutnant, der Knöchel ist schwer gebrochen, aber es ist ein glatter Bruch. Ich habe mit meinem Vorgesetzten gesprochen, Sturmbannführer Müller. Er war den Abend über in Dinard. Er ist unterwegs hierher.«

»Danke, Herr Hauptsturmführer«, sagte Harry. »Sehr tüchtig von Ihnen.«

»Wir sind stolz auf unsere medizinische Ausrüstung, Herr Oberstleutnant. Ein tragbares Röntgengerät, OP-Einrichtungen. Unsere Männer erwarten das Beste. Schließlich sind wir die SS.«

»Ihr Englisch ist ausgezeichnet.«

»Vor dem Krieg habe ich ein Jahr am Allgemeinkrankenhaus in Southampton verbracht.«

In dem Moment ging die Tür auf, und ein Sturmbannführer in schwarzer, mit Orden behangener Uniform trat ein. Schröder schlug die Hacken zusammen.

»Sturmbannführer Müller.«

»Worum geht's hier?« fragte Müller auf deutsch.

»Der Offizier ist ein Oberstleutnant der U.S. Air Force, ein gewisser Colonel Kelso. Er hat mir Namen, Rang und Dienstnummer gegeben. Sein Knöchel ist gebrochen.«

»Schon gut, aber was hat er hier getrieben?«

»Er war Pilot eines dieser Lysander-Flugzeuge, mit denen die Engländer Geheimagenten einschleusen. Eine Me 109 hat ihn abgeschossen.«

»Beim Landen oder Starten?«

»Unsere Patrouille hat gesehen, wie er gelandet ist. Die Me 109 haben ihn beim Starten erwischt.«

»Was bedeutet, daß er jemanden abgesetzt hat. Haben die Leute nicht irgendwas unternommen?«

»Ich nehme an, daß sie sich auf die Absturzstelle konzentriert haben, Herr Sturmbannführer.«

»Sie nehmen das an?« Müller schüttelte den Kopf. »O Gott. Na egal, Sie müssen für mich übersetzen.«

Es wäre für Harry wohl klüger gewesen, den Mund zu halten, aber sein Knöchel tat mittlerweile fürchterlich weh, also sagte er auf deutsch: »Das ist nicht nötig, Herr Sturmbannführer, dringend nötig dagegen ist, daß ich sofort eine Morphiumspritze bekomme und mein Knöchel behandelt wird.«

Beide SS-Offiziere waren verblüfft. »Ich beglückwünsche Sie zu Ihrem hervorragenden Verständnis unserer Sprache, Herr Oberstleutnant«, sagte Müller.

»Danke, aber was ist mit dem Knöchel? Ich habe mich brav an die Vorschriften der Genfer Konvention gehalten. Name, Rang und Dienstnummer.«

Müller runzelte die Stirn und ging dann durchs Zimmer zu Harrys Waffenrock, der über einem Stuhl hing. Er bemerkte die Auszeichnungen, das Pilotenabzeichen der RAF.

»Gütiger Gott, Herr Oberstleutnant, Sie haben aber einen interessanten Krieg gehabt.« Er nahm ein silbernes Etui heraus, bot Harry eine Zigarette an und gab ihm Feuer. »Hauptmann Schröder wird sich sofort um Sie kümmern. Schließlich sind wir hier alle Soldaten. Ich rede später mit Ihnen.«

Er winkte Schröder zu sich, und beide gingen hinaus.

»Ist ein böser Bruch, aber das kriege ich schon hin«, sagte Schröder. »Eine kleinere Operation und dann einen Gipsverband.«

»Alles, was er braucht«, sagte Müller.

»Da ist noch etwas, Herr Sturmbannführer«, sagte Schröder. »Wir haben weder das Hauptquartier der Luftwaffe in Saint-Malo noch den Nachtjagdflughafen in Fermanville darüber informiert, daß er überlebt hat.«

»Und das werden wir auch nicht.« Müller war merklich erregt. »Der Oberstleutnant hat eine erstaunliche Palette von Orden, und haben Sie das Pilotenabzeichen der RAF auf der rechten Brust bemerkt? Das bedeutet, daß er, noch bevor die USA in den Krieg eingetreten sind, als amerikanischer Freiwilliger in der RAF gedient hat. Der Mann ist ein großer Fisch, Schröder, ein sehr großer.«

»Aber, Herr Sturmbannführer«, stammelte Schröder. »Die Vorschrift verlangt, daß wir die Luftwaffe von seiner Anwesenheit unterrichten.«

»Die Luftwaffe kann uns mal«, sagte Müller. »Ich werde sofort einen Funkspruch ins Hauptquartier des SD in Berlin durchgeben. Ich werde ganz oben anklopfen.« Er gab Schröder einen Klaps auf den Rücken. »Machen Sie Ihre Arbeit so gut wie möglich, das erwarte ich angesichts dieses Mannes von Ihnen«, und damit eilte er davon.

Wie die meisten Leute in der Prinz-Albrecht-Straße in diesen Tagen machte Bubi Hartmann sich wegen der regelmäßigen Lancaster-Angriffe der RAF gar nicht erst die Mühe, nach Hause zu gehen. Er hatte sich eine Pritsche in der Ecke seines Büros herrichten lassen. Er hatte gut geschlafen – bis um drei Uhr morgens die RAF zuschlug. Eine halbe Stunde der Hölle auf Erden, und dann waren sie wieder weg. Er stand auf, ging ins Bad, benetzte sich das Gesicht mit kaltem Wasser, ging dann zu seinem Schreibtisch, holte den Weinbrand hervor und schenkte sich einen ein. Er hatte sich gerade darangemacht, ein paar Unterlagen durchzugehen, als einen Moment später die Tür aufging und Trudi hereinkam. Auch sie hatte sich eine Pritsche im Vorzimmer aufgebaut. Sie hielt den Durchschlag einer Funkmeldung in der Hand.

»Ist mit Ihnen alles in Ordnung?« fragte er sie.

»Ja, aber ich weiß nicht genau, was Sie von dem hier halten werden. Es ist der Bericht eines Sturmbannführers, der in

Morlaix in der Bretagne eine Panzertruppe befehligt. Die Fernmelder haben den Bericht vor zwanzig Minuten reinbekommen.«

»Was ist daran so besonders?«

»Sie hatten letzte Woche doch angewiesen, daß alles, was mit Oberstleutnant Kelso zu tun hat, sofort an Sie weitergeleitet wird.« Sie hielt den Durchschlag hoch. »Lesen Sie's.«

Als er anschließend mit einer Zigarette grübelnd dahockte, sagte sie: »Werden Sie den Baron benachrichtigen?«

Er schüttelte den Kopf. »Kann ich mir nicht leisten, Trudi. Das geht an den Reichsführer. Übernachtet er hier?«

»Ja, ich glaube schon.«

Er nahm ein Blatt Papier und einen Füllfederhalter. »Holen Sie mir eine Ordonnanz.«

An der Tür angekommen, wandte sie sich noch einmal um. »Kelso ist ein Kriegsgefangener, nicht wahr? Ich meine, das ist doch eine Tatsache.«

»Seien Sie nicht albern, Trudi. Er ist kein gewöhnlicher Kriegsgefangener, und das wissen Sie genau. Jetzt holen Sie mir die Ordonnanz.«

Sie ging hinaus, und er schrieb eine kurze Notiz an Himmler, steckte sie zusammen mit der Meldung in einen Umschlag und versiegelte diesen.

Um neun Uhr in der Früh ließ der Reichsführer ihn zu sich rufen. Himmler, der in Uniform gekleidet war, stand am Fenster und blickte hinaus. Er sprach, ohne sich umzuwenden.

»Wieder eine Nacht des Bombenterrors, Herr Standartenführer, und Göring, dieser dicke Tölpel, hat immer behauptet, daß er einen Besen fressen wolle, sollte auch nur eine Bombe auf Berlin fallen.«

»Ich verstehe, Herr Reichsführer.«

»Soviel zur Luftwaffe und was sie dafür tut, den Krieg zu gewinnen.« Er wandte sich um. »Es ist also an uns, dem Führer dabei zu helfen, seine glorreiche Mission zu erfüllen.« Er ging zum Schreibtisch und nahm die Funkmeldung. »Und dies, Herr Standartenführer, gibt uns dazu die Möglichkeit.«

Hartmann war verdutzt. »Herr Reichsführer?«

Himmler setzte sich. »Manchmal blinzelt der Herrgott durch die Wolken herab, Hartmann, so wie am heutigen Morgen. Ich habe einen Attentäter für Sie gefunden.«

Hartmann war immer noch völlig perplex. »Ich fürchte, ich verstehe nicht recht, Herr Reichsführer.«

»Dabei ist es ganz einfach. Wir haben einen ziemlich angeschlagenen Oberstleutnant Kelso der US-Luftwaffe in unserer Hand. Ihren Berichten zufolge nimmt er an Sondereinsätzen teil und fliegt regelmäßig Eisenhower durch die Gegend.«

»Das ist richtig.«

»Also werden wir ihn entkommen und nach England zurückfliegen lassen, wo er bei der erstbesten Gelegenheit Eisenhower beseitigt.«

Einen Moment lang war Hartmann davon überzeugt, dem Wahnsinn zum Opfer gefallen zu sein. »Aber, Herr Reichsführer, warum sollte er das tun? Und davon abgesehen, er hat einen gebrochenen Knöchel.«

»Sein Bruder jedoch nicht.« Himmler lächelte, als er Hartmanns erstaunten Gesichtsausdruck sah. »Sie sind nicht auseinanderzuhalten, so wurde mir zumindest zugetragen. Ein einfacher Uniformtausch, mehr braucht es nicht. Wir arrangieren ganz einfach eine Flucht aus dem Château Morlaix und lassen ihn einen Storch oder irgendeine andere Maschine von dem Versorgungsflughafen außerhalb des Städtchens stehlen. Es gibt dort eine, ich habe das überprüft. Wie dem auch sei, er fliegt nach Cold Harbour zu Brigadegeneral Munro zurück. Selbst wenn er Eisenhower nicht zu fliegen bekommt, so wird der gutherzige General ihn doch bestimmt zu sehen wünschen.«

Hartmann wollte es immer noch nicht glauben. »Aber, Herr Reichsführer, wenn Baron von Halder seinen Bruder spielen soll, muß er alles über ihn wissen, was voraussetzt, daß Oberstleutnant Kelso sich bereit erklärt, bei der Sache mitzumachen. Es setzt ebenfalls voraus, daß der Baron einverstanden ist.«

»Oh, aber das werden sie, alle beide, insbesondere nachdem Sie ihre Mutter festgenommen haben, was Sie noch diesen Morgen veranlassen werden. Sehr diskret natürlich. Ich habe bereits persönlich mit Major Müller im Château Morlaix gesprochen und ihm mitgeteilt, daß er mit sofortiger Wirkung meinem direkten Befehl untersteht. Das Château wird für unsere Zwecke völlig von der Außenwelt abgeriegelt.«

»Aber, Herr Reichsführer, wie soll das den Baron und seinen Bruder überzeugen, mit uns zusammenzuarbeiten?«

Himmler schilderte es ihm in plastischen Einzelheiten. Als er damit fertig war, war Hartmann kotzübel.

»Sie scheinen bestürzt zu sein«, sagte Himmler. »Ich hätte gedacht, daß Sie solch eine Gelegenheit, dem Reich dienen zu können, begrüßen würden, Herr Standartenführer, denn es hat Ihnen seinerseits durchaus gedient, ja sogar ungeheure Möglichkeiten eröffnet – für jemanden mit jüdischen Vorfahren.« Hartmann war wie benommen vor Entsetzen, aber Himmler lächelte sanftmütig. »Wie konnten Sie nur glauben, daß ich das nicht wüßte? Und der Makel haftet Ihrer ganzen Familie an. Ihr Vater lebt noch, soweit ich weiß, und seine Schwester wohl auch. Ihre Frau kam, wie ich mich erinnere, mit zweiundzwanzig bei einem Autounfall ums Leben. Es gibt also keine Kinder, aber da ist natürlich auch noch Ihre Sekretärin, Frau Braun, zu der Sie offenbar ein vertrautes Verhältnis haben.«

Hartmann holte tief Luft. »Was verlangt der Herr Reichsführer von mir?«

»Gut. Ich habe schon immer Ihren Pragmatismus bewundert. Ich habe mit Nunes da Silva telefoniert, dem Staatsminister im portugiesischen Auswärtigen Amt, von dem ich Ihnen erzählt habe. Unser Mann an der portugiesischen Botschaft hier, Joel Rodrigues, wird noch heute nach Lissabon versetzt. Sie werden sich heute morgen mit ihm treffen und eine Notiz für dessen Bruder und diese Dixon da in London schreiben, in der sie die Operation in groben Zügen darlegen und den beiden mitteilen, daß der Baron in den nächsten Tagen ankommen wird.«

»Aber wie soll Joel Rodrigues nach London kommen, Herr Reichsführer? Ich verstehe nicht.«

»Es ist ganz einfach. Nunes da Silva wird Joel Rodrigues mit Kurierarbeiten beauftragen. Sie werden ihn noch heute nach Lissabon fliegen lassen. Morgen wird er mit der üblichen Botschaftskorrespondenz nach London fliegen. Darin besteht ja schließlich die Aufgabe von Kurieren, Hartmann. Wir haben dann also den Baron in London, und mit dieser Dixon und den Rodrigues-Brüdern die nötige Unterstützung für ihn. Ich wüßte nicht, wie wir scheitern sollten. Sie etwa?«

Hartmann hatte einen kreidetrockenen Mund bekommen, und er mußte erst einmal schlucken. Er hustete. »Ganz Ihrer Meinung, Herr Reichsführer.«

»Hervorragend, Herr Standartenführer. So, und da ich nun offensichtlich Ihre Arbeit getan habe, können Sie mir ja jetzt den Gefallen tun und sie fortführen.«

Als erstes bat Hartmann Trudi, Joel Rodrigues aufzutreiben und diesem zu befehlen, sofort zu kommen. Anschließend bat er sie mit ihrem Stenoblock zu sich ins Büro. Er schenkte sich wieder einen Weinbrand ein.

»Meinen Sie, daß das jetzt das richtige ist?« fragte sie.

»Das einzige, was mich noch aufrechthält. Sie werden das verstehen, wenn ich zu Ende diktiert habe.«

Er ließ sie einen Brief mit Anweisungen für Fernando Rodrigues und Sarah Dixon aufnehmen, der das gesamte Projekt in allen Einzelheiten beschrieb, wie Himmler es umrissen hatte.

Als er damit fertig war, sagte Trudi: »Er ist verrückt. Kein Zweifel. Warum sollten Kelso und der Baron sich auf so was einlassen?«

Hartmann klärte sie auf. Sie saß mit kreidebleicher Miene da und rannte schließlich ins Badezimmer. Er hörte, wie sie sich ins Waschbecken übergab und schließlich mit Wasser nachspülte. Nach einer Weile kehrte sie zurück, immer noch ganz blaß.

»Dieses Schwein. Und Sie werden die Sache durchführen?«

»Mir bleibt keine Wahl. Ich habe jüdisches Blut in der Familie, Trudi. Ich habe nicht damit gerechnet, daß irgendwer davon wußte, aber er wußte es. Mein Vater ist in Gefahr, meine alte Tante. Selbst Sie als meine Sekretärin.«

»O mein Gott.«

»Sie sehen also, mir bleibt wirklich kaum ein Ausweg, oder?«

Sie saß nur da und blickte ihn an, und dann schellte es im Vorzimmer an der Tür. Sie stand wortlos auf, ging hinaus und kam mit Joel Rodrigues zurück.

»Schreiben Sie den Brief mit der Maschine«, sagte er. »Und zwar so schnell wie möglich.«

Sie ging hinaus. Joel trug einen Regenmantel. Er faßte ängstlich an seinen Hut. »Ich habe eine ziemlich überraschende Nachricht erhalten, Herr Standartenführer.«

»Ich weiß«, sagte Hartmann. »Sie haben sich sofort in Lissabon einzufinden, und ich bin gebeten worden, Ihre Beförderung per Flugzeug in diese schöne Stadt zu arrangieren, und zwar so bald wie möglich. Sie wurden wahrscheinlich von Nunes da Silva im Außenministerium über die Versetzung informiert.«

»Woher wissen Sie das alles, Herr Standartenführer?«

»Ich weiß alles. Hat er Ihnen gesagt, was er mit Ihnen vorhat?«

»Nein.«

»Nun, dann tu ich's. Sie werden in den Kurierdienst eintreten und diplomatische Post auf dem Luftweg nach London bringen. Sie werden in Lissabon nur ein paar Stunden Aufenthalt haben.«

Joel wirkte sofort höchst beunruhigt. »Aber, Herr Standartenführer, das ist nicht im Sinne unserer Vereinbarung.«

»Von diesem Moment an ist es das. Natürlich können Sie sich darüber mit dem Reichsführer streiten oder mit da Silva, sobald Sie in Lissabon sind, aber das würde ich Ihnen nicht empfehlen. Sie sind ein kleiner Mann, der sich in große Sachen verstrickt hat. Genau wie ich, wenn ich's mir recht überlege. Wir haben keine Wahl, sie wird für uns getroffen.« Trudi kam herein, den Brief mit den Anweisungen in der Hand. Hartmann las ihn durch, faltete ihn und steckte ihn, ohne zu unterschreiben, in einen Umschlag. Er gab Joel Rodrigues den Umschlag. »Für Ihren Bruder. Seien Sie in zwei Stunden am Flughafen.«

»Ja, Herr Standartenführer.«

Nachdem Joel hinausgegangen war, zündete sich Hartmann eine Zigarette an. »Finden Sie heraus, wo Max ist. Danach lassen Sie ein Flugzeug für mich bereitstellen. Abflug in sagen wir drei Stunden. Ein Storch reicht. Ich werde selbst fliegen.«

»Irgendwelche Passagiere?«

»Tja, also, die Baronin natürlich.« Er stand auf, und als sie an der Tür angelangt war, sagte er: »Und, Trudi?«

Sie wandte sich um. »Ja?«

»Wenn Sie die Möglichkeit haben, irgendwie zu verschwinden, nutzen Sie sie. Nur für den Fall, daß etwas schiefgeht. Verstehen Sie?«

»Völlig, aber ich warte lieber ab und schaue, was passiert.« Sie war sonderbar ruhig und gefaßt, als sie ging.

Mit Elsa von Halder wurde er ohne Probleme fertig. Er hielt sich so weit es ging an die Wahrheit, so einfach war das. Als er an die Tür ihrer Suite im Adlon klopfte, wurde er von Rosa Stein eingelassen. Elsa saß am Kamin und las gerade in einer Zeitschrift, die sie aber sogleich beiseite legte. Sie reichte ihm die Hand, und Hartmann machte einen Handkuß.

»Welch eine Überraschung, Herr Hartmann.«

»Ich habe eine recht wichtige Nachricht für Sie, Frau Baronin. Vielleicht sollte ich ohne Umschweife zur Sache kommen. Ihr Sohn, Oberstleutnant Kelso, ist gestern nacht während eines Einsatzes in der Bretagne abgeschossen worden. Er ist jetzt in unserer Hand.«

»Ist er wohlauf?« sagte sie ruhig.

»Ein gebrochener Knöchel. Er befindet sich an einem Ort namens Château Morlaix. Ich habe den Befehl, dorthin zu fliegen und ihn zu verhören.«

»Weiß Max davon?«

»Nein, aber er wird informiert werden. Ich handele auf Anweisung des SD, also des Reichsführers, der mir auch die Erlaubnis gegeben hat, Sie mitzunehmen, falls Sie dies wünschen.«

»Darf ich mein Dienstmädchen mitbringen?«

»Natürlich.«

Sie erhob sich. Wieviel Zeit habe ich also noch?«

»Ich werde Sie in einer Stunde abholen lassen.« Er setzte seine Mütze auf und salutierte. »Wenn Sie mich bitte entschuldigen möchten. Ich habe noch einiges zu erledigen.«

Während Rosa eilig ein paar Sachen zusammenpackte, erzählte Elsa ihr von der Unterhaltung mit Bubi Hartmann.

»Es wird bestimmt seltsam, Frau Baronin«, sagte Rosa, »Ihre beiden Söhne zusammen zu sehen.«

»Es ist lange her, daß dies der Fall war, sehr lange.« Elsa legte ihren Schmuck in die übliche Schatulle und reichte sie Rosa. »Stecken Sie sie in meine große Handtasche. Oh, und dies.«

Sie holte eine Walther PPK aus einer Schublade hervor, nahm das Lademagazin heraus, überprüfte fachmännisch die Waffe und schob das Magazin wieder hinein.

Rosa legte die Waffe in die Handtasche. »Meinen Sie, daß Sie sie brauchen werden, Frau Baronin?«

»Wer weiß?« Elsa von Halder lächelte gelassen. »Zumindest bin ich so für alle Fälle gewappnet.«

13

Es war früher Abend in Fermanville, und Max trank gerade etwas in der Offiziersmesse, als Bubi Hartmann hereinspaziert kam. Er bat eine Gruppe von Offizieren um Entschuldigung und ging ihm entgegen, um ihn zu begrüßen.

»Bubi, was verschlägt dich denn hierher?« Dann runzelte er die Stirn. »Gibt's ein Problem? Meine Mutter?«

»Komm da drüben in die Ecke«, sagte Hartmann. »Ich muß mit dir unter vier Augen sprechen.«

Die anderen Offiziere schauten einen Moment lang zu ihnen hinüber, wandten sich dann aber ab, als Hartmann sie mit einem düsteren Blick bedachte.

»Um was geht's?« sagte Max.

Hartmann winkte den Kellner davon. »Kennst du ein gewisses Château Morlaix etwa sechzig Kilometer von hier?«

»Natürlich. Die Luftwaffe hat dort einen Versorgungsflughafen. Wir benutzen in Notfällen die Rollbahn da.«

»Ich bin dort heute am frühen Nachmittag gelandet. Bin mit deiner Mutter und ihrem Dienstmädchen von Berlin aus in einem Storch hergeflogen.«

Max schien plötzlich ganz besorgt. »Ist sie festgenommen?«

»Nicht so, wie du vielleicht meinst. Hier, lies dir das mal durch, Max.« Er nahm einen Umschlag aus seiner Tasche, zog einen Brief heraus und reichte ihn Max. Es war teures Papier und der Kopf war in schwarzer Prägeschrift.

Berlin, April 1944

DER REICHSFÜHRER – SS

Der Bevollmächtigte handelt auf meinen persönlichen Befehl in einer für das Reich äußerst wichtigen Angelegenheit. Sämtliche Mitarbeiter, ob zivil oder militärisch, haben ihm so, wie er es für nötig hält, Unterstützung zu gewähren.

Heinrich Himmler

Der Brief war vom Führer gegengezeichnet.

Max gab ihn zurück. »Deine Referenzen scheinen ja einwandfrei zu sein. Unter den Umständen hätte ich jetzt wirklich gern was zu trinken.« Er winkte dem Kellner. »Cognac – zwei große.« Er wandte sich wieder Hartmann zu. »Dolfo Galland ist morgen in Abbeville. Er wollte, daß ich dort hinfliege.«

»Ich weiß, und er ist bereits darüber informiert worden, daß du mit sofortiger Wirkung aus dem Jagdfluggeschwader abkommandiert bist.«

»Ist es so schlimm?« Der Kellner tauchte mit dem Cognac auf. Max kippte ihn in einem Zug hinunter. »Also, Bubi, was geht hier vor sich? Ich habe gehört, daß eine SS-Panzertruppe Château Morlaix übernommen hat.«

»Ja, und sie untersteht nun meinem direkten Befehl. Der Ort ist wie von einem Stahlkordon umschlossen.«

»Weil meine Mutter dort ist? Komm schon, Bubi.«

»Nein, weil dein Bruder dort ist.« Er trank seinen Cognac. »Wenn du bitte deine Sachen packen würdest, wir fahren.«

»Harry im Château Morlaix?« Max war ganz blaß geworden. »Du mußt mir alles erzählen.«

»Unterwegs, Max. Bitte beeil dich, und nicht vergessen, es ist streng geheim.«

Max verlor keine Zeit damit, seinen Burschen zu rufen, sondern packte selbst. Er war fast fertig, da ging die Tür auf und Major Berger, der Adjutant des Horstkommandanten, kam herein. »Hartmann hat mit einem Befehl von Himmler persönlich herumgewedelt, bei dem es mir durch Mark und Bein gegangen ist. Du bist zu dem SS-Kommando in Morlaix versetzt worden.«

»Scheint so.«

»Aber was geht hier vor sich? Ich habe den Befehl, eine Me 109 zum Versorgungsflughafen in Morlaix zu schicken. Und auch über die wird Hartmann verfügen.«

Max zog den Reißverschluß einer seiner Taschen zu. »Wen stellst du dafür ab?«

»Ich habe gedacht, den jungen Freiberg.«

»Keine schlechte Wahl. Es steckt einiges in ihm.« Max nahm seine beiden Taschen. »Ich muß los.«

»Max«, sagte Berger. »Wir sind lang genug befreundet. Steckst du in Schwierigkeiten?«

»Nicht mehr als jeder andere auch, seit der Führer dreiunddreißig ans Ruder gekommen ist.« Max lächelte. »Sei auf der Hut«, und damit ging er.

Sie fuhren in einem langen schwarzen Citroën. Hartmann steuerte. Max saß neben ihm und rauchte eine Zigarette.

»Was ist also mit Harry passiert?« fragte er.

»Er hat mit einer Lysander einen Agenten von Cold Harbour in Cornwall aus hier abgesetzt. Ich gehe davon aus, daß du den Ort noch in Erinnerung hast.«

»Warum sollte ich?«

»Max, dein Bruder wurde vor ein paar Wochen in einer Hurricane abgeschossen. Er hatte einer Lysander Geleitschutz gegeben, die gerade mit einem äußerst wichtigen französischen Offizier an Bord nach Cold Harbour zurückgekehrt ist. Er hat zwei Me 109 runtergeholt und ist dann ins Meer gestürzt. Himmler persönlich hat mich auf die Tatsache hingewiesen, daß der dritte Pilot in dem Luftkampf kein anderer als du selbst warst. Was ist da passiert, Max?«

»In Ordnung, Bubi.« Max lachte. »Ich erzählte dir meine, und du erzählst mir deine Geschichte.«

»Einverstanden.«

Als Max fertig war, sagte Hartmann: »Bemerkenswert, und ich kann dich nicht verurteilen. Ich will hoffen, daß ich genauso gehandelt hätte.«

»Was ist also mit Harry?«

»Allem Anschein nach hat er einen dieser Résistance-Führer rübergebracht, eine Sache, bei dem er nur rein- und sofort wieder rausfliegen sollte. Nachdem er unterwegs von Marineeinheiten der Alliierten beschossen worden war, ist er zu hoch geflogen und in unser Radarnetz geraten. Unfaßbar, nicht wahr?«

»Oh, mittlerweile überrascht mich gar nichts mehr.«

»Na egal, ein paar Jungs von unserem Stützpunkt haben im Tiefflug das Landegebiet angegriffen und bombardiert und ihn dann erwischt. Die Lysander hat Feuer gefangen und ist explodiert, und er ist gerade noch herausgekommen. Seltsamerweise wurde er von einem Panzerspähtrupp gerettet, der zufällig in der Gegend war. Die Männer haben ihm seine brennende Fliegerjacke vom Leib gerissen. Hat sich dabei nur ein bißchen versengt. Hat sich jedoch einen recht komplizierten Bruch am linken Knöchel zugezogen.«

»Aber sonst ist mit ihm alles in Ordnung?«

»Ja.«

»Weiß er, daß ich komme? Weiß meine Mutter Bescheid?«

»Noch nicht.«

»Ich habe gehört, daß du um eine Me 109 gebeten hast. Sie haben den jungen Freiberg abgestellt. Warum?«

»Nur eine Vorsichtsmaßnahme für den Fall, daß wir unerwünschten Luftverkehr in der Gegend bekommen – nichts Ungewöhnliches heutzutage.«

Max zündete zwei Zigaretten an und reichte eine davon Hartmann. »Also, was soll das alles? Der Reichsführer ist nicht für das allgemeine Familienglück zuständig. Was will er also?«

»Später, Max, später. Mehr kann ich dir im Augenblick nicht sagen«, und damit konzentrierte Hartmann sich ganz aufs Fahren.

In Morlaix wurden Elsa und Rosa dank Sturmbannführer Müller, der sich als ein Ausbund an Zuvorkommenheit erwies, in einer Suite untergebracht. Auf ihn und alle anderen hatte der Anblick von Hartmanns Himmler-Brief eine durchaus belebende Wirkung ausgeübt.

»Standartenführer Hartmann ist nach Fermanville gefahren, um Baron von Halder abzuholen, Frau Baronin«, erklärte er ihr. »Er hat die Erlaubnis gegeben, daß Sie Ihren Sohn sehen können, sobald Sie dies wünschen.«

»Ah, dann sind Sie also informiert«, sagte sie.

»Natürlich. Als Offizier der SS habe ich einen heiligen Eid der Gehorsamkeit abgelegt. In dieser Angelegenheit unterstehe ich dem persönlichen Befehl des Reichsführers.«

»Ich verstehe Sie vollkommen«, sagte Elsa zuckersüß. »In diesem Fall würde ich meinen Sohn gern sobald wie möglich sehen.«

»Natürlich, Frau Baronin.«

Harry saß aufrecht im Bett und hatte sein linkes, in einen Gipsverband gelegtes Bein auf einem Kissen ausgestreckt. Er blätterte gerade eine Ausgabe der *Signal* durch, in der in allen Einzelheiten dargelegt wurde, wie Deutschland weiterhin den Krieg gewann. Die Tür ging mit einem Klicken auf, und Müller trat ein.

»Oberstleutnant Kelso, Ihre Mutter ist hier.«

Elsa trat ins Zimmer. Müller zog sich zurück und schloß die Tür. Harry blickte sie an und lächelte. »Mein Gott, Mutti, du siehst keinen Tag älter aus. Ist ja unglaublich.« Er legte die Zeitschrift aus der Hand und breitete die Arme aus, und sie eilte auf ihn zu.

Später saß sie neben dem Bett. »Du hast also keine Ahnung, was hier vor sich geht?« fragte er.

Sie schüttelte den Kopf. »Ich habe dir alles erzählt, was ich weiß. Bubi Hartmann, Himmler. Max hat mir natürlich deine Warnung ausgerichtet, die du ihm mitgegeben hast, als du ins Meer abgestürzt bist und er dich gerettet hat. Woher hattest du deine Informationen?«

»Ich erledige für den britischen Geheimdienst Sonderflüge. Die Leute, mit denen ich zu tun habe, haben in Berlin ihre Kontakte.«

»Ich verstehe. So, und geheiratet hast du aber nicht?«

»Mutti, ich bin doch erst sechsundzwanzig.«

»Dein Vater war zweiundzwanzig, als er mich geheiratet hat.«

»Nun, ich hatte eben viel zu tun.«

Sie zündete sich eine Zigarette an. »Tja, dann wissen wir also beide nicht, was hier vor sich geht?«

»Scheint so.«

Sie nickte. »Gibt es eine Frau in deinem Leben, eine anständige Frau?«

»Vielleicht. Ihre Mutter war Engländerin und ist bei den

Luftangriffen umgekommen. Ihr Vater ist ein amerikanischer General.«

»Klingt vielversprechend.«

»Sie ist ein paar Monate älter als ich, und sie ist eine ausgezeichnete Chirurgin.«

»Könnte gar nicht besser sein. Ich bin beeindruckt.«

»Nicht doch, Mutti. Sie verdient einen besseren als mich.«

Bevor sie antworten konnte, ging die Tür auf, und Hartmann steckte den Kopf herein. »Noch ein Besuch für Sie, Herr Oberstleutnant.« Er trat zurück, und Max kam hereinspaziert.

In dem prächtigen Speisesaal des Châteaus war bereits das Abendessen aufgetragen worden. Harry wurde von zwei SS-Ordonnanzen hinuntergebracht. Müller, Schröder und zwei junge Leutnants schlossen sich der Runde an. Das Essen war exquisit: Schildkrötensuppe, köstlich gebratenes Hammelfleisch, ein vorzüglicher Salat, tadelloser Champagner und ein feiner Bordeaux, ein Château Palmer, bereits älter als der Krieg.

»Ich muß schon sagen, die SS weiß, wie man seine Gäste behandelt, Herr Müller«, sagte die Baronin.

»Bei einer Dame wie Ihnen wäre alles andere unannehmbar, Frau Baronin«, erwiderte er galant. Er hob sein Glas. »Auf die mutigen Männer überall in der Welt, und auf Oberstleutnant Kelso und den Baron von Halder, die zwei Kampfgefährten.«

Alle erhoben sich, außer Elsa und Harry, und tranken darauf.

»Und jetzt, Herr Sturmbannführer, möchte ich Sie bitten, uns zu entschuldigen«, sagte Hartmann.

»Natürlich, Herr Standartenführer.«

Als Müller und seine Offiziere sich Richtung Tür zurückzogen, wandte Schröder sich noch einmal um und sagte: »Ich habe mich mit dem hiesigen Arzt in Verbindung gesetzt, Herr Oberstleutnant Kelso. Er wird Ihnen morgen ein paar Krücken beschaffen.«

»Das ist sehr nett von Ihnen«, sagte Harry.

Die Tür schloß sich. Hartmann stand auf, langte nach dem Bordeaux, ging um den Tisch herum und füllte die Gläser auf.

»In Ordnung, Bubi, was wird hier gespielt?« sagte Max.

Hartmann stand am Kamin. »Alle glauben, die wichtigste Frage angesichts der bevorstehenden Invasion ist, wo die alliierten Truppen landen werden. Der Führer ist anderer Meinung. Er ist der Ansicht, daß wir unsere Kräfte auf etwas konzentrieren sollten, was der Mühe wirklich lohnt.« Er schwieg einen Moment lang. »Wie zum Beispiel die Durchführung eines Attentats auf Eisenhower.«

In sämtlichen Gesichtern spiegelte sich blankes Erstaunen.

»Aber das ist ja verrückt«, sagte Max.

»Das ist es auch, aber unglücklicherweise pflichtet Himmler ihm bei. Ich habe in London unabhängig von der Abwehr Agenten, die immer noch tätig sind. Durch sie, Herr Oberstleutnant Kelso, bin ich bestens über den Brigadegeneral Munro, Major Carter, Cold Harbour und die SOE in der Baker Street informiert. Ich weiß, daß Sie eine Geliebte haben, eine gewisse Frau Doktor Sobel, deren Vater General in Eisenhowers Stab ist. Ich weiß, daß Sie Eisenhower häufig in Ihrer Eigenschaft als Kurierpilot fliegen. Ich habe dem Reichsführer gesagt, daß wir dem Führer seinen Wunsch nicht erfüllen können, daß ich in London niemanden habe, der einer solchen Aufgabe gewachsen wäre, und daß ich es in diesem Stadium des Krieges für ausgeschlossen halte, daß einer von unseren Leuten, sei er auch noch so fähig, auch nur in die Nähe von Eisenhower käme, selbst wenn es uns gelänge, ihn in England einzuschleusen.«

»Und?« sagte Kelso.

»Die Dinge haben sich jedoch geändert, als Sie uns in die Hände gefallen sind und der Reichsführer auf eine, wie er meint, hervorragende Lösung unseres Dilemmas gekommen ist, die allerdings, wie ich meine, höchst befremdend ist.«

Er legte eine Pause ein, und Max sagte: »Red weiter, Bubi.«

»Der Plan sieht mehr oder weniger wie folgt aus: Oberstleutnant Kelso flieht aus der Gefangenschaft, stiehlt auf dem Versorgungsflughafen einen Storch und fliegt nach Cold Harbour zurück, wo man ihn als Held empfängt. Eisenhower wird ihn zu sehen wünschen. Falls nicht, so wird er den General bestimmt bei irgendeiner Gelegenheit fliegen, wie er es ja bereits zuvor oft getan hat. Im geeigneten Moment bringt er ihn um.«

Es folgte tiefes Schweigen – bis Harry in Lachen ausbrach. »Und wie schaffe ich das alles? Ich bekomme doch erst morgen meine Krücken.«

»Sie verstehen nicht«, sagte Hartmann. »Nicht Sie wären es. Max müßte es tun.«

»O mein Gott«, sagte Elsa.

Max trank einen Schluck Rotwein und stellte sein Glas aus der Hand. »Und warum sollte ich das? Ich fliege Kampfflugzeuge, Bubi, das ist meine Arbeit. Was auch immer ich sonst bin, ein Attentäter jedenfalls nicht.«

Hartmann kam um den Tisch herum und schenkte Wein nach. Er war sichtlich aufgewühlt. »Ich bin nur der Botenjunge. Himmler hat mich ebenfalls bei der Gurgel. Das alles ist nicht auf meinem Mist gewachsen.«

»In Ordnung«, sagte Max. »Sag uns ohne Umschweife, was Sache ist.«

»Die Baronin hat sich bedauerlicherweise mit einem völlig falschen Freundeskreis umgeben. Achtzehn verhaftet, zwölf hingerichtet, darunter mehrere Generäle und auch zwei Frauen. So etwas nennt man Schuld aufgrund gemeinschaftlichen Umgangs. Sagen wir so: Falls ihr beide nicht mitzieht, ist es um so schlechter um eure Mutter bestellt.«

Elsa schüttete ihm Wein ins Gesicht. »Sie Schwein.«

Max sprang auf und packte sie bei den Armen. »Sei nicht töricht. Er hat ebensowenig eine Wahl wie wir.«

»Zum Teufel mit diesen Hirngespinsten«, sagte Harry. »Wenn du das tust, brauchst du meine Zusammenarbeit, Max. Mein Leben bis in die Einzelheiten über meine Freundin Molly und Munro, ferner meine Freunde in Cold Harbour, Eisenhower und Southwick House.« Er schüttelte den Kopf. »Nicht mit mir.«

Hartmann wischte sich übers Gesicht. Max wandte sich ihm zu. »Gib uns etwas Zeit.«

»Morgen früh«, sagte Hartmann. »Mehr ist nicht drin. Überschlaft die Sache«, und damit wandte er sich um und ging.

Zurück in seinem Zimmer, rief er Himmler in der Prinz-Albrecht-Straße an. Er traf ihn noch im Büro an. »Ich habe mir gedacht, daß ich Sie auf dem laufenden halten sollte, Herr Reichsführer.« Als er zu Ende erzählt hatte, sagte er: »Was soll ich nun tun?«

»Ich habe Ihnen bereits gesagt, was Sie tun sollen, Hartmann. Lassen Sie sie drüber nachdenken. Viel schlafen werden sie wohl kaum. Dann das Frühstück, alles hübsch und ordentlich. Und dann, sagen wir um zehn Uhr, lassen Sie die Axt fallen. Ich bezweifle, daß Sie danach noch auf weiteren Widerstand stoßen werden.«

»Also gut, Herr Reichsführer.«

»Ich muß gehen, Herr Standartenführer, ich werde dringend in Paris erwartet. Ich habe die Absicht, nachts zu fliegen. Sie erreichen mich im dortigen Gestapo-Hauptquartier, falls Sie mich brauchen.«

»Jawohl, Herr Reichsführer.«

Hartmann legte auf und stellte sich vor, wie Himmlers persönliche Ju 52 in die Nacht abhob. Wenn doch nur eine Mosquito der RAF pünktlich auftauchen und ihn vom Himmel runterholen würde, aber das war natürlich zuviel erwartet.

Elsa zog sich zurück, und die SS-Burschen trugen Harry wieder in dessen Zimmer und halfen ihm ins Bett. Nach einer Weile ging die Tür auf, und Max kam herein.

»Nicht ein, sondern zwei Wachposten an der Tür. Sie passen gut auf dich auf«, sagte er auf englisch.

»Mir gefällt deine Uniform«, sagte Harry. »Sehr elegant.«

Max ging zu dem Stuhl, über dem Harrys Waffenrock hing. Er sah sich die Ordensspangen an. »Bei dir scheint's ja auch nicht schlecht zu laufen.« Er zog einen Stuhl heran und nahm sein Zigarettenetui heraus. »Da wären wir also wieder vereint, Bruderherz.« Er gab Harry eine Zigeratte und Feuer. »Nur Tarquin fehlt. Wie geht's dem alten Jungen?«

»Besser, du fragst nicht«, sagte Harry. »Auf jedem Einsatz, den ich geflogen bin, war er im Cockpit dabei. Die ganze Luftschlacht um England über. Als ich über der Isle auf Wight abspringen mußte, ist Tarquin mitgesprungen. Zweimal ins Meer.«

»Und was ist diesmal passiert?«

»Sie haben mich volle Kanone abgeschossen, und ich habe auf dem Weg nach unten die Baumwipfel rasiert.« Harry zuckte die Achseln. »Die Lysander ist auseinandergebrochen und dann in Flammen aufgegangen. Ich war ganz benommen. Ich weiß noch, wie ich die Tasche gepackt habe, bevor ich rausgehechtet bin. Meine Fliegerjacke stand in Flammen. Gerechterweise muß ich zugeben, daß diese SS-Leute echte Retter in der Not waren. Als sie mich gerade wegschleppten, ist die Lysander explodiert.«

»Und Tarquin mit ihr?«

»Allem Anschein nach, ja. Er war mein Glücksbringer, Max, aber jetzt ist er weg.«

»Red keinen Unsinn. Du warst dein eigenes Glück. Ein großer Pilot.« Max lächelte. »Fast so gut wie ich.« Er zuckte die Achseln. »Dennoch, ich werde Bubi bitten, die Gegend von ein paar seiner Männer absuchen zu lassen«.

»Wo wir gerade von Hartmann reden. Welche Rolle spielt er eigentlich bei der ganzen Sache?«

»Oh, wir sind in den alten Zeiten zusammen in Frankreich geflogen, als er noch bei der Luftwaffe war.«

Max fuhr fort und erzählte ihm die ganze Geschichte. Als er damit fertig war, fügte er noch hinzu: »Es stimmt, was er sagt. Er ist Himmler ebenso ausgeliefert wie wir.«

Er ging ans Fenster und spähte hinaus, und Harry sagte: »Was soll nun geschehen?«

»Ich weiß es nicht. Ich werde mir anhören, was Bubi morgen früh zu sagen hat. Wir werden sehen.«

»Du meinst, du erwägst, diese Sache tatsächlich durchzuziehen? Eisenhower umzubringen?«

Max wandte sich um. »Er bedeutet mir nichts, Harry. Er ist auf der anderen Seite. Ich habe eine Menge Menschen getötet, genau wie du. So was nennt man Krieg.«

»Meinetwegen, aber da gibt es immer noch einen Unterschied. Was, wenn ich mir diesen Schuh anziehen müßte und sie von mir wollten, Himmler zu ermorden, dieses Nazi-Schwein?«

»Für die Menschen in Amerika und England bin auch ich ein Nazi-Schwein.«

»Das bist du nicht, verdammt noch mal. Du bist nicht Mitglied der Nazi-Partei. Wie viele andere bist du da mir nichts, dir nichts reingeraten, als Hitler das Land in den Krieg geführt hat. Ihr hattet doch gar keine Wahl.«

»Ach, wir hatten alle eine Wahl. Nur daß wir sie nicht getroffen haben, und dann war's zu spät.« Max ging zur Tür und drehte sich noch einmal um. »Diese junge Frau, diese Ärztin? Liebst du sie?«

»Sie liebt mich. Ich weiß eigentlich gar nicht, was Liebe ist. Das herauszufinden, hat mir irgendwie die Zeit gefehlt. Hauptsächlich blieb es bei der einen oder anderen Bettgeschichte. Du weißt, wie das ist.«

»Ich fürchte, ja. Ist das Leben nicht ein Dreck?« Max öffnete die Tür. »Bis morgen früh.«

Joel Rodrigues wartete wie befohlen am Haupteingang des Lissaboner Flughafens. Es regnete in Strömen, und nach dem Flug von Berlin in einer Me 110, einem zweimotorigen Kampfflugzeug, das mittlerweile häufig für Kurierflüge eingesetzt wurde, war ihm hundeübel. Es war ihm nicht die Möglichkeit gegeben worden, seine Familie zu sehen. All dies paßte ihm nicht, ganz und gar nicht.

Eine schwarze Limousine fuhr vor. Der Chauffeur stieg aus und öffnete die hintere Wagentür, und ein junger Mann mit schwarzem Mantel kam auf ihn zu. Er hatte dünne Lippen und dunkle, glühende Augen. Er hieß Romão und hatte Joel bereits bei seiner Ankunft begrüßt.

»Da sind Sie ja, Rodrigues. Der Minister möchte Sie kurz sprechen.«

Joel hastete ihm hinterher. Das hintere Fenster wurde heruntergekurbelt, und Nunes da Silva blickte hinaus. Sein weißes Haar wirkte im Lampenlicht ganz silbern, und aus seinem zerschrumpften Gesicht spähten blasse Augen.

»Sie sind also Rodrigues.«

»Ja, Herr Minister.«

»Sie wissen, was Sie zu tun haben?«

»Ja, Herr Minister.«

»Ich weiß nichts über die Anweisungen, die Reichsführer Himmler Ihnen gegeben hat, und das will ich auch nicht. Sie reisen als Botschaftskurier nach London weiter und setzen sich mit Ihrem Bruder in Verbindung. Rodrigues, Sie und Ihr Bruder, Sie sind gierige kleine Wichte. Sie haben sich die Sache selbst eingebrockt.«

»Aber wie lange soll ich dort bleiben, Herr Minister?«

»Bis Sie von mir hören.« Da Silva wandte sich um und fragte Romão: »Wann geht der Flug?«

»Um ein Uhr nachts, Herr Minister, eine Dakota der TAP. Die fliegen lieber bei Nacht. Die Deutschen sind gründlich und bestens organisiert, aber auch sie machen Fehler.«

»Sehen Sie, Rodrigues?« sagte da Silva. »Sie könnten am Ende über dem Golf von Biskaya abstürzen, und es würde Ihnen ganz recht geschehen. Begleiten Sie ihn zum Abflug, Romão, und dann kommen Sie zu mir in die Wohnung.« Er kurbelte das Fenster hoch, und die Limousine fuhr davon.

Rodrigues ging zum Eingang zurück und nahm seinen Koffer.

»Ist er nicht ein richtiger alter, gemeiner Sack?« sagte Romão. »Und trotzdem, er hat nicht unrecht. Erst neulich wurde ein Passagierflugzeug abgeschossen, in dem ausgerechnet Leslie Howard saß. Sie wissen schon, der Filmstar.«

»Vielen Dank.«

»Wenn Sie Glück haben, sind Sie zum Frühstück in London. Wundervolle Stadt, und die Engländer gewinnen den Krieg.« Er lächelte. »Ich würde natürlich immer abstreiten, daß ich das gesagt habe.«

Wie dem auch sein mochte, der Flug war schlimm. Über der Biskaya tobten Gewitter. Die Dakota war randvoll, jeder Platz besetzt. Viele Leute wurden luftkrank, und der Geruch in der Kabine ließ einiges zu wünschen übrig. Irgendwie überlebte Joel, ein Umstand, den er vor allem der halben Flasche Brandy zu verdanken hatte, die er sich in weiser Voraussicht in die Tasche gesteckt hatte.

Auf dem Flughafen von Croydon stand er in einer Schlange, um Zoll und Ausweiskontrolle zu passieren, und plötzlich bemerkte er seinen Bruder, der ihm auf der anderen Seite der Absperrung zuwinkte. Joel winkte zurück und gelangte schließlich an den Anfang der Schlange.

»Ausweise, Sir«, sagte der Beamte.

Joel reichte ihm die verlangten Papiere. »Ich genieße diplomatische Immunität. Ich bin auf dem Weg zur portugiesischen Botschaft hier.«

»Ich verstehe, Sir«, sagte der Beamte und überprüfte dann eingehend den Paß.

Oft sind es gerade die kleinen Dinge im Leben, die den Keim des Untergangs in sich tragen, denn Joel Rodrigues hatte sich einen schweren Schnitzer geleistet, den andere – Himmler, da Silva und Romão – hätten ahnen müssen. In seinem Paß befanden sich ein Ein- und Ausreisestempel für Berlin.

Der Sicherheitsdienst von Scotland Yard hatte stets einen Mann am Flughafen. Zufällig führte an jenem Morgen gerade Detective Chief Inspector Sean Riley seine allwöchentliche Kontrolle durch und stand nur unweit entfernt – ein großer Londoner Ire, dessen Wange von einer Narbe überzogen war, die von einer zerbrochenen Flasche stammte.

Der Zollbeamte nickte, und Riley trat vor. Er nahm den Ausweis nicht in die Hand, sondern warf einfach nur einen Blick darauf, und nachdem er in Sekundenschnelle alles gesehen hatte, blickte er wieder auf und lächelte. »Willkommen in London, Sir.«

Joel ging durch die Absperrung und umarmte seinen Bruder. »Mein Wagen wartet auf uns«, sagte Fernando und nahm den Koffer seines Bruders.

Als sie gingen, winkte Riley einen jungen Mann, der einen schäbigen Regenmantel trug, herbei. »Ihre Chance, es zum Sergeant zu bringen, Lacey. Sie folgen den beiden bis ans Ende der Welt.«

»Mit Vergnügen, Chief Inspector«, sagte Lacey und heftete sich den Portugiesen an die Fersen.

Der britische Geheimdienst hat sich von den Nachrichtendiensten anderer Länder stets in einem wesentlichen Punkt unterschieden. Seine Agenten sind nicht bevollmächtigt, Festnahmen durchzuführen. Sie arbeiten daher eng mit dem Sicherheitsdienst des Scotland Yard zusammen. Zufällig arbeitete Riley regelmäßig Munro und der Abteilung D der SOE zu. Es war acht Uhr dreißig, als er in der Baker Street anrief. Jack Carter ging an den Apparat.

Riley klärte ihn über Rodrigues auf. »Die Sache ist die«, sagte er. »Ein Wagen der portugiesischen Botschaft hat bereitgestanden, und Lacey, mein kleiner Assistent, hat gehört, wie der Chauffeur den anderen Mann ebenfalls Rodrigues genannt hat.«

»Wirklich?« sagte Jack Carter. »Das ist ja interessant. Sonst noch was?«

»Ja, sie haben kurz in einer Wohnung in der Nähe von Kensington Gardens vorbeigeschaut, den Koffer abgestellt und sind dann zur Botschaft weitergefahren. Lacey ist zurückgefahren und hat die Wohnung überprüft. Sie ist auf den Namen Fernando Rodrigues eingetragen. Ich habe mich bereits über ihn informiert. Er ist Handelsattaché.«

Jack gähnte. »Das sind sie immer, Sean, aber ich glaube, da könnte was dahinterstecken. Lassen Sie mich das mal kurz mit dem Brigadegeneral besprechen. Ich rufe Sie zurück.«

Munro war in seinem Büro gerade dabei, ein paar Unterlagen und Funkmeldungen durchzugehen. Er blickte auf. »Da sind Sie ja. Wir haben eine weitere Nachricht von Jacaud bekommen. Er kann nicht viel tun. Diese SS-Truppe hat Château Morlaix und die gesamte Gegend gründlich abgesperrt. Sie haben allerdings gestern nachmittag gesehen, wie ein Fieseler Storch auf dem Versorgungsflughafen gelandet ist, aber das ist auch schon alles.«

»Er könnte also immer noch dort sein, Sir?«

»Er könnte alles sein, Jack, am Leben, tot, verwundet. Wer zum Teufel weiß das schon? Wie dem auch sei, was haben Sie?«

Carter klärte ihn über die Rodrigues-Brüder auf. Munro hörte zu und nickte. »Riley ist ein guter Polizist, und er hat recht gehabt. Die Berlin-Stempel in dem Ausweis, das ist es.«

»Was sollen wir also tun, Sir?«

»Sagen Sie Riley, er soll eine Bewachung rund um die Uhr anweisen. Ich will Einzelheiten darüber, mit wem sie sich treffen, Fotos, das ganze Drum und Dran.«

»Ich werde mich sofort darum kümmern, Herr Brigadegeneral.«

Das Frühstück in Morlaix fand im engsten Kreis statt. Harry hatte es mit den von Schröder gebrachten Krücken geschafft, die Treppe hinunterzusteigen und saß jetzt am Ende des Tischs. Elsa war zu seiner Linken, Max zu seiner Rechten. Hartmann saß ihm gegenüber. Sie aßen schweigend und wurden von einer SS-Ordonnanz, die ein weißes Jackett trug, bedient. Rühreier mit Speck, Toast und vorzüglichen Kaffee.

»Es geht Ihnen gut, den Herren von der SS«, sagte die Baronin.

»Wir sind stets darauf bedacht, Gutes zu tun.« Hartmanns Humor wirkte hölzern und gewollt. Sie hörten Flugzeuggeräusche, und er stand auf und ging ans Fenster. »Ah, die Me 109 aus Fermanville.«

»Freiberg«, sagte Max.

Hartmann wandte sich um und blickte auf die Uhr. »Neun Uhr dreißig. Um zehn bin ich zurück. Bis dahin erwarte ich Ihre Antwort«, und damit ging er hinaus.

»Zum Teufel mit ihm«, sagte Elsa und nickte der Ordonnanz zu, Kaffee nachzuschenken.

»So einfach ist das nicht«, sagte Max. Sie redeten auf englisch miteinander.

»Vergiß nicht, wer du bist, Max. Baron von Halder, der Schwarze Baron, möglicherweise das größte deutsche Fliegeras. Was können sie dir schon anhaben?«

Er wiegte den Kopf. »Du verstehst wohl immer noch nicht, Mutti? In der Hand von Leuten wie Himmler sind wir gar nichts.« Er wandte sich an seinen Bruder. »Sag du's ihr, Harry.«

»Er hat recht«, sagte Harry. »Wir sitzen tief im Schlamassel.«

»Ihr meint, ihr schließt euch tatsächlich dieser lächerlichen Idee an?«

»Er könnte sie sicherlich nicht ohne meine Kooperation ausführen.«

»Ihr seid beide zum Verzweifeln.« Sie stand auf.

»Mutti«, sagte Max, »wir müssen an dich denken.«

Sie richtete sich zu voller Größe auf. »Ich bin Elsa von Halder, und Reichsmarschall Göring ist mein Freund. Sie würden es nicht wagen, mir etwas anzutun.«

Sie verließ das Eßzimmer wie ein Schiff mit gesetzten Segeln und knallte die Tür hinter sich zu.

Im Wohnzimmer des Südflügels beaufsichtigte Hartmann die Aufstellung eines 16-mm-Vorführgeräts. Er hatte sich für diesen Raum entschieden, da die Rückwand in reinstem Weiß war. Er ließ den Burschen, der ihm geholfen hatte, wegtreten, nahm aus einer Blechdose eine Filmrolle heraus und führte sie vorsichtig in den Projektor ein. Hinter ihm ging die Tür auf, und Müller kam herein.

»Kann ich irgend etwas für Sie tun?«

»Ja, bringen Sie sie her, und warten Sie anschließend draußen. Ich werde nach Ihnen rufen lassen, wenn ich Sie brauche.«

Müller zuckte die Achseln und ging hinaus.

»Also gut, Bubi, was soll das hier?« wollte Max ein paar Minuten später wissen. Er stand am Fenster. Elsa und Harry hatten auf dem Sofa Platz genommen.

»Noch ein bißchen zu früh für eine Filmvorführung, sollte man meinen«, sagte Elsa.

»Bevor wir anfangen«, sagte Hartmann, »lassen Sie mich noch einmal betonen, daß ich nur Befehle befolge. Mir bleibt in dieser Angelegenheit keine Wahl.«

»Ach, so machen Sie schon«, sagte Harry. »Keine Umschweife mehr.«

In dem Moment brauste ein Flugzeug über sie hinweg, ganz offensichtlich im Landeanflug. Max blickte aus dem Fenster. »Eine Ju 52. Was zum Teufel hat die hier zu suchen?«

Es konnte nicht sein und doch, tief in seinem Innern, wußte Hartmann, daß dem so war. »Warten Sie hier«, sagte er und ging hinaus.

Müller war gerade auf dem Weg zu dem Zimmer, das er als Büro benutzte.

»Was glauben Sie, wer das ist?« sagte Hartmann.

»Ich werde kurz im Kontrollturm anfragen. Gleich werden wir's wissen.«

Sie standen Zigarette rauchend im Büro und warteten ungeduldig darauf, daß ihnen der Feldwebel am Apparat die Antwort auf ihre Frage lieferte. Schließlich sagte Müller: »Ich verstehe«, legte den Hörer auf und wandte sich ehrfürchtig um.

»Reichsführer Himmler ist gerade gelandet. Er ist bereits auf dem Weg hierher.«

Hartmann mußte all seine Kräfte aufbieten, um Gelassenheit zu demonstrieren, und schließlich sagte er: »Sie bilden selbstverständlich eine Ehrengarde. Dann führen Sie ihn zu dem Wohnzimmer im Südflügel. Sie werden bestimmt bald merken, daß er deshalb hier ist.«

»Zu Befehl, Herr Standartenführer«, und damit eilte Müller mit vor Aufregung schimmernden Augen davon.

»Sie haben nicht zufällig irgendwo einen Cognac zur Hand?« fragte Hartmann den anwesenden Feldwebel.

Der Feldwebel lächelte. »Nicht gerade der beste, Herr Standartenführer.« Er öffnete eine Schublade und holte ein kleines Fläschchen hervor.

Hartmann nahm einen kräftigen Schluck direkt aus der Pulle. »Ich verstehe, was Sie meinen.« Er gab dem Feldwebel die Flasche zurück. »Wirkt aber genau an der richtigen Stelle«, sagte er. Er wandte sich um und ging.

Die anderen hatten schon ungeduldig auf ihn gewartet. »Sollen wir hier noch den ganzen Morgen sitzen?« sagte Elsa.

»Sie müssen entschuldigen. Die Dinge haben eine ziemlich dramatische Wendung genommen. Reichsführer Himmler wird gleich hier sein. Es war sein Flugzeug.«

In diesem Augenblick begriff Elsa wohl den ganzen Ernst der Lage. Sie legte eine Hand auf den Mund.

»Ist es so schlimm, Bubi?« fragte Max.

»Ich fürchte, ja.«

Zehn Minuten später ging die Tür auf. Müller ging voraus und hob salutierend den Arm, und dann kam Himmler in seiner schwarzen Uniform und Mütze herein. Hinter der Nickelbrille funkelten die Augen.

»Ah, da sind Sie ja, Hartmann. Ist das Problem gelöst?«

»Noch nicht ganz, Herr Reichsführer.«

»Wie ich befürchtet habe. Deshalb habe ich mich auch entschieden, meinen Flug umzuleiten. Ich muß sobald wie möglich in Paris zurück sein, lassen Sie uns also anfangen.« Er wandte sich an Max, Harry und Elsa. »Hartmann hat mir berichtet, daß er Ihnen den Grund Ihres Hierseins gestern dargelegt hat. Nun hat es den Eindruck, als wollten Sie sich querstellen.«

Elsa, stolz bis zum letzten Augenblick und den Tränen nahe, sagte: »So lasse ich mich nicht von Ihnen behandeln. Ich bin die Baronin von Halder und ...«

»Sie sind eine Verräterin«, sagte Himmler unbewegt. »Viele Ihrer schäbigen Kumpane haben bereits den Preis für ihre Verräterei bezahlt. Wenn es nach mir gegangen wäre, hätten Sie genauso dran sein müssen. Wie dem auch sei, Sie sind uns noch von Nutzen.«

Max sprang auf. »Zum Teufel mit Ihnen!«

»Herr Sturmbannführer, nehmen Sie diesem Offizier seine Waffe ab«, sagte Himmler zu Müller.

Müller zog seine Waffe, trat vor und führte den Befehl aus.

»Hören Sie, bringen wir diese Farce hinter uns. Was wollen Sie denn nun?« sagte Harry.

»Auf Verschwörung gegen den Führer steht ausschließlich eine Aburteilung im Schnellverfahren: Tod durch Erhängen an Klaviersaiten. Die Hinrichtung ist filmisch aufzuzeichnen. Als Dokument, um andere, sollen wir sagen, zu ermuntern?« Er nickte Müller zu. »Der Vorhang.«

Müller tat, wie ihm geheißen, und Hartmann startete den Projektor.

Es war ein absolut widerwärtiger Film, in dem ein jämmerlich zugerichtetes Opfer nach dem anderen von SS-Wachen hereingebracht wurde. Sämtliche Rangabzeichen waren von den Uniformen gerissen. Dann wurden sie mit Schlingen aus Klaviersaiten am Hals aufgehängt und an Fleischerhaken aufgespießt. Einige defäkierten im Todeskampf, und es war ein grauenvoller Anblick, sie in ihren letzten Todeszuckungen zu sehen. Besonders abscheulich war die Hinrichtung zweier Frauen, von denen die eine mindestens siebzig Jahre alt zu sein schien.

Als der Film zu Ende war, herrschte bestürztes Schweigen. Elsa mußte plötzlich würgen, und sie erhob sich, taumelte zum Kamin hinüber und übergab sich. Müller ging zu den Vorhängen und zog sie wieder auf. Himmler ergriff als erster das Wort.

»Ich bedaure jedwede Form von Gewaltanwendung, aber mit Verrat konfrontiert, muß das Dritte Reich sich schützen. Ob Mann oder Frau, alle Verräter haben die gleiche Strafe zu gewärtigen.« Er wandte sich an Max und Harry. »Was Sie betrifft, so haben Sie die Möglichkeit, dem Reich einen großen Dienst zu erweisen. Als Gegenleistung dafür wird das Leben Ihrer Mutter verschont. Wenn Sie sich jedoch unbedingt querstellen wollen ...« Er zuckte die Achseln. »Sie haben ja gesehen, was passiert. Es gibt nur die eine Strafe. Ausdrücklicher Befehl des Führers.« Elsa taumelte zum Sofa zurück und hielt sich ein Taschentuch vors Gesicht. Himmler wandte sich wieder an Max. »Ich gehe davon aus, daß Sie vernünftig sein werden, Herr Baron.«

»Ja, Sie Mistkerl!« sagte Max.

Dann wandte Himmler sich an Harry. »Und Sie, Herr Oberstleutnant?«

Harry blieb stumm. Er war ganz weiß im Gesicht.

Himmler beugte sich vor und sprach mit gesenkter Stimme. »Ich brauche Sie doch wohl kaum darauf hinzuweisen, daß – wenn schon Ihre Mutter mit der Höchststrafe bezahlen muß – dem Baron von Halder das gleiche bevorsteht. Sind Sie bereit, sie *beide* zu opfern, Herr Oberstleutnant?«

»Sie mieser kleiner Lump«, sagte Harry.

Aber Himmler war sogleich klar, daß er gewonnen hatte. »Hervorragend.« Er wandte sich an Hartmann. »Ich werde mich wieder auf den Weg machen. Ich verlasse mich in dieser Angelegenheit ganz auf Sie und Ihr Fingerspitzengefühl, Herr Standartenführer, und beneide Sie schon jetzt um den unausweichlichen Erfolg, den Sie haben werden.«

Er nickte Müller zu, der ihm hinausfolgte. Elsa schluchzte still vor sich hin. Max zündete sich eine Zigarette an, und Harry starrte die Wand an. »Glaubst du wirklich, daß ich die Sache durchführen kann, Bubi?« fragte Max.

»Mit der Hilfe deines Bruders. Ihr habt vierundzwanzig Stunden Zeit, alles zusammen durchzugehen. Dann fliegst du los.«

»Sie Schwein«, sagte Elsa. »Wie können Sie sich nur für so was hergeben?«

»Ich habe Ihnen bereits gesagt, daß Himmler mich in der Hand hat«, sagte Hartmann. »Ich bin zum Teil jüdischer Abstammung. Ich habe nicht gedacht, daß er davon wußte, aber dieser Teufel weiß alles. Meine Familie ist damit behaftet – meine Frau ist tot, aber da ist immer noch mein alter Vater und seine Schwester, nur um die engsten Verwandten zu nennen.«

»Das tut mir so leid«, sagte Max mit aufrichtigem Mitgefühl.

»Auch mir tut es leid. Wie dem auch sei, wir sitzen in der Klemme.« Hartmann atmete tief durch. »Nun gut, eins nach dem anderen. Jetzt, wo geklärt ist, daß du's machst, müssen wir etwas mit deinem Gesicht anstellen.«

»Mit meinem Gesicht?«

»Ja, dein Bruder hat eine deutlich sichtbare Narbe auf seiner linken Wange. Darum müssen wir uns jetzt kümmern.«

Max und Harry tauschten fragende Blicke aus.

»Aber wie?«

»Schröder hatte da eine Idee. Er soll's dir selbst sagen.«

»Dann laß uns das gleich in Angriff nehmen«, sagte Max und ließ Hartmann vorausgehen. Als die anderen sich bereits auf den Weg gemacht hatten, legte er seine Hand auf Harrys Arm. »Uns wird schon noch was einfallen, Bruderherz.« Harry nickte düster und verließ das Zimmer.

14

Um zwölf Uhr mittags ging Hartmann durch den Korridor zu dem Zimmer voran, das Schröder als Operationssaal eingerichtet hatte. Harry folgte ihm auf seinen Krücken, Max lief an dessen Seite. Schröder trug einen weißen Kittel über seiner Uniform. In dem Zimmer befanden sich allerlei medizinische Geräte. Ein Offiziersbursche, ebenfalls im weißen Kittel, stand dort bereit.

»Es ist nicht gerade so, wie ich es gewöhnt bin, aber wir schaffen das schon«, sagte Schröder. Er nickte Harry zu. »Wenn Sie bitte hier Platz nehmen würden.« Harry ließ sich nieder, und Schröder wandte sich an Max. »Der Sessel ist für Sie bestimmt, Herr Oberstleutnant, mit etwas Besserem kann ich nicht dienen. Aber zuerst ziehen Sie sich bitte diesen weißen Umhang an.«

Der Bursche half ihm hinein, und Max setzte sich in den großen ledernen Klubsessel. »Und was geschieht jetzt?«

Schröder lud eine Spritze auf. »Dies ist ein lokales Betäubungsmittel. Es wird Ihr Gesicht ein paar Stunden lang empfindungslos machen. Wirkt in Sekundenschnelle.«

Max zuckte zusammen, als die Spritze in seine Wange drang. Ein paar Augenblicke später brummte er: »Und jetzt?«

Schröder untersuchte Harrys linke Wange. »Gute Arbeit, und ist noch gar nicht lange her, habe ich recht?«

»Ja.«

Schröder wandte sich wieder an Max. »Nehmen wir mal an, Sie hätten sich bei dem Absturz das Gesicht gestoßen, was zu einer blau angelaufenen linken Wange führen würde. Da die Narbe Ihres Bruders noch relativ jung ist, ist es logisch anzunehmen, daß sie aufplatzt.«

»Wenn Sie das sagen.« Plötzlich hatte Max kein Gefühl mehr im Gesicht.

»Von daher wäre es notwendig, die Wunde ein zweites Mal zu vernähen.« Schröder nickte. »Und genau das werde ich jetzt tun.«

»Aber er hat keine Narbe«, warf Harry ein.

»Stimmt, aber er wird gleich eine haben.« Schröder nickte dem Burschen zu. »Halten Sie seinen Kopf, und Sie Herr Oberstleutnant, halten sich an den Sessellehnen fest.«

Max tat, wie ihm geheißen. Schröder ging zu dem Tisch mit den chirurgischen Instrumenten, nahm einen flachen Stahlstab, wandte sich um und schlug Max ohne Vorwarnung auf die linke Wange. Max' Kopf fuhr trotz des Klammergriffs, in dem der Bursche ihn gepackt hielt, unter der Wucht des Schlages zur Seite, aber er fühlte rein gar nichts. Schröder schlug ihn noch zweimal, allerdings nicht mehr so hart, und dann ließ er den Stab in einen Eimer fallen.

»Gut, das sollte richtig schön blau werden.«

Er wandte sich Harry zu und nahm ein kleines Meßband aus seiner Tasche. »Wenn Sie erlauben, Herr Oberstleutnant?« Er maß sorgfältig die Narbe, wandte sich dann um und hielt das Band an Max' Wange. »Gut.« Er nickte dem Burschen zu. »Halten Sie sich bereit.«

Der Mann holte eine Emailleschüssel und Wattebäuschchen hervor und stellte sich in Position. Schröder nahm ein Skalpell vom Tisch und drehte sich um. »Sie werden nicht das geringste spüren, Herr Oberstleutnant, vertrauen Sie mir.«

»Machen Sie nur schnell«, sagte Max.

Schröder zog das Skalpell äußerst vorsichtig über Max' linke Wange. Blut strömte heraus, und der Bursche saugte es sofort mit der Watte auf. Schröder ließ das Skalpell in den Eimer fallen, langte auf den Tisch und nahm eine kleine Metalldose. Er besprühte damit zweimal die Wunde.

»Eine neue Erfindung. Läßt das Blut sofort gerinnen. Jetzt kommt die Feinarbeit.«

»Sie kennen sich offenbar aus, das muß man Ihnen lassen«, sagte Max.

Harry schaffte es unterdessen in seinem Entsetzen gerade noch eine Zigarette herauszuholen und sie sich mit zitternden Händen anzuzünden. »Um Himmels willen«, sagte er.

Schröder nähte die Wunde sorgfältig und zügig zu, und als er damit fertig war, legte er einen Wundverband an, tupfte das Gesicht ab und trat einen Schritt zurück.

»Mal was anderes. Ich bin mit mir sehr zufrieden.«

»Sie verstehen was von Ihrem Fach, das muß man Ihnen lassen«, keuchte Max.

Als Max aufstand und der Bursche ihm aus dem blutbespritzten Kittel half, nahm Schröder eine kleine Schachtel vom Tisch. »Sobald die Wirkung der lokalen Anästhesie nachläßt, werden Sie Schmerzen bekommen. Dies sind Morphium-Ampullen, eine Feldpackung. Brechen Sie sie an den Enden mit den Fingernägeln auf. Ein kurzes Schnipsen, mehr braucht's nicht.«

»Sie sind wirklich zu gütig.« Max verstaute die Schachtel in der Kartentasche seiner weiten Luftwaffenhose. »Und jetzt?«

»Tja, wenn Sie sich wohl genug fühlen, dann gehen wir jetzt zum Mittagessen in den Speisesaal – nur eine leichte Mahlzeit für Sie, Herr Oberstleutnant. Danach hat, soweit ich weiß, Oberst Hartmann bereits Pläne für Sie.«

Harry hob sich auf die Krücken und sagte: »Ich hab nach dieser Sache hier einen Drink bitter nötig.«

»*Du* brauchst einen Drink?« Max bog sich vor Lachen und legte den Arm um Harry. »Du warst schon immer ein selbstsüchtiger Mistkerl.«

Sie hatten den Speisesaal für sich allein. Max, Harry, Elsa und Hartmann. Die Baronin war entsetzt, als sie Max' Gesicht sah.

»Was haben Sie mit dir gemacht?«

»Es war notwendig, Mutti. Harry hat eine Narbe, also muß ich auch eine Narbe haben.«

Sie war völlig außer sich. »Aber dein wunderschönes Gesicht! Und dann noch etwas, paßt mal auf, mir ist da noch etwas eingefallen. Selbst wenn es funktioniert, selbst wenn Max tut, was man von ihm verlangt... wie kommt er da wieder weg?«

Harry, der gerade Kartoffeln auf seinen Teller schaufelte, sagte: »Eine ausgezeichnete Frage, Hartmann. Was tut er dann?«

»Nun, er hat Zugang zu Flugzeugen. Er könnte durchaus in einer der Lysander zurückfliegen.«

»Und falls das nicht möglich ist?«

»Wir haben Agenten an der portugiesischen Botschaft in London. Portugiesische Schiffe laufen immer noch in Liverpool und dem Themsehafen von London ein, und sie unterstehen einem neutralen Land, wohlgemerkt. Wir sind bestimmt in der Lage, für Max irgendwie eine Überfahrt nach Lissabon zu arrangieren.

»Überfahrt nach Lissabon?« schnaubte Max. »Während die da drüben nach Eisenhowers Tod sämtliche Grenzen dichtmachen werden?«

Es folgte Schweigen, und dann sagte Max: »Tja, man kann eben nicht alles haben.«

Elsa von Halder blickte ihn wütend an. »Willst du damit sagen, daß du diesen Wahnsinn wirklich mitmachen willst?«

»Ich wüßte nicht, was mir anderes übrig bleibt, Mutti, nicht, nachdem ich den Film gesehen habe. Ich denke dabei vor allem an dich.«

»Nein«, rief sie. »Das brauchst du mir nicht zur Last legen. Das lasse ich nicht mit mir machen.«

Elsa saß in ihrer Schlafzimmersuite auf der Fensterbank, rauchte nervös eine Zigarette und erzählte alles Rosa Stein.

»Das sind Schweine, alle miteinander. Und von mir wird erwartet, Mitgefühl für Bubi Hartmann aufzubringen. Aber warum sollte ich? Er schickt Max in den sicheren Tod. Das Ganze ist unglaublich.«

»Aber wenn Reichsführer Himmler alle in der Hand hat, was kann man da machen?« fragte Rosa zögerlich.

»Ich werde nach Berlin gehen. Ich werde mich an den Führer wenden.«

»Frau Baronin, Sie sollten folgendes bedenken. Erstens, wir sind hier Gefangene, Berlin kommt also nicht in Frage. Und zweitens wird der Führer auf Himmler und nicht auf Sie hören.« Sie schüttelte den Kopf. »Ihnen dürfte doch auch inzwischen klar sein, Frau Baronin, was es mit dem Dritten Reich in Wirklichkeit auf sich hat.«

Elsa starrte sie an. »Irgend etwas muß ich doch tun können, um meine Söhne vor diesem Wahnsinn zu retten.«

Rosa blickte sie traurig an, diese Frau, der sie jahrelang gedient hatte und der sie aufrichtig zugetan war, trotz deren Arroganz, Launenhaftigkeit und egoistischer Art.

»Nein, Frau Baronin, da kann man gar nichts tun.«

Als es an der Tür klopfte, öffnete sie, und Hartmann und Müller kamen herein. Elsa starrte sie kalt an. »Ich wünsche meine Söhne zu sehen.«

»Das ist momentan nicht möglich«, erwiderte Hartmann. »Die Operation ist de facto angelaufen, und die beiden haben viel zu tun. Wir können keine weitere Einmischung zulassen.«

»Ich bestehe darauf. Ich kann nicht zulassen, daß sie weitermachen.«

Hartmann hatte nichts anderes erwartet. Ihm war rasch klar geworden, daß ihre Haltung ohne weiteres das ganze Projekt gefährden konnte. Er atmete tief durch. »Es tut mir leid, aber ich muß Ihnen mitteilen, daß es Ihnen auf persönlichen Befehl von Reichsführer Himmler hin untersagt ist, Ihre Söhne zu sehen, bevor die Sache abgeschlossen ist. Wenn Sie jetzt bitte Ihre Sachen packen würden, Sie werden ins Jagdhaus umziehen, auf die andere Seite des Guts.«

»Ich weigere mich.« Sie warf sich trotzig in Positur.

»Dann lauten meine Anweisungen, Sie nach Berlin zurückzuschaffen, wenn nötig mit Gewalt. Wenn Sie bleiben wollen, dann im Jagdhaus, und zwar ohne sich weiter einzumischen.«

In dem Moment wirkte sie plötzlich um Jahre gealtert. Sie mußte sich erst einmal setzen. »Also gut, Sie haben gewonnen, dann ziehe ich eben um. Aber dürfte ich bitte nicht doch noch einmal meine Söhne sehen? Nur noch einmal?«

»Wenn Max weg ist, können Sie Harry sehen. Mehr kann ich nicht tun.« Hartmann wandte sich an Müller. »Kümmern Sie sich um die Baronin, Herr Sturmbannführer.«

»Jawohl, Herr Standartenführer.«

Hartmann zündete sich draußen im Gang mit zitternden Händen eine Zigarette an. Er war voller Selbstekel. »Gott im Himmel«, flüsterte er. »Wo soll das alles nur enden?«

Er ging zu der kleinen Bibliothek, in der Harry und Max sich gerade besprachen.

»Also«, sagte Hartmann. »Zuerst die Fotos. Schauen wir uns mal an, was Sie haben, Harry.«

Harry reichte ihm widerstrebend seine Brieftasche. »Das bin ich und Molly, vor dem Eingang des Savoy.«

»Was haben Sie dort gemacht?«

»Getanzt, im River Room.«

»Name der Musikkapelle?«

»Carrol Gibbons and the Orpheans.«

»Sehr gut. Sie sieht hübsch aus.«

Harry blickte Hartmann an, sagte aber nichts. Dann fuhr er fort. »Das hier sind Molly und ich in Cold Harbour. Wieder Cold Harbour: Zec Acland, der Bootsführer des Rettungsboots, der, mit dem du gesprochen hast, Max. Julie Legrande, die Wirtschafterin. Brigadegeneral Munro und Jack Carter, sein Adjutant.«

Hartmann machte sich Notizen. »Ich habe eine Akte aus Berlin«, sagte er. »Fotos von Munro und Informationen über seine Organisation. Schauen wir mal, was wir davon gebrauchen können. Einzelheiten über sein Verhältnis zu Doktor Sobel, Cold Harbour, Eisenhower, sein Hauptquartier in Southwick House und ein paar Details darüber, wie der Kurierdienst funktioniert.« Er seufzte. »Wir haben einen langen Tag vor uns, meine Herren. Wir fangen am besten unverzüglich an.«

Mit düsterer Miene machten sich die Brüder ans Werk.

Das Jagdhaus war recht bequem. Das Wohnzimmer war mit einem Kamin ausgestattet, und die Decke wurde von dicken Holzbalken getragen. Das größere Schlafzimmer war mit alten Eichenmöbeln eingerichtet und hatte ebenfalls einen Kamin und zudem ein ausgezeichnetes Badezimmer. Rosa packte die Koffer aus, und Elsa, die einfach nicht zur Ruhe kam, streifte von Zimmer zu Zimmer.

Im Wohnzimmer war ein Getränkeschrank. Sie trank ein großes Glas Brandy. Aber das Gefühl der Verzweiflung in ihr ließ sich dadurch nicht betäuben, im Gegenteil. Sie schenkte sich noch einen ein und setzte sich. Schließlich trat die erwünschte Wirkung ein. Ihr ganzes Leben lang hatte sie eine gesellschaftliche Stellung, Macht und, dank Abe Kelso, Geld gehabt. Sie ging nach oben auf ihr Schlafzimmer. Rosa war gerade dabei, die kleineren Taschen auszupacken und legte den Schmuck auf der Ankleide aus. Sie holte die Walther PPK hervor.

»Wo soll ich die hier hintun, Frau Baronin?«

Elsa streckte die Hand aus. »Ich kümmere mich darum.«

Sie ging wieder nach unten und legte die Walther neben sich aufs Sofa. Es war alles vorbei. Max war so gut wie tot, und Harry würden sie auch noch abservieren, und alles nur wegen ihr – sie war der einzige Grund, weshalb ihre Jungs so handelten. Wenn es sie nur nicht mehr geben würde, wie anders dann alles wäre. Und da, benebelt vom Brandy, wußte sie natürlich, was sie zu tun hatte. Sie nahm die Walther, zog den Schieber zurück und legte sie wieder weg.

»Rosa, kommen Sie bitte mal!« rief sie.

Einen Moment später tauchte Rosa auf. »Ja, Frau Baronin?«

»Rufen Sie im Château an. Bitten Sie Herrn Hartmann, sofort herüberzukommen.«

»Ja, Frau Baronin.«

Hartmann, der gerade in dem Zimmer saß, das als Offiziersmesse benutzt wurde, erhielt die Nachricht der Baronin von einem Offiziersburschen. Müller und Schröder waren gerade bei ihm.

»Ich halt das nicht mehr aus«, sagte er. »Ich hab wahrlich genug am Hals.«

»Wir kommen mit Ihnen«, sagte Müller und lächelte Schröder an. »Da können Sie noch was lernen.«

Das Jagdhaus wurde am Eingang von zwei Männern bewacht, zusätzlich zu den Streifen, die das Gelände sicherten. Elsa spähte aus dem Fenster, und als sie den heranfahrenden Kübelwagen erblickte, ging sie zum Sofa und setzte sich. Sie hatte die Walther zwischen den Kissen versteckt und zündete sich nun eine Zigarette an. In den Warteminuten zuvor hatte sie eine Flasche Champagner geöffnet. Nun rief sie Rosa zu sich.

»Ein Glas Champagner.«

»Sehr gern, Frau Baronin.«

»Wenn Sie sie reingelassen haben, gehen Sie bitte in die Küche und tauchen hier nicht mehr auf.«

»Wie Sie wünschen, Frau Baronin.«

Es klingelte an der Tür. Rosa ging und öffnete. Hartmann trat ein, gefolgt von Müller und Schröder. »Da wären wir, Frau Baronin. Gibt es irgendein Problem?« fragte er.

»Nur die Tatsache, daß es euch Nazi-Schweine gibt«, sagte sie. »Und das Problem, daß es mich gibt. Denn schließlich könnten Sie meine Söhne ohne mich nicht unter Druck setzen.«

Blitzartig fuhr ihre Hand mit der Walther hoch, und Hartmann, der sofort kapierte, was sie vorhatte, rief: »Nein!«

Er warf sich zur Seite. Müller, der es ihm gleichtat, bekam die ersten beiden Kugeln ab. Er zuckte in die Höhe. Hartmann krabbelte hinter das andere Sofa in Deckung. Schröder riß sein Pistolenhalfter auf, griff die Mauser, feuerte, ohne nachzudenken, drei Schüsse ab und nagelte damit Elsa, Baronin von Halder, förmlich an die Sofalehne.

Hartmann richtete sich auf und bückte sich über Müller. Er blickte auf. »Tot.«

Schröder, der sich über Elsa beugte, sagte: »Sie auch.« Er betrachtete die Mauser. »Ich habe noch nie zuvor jemanden getötet.« Er schien ganz benommen zu sein.

»Es war nicht Ihre Schuld. Sie wollte sterben.«

Irgend jemand schlug laut gegen die Tür. Hartmann machte auf und ließ einen Feldwebel und zwei Männer herein. Sie standen entgeistert und entsetzt da.

»Müller und die Baronin sind tot«, sagte Hartmann und wandte sich an Schröder. »Ich lasse Sie die Sache hier erledigen. Sorgen Sie dafür, daß kein Wort darüber nach außen dringt. Weder der Baron noch Oberstleutnant Kelso dürfen davon erfahren.«

Schröder war verblüfft. »Wieso denn nicht?«

»Der Baron hat sich zu dem schwierigen Auftrag nicht ganz freiwillig bereit erklärt und ihn letztlich nur übernommen, um seine Mutter vor der Höchststrafe zu bewahren, die ihr wegen Landesverrat geblüht hätte. Was meinen Sie, wie er reagiert, wenn er erfährt, daß sie tot ist?«

»Ah, ich verstehe.« Schröder nickte. »Dann werde ich mal anfangen.« Er wandte sich zum Telefon um, hielt dann aber kurz inne. »Was ist mit dem Dienstmädchen?«

Hartmann fluchte und eilte die Treppen hoch, aber von Rosa Stein war keine Spur mehr zu sehen. Er eilte wieder hinunter und ging in die Küche, kam sofort wieder heraus und sprach mit dem Feldwebel.

»Da war noch eine Frau hier, das Dienstmädchen. Sagen Sie den Streifen, daß sie gesucht werden soll.«

»Sofort, Herr Standartenführer.« Der Feldwebel nickte seinen Männern zu und rannte hinaus.

Hartmann holte tief Luft und mußte an den Reichsführer in Paris denken, aber das konnte warten. Er zündete sich eine Zigarette an und fuhr in dem Kübelwagen zum Château zurück.

Rosa hatte die ganze Schreckensszene von der Küche aus bei angelehnter Tür mit angehört. Von Panik gepackt, war ihr einziger Gedanke gewesen, so schnell wie möglich wegzukommen. Sie schnappte sich ihren alten Regenmantel vom Haken, schlüpfte hinein und öffnete die Tür nach draußen.

Es war ihr Glück, daß die Streifen, angezogen von den Schüssen, zum Vordereingang rannten. Sie wartete, bis der letzte Mann verschwunden war, und eilte dann über den Rasen zu dem Tor in der Backsteinmauer. Dahinter lag ein Wald. Sie ging durchs Tor. Was aber wie ein Wald ausgesehen hatte, war in Wirklichkeit nicht mehr als ein Stück Heideland. Sie holte tief Luft und rannte um ihr Leben.

Max und Harry waren noch immer in der Bibliothek, als Hartmann hereinkam. Er setzte ein Lächeln auf. »Immer noch dabei?«

»Was glaubst denn du«, sagte Max. »Da draußen hat es gerade eben irgendwie eine Riesenhektik gegeben. Überall Wachen, als ich rausgeschaut habe.«

»Ja, die haben gedacht, daß irgend jemand unten durch den Wald eingedrungen sei. Wahrscheinlich Wilderer. Und? Voller Zuversicht?«

»Du machst wohl Witze«, sagte Max. »Das Ganze ist verdammt heikel, Bubi. Soll ich Molly beispielsweise küssen? Frauen sind Frauen. Vielleicht sehe ich ja genauso aus, aber ich schmecke anders.«

»In dem Zustand, in dem sich dein Gesicht befindet, wird sie Angst haben, dich auch nur zu berühren«, sagte Harry.

Hartmann zündete sich eine Zigarette an. »Ihr müßt es immer wieder durchgehen. Du kannst es schaffen, Max.«

»Wer's glaubt, wird selig«, sagte Max. »Wohlgemerkt, Bubi, ich tue das alles nicht, weil ich etwa meine, daß es richtig ist, und das gleiche gilt für Harry. Es ist einzig und allein, weil wir den Gedanken, unsere Mutter an diesen Fleischerhaken zu sehen, nicht ertragen können.«

»Ich weiß, ich weiß, aber wenn wir Glück haben, ist vielleicht alles ganz schnell vorbei. Du fliegst nach Cold Harbour rüber, Munro schafft dich sofort nach London. Eisenhower wird dich sehen wollen – ich kann mir einfach nichts anderes denken. Verdammt noch mal, du bist der Held der Stunde. Hayes Lodge in London, Southwick House in Portsmouth – wo, ist egal. Du könntest ebenso schnell wieder weg sein, wie du hingelangt bist, Max, eine Sache von Tagen. Die portugiesischen Diplomaten, die ich da einsetze, habe ich bereits angewiesen, sich nach Schiffspassagen zu erkundigen.«

»Du solltest mir langsam sagen, um wen es sich da handelt.«

Hartmann erzählte ihnen von den Rodrigues-Brüdern und von Sarah Dixon und schrieb deren Adresse auf einen Zettel.

»Wissen diese Leute, worum's geht?«

»Bis in alle Einzelheiten, und Sie wissen ebenfalls, wer du bist. Eisenhower bedeutet ihnen nichts. Die Brüder machen wegen des Geldes mit, und Mrs. Dixon gehört der IRA an.«

»Erzähl mir mehr über sie.«

Hartmann schlug einen Aktenordner auf und entnahm ihm ein Blatt. »Steht alles hier drauf.«

Max nickte. »Natürlich gibt es auch noch eine andere Lösung zu alldem. Harry ist wahrscheinlich auch schon draufgekommen. Zwillinge, mußt du wissen, haben gewisse telepathische Fähigkeiten. Was meinst du, Bruderherz?«

»Ach, du meinst den glorreichen Moment, wenn du dich entscheidest für den Führer und das Reich zu sterben, in Eisenhowers Büro vor aller Augen deine Pistole ziehst, ihn erschießt und im Kugelhagel stirbst?«

»Genau.« Max wandte sich an Hartmann. »So einfach und so bequem. Wie dem auch sei, wann fliege ich los, Bubi?«

»Ich dachte, so um vier Uhr morgens. Du ›stiehlst‹ einfach meinen Storch von der Rollbahn. Bis nach Cold Harbour dürfte es damit nicht länger als eine Stunde dauern. Das Wetter könnte zwar besser sein, aber um fünf Uhr herum setzt die Dämmerung ein.«

»Hört sich gut an. Je schneller, desto besser.«

»Ein paar Maschinengewehrsalven in den Rumpf wären vielleicht das Tüpfelchen auf dem i«, sagte Harry sarkastisch.

»Ist eigentlich eine hervorragende Idee.« Hartmann stand auf. »Ich würde an eurer Stelle alles noch einmal durchgehen. Wir können um neun zu Abend essen, wenn's euch recht ist.«

»Und uns von unserer Mutter verabschieden«, sagte Max zu Hartmann.

Und damit begannen die Lügen. »Das ist leider nicht möglich«, sagte Hartmann. »Eure Mutter hat uns ganz schön zu schaffen gemacht, gelinde gesagt. Himmler hat ausdrücklich befohlen, daß sie, sobald die Operation angelaufen ist, getrennt unterzubringen ist. Sie ist momentan im Jagdhaus am anderen Ende des Guts. Du darfst sie nicht sehen, Max, und das ist endgültig.«

»Komm schon, Bubi«, sagte Max.

»Wenn du weg bist, kann dein Bruder sie besuchen.« Hartmann hatte das Gefühl, an der Lüge beinahe zu ersticken. »Mehr kann ich nicht tun.«

Es folgte ein Schweigen, und schließlich zuckte Max die Achseln. »Na ja, was soll's. Bringen wir's nur hinter uns. Machen wir also weiter, Bubi.«

Hartmann ging hinaus.

»Die Zeit wird knapp, Max. Ist dir inzwischen was eingefallen?« sagte Harry.

Max schüttelte mit düsterem Gesicht den Kopf. »Wir müssen es bis zu Ende durchspielen und einfach sehen, ob sich vielleicht irgendwas ergibt.«

»Verdammter Mist.« Harry schwieg einen Moment, dann sagte er: »Wenn es wirklich drauf ankommt ... wenn es kein Zurück mehr gibt ... Glaubst du wirklich, daß du dazu fähig bist?«

»Du hast den Film gesehen«, sagte Max. »Diese beiden Frauen, wie sie an dem Draht gebaumelt und gezappelt haben, wie ihre Augen hervorgetreten sind – und weißt du, was das schlimmste war?«

Harry nickte. »Wie sie sich genäßt und defäkiert haben.«

»Harry, ich würde lieber in die Hölle hinabsteigen und mir den Teufel persönlich schnappen, bevor ich zulasse, daß so was mit unserer Mutter geschieht.«

Etwa zur selben Zeit kreuzten in London Fernando und Joel Rodrigues in Sarah Dixons Wohnung auf. Lacey und ein Fotospezialist, ein Scotland-Yard-Beamter namens Parry, hatten sich an ihre Fersen geheftet und von ihnen Fotos beim Betreten und Verlassen des Gebäudes geschossen. Dann folgten sie ihnen die Westbourne Grove entlang in das italienische Restaurant, das Sarah und Fernando bereits seit Jahren aufzusuchen pflegten.

»Irgendwie kommt mir das Ganze komisch vor«, sagte Lacey. »Die Frau habe ich schon mal irgendwo gesehen.«

»In den Wohnblöcken hier hausen eine Menge Leute«, sagte Parry.

»Na toll. Sie sind wahrlich ein großartiger Detektiv. Persönlich halte ich es immer für die beste Taktik, die Leute geradewegs bei der Kehle zu packen. Nehmen Sie den Film raus, und legen Sie eine neue Rolle ein. Werd ihn umgehend entwickeln lassen. Bin gleich zurück.«

Er ging ins Restaurant, das relativ voll war, stellte sich ans Ende der Theke und ließ sich ein Glas Wein kommen. Als der Oberkellner vorbeikam, zog er ihn beiseite. Er zeigte kurz seinen Dienstausweis.

»Gesehen?«

Der Oberkellner machte große Augen. »Gibt es irgendein Problem, Constable?«

»Wie heißen Sie?«

»Franco.«

»Also, Franco. Wenn Sie mir sagen, was ich wissen will, werde ich Ihren Laden nicht schließen lassen. *Capisce*?« Franco nickte beflissen. »Sehen Sie die beiden Männer und die Frau dort am Fenster? Wer sind sie?«

»Die Dame ist Mrs. Dixon, Mrs. Sarah Dixon. Der größere der beiden Herren ist Senhor Rodrigues von der portugiesischen Botschaft. Sie kommen bereits seit Jahren hierher. Sie wohnt in der Nähe.«

»Und der andere?«

»Hab ich noch nie gesehen.«

Lacey klopfte Franco auf die Schulter. »Gut gemacht. Und nicht ein Wort, verhalten Sie sich normal. Verstanden?«

»Völlig, Constable.«

Lacey wandte sich um, ging hinaus und sah Parry auf der gegenüberliegenden Straßenseite. Parry gab ihm den Film. »Alles in Ordnung?«

»Ja. Bleiben Sie hier, folgen Sie ihnen anschließend und geben Sie telefonisch Bescheid. Ich nehme den Film mit ins Yard und lasse ihn entwickeln.« Er machte kehrt, blieb kurz stehen und wandte sich noch einmal um. »Himmel, mir ist gerade eingefallen, wo ich die Frau schon mal gesehen habe.«

Munro saß am Kamin in seiner Wohnung am Haston Place, trank einen heißen Grog und blätterte gerade ein paar Akten aus dem Büro durch, als das Telefon klingelte. Er ging ran.

»Munro.«

»Carter, Sir.«

»Es ist zehn Uhr, Jack. Ich wollte heute früh ins Bett. Muß morgen um sechs im Büro sein.«

»Wir haben ein Problem, Herr Brigadegeneral.«

Dies war eine Wendung, die sie nur in äußerst kritischer Lage benutzten. »Wie groß?« sagte Munro.

»Sehr groß, Sir. Chief Inspector Riley und einer seiner Helfer sind bei mir. Ich glaube, Sie sollten uns kurz vorbeikommen lassen.«

»Ich erwarte Sie, Jack.«

In dem Restaurant unterhielten sich Sarah, Fernando und Joel bei einem Kaffee mit gedämpfter Stimme über die Lage der Dinge. Fernando sagte zu Sarah: »Hast du damit ein Problem?«

»Eisenhower zu beseitigen?« Sie schüttelte den Kopf. »Der Mann bedeutet mir nichts. Um ehrlich zu sein, als es neunzehn-vierzig so aussah, als würden die Deutschen in England einmarschieren, hatte ich das Gefühl, als würde bald der Traum eines jeden Iren wahr.«

»Sarah, ich liebe dich«, sagte Fernando, »aber ich will es dir trotzdem sagen: Wenn Hitler in England eingefallen wäre, hätte er die Panzer sofort nach Irland weiterrollen lassen, glaub mir.«

»Vielleicht, aber das ändert nichts an der gegenwärtigen Lage. Für den Deutschen da, der sich als sein eigener Bruder ausgibt, werden wir alles tun, was ihm hilft. Du erkundigst dich nach portugiesischen Schiffen im Themsehafen. Er braucht bei seiner Flucht Unterstützung.«

»Er wird nirgendwohin fliehen«, sagte Fernando. »Wenn er Eisenhower umbringt, geht er mit drauf. Egal, wir wissen ja noch nicht mal, wann er ankommt.«

»Bald«, sagte sie. »Gehen wir. Ich muß morgen sehr früh zur Arbeit. Kommst du noch mit hoch, Fernando?«

Er beugte sich vor und küßte sie. »Joel ist erst einen Tag hier. Ich bleibe bei ihm, damit er sich hier leichter eingewöhnen kann.«

Er zahlte die Rechnung, und sie brachen auf. Sie spazierten gemeinsam die Westbourne Grove hoch und brachten Sarah zu ihrem Wohnblock. »Gute Nacht, Liebling«, sagte Sarah. »Wir sprechen uns bald.«

Parry, der im Hauseingang gegenüber stand, fotografierte alles mit seiner Spezialkamera, ohne zu blitzen. Sarah ging, und die Brüder schlenderten die Westbourne Grove hinunter.

»Du magst die Frau, was?« sagte Joel, als sie den Queensway hinaufgingen.

»Ob ich sie mag? Ich liebe sie«, sagte Fernando. »Ich würde sie morgen heiraten, wenn die Dinge anders lägen.«

»Sie heiraten? Sie ist zehn Jahre älter als du.«

Als sie die Stufen zur U-Bahn-Station Bayswater hinuntergingen, sagte Fernando: »Ich war schon immer ganz verrückt nach Frauen, jede Menge Sex, und der Sex mit ihr ist ganz in Ordnung, aber es ist mehr als das. Sie ist mehr wert als alle Schlampen zusammen, mit denen ich ins Bett gestiegen bin.«

»Ihr könntet keine Kinder haben.«

Sie standen auf dem Bahnsteig, und Fernando sagte: »Du magst Männer, Joel, und das ist deine Sache, aber die Liebe, die ich für diese Frau empfinde, das ist meine Sache.«

Der Zug fuhr ein. Sie stiegen ein. Parry folgte ihnen.

In Munros Wohnzimmer stellte Sean Riley unterdessen Lacey vor. Jack Carter schenkte auf einer kleinen Anrichte ein paar Gläser Scotch ein und brachte sie auf einem Tablett.

»Sie werden jetzt einen gebrauchen können, Herr Brigadegeneral.«

»Oje.« Munro nahm ein Glas. »Also gut, dann erzählen Sie mal, was Sie Schlimmes zu berichten haben.«

Riley beschrieb Rodrigues' Ankunft in Croydon und die Unvorsichtigkeit mit den Berliner Stempeln im Ausweis. Er erzählte in allen Einzelheiten, was während Laceys Nachforschungen passiert war und gab den letzten Stand der Erkenntnisse wieder. Dann schnippte er mit den Fingern, und Lacey reichte ihm einen Aktendeckel. Riley schlug ihn auf und zog eine Reihe Schwarzweißfotos heraus.

»Die Rodrigues-Brüder, Herr Brigadegeneral, und die betreffende Dame.«

Jack Carter übernahm das Wort. »Fernando ist beinahe seit Beginn des Krieges hier und mittlerweile erster Handelsattaché seines Landes. Sein Bruder, Joel, ist Handelsattaché in Berlin und hat sich unerklärlicherweise zu Kurieraufgaben zwischen Lissabon und London versetzen lassen.«

»Und die Frau?«

Jack Carter zögerte, dann sagte er: »Constable Lacey hat sie erkannt, Sir. Sein Dienst mit dem Sicherheitsdienst des Scotland Yard führt ihn häufig ins Hauptquartier der SOE.«

»Sagen Sie, verstehe ich Sie da richtig?« sagte Munro mit fester Stimme.

»Sie gehört zum Mitarbeiterstab der Baker Street, Sir«, sagte Lacey. »Wie Major Carter bereits sagte, ich habe sie wiedererkannt.«

»Gott im Himmel.« Munro stand auf, ging zur Anrichte und schenkte sich noch einen Whisky ein. »Und was bedeutet das im schlimmsten Fall?«

Carter nickte Sean Riley zu, so daß dieser fortfuhr: »Es handelt sich hier nur um eine erste, vorläufige Bewertung, Herr Brigadegeneral. Morgen werden wir in der Lage sein, alles gründlich zu überprüfen. Bei der betreffenden Dame handelt es sich um Sarah Dixon, Witwe von George Dixon, der vor Jahren an Krebs gestorben ist. Sie ist in London geboren, Vater englisch, irische Mutter. Ihr Mädchenname ist Brown. Ihr Großvater, ein gewisser Patrick Brown, war IRA-Aktivist und bei den Osteraufständen von 1916 dabei. Er wurde von britischen Einsatzkräften hingerichtet. Sie war eine Zeitlang im Heeresministerium angestellt und ist vergangenes Jahr ins Hauptquartier der SOE gewechselt. Bürosachen, Sekretärinnenarbeiten, nur minderwichtige Sachen.«

»Minderwichtig?« Munro wirkte, als würde er gleich einen Nervenzusammenbruch erleiden. »Wie zum Teufel können wir da so sicher sein, wo die Frau doch weiß, wie der ganze Laden läuft? Und wie ist sie überhaupt im Hauptquartier der SOE gelandet? Hat irgend jemand die Frau überprüft?«

Carter seufzte. »Soweit sind wir leider mit unseren Nachforschungen noch nicht. Kann sein, daß sie einfach ... übersehen wurde.«

»Gott im Himmel.«

»Aber Herr Brigadegeneral, wer konnte schon mit so was rechnen?« sagte Carter. »Wir haben das Agentennetz der deutschen Abwehr in England bereits vor Jahren zerschlagen, und die meisten Agenten wurden umgedreht. Es war einfach niemand mehr aktiv.«

Munro nippte stirnrunzelnd an seinem Whisky. »Wenn meine Erinnerung mich nicht trügt, Jack, gab es da vor vielen Jahren so einen Bericht, noch vor Ihrer Zeit, um ehrlich zu sein. Uns war zu Ohren gekommen, daß vor dem Krieg ein gewisser Major Klein des SD-Hauptquartiers in Berlin sich über sämtliche Vorschriften hinweggesetzt und ein eigenes englisches Netz aufgebaut hatte.«

»Das war mir bekannt, Sir, aber es handelte sich doch damals nur um so eine Art Gerücht«, sagte Carter. »Ich habe die Akte gelesen. Nichts, was Hand und Fuß hatte.«

»Was, wenn da aber doch was dran war, Jack?«

»Sollen wir die Leute festnehmen, Herr Brigadegeneral?« sagte Riley.

»Nein, die Rodrigues-Brüder würden sich auf ihre diplomatische Immunität berufen. Uns bliebe allenfalls übrig, sie auszuweisen.«

»Aber wenigstens die Frau, Sir?« sagte Riley.

Munro schüttelte den Kopf. »Eine Bewachung rund um die Uhr muß momentan genügen, Chief Inspector. Sämtliche Personen, mit denen sie Kontakt aufnimmt, müssen aufgezeichnet werden. Setzen Sie Ihre besten Männer auf sie an.« Er wandte sich an Carter. »Eine sorgfältige Überprüfung in der Baker Street, Jack. Führen Sie gleichzeitig eine Ihrer regulären Personalüberprüfungen durch. Das wird unsere wahren Gründe verschleiern.«

»Jawohl, Sir.«

Munro erhob sich. »Meine Herren, ich erwarte von Ihnen, daß Sie beste Arbeit leisten. Es handelt sich hier unter Umständen um eine ernste Sache.«

Als Hartmann in den Speisesaal trat, um mit den beiden Brüdern zusammen zu Abend zu essen, war er im ersten Moment völlig baff. Einen kurzen Augenblick der Verwirrung lang glaubte er, daß es Harry war, der dort in amerikanischer Uniform am Kamin stand. Harry saß jedoch gleich neben ihm – die Krücken lagen auf dem Boden – und trug die Fliegerbluse der Luftwaffe mit dem Ritterkreuz, dem Eichenlaub und den Schwertern.

»Mein Gott«, sagte Hartmann. »Es ist einfach unglaublich.«

»So ist es aber«, sagte Max. »Kommt Müller nicht auch?«

»Nein, er ist nach Saint-Malo gerufen worden, und Schröder hat zu tun. Eine Wache hat sich ein Bein gebrochen.« Er wandte sich an die Ordonnanz, die wartend bereitstand. »Also, dann essen wir jetzt.«

»Genau, mit vollem Magen stirbt's sich besser.« Max setzte sich an den Tisch. Harry tat es ihm gleich, und Max sagte zu ihm: »Habe ich nicht doch vielleicht irgend etwas vergessen?«

»Mach dich jetzt nicht verrückt. Es gibt natürlich immer noch einige Leute, die du nicht erkennen wirst. General Sobel beispielsweise. Du mußt die Ruhe bewahren und sie auf dich zukommen lassen.«

»Ich werde mein Bestes tun.« Max warf einen Blick zum Fenster hinaus. »Hör dir nur diesen Regen an. Wenn ich da an die armen Matrosen denke, die in einer solchen Nacht auf hoher See sind.«

»Da solltest du lieber an die Piloten denken.« Harry nahm ein Glas Wein. »Mir fällt nichts ein, auf das wir noch trinken könnten.«

»Wie wär's einfach mit: Gott hilf uns?« sagte Max.

Rosa schleppte sich mühsam durch den Wald fort. Sie war völlig durchnäßt und mit ihren Kräften am Ende. Es war inzwischen so dunkel geworden, daß sie ständig in Bäume hineinstolperte. Am Himmel krachten Blitze, die kurz alles hell aufleuchten ließen, und plötzlich war da ein Pfad und irgendeine Hütte. Sie taumelte darauf zu, stieß auf eine große Tür und öffnete sie. Es kam ihr hier sogar recht warm vor, und als es wieder blitzte, sah sie die großen Holzstapel und eine Reihe von Ställen, in denen sich jedoch keine Tiere befanden. Dann waren da noch einige Heuhaufen. Der Regen hämmerte aufs Dach und trieb durch ein paar Fenster hoch oben herein. Sie zog ihren klitschnassen Regenmantel aus und hängte ihn über eine Stallwand. Dann legte sie sich auf einen Heuhaufen und bedeckte sich mit Stroh. Der Geruch tat ihr gut. Sie schloß die Augen und schlief sofort ein.

Max verabschiedete sich um drei Uhr morgens von Harry und wurde dann von Hartmann im strömenden Regen zur Rollbahn hinausgefahren. Hartmann stellte den Kübelwagen in einer der Flugzeughallen unter. Der Storch stand draußen im Regen. Max, der sich einen Armeemantel über die Schulter geworfen hatte, zündete sich gerade eine Zigarette an, als ein SS-Oberfeldwebel, der die schwarze Uniform der Panzertruppe trug, sich näherte.

»Sie wissen, was Sie zu tun haben«, sagte Hartmann.

Der Oberfeldwebel wandte sich an einen seiner Männer und streckte die Hand aus. Der Mann reichte ihm eine Schmeisser. Der Oberfeldwebel trat in den Regen hinaus und feuerte eine Salve in den Rumpf des Storchs, gleich vor dem Heck, dann eine weitere Salve in die Tragfläche auf der Backbordseite. Er kehrte zurück.

»Hervorragend.« Hartmann wandte sich an Max. »Wir sind soweit, glaube ich.«

»Der Moment der Wahrheit.« Max reichte Hartmann die Hand. »Gib mir deine Walther, Bubi, und das Ersatzmagazin.« Hartmann runzelte die Stirn, aber Max sagte geduldig: »Ich habe sie von dem Wachposten, den ich überwältigt habe, und den zweiten habe ich auch noch damit erschossen.«

»Ich verstehe.« Hartmann nickte. »Natürlich.«

Er nahm die Walther und das zweite Lademagazin aus dem Halfter und gab Max alles. Dieser gab zwei Schüsse in die Luft ab. »Das sollte reichen.« Er verstaute Pistole und Magazin im Regenmantel.

»Na, dann mal los. Tut mir leid«, sagte Hartmann.

»Nicht dein Fehler, Bubi. Ich mach mich jetzt auf.«

Max ging zum Flugzeug, wo der Feldwebel bereits wartete, um ihm die Einstiegstür zu öffnen. Max warf den Regenmantel hinein, wandte sich noch einmal um, nickte Hartmann zu und kletterte dann hinein. Die Tür ging hinter ihm zu. Er startete den Motor. Einen Moment später fing der Propeller an, sich zu drehen und wurde immer schneller. Der Regen trommelte auf die Windschutzscheibe. Wie immer wurde Max von dem, wie er es nannte, Flugzeuggefühl gepackt. Er war dafür geboren. Zu fliegen.

Er ließ den Storch vorrollen und drehte in den Wind. Aus den Hallen und Gebäuden strömte nur schummriges Licht, aber es war ausreichend. Er brauste über die Piste, zog den Steuerknüppel zurück und stieg in die Dunkelheit auf.

15

Der ab und zu aufkommende Gegenwind kostete Max etwas Zeit, aber ansonsten verlief der Flug reibungslos. Die ersten vierzig Minuten hielt er Funkstille, dann meldete er sich.

»Cold Harbour, Cold Harbour, hören Sie mich?«

Sofort kam eine Antwort. »Hier ist Cold Harbour, ich höre Sie laut und deutlich. Wer sind Sie?«

»Colonel Harry Kelso, der sich gerade in einem Luftwaffe-Storch aus der Bretagne aus dem Staub macht. Voraussichtliche Ankunft in zwanzig Minuten.«

»Wir halten uns bereit.«

Der an jenem Morgen diensthabende RAF-Unteroffizier war reichlich geschockt. Er langte nach dem Telefon und wählte zu Julie Legrandes Schlafzimmer durch. Einen Moment später meldete Julie sich mit schläfriger Stimme.

»Was ist los?«

»Hier Funkraum. Ich stehe gerade mit Colonel Kelso in Funkkontakt. Offensichtlich ist er in einem Storch aus Frankreich geflohen.«

»Mein Gott.« Julie war plötzlich hellwach. »Ich komme sofort runter.«

Sie kletterte aus dem Bett, schlüpfte aus ihrem Nachthemd und griff nach ihrem Trainingsanzug.

Die Morgendämmerung überzog den Himmel. Das Licht war ziemlich sonderbar, eine große graue Wolkendecke hing bei tausend Fuß Höhe. Max ging auf fünfhundert Fuß runter. Unter ihm wütete das dunkle, tosende Meer. Er hielt den Steuerknüppel fest umklammert und genoß auf seltsame Weise jeden einzelnen Augenblick. Das hier war für ihn das Fliegen, das einzige, was ihm jemals etwas bedeutet hatte.

Er flog nun völlig ungeschützt im grauen Morgenlicht und stellte dadurch für jede umherstreifende Spitfire oder Hurricane eine leichte Beute dar. Er hätte keine Chance. Wäre innerhalb von Sekunden vom Himmel geschossen. Er mußte lachen. Welch ein Ende damit die ganze jämmerliche Angelegenheit nehmen würde! Aber weder seiner Mutter noch Harry – nicht einmal dem alten armen Bubi – wäre damit geholfen, da sie sich alle weiterhin in Himmlers Hand befanden.

Julie meldete sich über Funk. »Harry?«

»Ich sehe schon die Küste. Ja, ich bin's, Julie.«

»Es ist ein Wunder!«

»In zehn Minuten werde ich bei euch sein«, sagte er. »Angeschlagen, aber ungebeugt, wie unsere britischen Freunde immer sagen.«

»Ich warte auf der Landepiste. Ich werde Munro in London anrufen.«

»Ja, wecken Sie den alten Hund nur auf. Ende.«

Das Klingeln des Nachttischtelefons weckte Munro auf, der sofort schlecht gelaunt war. »Wer in aller Welt ruft mich in dieser Herrgottsfrühe an?«

»Ich bin's, Julie. Etwas Erstaunliches ist passiert. Wir haben Funkkontakt mit Harry Kelso gehabt. Er ist in einem Storch aus der Bretagne geflohen. Er wird in zehn Minuten landen.«

Munro schwang die Beine auf den Boden. »Gütiger Gott, sind Sie sich da sicher?«

»Ich habe selbst mit ihm gesprochen, Herr Brigadegeneral.«

»Wie hat er geklungen?«

»Er hat gesagt, er sei angeschlagen, aber ungebeugt.«

»Typisch Harry. Ich lasse mir eine Lysander in Croydon bereitstellen. Ich bin sobald wie möglich bei euch.«

Er saß einen Moment lang da und dachte über alles nach. Dann ging er nach unten in die Kellerwohnung, rüttelte Jack Carter wach und erzählte ihm, was vorgefallen war.

»Ich kann's gar nicht fassen«, sagte Carter.

»Los jetzt, Jack. Rufen Sie den Kurierdienst in Croydon an, und lassen Sie eine Lysander reservieren.«

»Bin schon dabei, Herr Brigadegeneral.« Carter setzte sich auf und langte nach seiner Beinprothese. »Weiß Molly schon Bescheid?«

»Natürlich nicht. Ich werd's ihr gleich sagen, aber es gibt wichtigere Dinge im Leben als junge Liebe, Jack.«

Er ging wieder nach oben, klopfte an die Tür von Mollys Schlafzimmer und trat ein. Sie hatte offenbar bereits längere Zeit wach gelegen – seit der Nachricht von dem Absturz schlief sie schlecht.

Sie richtete sich auf. »Onkel Dougal? Was ist los?«

»Ich habe eine wirklich erstaunliche Nachricht, meine Liebe«, sagte er und setzte sich auf die Bettkante.

Max rauschte vom Meer her herein, und dann sah er es: Cold Harbour, genau wie Harry es beschrieben hatte, das am Kai vertäute Rettungsboot, das Wirtshaus, die Häuschen und schließlich das Gutshaus und der See. Er glitt über die Kiefern hinweg, setzte auf der Graspiste auf und rollte auf den Hangar zu, wo er von einer Handvoll Jungs vom Bodenpersonal erwartet wurde, die sich dort unter dem Vordach untergestellt hatten, um sich vor dem Regen zu schützen. Nachdem er den Motor abgestellt und die Tür aufgemacht hatte, rannten sie alle miteinander vor. Max bemerkte belustigt deren schwarze Overalls der deutschen Luftwaffe, die sie mit den Schiffchen der RAF kombiniert hatten.

»Toll, daß Sie wieder da sind, Colonel«, sagte der anwesende Oberfeldwebel, und sie alle scharten sich um Max und klopften ihm auf den Rücken. »Ihr Gesicht sieht aber weniger gut aus, Sir.«

»Oh, das überlebe ich schon. Hab ganz schön was abgekriegt, als die Lysander abgegangen ist.« Max tat so, als würde er den Rumpf des Storchs untersuchen. »Hier müßt ihr ein bißchen was reparieren, Oberfeldwebel. Ich bin sozusagen unter Beschuß gestartet. Die Maschine hat sich jedoch ganz gut fliegen lassen. Ihr seid aber alle ziemlich schnell angetreten.« Er griff nach seinem Regenmantel, der noch im Storch lag, und warf ihn sich über die Schulter.

»Oh, das liegt an Miss Legrande, Sir. Sie hat auch gesagt, daß sie bald hier eintrudeln wird. Oh, da kommt sie ja auch schon.«

Julie fuhr in ihrem Jeep vor, bremste, stieg aus und warf die Arme um Max. »Sie wissen gar nicht, wie schön es ist, Sie zu sehen, Harry Kelso. Aber mein Gott, Ihr Gesicht!«

»Tja, ich würde Ihnen ja liebend gern einen Kuß geben, aber es tut schrecklich weh.« Er setzte ein schiefes Lächeln auf. »Aber ich kann immer noch essen, und darf ich Ihnen ein Geheimnis verraten? Ich sterbe vor Hunger.«

»Ich fahre Sie zum Hanged Man runter. Ein vollständiges englisches Frühstück wäre jetzt wohl das richtige. Zec steht früh auf, um den Kamin anzufachen.« Der Regen wurde stärker. »Kommen Sie, steigen Sie ein.«

Er kletterte auf den Beifahrersitz. Im Handschuhfach lag ein Päckchen Marine-Zigaretten und daneben ein Feuerzeug. »Sie haben doch nichts dagegen, wenn ich mich bediene?«

Als er das Päckchen öffnete, sagte sie: »Ich habe immer gedacht, Sie könnten diese Dinger nicht ausstehen. Hab Sie immer nur Players rauchen sehen.«

Er fing sich in Sekundenschnelle. »Julie, mein Schatz, nach dem, was ich durchgemacht habe, rauche ich alles.«

Sie lächelte. »Ja, kann ich mir vorstellen«, sagte sie und bog in die High Street ein.

Max, der die erste Hürde sicher genommen hatte, lehnte sich zurück. Das Adrenalin strömte noch in seinen Adern, und alles um ihn herum schien von kristallener Klarheit.

Zec Acland kniete beim Kamin und legte noch in aller Sorgfalt ein paar Holzscheite auf. Als er sich umdrehte, ging die Tür auf, und Julie trat ins Wirtshaus ein, gefolgt von Max. Zec war noch nie in seinem Leben so verblüfft gewesen. Er stand auf.

»Also, das gibt's doch nicht, der Colonel. Und wir haben gedacht, daß Sie drüben sind, vielleicht sogar tot.«

»Fast, aber nicht ganz.«

»Ihr Gesicht sieht aber übel aus.«

»Könnte schlimmer sein.«

»Ich habe ein Flugzeug einfliegen hören.«

»Das war ich. Ich habe mich in einen Storch gesetzt und bin damit abgehauen.«

»Das kann nicht leicht gewesen sein.« Zec stopfte sich seine Pfeife.

»Mußte einen der Wachtposten niederschießen.« Max holte die Walther aus dem Regenmantel hervor. »So ist das nun mal im Krieg.«

Zec blickte düster drein. »Der verdammte Krieg. Nimmt kein Ende. Trotzdem, lange wird's nicht mehr dauern. Wie ich gehört habe, ist bald D-Day, wie wir's hier nennen. Ich würde sagen, Sie haben sich einen Drink verdient, trotz der frühen Stunde.«

»Ich werde ein Frühstück herrichten«, sagte Julie. »Ich höre euch von der Küche aus zu. Munro habe ich bereits angerufen. Er ist hierher unterwegs.«

Zec schenkte zwei Whiskys ein und gab etwas Wasser dazu.

»Hat er nach den Einzelheiten gefragt?« rief Max Julie hinterher.

»Nein, aber die hätte ich ihm ja auch nicht geben können. Ich weiß ja selbst nichts«, rief Julie zurück.

Zec lehnte sich von der anderen Seite auf dem Thresen vor. »Was ist dort drüben passiert?«

Max hielt sich so genau wie möglich an die Tatsachen. Die erfolgreich verlaufene Ablieferung von Jacaud, wie die Me 109 sich auf ihn geworfen hatten und wie die SS-Patrouille ihn in letzter Sekunde gerettet hatte.

»Ich seh ja gar nichts von Tarquin«, sagte Zec.

»Tarquin ist weg. Die Lysander ist gleich, nachdem ich raus war, in Flammen aufgegangen.«

»Das tut mir echt leid.«

Julie tauchte in der Küchentür auf. »Das ist ja schrecklich.«

»So ist das Leben nun mal«, sagte Max. »Dann hat man mich ins Château Morlaix gebracht. Ich hatte mir beim Absturz das Gesicht aufgeschlagen, die alte Narbe war aufgeplatzt, aber die hatten einen guten Arzt da. Er hat's wieder zugenäht. Bin dort ganz ordentlich behandelt worden. Es war reiner Zufall, daß eine Panzereinheit der SS ins Schloß eingerückt war.«

»Und was dann?«

»Es war denen gesagt worden, daß ich nach Berlin überführt werden sollte. Die Luftwaffe hat draußen vor dem Dorf einen Nachschubstützpunkt eingerichtet, und von dort wollte man ein Flugzeug vorbeischicken.« Er kam nun langsam in Fahrt und schmückte die Geschichte etwas aus. »Mir war gleich klar, wenn das einmal passiert ist, ist es aus mit mir. Eine Flucht schien eigentlich ein Ding der Unmöglichkeit zu sein, war dann aber doch sehr einfach. Ich hab mit dem Kommandanten zu Abend gegessen. Es war spät geworden, und ich sagte, daß ich mich nicht ganz wohl fühle, woraufhin der Arzt mir eine Schachtel mit Morphium-Ampullen gibt. Natürlich war vor meiner Tür eine Wache aufgestellt worden. Ich tue also so, als würde ich schlafen gehen, liege eine Weile da und denke über das Ganze nach, und irgendwann nach drei Uhr sage ich mir, daß ich's jetzt versuchen muß. Das Badezimmer war sehr altmodisch, mit einer Tür, die auf eine Terrasse hinausführte, und einer Treppe nach unten.«

»Und keine Wachen?« fragte Zec.

»Streifen, die das Gelände bewacht haben, mehr nicht. Ich gehe also einfach nur die Treppe hinunter um die Ecke, und dann ist da ein Kübelwagen. Der Fahrer steht daneben und raucht eine Zigarette. Ich nehme einen halben Ziegelstein vom Rand eines Blumenbeets und ziehe ihm damit von hinten eins über. Und daher habe ich die Walther. Ich werfe mir seinen Armeemantel über, setze mir seine Mütze auf und fahre los.«

Julie brachte einen Teller mit Eiern, gebratenem Speck und Toast herein. Sie stellte ihn auf einen der Tische. »Kommen Sie und schlagen Sie zu.« Sie setzte sich. »Was ist dann passiert?«

»Ich fahre also zu dem Behelfsflugplatz in Morlaix. Ist nichts Besonderes dort. Mehr oder weniger wie Cold Harbour, aber die Rollbahn ist sehr lang. Dort kann man mit fast allem landen.« Max aß nun und genoß die Eier und den Speck. »Nun ja, jedenfalls steht da eine Me 109 in einem der Hangars und ein Storch auf dem Vorfeld. Es regnet in Strömen, und von irgendwelchen Wachposten war weit und breit nichts zu sehen. Ich schätze, die hatten sich alle in einer der

Flugzeughallen untergestellt. Ich fahre zu dem Storch, steige aus und öffne die Tür. Nach der Benzinanzeige zu urteilen ist die Maschine vollgetankt. Dann taucht die Wache auf, kommt über das Vorfeld gerannt, und ich schieße den Mann nieder. Ich klettere hinein, lasse den Motor an und lege den schnellsten Start meines Lebens hin. Zwei weitere Wachen tauchen auf und ballern mit ihrer Schmeisser auf mich, aber ohne großen Schaden anzurichten, und jetzt bin ich hier.« Er frühstückte zu Ende und lehnte sich zurück. »Jetzt fehlt mir nur noch eine große Tasse Kaffee.«

»Kaffee?« sagte Julie, als sie die Teller auf dem Weg zur Küche übereinanderlud. »Ich habe gedacht, Sie hätten auf Tee umgestellt?«

Fehler Nummer zwei.

Max grinste. »Seit letzten Freitag habe ich nur noch Kaffee getrunken, Julie. Die SS hat von Tee noch nie etwas gehört. Aber Sie haben recht. Beschränken wir uns wieder auf Tee!«

Oben im Gutshaus ging er sehr vorsichtig vor und ließ sich von Julie auf das Zimmer führen, das Harry zuvor benutzt hatte. Er erreichte dies, indem er vorgab, sich nicht wohl zu fühlen.

»Mein Gesicht tut teuflisch weh. Ich glaube, ich brauche eine Spritze.«

Sie nahm seine Hand und führte ihn geradewegs zu seinem Schlafzimmer. Er legte den Armeemantel aufs Bett und holte die Feldpackung heraus, die Schröder ihm gegeben hatte.

»Hier, lassen Sie mich das machen.« Julie brach eine Ampulle auf. Er zog den Waffenrock aus, dann stach Julie ihm die Ampulle in den Arm. »Ihre Hose sieht nicht sehr gut aus«, sagte sie. »Das linke Bein hat ja einen ganz schön langen Riß. Schauen wir mal, was ich im Vorratslager habe.«

Vorratslager. Ja, Harry hatte davon gesprochen.

»Ich komme mit«, sagte Max.

Er war beim Anblick all der Uniformen und der Waffen ganz erstaunt, schaffte es aber, sich nichts anmerken zu lassen. Julie ging die Kleiderständer durch und fand eine Khakihose.

»Britische Armee, zum Gebrauch für Offiziere.« Sie gab sie ihm. »Die müßte reichen, bis Sie in die Wohnung am Haston Place kommen. Dort haben Sie ja bestimmt eine zweite Uniform.«

Haston Place. Hausnummer drei. Kellerwohnung von Carter. Munros Schlafzimmer gleich rechts oben an der Treppe, Molly daneben und Harry dritte Tür an den Fenstern vorbei. Wohnzimmer gleich gegenüber der Treppe. SOE-Hauptquartier zehn Minuten zu Fuß in der Baker Street.

»Oh, ein ganzes Dutzend. Na dann werde ich mich mal umziehen gehen«, sagte Max.

»Wir sehen uns in der Bibliothek.«

Zehn Minuten später kam er die breite, ausladende Treppe hinunter. Bibliothek zur Linken, Eßzimmer zur Rechten, Küche durch den grünen Boivorhang hindurch. Julie war gerade dabei Holzscheite auf das Kaminfreuer aufzulegen. Sie musterte ihn kurz von Kopf bis Fuß.

»Sieht schon manierlicher aus. Wie fühlen Sie sich?«

»Viel besser. Das Morphium wirkt schnell.«

»Nehmen Sie aber nicht zu viel davon. Wir wollen nicht, daß Sie wie irgendein viktorianischer Dichter enden, total abhängig.«

»Ich war in meinem Leben bisher immer nur nach einem süchtig, dem Fliegen.«

»Na, das ist ja bekannt. Ich muß ins Pub runter und für die Jungs vom Rettungsboot den Auflauf fürs Mittagessen in den Ofen schieben. Ich schätze, Sie wollen es erst mal ruhig angehen lassen?«

»Ich habe meinen Lebtag nichts ruhig angehen lassen, Julie. Ich komme mit Ihnen. So ein kleiner Spaziergang tut vielleicht gut, um einen klaren Kopf zu bekommen.«

»Wir fahren runter und machen dann später einen Spaziergang am Strand. Sie brauchen wahrscheinlich Ihren Regenmantel.«

»Ja, ich hole ihn sofort.«

Als er sich im Schlafzimmer den Mantel überwarf, spürte er das Gewicht der Walther in der rechten Tasche. Er nahm sie heraus und überlegte hin und her, ob er sie zurücklassen sollte – ihr Gewicht vermittelte ein gewisses Gefühl der Sicherheit. Er steckte sie wieder in die Tasche und ging nach unten. Gerade als er den Treppenabsatz erreichte, kam Julie in einem alten Regenmantel und mit einer Baskenmütze auf dem Kopf aus der Bibliothek.

»Sie sehen heute morgen sehr französisch aus.«

»Kein Wunder. Übrigens, ich habe gerade einen Anruf von Munro erhalten. Er fliegt jeden Moment mit einer Lysander los. Jack ist bei ihm. Molly wollte ebenfalls kommen, ist aber heute morgen für eine ganze Reihe von Operationen eingeplant.«

Seltsam, dieses Gefühl der Erleichterung.

»Ich werde sie schon noch früh genug zu Gesicht bekommen«, sagte Max.

Julie hakte sich bei Max ein. »Das ist aber keine Art, Harry Kelso. Sie sollten es kaum aushalten können. Männer.« Sie zuckte die Achseln. »Ich weiß nicht. Überhaupt keinen Sinn für Romantik. Kommen Sie, gehen wir.«

Zec und die Besatzung hatten am Rettungsboot zu tun. Max stand am Rand des Kais und blickte hinunter. Sie riefen zu ihm hinauf. »Toll, daß Sie wieder unter uns sind, Colonel«, rief der eine, und ein anderer, ein Riese mit wild zerzaustem Haar und Bart, sagte: »Schade, das mit Tarquin.«

Wie seltsam. Im Pub ging er hinter die Theke und nahm sich zwei Päckchen Players. Er zündete sich eine an, lehnte im Türrahmen und sah Julie bei der Arbeit zu. Sie schob den Auflauf in den Ofen und machte die Klappe zu.

»Das wär's.« Sie wandte sich um. »In Ordnung, gehen wir spazieren.«

Es herrschte gerade Flut, aber am Fuße der Klippen war noch ein breiter Sandstreifen frei. Die Dünen an der Landspitze waren mit dichten Grasbüscheln bewachsen.

»Wie fühlen Sie sich jetzt?« fragte ihn Julie.

»Viel besser. Warum?«

»Oh, Sie wirken ein wenig gedämpft, das ist alles.«

Er rang sich ein Lächeln ab. »Ich glaube nicht, daß man dies so ausdrücken würde, aber sagen wir einfach, ich habe da drüben einen Dämpfer bekommen.«

»Dumm von mir.« Sie hakte sich bei ihm ein, und sie gingen weiter.

Und er war froh darüber, über den Kontakt mit dieser Frau und die Tatsache, daß sie ihn akzeptiert hatte, ebenso wie Zec Acland und seine Männer es getan hatten. Es gab ihm Selbstvertrauen, eine Atempause. *Und Eisenhower und der Grund seines Hierseins?* Er schob diesen Gedanken so weit wie möglich von sich.

Sie setzten sich auf eine Aufhäufung Treibholz. »Würden Sie Molly heiraten, Harry?« sagte Julie.

»Sie meinen, falls sie mich wollte?« Er lachte.

»Oh, sie würde Sie schon wollen.«

»Ich glaube nicht, daß die Menschen heiraten sollten, wenn ein Krieg im Gang ist, insbesondere nicht jemanden wie mich. Nehmen wir beispielsweise diesen Lysander-Absturz. Es war verdammtes Glück, daß ich überlebt habe. Eigentlich sollte ich schon längst nicht mehr leben. Fliegen ist ein gefährlicher Sport, Julie.«

»Nicht für Sie, nicht mehr.«

»Wie meinen Sie das?«

»Ich wäre erstaunt, wenn man Sie noch einmal fliegen ließe. Sie kriegen Startverbot, Harry. Das ist zumindest meine Meinung. Wie man den Gefangenen sagt: Für dich ist der Krieg vorbei.«

Er saß da und dachte darüber nach. »Könnte schon sein, wir werden ja sehen«, und dann kam eine Lysander vom Meer herbeigeflogen.

Sie sprang auf. »Das ist Munro. Wir machen besser, daß wir zurückkommen.«

Julie servierte Tee und Sandwiches, während Munro und Jack in der Bibliothek am Kamin saßen und Max, der ihnen gegenüber Platz genommen hatte, gespannt dabei zuhörten, wie er ihnen die gleiche Geschichte erzählte, die er zuvor Julie und Zec erzählt hatte.

Als er fertig war, sagte Munro: »Erstaunlich.«

»Jacaud hat uns in seinem ersten Bericht von dieser SS-Panzereinheit erzählt, die ganz unversehens eingetroffen ist, um das Château zu übernehmen«, sagte Jack.

»Mein Glück, daß die da waren«, sagte Max. »Ich wäre bei dem Absturz verbrannt. Hat Jacaud nicht noch ein bißchen mehr rausbekommen können?«

»War nichts zu machen«, sagte Munro. »In seinem Bericht steht, daß die SS das Château, das Dorf und die Umgebung abgeriegelt hat.«

»In seinem zweiten Bericht wurde etwas von einer Ju 52 erwähnt, die dort auf der Rollbahn gelandet ist, wenn Sie das noch gegenwärtig haben, Sir«, sagte Jack. »Aber niemand konnte nah genug heran, um herauszufinden, was dort vor sich ging.«

»Oh, das kann ich Ihnen sagen«, sagte Max. »Ein gewisser Müller, der dortige Kommandant, hat mir erzählt, daß man zwei Ersatzmotoren für die Panzer hat einfliegen lassen.«

»Der arme Müller«, sagte Munro. »Das wird in seiner Personalakte nicht gerade positiv zu Buche schlagen. Wie dem auch sei, essen Sie die Sandwiches auf, und dann heißt die nächste Station Croydon. Ich habe Teddy West angerufen.«

Generalmajor West, von dem gab's kein Foto.

»Wie geht's ihm?« fragte Max.

»Phantastisch. Er kommt von Southwick House hochgeflogen, um zu Eisenhower in der Hayes Lodge zu stoßen. Ich habe es ihm überlassen, dem Oberbefehlshaber die gute Nachricht zu überbringen. Ich bin sicher, Ike wird Sie persönlich sehen wollen.«

»Da freue ich mich drauf«, sagte Max.

Munro stand auf. »Wunderbar, Sie wieder hier zu haben, Harry, auch wenn Sie so aussehen, als wäre Ihnen ein Lastwagen übers Gesicht gefahren. Molly läßt Sie ganz lieb grüßen. Ich habe mir gedacht, daß wir heute abend im River Room zu Abend essen. Sie wird dann frei haben. Wir laden auch ihren Vater dazu ein. Machen ein Fest draus. Feiern Ihre Wiederauferstehung von den Toten.«

»Klingt gut«, sagte Max.

»Na also, dann wollen wir mal.«

Rosa Stein hatte mindestens zwölf Stunden lang geschlafen, einen Schlaf der Erschöpfung. Als sie schließlich aufwachte, hämmerte weiterhin der Regen aufs Dach ein. Sie stand auf, ging zum Eingang und spähte hinaus. Der Wald war zwar in Nebel getaucht, aber sie konnte den Pfad erkennen. Das Problem war nur, daß sie nicht die leiseste Ahnung hatte, wo sie sich befand, daß sie völlig die Orientierung verloren hatte. Sie ging davon aus, daß sie hier eine Zeitlang bleiben konnte – zumindest war es hier trocken und warm. Sie machte die Hände hohl, um etwas von dem Regenwasser aufzufangen, das wie eine Fontäne aus einem Fallrohr hervorsprudelte. Sie trank davon und benetzte sich dann das Gesicht.

Sie mußte immer wieder an die schrecklichen Ereignisse in dem Jagdhaus denken. Es war ein Alptraum. Sie wurde von einem Weinkrampf geschüttelt, ging zum Heuhaufen zurück und legte sich wieder hin. Nach einer Weile schlief sie wieder ein.

Am frühen Nachmittag landeten sie in Croydon, und wieder stand Max das Glück zur Seite, denn als er Jack Carter aus der Lysander half, sagte der Major: »Der Generalmajor ist dort drüben, Sir.«

Max wandte sich um und sah, wie Munro auf West zuging, um ihn zu begrüßen. »Tja, hier ist er, Teddy. Ich fürchte, sein Gesicht sieht aus wie eins dieser Wracks, nachdem Cromwell sie sich vorgeknöpft hatte, aber man kann nicht alles haben.«

West umarmte Max sogar. »Sie junger Hund. Daß Sie mir nie wieder einen solchen Schreck einjagen.«

»Ich werde mein Bestes tun, Sir«, sagte Max.

»Mist, verdammter, uns gehen langsam die Orden aus.«

»Wir essen heute im River Room zu Abend«, sagte Munro. »Molly, ihr Vater, Jack und ich. Warum kommen Sie nicht auch?«

»Ich werde sehen, ob es sich einrichten läßt. Großartige Idee, aber jetzt muß ich euch erst einmal schweren Herzens allein lassen. Ich werde von Eisenhower in der Hayes Lodge erwartet. Ihr könnt mich ja dort absetzen.«

»Mit Vergnügen«, sagte Munro und ging voraus.

Max fand auf Anhieb Harrys Schlafzimmer am Haston Place. Er ließ den Armeemantel aufs Bett fallen und sah im Kleiderschrank nach. Die Reserveuniformen hingen ordentlich da, Hemden und Socken in den Regalen, Schuhe zum Wechseln.

Es klopfte an der Tür, und Carter schaute herein. »Der Brigadegeneral ist in die Baker Street gegangen, aber er hat mich gebeten Sie am Guy's Hospital abzusetzen. Er will, daß Molly Sie kurz einer Untersuchung unterzieht. Um ehrlich zu sein, er ist über den Zustand Ihres Gesichts ziemlich entsetzt. Und er hat recht, Harry. Sie könnten auch einen Haarriß im Knochen oder so was davongetragen haben.«

»Wann fahren wir?«

»Wir müssen gleich los. Molly muß um halb fünf wieder im OP zur Stelle sein. Sie sieht dann selbst zu, wie sie zum River Room kommt.«

»In Ordnung, dann habe ich ja Zeit, hierher zurückzukommen und mir später eine frische Uniform anzuziehen.«

»Jede Menge Zeit, alter Junge.«

»Dann wollen wir mal gehen.«

In der Notaufnahme herrschte wie immer reger Betrieb. Jack ging zum Empfangstisch voraus. »Colonel Kelso für Frau Doktor Sobel. Er wird erwartet.«

»Ach ja, genau, Herr Major.« Die Empfangsdame nahm das Telefon. »Colonel Kelso ist hier.« Sie legte auf. »Das war die Röntgenabteilung. Es wird gleich jemand auftauchen und Sie abholen.«

Es dauerte tatsächlich nicht lange. Ein junger Mann, der einen weißen Kittel trug, erschien. Ganz offensichtlich hatte er ein Glasauge. Die Hautpartien drumherum sahen übel zugerichtet aus.

»Colonel Kelso? Geht gerade drunter und drüber. Hier lang, Sir.« Er lächelte Carter warmherzig an. »Sie können mitkommen, wenn Sie wollen, guter Mann.« Er bemerkte das Holzbein des Majors. »Du liebe Zeit, wir sind drei alte Krüppel, was? Ich heiße übrigens Walker.«

»Wo haben Sie sich Ihre Verletzung geholt?« fragte Max.

»In einer Lancaster über Berlin. Ich war Bordschütze im Heck. Auf meiner zweiten Tour, und da habe ich einen Granatsplitter ins Gesicht bekommen. Ich sag Ihnen, mein Lieber, ich muß von Sinnen gewesen sein.«

»Sind wir das nicht alle?«

Walker schaute sich Harrys Auszeichnungen an. »Aber so was wie Sie ist ganz schön selten, wenn ich das so sagen darf. Hier rein«, und dann öffnete er eine Tür.

Max legte sich auf einen Tisch und tat, wie ihm geheißen. Jack Carter setzte sich in eine Ecke. Walker machte seine Aufnahmen, pfiff fröhlich vor sich hin und verschwand schließlich durch eine andere Tür. Zehn Minuten später war er mit den Röntgenaufnahmen wieder da.

»Haben sich nichts gebrochen, Colonel. Alles normal, abgesehen von der einen Gesichtshälfte, die wie eine rohe Scheibe Fleisch aussieht. Ich bringe Sie nun zu Frau Doktor Sobel.« Als sie den Korridor hinuntergingen, sagte er: »Ich finde Ihre Uniform mit dem Pilotenabzeichen der RAF ziemlich toll. Sie waren als Ami in der RAF, stimmt's?«

»Stimmt«, sagte Max.

»Hab den Film mit Tyrone Power gesehen. Ein ziemlicher Quatsch, aber er war schon toll, muß man ehrlicherweise zugeben.« Max versuchte nicht in Lachen auszubrechen, und Jack hatte offensichtlich mit ähnlichen Schwierigkeiten zu kämpfen. Walker machte eine Tür auf. »Hier rein.«

Molly saß mit einem Stethoskop um den Hals an einem Schreibtisch. Sie sprang auf. »Mein Gott, Harry.«

»Ach, so liegt der Fall also«, sagte Walker und legte die Röntgenaufnahmen auf den Tisch. »Ist alles in Ordnung, Doc, nichts gebrochen. Hab den Verband nicht abgenommen, weil es nicht notwendig war.« Er wandte sich um. »Noch alles Gute, meine Herren, aber hören Sie auf meinen Rat, und halten Sie sich dem Berliner Luftraum fern.«

Er ging hinaus, und Jack sagte: »Ich gehe schon mal vor und warte am Empfang.«

»Nicht nötig«, sagte Max.

»Schon gut, ist mir aber lieber, alter Junge.«

Carter hinkte hinaus, und Max sagte: »Er liebt dich, glaube ich.«

»Und ich liebe dich, Harry Kelso.« Sie kam um den Schreibtisch herum und warf die Arme um ihn.

»Vorsichtig, Liebes. Ich muß es in puncto Leidenschaft leider ein wenig ruhiger angehen lassen. Ich habe erhebliche Schmerzen, es sei denn, ich nehme Morphium.«

»Welche Dosis?«

»Keine Ahnung. Der SS-Chirurg hat mir so eine Feldpackung mitgegeben. Hab ich in der Wohnung gelassen.«

»Nimm nichts mehr davon, bevor ich es mir angeschaut habe.« Plötzlich hämmerte sie mit den Fäusten auf seine Brust ein. »Daß du mir so was bloß nicht noch einmal antust. Nie wieder. Ich habe die Hölle durchgemacht.«

Er hielt sie an sich und streichelte ihr Haar. »Tut mir leid.« Er küßte sie sanft auf die Stirn.

Sie löste sich von ihm. »Was soll das nun wieder?« Sie blickte ein wenig verdutzt. »Zärtlichkeit, Romantik von dem großen Harry Kelso?«

»Du weißt doch, was sie in den Filmen immer sagen?« sagte Max. »Es war dort draußen die Hölle. Vielleicht hat es ein neues Ich in mir hervorgebracht.«

»Das glaube ich erst, wenn ich's selbst erlebe.«

Sie nahm die Röntgenaufnahmen, legte sie auf den Leuchtkasten und schaltete das Licht ein. Nach einer Weile nickte sie. »Nichts gebrochen.« Sie wandte sich um. »Dann erzähl mal, was passiert ist.«

Er tischte ihr die immer gleiche Geschichte über die Wunde auf, nämlich daß er sich beim Aufprall gestoßen hatte und die Wunde wieder aufgeplatzt war. Sie führte ihn zu einem Stuhl und drehte das Licht der Schreibtischlampe auf sein Gesicht. »Genau wie beim letzten Mal, wenn man's schnell macht, tut's am wenigsten weh.«

Sie riß den Verband herunter, und Max tat einen zischenden Atemzug. *»Mein Gott!«* sagte er auf deutsch und bemerkte im gleichen Moment seinen Patzer. »Das haben Max und ich immer gesagt, als wir noch klein waren, weil Mutti es für blasphemisch hielt.«

Sie schien nicht eine Sekunde an seiner Erklärung zu zweifeln und untersuchte die Naht. »Das ist gute Arbeit.« *Was genau das gleiche war, was in Morlaix Schröder zur Harry gesagt hatte.*

»Freut mich zu hören«, sagte Max.

»Es gilt das gleiche wie beim letzten Mal, ich will nicht, daß du einen Verband trägst. Ich werde die Wunde wieder besprühen.« Gesagt, getan, und zum Schluß tupfte sie noch die überschüssige Flüssigkeit mit Watte ab. »Was für ein braver Junge du doch sein kannst.«

»Nur für dich.«

»Du mußt jetzt allerdings gehen. Ich habe eine ziemlich komplizierte Operation vor mir. Wir sehen uns später im River Room. Bei gutem Essen und Wein, und zum Tanzen haben wir die Musik von Carrol Gibbons.« Sie umarmte ihn leidenschaftlich. »Ich hätte nie gedacht, daß mir das noch einmal vergönnt sein würde. Das einzige Problem ist, daß ich keine Zeit haben werde, nach Hause zu gehen und mir etwas Ordentliches anzuziehen.«

»Wenn du nur kommst«, sagte Max zu ihr. »Das reicht völlig.«

Als er um sechs wieder in seinem Zimmer war, ließ er es darauf ankommen und wählte Sarah Dixons Nummer. Es war durchaus denkbar, daß sie um diese Zeit bereits aus dem Büro zurückgekehrt war, aber es meldete sich niemand. Er zog sich eine frische Uniform an und musterte sich im Spiegel.

»Sehr hübsch, Harry«, murmelte er. »Fast so schön wie die unseren.«

Als er ins Wohnzimmer trat, schenkte Jack Carter sich gerade einen Whisky ein. »Auch einen, Harry?«

Munro trat in vollem Wichs ein. »Ich jedenfalls hätte gern einen. Mein Gott, Harry, bei Ihrem Gesicht könnte ja einem ganzen Regiment angst und bange werden.« Er trank den Whisky auf einen Schluck aus. »Dann wollen wir mal. Möchte zeitig essen. Hab morgen alle Hände voll zu tun.«

Im River Room hatte man einen runden Tisch für sie reserviert, und während man auf Molly und ihren Vater wartete, bestellte Munro für Harry, Carter, West und sich Champagner.

»Auf Sie, Harry.« Munro hob sein Glas. »Ich würde meinen, daß Sie Ihre neun Leben aufgebraucht haben.«

»Wir werden ja sehen«, sagte Max.

»Nein, das werden wir nicht«, sagte West. »Ihnen ist auf Eisenhowers direkten Befehl hin Flugverbot erteilt worden. Die Lüfte werden von nun an ohne Sie auskommen müssen.«

Und Max mochte dies überhaupt nicht, ebensowenig wie Harry es gemocht hätte.

»Werde ich ihn sehen?«

»Ja, aber ich weiß nicht genau, wann. Tom Sobel wird es wohl wissen. Eisenhower ist zur Zeit in der Hayes Lodge, aber ich werde ihn morgen früh runter nach Southwick fliegen.«

»Sie fliegen ihn?« sagte Max.

»Ich gehöre noch lange nicht zum alten Eisen, und außerdem hält es mich in Form.«

In dem Moment schlängelten sich Molly und ihr Vater zwischen den Tischen durch. Max konnte diesmal wohl nichts falsch machen, denn dies mußte General Sobel sein, der da so breit lächelte. Er schüttelte Max überschwenglich die Hand.

»Ich kann Ihnen gar nicht sagen, was uns Ihre glückliche Rückkehr bedeutet. Ike war überglücklich.« Er bot Molly einen Platz an. »Er will Sie sehen, Harry, hat es aber heute abend nicht mehr schaffen können. Steckt bis zum Hals in Arbeit. Er hätte aber gern, daß Sie morgen um sieben in Croydon zu ihm stoßen. Er hat gesagt, daß Teddy hier den Flug übernimmt. Ich werde mitkommen, und er hätte gern, daß Sie uns begleiten.«

»Klingt gut.« Max griff nach seinem Glas. Seine Hand war zwar ruhig, seine Gedanken jedoch in wildem Aufruhr.

O Gott, so bald?

Als es dunkel wurde und der Regen aufhörte, verließ Rosa Stein schließlich die Hütte und folgte dem Pfad. Sie war noch ganz benommen, und das Verrückte war, daß sie schon nach einer Viertelstunde auf einen Bauernhof stieß. Aus dem Schornstein stieg Rauch, und in der Scheune muhte das Vieh. Eine junge Frau tauchte mit zwei Milcheimern in Händen auf. Es war Marie, Jacauds Funkerin. Als sie Rosa erblickte, blieb sie stehen.

»Wer sind Sie? Was wollen Sie?« rief sie auf französisch.

Rosa trat schwankend vor und brach in Tränen aus. »Helfen Sie mir, bitte helfen Sie mir«, rief sie auf deutsch.

Marie sprach kein Deutsch und auch nur ein paar Brocken Englisch, aber das war die einzige Möglichkeit der Kommunikation, denn Rosa sprach kein Französisch, dafür aber ebenso ein klein wenig gebrochenes Englisch.

»Sind Sie deutsch?« sagte Marie also auf englisch. Rosa nickte. »Woher kommen Sie? Sind Sie Jüdin?«

Rosa schüttelte den Kopf. »Château Morlaix.« Marie stellte die Eimer ab. »SS. Meine gnädige Frau ist tot.«

Sie verfiel in ein krampfhaftes Schluchzen. Marie nahm die Eimer wieder auf. Sie deutete auf das Wohngebäude, machte in Richtung Tür kehrt, und Rosa folgte ihr.

16

Max und Molly tanzten auf dem mit Paaren dichtgedrängten Parkett. Allerdings war Max bei weitem nicht so gut darin wie sein Bruder. In gewissem Sinne half ihm die Tatsache, daß so viele Leute auf dem Parkett waren, aus der Patsche. So hatte er zumindest eine Entschuldigung für seine Ungeschicklichkeit.

Nach einem weiteren Zusammenstoß mit einem anderen Paar sagte er: »Tut mir leid. Ich schaff's heute nicht so richtig.«

»Ist schon in Ordnung. Du hast die Hölle durchgemacht, Harry.« Sie hielt ihn ganz nah. »Onkel Dougal hat mir erzählt, daß Julie etwas davon gesagt hat, daß du Tarquin verloren hast.«

»Ja, leider. Er muß nach dem Absturz mit der Lysander in die Luft gegangen sein. In den Flammen verbrannt. Ich habe nur mit Glück überlebt. Wenn die SS nicht dagewesen wäre ...« Er zuckte die Achseln. »Der Teufel hat mich gerettet, Molly.«

In diesem Moment tauchte der Oberkellner am Rand der Tanzfläche auf und winkte sie herbei. »Ist doch nicht zu fassen«, sagte Molly. »Jedesmal, wenn ich mit dir hier herkomme, ist es das gleiche Spiel.« Sie löste sich von ihm, ging zum Oberkellner und sprach mit diesem, dann kehrte sie zu Max zurück. »Das gute alte Guy's, wie immer. Ohne mich kommen die wohl nicht zurecht.«

»Ich werde aufbleiben und auf dich warten«, sagte er, als sie zum Tisch zurückgingen.

»Rechne nicht damit, daß ich komme. Wenn's später als Mitternacht wird, bleibe ich im Krankenhaus.« Sie kamen am Tisch an. »Ratet mal, was jetzt schon wieder ist«, sagte Molly.

Sie verschwand in Munros Dienstwagen, und West bot den anderen an, sie in seinem Wagen nach Hause fahren zu lassen.

Draußen vor dem Eingang des Savoy sagte Max: »Hören Sie, ich würde eigentlich gern noch ein paar Schritte zu Fuß gehen, Herr Brigadegeneral. Ich weiß nicht, wie ich's sagen soll, aber ich fühle mich etwas aufgekratzt.«

»Dafür habe ich vollkommenes Verständnis, mein lieber Junge«, sagte Munro. »Machen Sie noch einen kleinen Spaziergang, genießen Sie's. Sie finden jederzeit ein Taxi. Kein Londoner Taxifahrer lehnt in diesen Tagen einen Amerikaner ab. Die zahlen mehr als nötig, verstehen Sie? General Sobel wird mir sicher nicht böse sein, wenn ich das sage.«

Sobel schüttelte Max die Hand. »Wir sehen uns morgen in Croydon.«

»Ich werde da sein.«

Sie drängten sich alle in Wests Dienstwagen, der daraufhin mit ihnen davonfuhr. Max hielt das erste vorbeikommende Taxi an. »Kennen Sie die Westbourne Grove in Bayswater?«

»Und ob ich die kenne, Chef.«

»Okay, fahren Sie mich bitte dorthin«, sagte er und stieg ein.

Auf dem Bauernhof hatte Marie den Bauern Jules kommen lassen, der zu Jacauds Gruppe gehörte. Sie erklärte ihm die Situation. Jules saß da und betrachtete die Deutsche, die mit Maries Tochter auf den Knien am Ende des Tischs saß. Der Teddybär hockte auf dem Tisch, jener Bär, den Jacaud Marie für ihre Tochter hatte mitnehmen lassen.

»Im Château muß irgend etwas Schlimmes passiert sein, aber meine Englischkenntnisse sind zu begrenzt, um mehr aus ihr herauszubekommen.«

»Jacaud spricht fließendes Deutsch«, sagte Jules.

»Ja, ich weiß, aber er ist nach Rennes gefahren, um sich dort mit Leuten der Organisation zu treffen.«

»Stimmt, aber er kommt mit dem Mitternachtszug zurück. Er hat mich gebeten, ihn um zwei Uhr am Bahnhof in Beaulieu mit dem *gazogène* abzuholen.«

Der *gazogène* war ein Lastwagen, der mit Gas betrieben wurde, das mittels eines Kohleofens im Heck des Gefährts erzeugt wurde.

Marie nickte. »In Ordnung, hol ihn ab, aber sag ihm, er soll gleich hier herkommen. Ich glaube, da ist irgend etwas im Busche.«

Max stieg in der Westbourne Grove aus dem Taxi. Er bezahlte und fand dann auf Anhieb die Seitenstraße, die zu dem fraglichen Wohnblock führte. Er blieb am Eingang stehen, sah sich die Namen an und drückte den Klingelknopf. Kurz darauf meldete sich Sarah Dixon über die Gegensprechanlage. »Ja?«

»Mrs. Dixon? Der Tag der Abrechnung ist da.«

»Kommen Sie hoch, erster Stock«, sagte sie ruhig.

Er drückte die Tür auf und ging hinein. Parry, der im Hauseingang gegenüber stand, hatte ihn zweimal erwischt, einer von achtundvierzig Leuten, die er in dieser Nacht fotografiert hatte. Er war gelangweilt, ihm war kalt, und er hatte eine miese Laune.

»Scheißami«, murmelte er leise. »Steht auf irgend 'ne Nutte. Wer's mag.«

Sarah Dixon ließ Max in ihre Wohnung ein und führte ihn in das kleine Wohnzimmer. Sie öffnete eine Zigarettendose und bot ihm eine an.

»Sie sind früher hier, als wir erwartet haben.«

»Dann ist Joel Rodrigues also auch in der Stadt?«

»O ja. Ich bin unterrichtet, wer Sie sind, Herr Baron.«

»Teilen Sie Fernando Rodrigues bitte mit, daß er so bald wie möglich eine Nachricht durchgeben soll, daß ich sicher angekommen bin. Morgen früh werde ich auf Eisenhower treffen.«

»Werden Sie ihn umbringen?«

»Das hängt von den Umständen ab. Hätten Sie was dagegen?«

»Offen gesagt, ist es mir egal. Ich habe mich bereits vor langer Zeit für Ihre Seite entschieden. Da gibt es nichts dran zu rütteln. Wo übernachten Sie?«

»Am Haston Place, in der Wohnung von Brigadegeneral Munro. Sie können mich dort nicht erreichen, ich werde also mit Ihnen Verbindung aufnehmen.«

»Na schön. Dann kann ich Ihnen nur Glück wünschen.« Sie machte ihm die Tür auf. »Gute Nacht.«

Er trat auf die Straße. »Das ging aber schnell«, sagte Parry und fotografierte Max ein weiteres Mal.

Max bog in die Westbourne Grove, machte sich in Richtung Queensway auf und hielt unterwegs ein Taxi an.

Es war beinahe drei Uhr nachts – Max schlief unruhig am Haston Place, Molly im Guy's –, als in der Bretagne der *gazogène* mit Jules am Steuer Jacaud zu Maries Hof brachte. Er klopfte laut an der Tür an, und sie ließ ihn rein. Er und Jules gingen in die Küche. Jules fachte das Feuer wieder an.

»Ich setze einen Kaffee auf«, sagte Marie und ging zum Herd.

»Wo ist sie?« fragte Jacaud.

»Im Bett.«

»Hol sie her. Jules kann den Kaffee machen.«

Jacaud saß am Ende des Tischs und zündete sich eine Gitane an. Tarquin saß am anderen Ende, und Jacaud blickte ihn mürrisch an. »Dir geht's gut.«

Er war einmal Professor für Philosophie gewesen, aber das sah man ihm wahrlich nicht an. Das harte Gesicht, das unrasierte Kinn, die dunklen Augen eines Mannes, der viele Male getötet hatte und dessen philosophische Begriffe sich in Nichts aufgelöst hatten. Ein Mann, der den Glauben an die Menschheit verloren hatte. Jules schüttete ihm Kaffee mit Milch in eine Schale, und einen Moment später brachte Marie Rosa herein.

Jacaud sprach fließendes Deutsch. »Setzen Sie sich und hören Sie mir zu. Niemand hier wird Ihnen etwas tun, wenn Sie die Wahrheit sagen.«

Rosa, die von Marie mit einem Nachthemd und einem Bademantel versorgt worden war, setzte sich an den Tisch.

»Also, wer sind Sie, und was ist geschehen?« sagte Jacaud.

Als sie nach einer Viertelstunde fertig war, saß er mit finsterer Miene da. Eine Weile lang verharrte er schweigend. Es war Marie, die schließlich fragte: »Was hat sie gesagt?«

Also erzählte Jacaud es ihr und Jules in ein paar kurzen Sätzen.

»Das ist verrückt«, sagte Jules. »Jemand, der vorgibt, sein eigener Bruder zu sein, um Eisenhower umzulegen? Das kann ich nicht glauben.«

»Mir ist da gerade etwas eingefallen«, sagte Jacaud. »Wir haben das doch so gedeichselt, daß diese Bekannte da von dir, Hélène, diesen SS-Arzt Schröder vögelt.«

»Stimmt.«

»Und, läuft die Sache immer noch?«

»Soweit ich weiß, schon.«

»Du und Jules, ihr geht bei ihr vorbei. Falls der Deutsche da ist, bringt ihr ihn her. Der soll dann die Geschichte der Frau bestätigen.«

Also erwachte zwanzig Minuten später Hauptsturmführer Schröder, der fest in den Armen der drallen Hélène geschlafen hatte, mit dem Lauf einer Colt Automatic an der Kehle. Jules stand an der Seite des Bettes.

»Sofort aufstehen und anziehen, sonst puste ich Ihnen das Hirn weg.« Hélène richtete sich erschreckt auf, aber Jules grinste. »Nicht du, *chérie*, du hast Frankreich einen großen Dienst erwiesen. Leg dich wieder schlafen.«

Schröder, der den Tod bereits vor Augen sah, stellte sich als äußerst kooperativ heraus. Er saß einfach da und redete. »Sie müssen das verstehen, sie wollte sterben. Ich habe mich nur verteidigt, als sie versucht hat, Standartenführer Hartmann zu töten. Sturmbannführer Müller hat sie ja auch erwischt.«

»Na gut, noch mal von vorn, alles über die beiden Brüder – alles.«

Als Schröder mit seiner Rede fertig war, sagte Marie auf französisch: »Hat er was Interessantes zu sagen gehabt?«

»O ja«, sagte Jacaud. »Er weiß zwar nicht alles, aber er weiß genug, um bestätigen zu können, was die Frau gesagt hat. Ich werde einen Bericht schreiben. Sie müssen ihn sofort an die SOE in der Baker Street schicken, zu Händen von Brigadegeneral Munro.«

Marie schüttelte den Kopf. »Unmöglich. Die schalten erst um sieben auf meine Frequenz.«

»In Ordnung, dann halt um sieben. Und jetzt wollen wir erst mal was essen.«

»Was ist mit dem SS-Schwein?« fragte Jules. »Soll ich ihn erschießen?«

»Gütiger Gott, nein«, sagte Jacaud. »Die Alliierten werden in wenigen Wochen landen. Wir werden dann einen Arzt gut gebrauchen können, und der hier eignet sich hervorragend.«

Es war halb sieben, und Generalmajor West befand sich im Dienstwagen auf dem Weg nach Croydon. Es war regnerisch und diesig, allerdings war der Verkehr nur schwach. Plötzlich kam ein Lieferwagen geradewegs aus einer Seitenstraße geschossen. Wests Fahrer hatte kaum eine Chance. Er versuchte auszuweichen, prallte von dem Lieferwagen ab und jagte über den Bürgersteig frontal gegen eine Backsteinmauer. West wurde zur Seite geschleudert und schlug mit dem Kopf auf der Fensterverstrebung auf. Der Fahrer, der unversehrt war, stieg aus und öffnete die hintere Wagentür. Auch West stieg aus, stand im Regen da und tupfte sich mit einem Taschentuch das Blut aus dem Gesicht. Der Fahrer überprüfte inzwischen den Lieferwagen und half einem Mann in Overall heraus, der offensichtlich unter schwerem Schock stand.

Kurz darauf setzte sich ein Streifenwagen der Polizei aus Wolseley neben den Dienstwagen, und ein Polizeibeamter stieg aus. Der andere blieb im Wagen und hatte sich bereits ans Funkgerät geworfen.

Der Polizeibeamte sah sich Wests Kopf genauer an. »Sie müssen dort oben genäht werden, Sir. Wir rufen bereits einen Krankenwagen.«

»Lassen Sie nur, Constable. Ich bin Generalmajor West. Ich muß um sieben in Croydon sein, um mit General Eisenhower nach Portsmouth zu fliegen.«

Der Polizist nahm eine stramme militärische Haltung an. »Ich glaube nicht, daß dies möglich sein wird, Sir, nicht in dem Zustand, in dem Sie sich befinden.«

»Eben. Rufen Sie Croydon über Funk. Sagen Sie denen da, was passiert ist. Sollen Eisenhower Bescheid sagen, daß ich angeschlagen bin und deshalb nicht fliegen kann. Erledigen Sie das bitte sofort, seien Sie so nett.«

»Jawohl, Sir.«

Der Polizist ging zum Streifenwagen und sprach mit seinem Kollegen. In der Ferne heulte die Sirene des herbeieilenden Krankenwagens. West setzte sich auf eine kleine Mauer und hielt sich fluchend das Taschentuch an den Kopf.

Der Flugplatz in Croydon war von Nebel umhüllt. Tom Sobel trank einen Kaffee und betrachtete mit finsterer Miene das Wetter draußen. Max kam aus dem Einsatzraum.

»In Southwick ist alles in Ordnung, eigentlich keine Landeprobleme laut Wetterbericht. Wolken und Regen, aber kein nennenswerter Wind. Keine Startprobleme.«

»Nun, da haben wir ja Glück, aber wo zum Teufel ist West?«

In dem Moment passierten zwei Dinge gleichzeitig: draußen fuhr ein Dienstwagen des Generalstabs vor und Eisenhower stieg aus, und dann kam ein Oberleutnant mit dem Durchschlag einer Funkmeldung aus dem Einsatzraum geeilt und gab ihn Sobel.

»Dringend, General.«

Sobel las die Meldung und blickte auf, als Eisenhower mit einem Lächeln eintrat. »Schlechte Nachrichten, General. Teddy West ist auf dem Weg hierher mit seinem Dienstwagen in einen Unfall verwickelt worden. Es ist nichts Ernstes, aber er muß im Krankenhaus behandelt werden.«

»Verdammt!« sagte Eisenhower. »Wir haben in Southwick eine wichtige Konferenz, Tom. Monty, der Planungsstab. Ein Treffen von entscheidender Bedeutung. Können Sie nicht einen anderen Piloten organisieren?«

Das war die Gelegenheit, dachte sich Max. »Steht schon bereit, General. Ich werde Sie fliegen.«

Eisenhower drehte sich zu ihm um und streckte ihm die Hand hin, wobei er sein berühmtes Lächeln aufgesetzt hatte. »Freut mich außerordentlich, Sie wieder zu sehen, Colonel. Was ein glücklicher Zufall. Wäre mir ein Vergnügen, aber sind Sie denn wirklich soweit hergestellt, um zu fliegen? Ihr Gesicht, mit Verlaub, sieht schrecklich aus.«

Max breitete die Arme aus. »Ich bin so gesund wie ein Pferd, General. Kein Problem.«

Eisenhower blickte Sobel an. »Was meinen Sie, Tom?«

»Wenn Colonel Kelso meint, daß es in Ordnung ist, dann habe ich nichts dagegen einzuwenden, Sir.«

Eisenhower nickte. »Okay, Colonel, dann wollen wir mal.«

»Ich will noch kurz die Lysander überprüfen, General«, sagte Max, »aber da dürfte eigentlich kein Problem sein. Sie steht so gut wie startbereit dort draußen.«

Er ging ins Vorzimmer, nahm seinen deutschen Armeemantel ab und schlüpfte in eine Fliegerjacke. Er steckte die Walther und das zweite Magazin in eine der Taschen, seine Morphium-Ampullen in eine andere, zog den Reißverschluß zu und ging nach draußen.

Munro und Jack beschlossen, sich an diesem Morgen etwas früher im Hauptquartier der SOE blicken zu lassen. Die Kantine hatte stets ein gutes Frühstück zu bieten. Munro forderte aus Rücksicht auf Jacks Bein seinen Dienstwagen an. Sie fuhren durch verwaiste Straßen und kamen um Viertel vor sieben in der Baker Street an.

»Ich werde mal schauen, was alles auf meinem Schreibtisch liegt, Jack«, sagte Munro. »Wir sehen uns um acht in der Kantine.«

Er ging nach oben. Jack machte sich in sein Büro auf, wo er auf Detective Constable Parry stieß, der im Gang auf einer Bank saß.

»Sie sind aber früh dran.«

»Lacey hat angeordnet, daß ich die Überwachungsfotos, die ich von dieser Dixon mache, unbedingt gleich am nächsten Morgen für Sie fertig haben soll. Um Mitternacht habe ich aufgehört und mir dann gesagt, daß ich am besten das Labor hier benutze, anstatt ins Yard zu gehen. Die Leute hier haben mir ein Bett besorgt.«

Jack ging in sein Büro voraus. »Irgend etwas Interessantes?«

»Von den Rodrigues-Brüdern war nichts zu sehen. Generell hatte ich das Problem, daß es in dem Wohnblock ungefähr vierzig Wohnungen gibt. Die Leute, die dort erscheinen, könnten also jedes x-beliebige davon aufsuchen. Es sind wirklich die verschiedensten Typen darunter.«

Jack setzte sich. »Dann schauen wir uns die Dinger mal an.«

Parry legte ein Foto nach dem anderen auf den Tisch. »Keine besonderen Vorkommnisse, insgesamt gesehen.« Er lachte. »Allerdings wohnt dort allem Anschein nach auch die eine oder andere Hure. Hier tritt zum Beispiel gerade ein fescher amerikanischer Offizier als Freier auf.«

Jack Carter betrachtete das Foto und wollte seinen Augen nicht trauen. »O mein Gott!« rief er und kam vor Schreck kaum auf die Beine. »Holen Sie mir Sean Riley ans Telefon. Sagen Sie ihm, daß ich ihn und Lacey hier haben will, und zwar lieber gestern als heute.«

»Sie meinen, wir sind fündig geworden, Herr Major?«

»Machen Sie schon«, sagte Carter und ging hinaus.

Munro, der gerade irgendwelche Schreibarbeiten verrichtete, blickte auf, als Jack hereinplatzte.

»Nanu, Jack, Sie scheinen ja ganz außer Fassung zu sein.«

»Wird Ihnen wahrscheinlich gleich nicht anders ergehen, Herr Brigadegeneral.«

Er legte das Foto auf den Schreibtisch. Munro blickte mit unbewegter Miene auf. »Erklären Sie mir das.«

»Gestern nacht aufgenommen, Herr Brigadegeneral, eingetragene Zeit: zehn Uhr. Das ist der Eingang zu Sarah Dixons Mietshaus.« Nach längerem Zögern fügte er hinzu: »Das war also nach dem Savoy.«

»Ja, das weiß ich natürlich auch. Aber warum, Jack? Das ergibt doch keinen Sinn.«

Es klopfte an der Tür, und eine Unteroffizierin des Frauenhilfsdienstes der Fernmeldetruppe kam mit einer Funkmeldung herein. »Ist gerade eingegangen, Herr Brigadegeneral. Eine Nachricht von Jacaud. Unverschlüsselt, mit höchster Dringlichkeitsstufe versehen.«

Munro las die Meldung und blickte dann die Unteroffizierin an. »Wer weiß sonst noch davon?«

»Niemand, Sir. Ich habe die Meldung selbst entgegengenommen.«

»Dann behalten Sie die Sache für sich. Sie können gehen.«

Die Frau ging hinaus, und Jack Carter sagte: »Sir?«

»Das ist nicht Harry Kelso, Jack. Es ist Max, der Bruder von Harry, und er ist hier, um ein Attentat auf Eisenhower zu verüben. Lesen Sie selbst.«

Er nahm den Telefonhörer. »Holen Sie mir Croydon an den Apparat.« Einen Moment später war er mit dem Einsatzraum verbunden. »Ist General Eisenhower noch da? Was, er ist bereits weg?« Er hörte noch zu und legte dann den Hörer auf.

Jack reichte ihm die Funkmeldung zurück. Er war völlig baff. »Was sollen wir nun tun, Sir?«

»Eisenhower ist gerade gestartet, und zwar ohne Teddy West, weil der mit seinem Wagen einen Unfall hatte. An Bord sind der Oberbefehlshaber, Tom Sobel – und Oberstleutnant Max. Der Baron von Halder sitzt in der Pilotenkanzel.«

»O mein Gott«, sagte Jack.

»Wir müssen jetzt unbedingt einen klaren Kopf bewahren. Schwingen Sie sich ans andere Telefon, und lassen Sie für mich eine Lysander, die mich nach Southwick bringen soll, bereitstellen. Höchste Dringlichkeitsstufe.«

»Aber Herr Brigadegeneral, was, wenn ...«

»Was, wenn er Eisenhower und Tom Sobel während des Fluges erschießt und nach Frankreich verschwindet? Uns bleibt nur zu hoffen, daß er das nicht tut. Vorerst können wir nichts dagegen unternehmen. Ich will schleunigst nach Southwick hinterherfliegen, jetzt machen Sie schon.«

Jack ging in das Büro nebenan, und Munro ließ sich mit Southwick House verbinden und fragte nach dem Sicherheitschef, einem Major Vereker, der der Royal Military Police angehörte. Er wurde sofort durchgestellt.

»Major Vereker, wir kennen uns lang genug. Sie müssen mir glauben, was ich Ihnen zu sagen habe.«

»Natürlich, Herr Brigadegeneral.«

»Bei Ihnen wird bald eine Lysander mit Eisenhower, General Sobel und Colonel Kelso, der die Maschine fliegt, eintreffen.«

»Hat sich bereits angemeldet.«

»Ist eine heikle Angelegenheit für Sie, aber gehen Sie wie folgt vor: Sobald die Maschine gelandet ist, nehmen Sie Kelso unter Berufung auf das Kriegsnotstandsgesetz fest. Ich fliege selbst runter und werde den nötigen Haftbefehl für Sie mitbringen.«

Vereker, seit vielen Jahren in der einen oder anderen Form als Polizist tätig, war lange über den Punkt hinaus, wo ihn noch irgend etwas überrascht hätte. »Wie diskret soll ich vorgehen, Sir?«

»Vermeiden Sie alles, was irgendwie Aufsehen erregen würde. Ich will zum jetzigen Zeitpunkt nicht, daß der Oberbefehlshaber davon erfährt. Sagen Sie ihm, daß ich unterwegs bin.«

»Sie können sich auf mich verlassen, Herr Brigadegeneral.«

»Die Sache ist ernst«, sagte Munro und dachte mit Schrecken daran, wie ernst sie vielleicht wirklich war.

»Ich verstehe, Sir«, sagte Vereker und legte auf.

Jack kehrte zurück. »Flugzeug startklar, Sir, und der Wagen steht bereit. Soll ich mitkommen?«

»Nein, Sie halten hier die Stellung. Setzen Sie sich mit der portugiesischen Botschaft in Verbindung. Versuchen Sie, die Rodrigues-Brüder einzukassieren, auch wenn zu befürchten steht, daß der Botschafter sich auf deren diplomatische Immunität berufen und sie nach Hause schicken wird. Sorgen Sie dafür, daß Riley diese Dixon festnimmt. Sie haben genügend Blanko-Haftbefehle. Benutzen Sie sie.« Er stand auf und griff nach seiner Mütze. »Bestätigen Sie Jacaud den Empfang der Funkmeldung, teilen Sie ihm aber nicht mehr mit. Sie können später noch einmal Verbindung mit ihm aufnehmen, wenn wir wissen, wo wir stehen.« Er rückte seine Mütze zurecht.

»Ist Ihnen eigentlich aufgefallen, wer in Château Morlaix die Fäden zieht, Herr Brigadegeneral?« sagte Jack. »Hartmann, einer der besten Köpfe des SD.«

»Natürlich ist mir das aufgefallen, Jack. Der Mann, der Kleins Abteilung in Berlin übernommen hat. Hier paßt jedes Steinchen aufs andere, aber das tun sie ja ab einem gewissen Zeitpunkt immer. Übrigens, Sie können dieser Dixon mitteilen, daß wir nicht vorhaben, sie zu hängen, vorausgesetzt allerdings, sie erweist sich als kooperativ.« Er öffnete die Tür.

»Und Molly, Sir?« sagte Jack.

»Um Himmels willen, Jack«, sagte Munro und ging.

Max flog mit der Lysander auf fünftausend Fuß Höhe durch eine zerrissene Wolkendecke. Weiter vorn sah es sogar noch düsterer aus, große dunkle Wolkenbänke und herbeiwehender Regen. Eisenhower und Sobel saßen hinten und kämpften mit lauter Stimme gegen das Dröhnen des Motors an.

Max dagegen hatte mit widerstreitenden Gefühlen zu kämpfen. Er hatte den Oberbefehlshaber kennengelernt, ihm die Hand geschüttelt, ihm ins Gesicht gesehen, und doch bedeutete ihm der Mann selbst nichts. Ihm war klar, daß es kinderleicht sein würde, die Walther zu ziehen, sich umzudrehen und Eisenhower mitten zwischen die Augen zu schießen. Aber das würde auch bedeuten, daß Sobel dran glauben müßte, Mollys Vater, was letztlich auch sie in dieser ganzen Chose zu einem Opfer machen würde. Was würde sein Bruder wohl empfinden, wenn er mit zwei Leichen in Morlaix angeflogen käme, von dem die eine der Vater jener Frau ist, die Harry liebte? Denn er liebte sie, auch wenn er sich vor dieser Tatsache noch so sehr verstecken wollte: Max wußte dies nun, nachdem er sie kennengelernt hatte.

Andererseits, was war mit Mutti? Bei dieser ganzen Sache ging es doch vor allem um sie. Falls er Eisenhower verschonte, wäre das für sie das Todesurteil und für Harry ebenfalls – darüber machte er sich keine Illusionen.

Was sollte er also tun? Nach Southwick fliegen und auf eine andere Gelegenheit warten – die dann vielleicht zu seinem eigenen Tod führen würde? Sich umdrehen und es hinter sich bringen? Max hatte sich in seinem ganzen Leben noch nie in einem so schlimmen Dilemma befunden. Er hatte Harry gesagt, daß er in die leibhaftige Hölle hinabsteigen würde, um beider Mutter zu retten – woher rührte also dieser seltsame Zustand der Lähmung?

Einen Moment später wurde ihm die Entscheidung aus der Hand genommen. Plötzlich war da ein Dröhnen, und die Lysander ruckte im Propellerstrom eines schwarzen Schattens, der über sie hinwegjagte und nach backbord abdrehte.

»Mein Gott, was ist das denn?« fragte Eisenhower.

»Eine Ju 88S, Nachtjäger«, sagte Max. »Kommen immer noch ein paar von Frankreich rüber und ziehen im Süden ihre

Kreise, wo sie nach Beute suchen. Der Pilot da müßte eigentlich längst zu Hause beim Frühstück sitzen. Halten Sie sich fest, meine Herren.«

Max' Piloteninstinkt war geweckt worden. Er war bis in die Zehenspitzen konzentriert, als er die Lysander annähernd tausend Fuß absacken ließ. Die Junkers kam dicht von hinten und feuerte. Das Kanonengeschoß durchbohrte die linke Tragfläche und zerschmetterte die Windschutzscheibe. Die Junkers drehte im weiten Bogen ab.

»Er ist zu schnell für uns«, rief Max nach hinten. »Andererseits sind wir für ihn aber auch zu langsam.« Die Junkers war nun etwa eine Viertel Meile entfernt und wendete. Max setzte einen Funkspruch ab: »Lysander eins unterwegs nach Southwick, werden über den South Downs von einer Ju 88S angegriffen.«

Die Junkers kam wieder herbeigejagt. Max drehte scharf ab, und der Geschoßhagel des Geschützfeuers verfehlte die Lysander nur knapp. Max war nun ganz in seinem Element. Er konnte gar nicht mehr anders, als so zu reagieren, wie er es tat.

»Also gut, du Mistkerl, schauen wir mal, was du draufhast«, sagte er.

Er ging nach unten, immer schneller, zweitausend Fuß, tausend Fuß. Unten ragten bereits die bewaldeten Hügel der Downs auf. Die Junkers schoß über ihn hinaus, drehte schräg ab und versuchte es aufs neue. Max ging mit der Maschine auf sechshundert Fuß hinab und öffnete dann ohne Vorwarnung die Landeklappen – der alte Trick, den er so oft benutzt hatte.

Die Lysander kam praktisch zum Stehen, und der Pilot der Junkers versuchte verzweifelt abzudrehen, um einen Zusammenprall zu vermeiden. Aber da verlor er schon die Kontrolle und jagte geradewegs unten in den Wald hinein. Flammen schlugen empor, während Max den Steuerknüppel wieder zurückzog, an Höhe gewann und die Maschine bei tausend Fuß abfing.

Er drehte sich um. »Ist da hinten alles in Ordnung?« Eisenhower und Sobel waren fassungslos, und da wußte Max: jetzt oder nie. Eine solche Gelegenheit würde sich nie mehr ergeben. Er konnte immer noch seine Pistole zücken, sie beide erschießen und dann nach Frankreich verschwinden.

Aber er tat's nicht.

In den letzten paar Minuten war eine Veränderung in ihm vorgegangen, eine Entscheidung war getroffen worden, ohne daß er darüber auch nur hatte nachdenken müssen. Als das Adrenalin des Luftkampfes in seinem Blut umhergerauscht war, hatte er gewußt, daß die Sache sich genau so verhielt, wie er es Bubi gesagt hatte. Er war *Pilot*. Und kein Attentäter.

Er wandte sich wieder nach vorn und rief den Stützpunkt in Southwick. »Ju 88S abgestürzt.« Er gab seine Position durch. »In fünfzehn Minuten sind wir da.«

Jack Carter saß einhundert Meter von der portugiesischen Botschaft entfernt in einem Dienstwagen und wartete. Der grauhaarige Mann in dem blauen Anzug, der mit einem über die Schulter geworfenen Regenmantel über den Bürgersteig herbeigehastet kam, war ein gewisser Oberst da Cunha, Sicherheitschef an der Botschaft. Carter öffnete die Tür und da Cunha stieg zu ihm in den Wagen.

»Lang nicht mehr gesehen, Jack. Sie sagten, es sei dringend?«

»Das ist es auch. Es dreht sich um Fernando und Joel Rodrigues. Stehen auf der Lohnliste der Nazis in Berlin.« Da Cunha sperrte den Mund auf, aber Carter hob eine Hand. »Hundertprozentig. Ich kann Ihnen alle nur denkbaren Beweise liefern.«

Der Oberst nahm eine Zigarette aus seinem Etui und zündete sie an. »Sie werden sich auf ihre diplomatische Immunität berufen, Jack.«

»Sie meinen, daß sie dies beabsichtigen? Das ist nur recht und billig. Wir wissen alles, was es über die beiden zu wissen gibt. Sie sind für uns wertlos. Schaffen Sie sie heute abend auf die Dakota der TAP nach Lissabon und sagen Sie ihnen, daß sie nicht mehr zurückkommen sollen, nie mehr.«

»Danke, Jack. Das ist sehr nett von Ihnen.«

»Ich kann's mir leisten. Wir sind dabei, den Krieg zu gewinnen. Ach, und sagen Sie Fernando Rodrigues, daß wir seine Freundin haben. *Sie* ist keine Portugiesin.«

»Wird man sie exekutieren?«

»Zu welchem Zweck?«

Jack langte hinüber und öffnete die Tür, und da Cunha stieg aus und ging raschen Schrittes davon.

Als Jack ins Büro zurückkehrte, unterzeichnete Sarah Dixon gerade eine Aussage. Neben ihr stand Sean Riley, Lacey am Fenster.

»Haben Sie alles?«

Riley nickte. »Es ist der deutsche Zwillingsbruder. Sie hat es zugegeben, aber ich habe eine noch viel fesselndere Nachricht für Sie. Es ist ein Anruf eingegangen. Offensichtlich wurde Eisenhowers Maschine auf dem Weg nach Southwick von einem deutschen Flugzeug angegriffen. Scheint, als hätte der deutsche Zwilling mit ein paar trickreichen Flugmanövern den Kraut zum Abstürzen gebracht.«

Carter war alles andere als überrascht. »Nun, er ist ein echtes Fliegeras, einer der besten der deutschen Luftwaffe, und diese ganze Angelegenheit war wohl ohnehin nicht seine Sache. Haben Sie den Bericht aus Frankreich gelesen, den ich Ihnen dagelassen hatte?«

»Ja, der arme Kerl, und am Ende war alles für die Katz, wo die Schweine doch seine Mutter erschossen haben.«

»Aber sie haben immer noch seinen Bruder.«

»Was passiert jetzt? Gibt es einen Prozeß?« sagte Sarah Dixon.

»Gütiger Gott, nein«, sagte Carter. »Sie sind für uns nicht mehr von Bedeutung. Wir werden Sie natürlich in Haft nehmen. Und was die Zeit nach dem Krieg betrifft, da werden wir sehen. Ich habe Rodrigues übrigens eine Nachricht übermitteln lassen. Ihm gesagt, daß wir Sie haben. Er und sein Bruder werden heute nacht nach Lissabon geflogen.«

»Das war nett von Ihnen.« Sie lächelte. »Kann ich jetzt gehen?«

Riley und Lacey führten sie zwischen sich hinaus. Jack setzte sich, dachte noch einmal über alles nach und schrieb dann eine Funkmeldung für Jacaud, um ihn auf den neuesten Stand zu bringen. Er ging die Nachricht noch einmal durch und fügte ein paar Anweisungen bezüglich des weiteren Vorgehens hinzu. Dann bat er telefonisch um einen Boten, lehnte sich stirnrunzelnd zurück und griff erneut zum Hörer.

»Major Carter. Ich brauche einen Wagen zum Guy's Hospital. Ja, fünf Minuten.«

Auf der Landebahn in Southwick rollte die Lysander aus, und eine große Begrüßungsschar kam ihr entgegengerannt – Offiziere des Generalstabs und Leute vom RAF-Bodenpersonal. Eisenhower hob die Arme und winkte zurück.

»Ich bin wohlauf, ebenso General Sobel, dank der größten Fliegerleistung, die ich je erlebt habe.« Er wandte sich Max zu und bat mit einer Handbewegung um Ruhe. »Colonel Harry Kelso, kraft meines Amtes als Oberbefehlshaber werde ich hiermit eine sofortige Verleihung des Kriegsverdienstkreuzes vornehmen.« Er schüttelte Max die Hand und wandte sich dann an Tom Sobel. »Wir sollten uns jetzt auf den Weg machen. Wir haben viel zu tun.«

Sobel legte einen Arm um Max' Schulter. »Ich bin stolz auf Sie, mein Sohn, und Molly wird mindestens so stolz sein wie ich. Also, wir haben heute morgen noch verdammt viel zu erledigen. Warum gehen Sie nicht solange in die Offiziersmesse und nehmen einen Happen zu sich? Entspannen Sie sich etwas. Ich bin sicher, daß Eisenhower Sie später noch sehen will.«

»In Ordnung«, sagte Max. »Das werde ich dann wohl tun.«

Sobel entfernte sich und folgte Eisenhower und den anderen, während das Bodenpersonal sich daranmachte, die Lysander zu inspizieren. Max zündete sich mit zitternden Händen eine Zigarette an. Was würde nun mit Elsa passieren, mit Harry? Aber noch während er da stand, ging der Keim einer Idee in ihm auf. Es fing an zu regnen, und ein Major der Royal Military Police schob sich neben ihn und spannte einen Regenschirm auf.

»Muß Sie trocken halten, Colonel, für Brigadegeneral Munro. Er wird bald hier eintreffen.«

In dem Moment wußte Max, daß sie das Spiel durchschaut hatten. »Was hat das zu bedeuten?«

»Ich heiße Vereker, und ich bin hier für die Sicherheit zuständig. Die beiden Unteroffiziere dort drüben gehören zu mir.« Max blickte hinüber und sah sich die beiden an, zwei Muskelpakete mit den typischen roten Mützen der Militärpolizei. »Ich weiß nicht genau, was hier vor sich geht, aber ich habe den Befehl Sie auf Grundlage des Kriegsnotstandsgesetzes zu verhaften.«

»Klingt interessant«, sagte Max.

»Ich weiß, daß Sie eine Waffe bei sich tragen, Colonel. Wenn Sie sie mir vielleicht diskret aushändigen würden, wäre ich Ihnen sehr dankbar.«

»Oh, ich bin immer diskret.« Max nahm die Walther und das zweite Lademagazin aus der Tasche seiner Fliegerjacke heraus und reichte Vereker alles. »Da haben Sie sie.«

Vereker ließ die Walther in seine Tasche gleiten. »Sehr vernünftig, Colonel.«

»Ich habe mein Leben lang nie etwas Vernünftiges getan«, sagte Max. »Was geschieht nun?«

»Tja, Sie haben weder Krach geschlagen noch sich aufs hohe Roß gesetzt.«

»Und was soll das heißen?«

»Da ich seit zwanzig Jahren im Polizeibereich tätig bin, sowohl bei Scotland Yard als auch in der Armee, bedeutet es meiner Erfahrung nach, daß Sie so schuldig sind, wie man's nur sein kann, was auch immer man Ihnen vorwirft, aber das habe nicht ich zu entscheiden. Dafür ist Brigadegeneral Munro zuständig.«

»Und was fangen wir beide nun an, bis er hier ankommt?«

»Wie wär's mit einem Drink in der Offiziersmesse?«

»Glauben Sie, daß Sie mir vertrauen können?«

»Oh, durchaus. Wo sollten Sie denn hin?«

»Sie wissen gar nicht, wie recht Sie damit haben, Major.« Max lächelte. »Dann gehen Sie nur voran.«

Vereker überließ ihn sogar sich selbst und stellte sich allein mit einem Whisky und der *Times* an die Bar, während Max Zigarette rauchend beim Fenster saß, ebenfalls mit einem Whisky, und sich einige Dinge durch den Kopf gehen ließ. Was hatte Munro herausgefunden, und wie? Nicht, daß das jetzt noch wichtig war. Es war alles vorbei, und der Herrgott möge seiner Mutter und Harry beistehen, es sei denn… Sein

Gesicht schmerzte wie verrückt, also holte er die Feldpackung heraus und entnahm ihr eine Ampulle. Vereker kam wie ein Blitz herbeigeschossen.

»Was ist das?«

»Morphium«, sagte Max. »Für mein Gesicht. Ist erst kürzlich passiert und schmerzt stark. Hier, tun Sie's für mich.«

Vereker nahm die Packung in Augenschein. »Deutsch?«

»SS, um genau zu sein. Nur das Beste.«

Vereker zögerte, brach dann eine der Ampullen ab und stach sie in Max' ausgestrecktes Handgelenk. »Ich würde einiges darum geben, zu erfahren, was es mit alldem auf sich hat.«

»Geht mir genauso.«

Dougal Munro kam in die Messe, zögerte und trat dann auf sie zu. »Herr Brigadegeneral«, sagte Max fröhlich.

Munro ignorierte ihn. »Major, von diesem Moment an stehen Sie unter der Geheimhaltungspflicht. Wir gehen am besten in Ihr Büro.«

Kurz darauf setzte sich Munro hinter Verekers Schreibtisch und nahm ein gefaltetes Formular aus seiner Tasche. »Der nötige Haftbefehl für diese Festnahme, Major, unter Anwendung des Kriegsnotstandgesetzes.«

Vereker sah es sich an und blickte verwirrt auf. »Aber der Haftbefehl ist auf den Namen von Oberstleutnant Max von Halder ausgestellt.«

»Sehr richtig. Dem Anschein nach ist Colonel Kelso in der Bretagne letzte Woche bruchgelandet und ein paar Tage später entkommen, um eine triumphale Rückkehr in einem Fieseler Storch zu feiern – nur daß es gar nicht Harry Kelso war, es war sein Zwillingsbruder.«

Vereker blieb die Spucke weg. Er hatte von Kelsos Bruder gehört, aber ... »Aber warum?«

»Um ein Attentat auf General Eisenhower durchzuführen.«

»Aber das ist doch verrückt, Herr Brigadegeneral. Gerade eben hat er mit unglaublichsten Flugmanövern Eisenhowers Leben gerettet.«

»Tja, seltsam, nicht wahr?« Munro wandte sich an Max. »Als es drauf ankam, konnten Sie es nicht tun, hab ich recht?«

»Oh, drüber nachgedacht hab ich schon – mich einfach umzudrehen und ihn zu erschießen, aber dann hätte ich auch Sobel erschießen müssen, und das konnte ich nicht tun, nicht mit Mollys Vater. Harry liebt sie, verstehen Sie.« Max zündete sich eine Zigarette an. »Und dann ist die Junkers aufgetaucht. Ist schon seltsam. Wenn ich ein Fatalist wäre, hätte ich es einfach geschehen lassen, und wir drei wären abgestürzt, eine ideale Lösung.«

»Aber Sie sind kein Fatalist?«

»War ich nie. Ich habe noch nie aufgegeben und mich immer bis zum Ende mit Händen und Füßen zur Wehr gesetzt, und als dieser Mistkerl sich hinten an mich dran gesetzt hat ...« Er zuckte die Achseln. »Ich bin ein Kampfpilot. Ich brauchte da gar nicht lange zu überlegen.« Er lachte. »Und das hat am Ende den Ausschlag gegeben. Als die Junkers abgestürzt ist, habe ich in meiner Kanzel dagesessen und mir gesagt: Dies ist dein Leben, Max. Du bist Pilot und kein Attentäter. Vielleicht bist du ja ein Mörder, aber nicht *diese* Art von Mörder.« Er mußte wieder lachen. »Übrigens, dreihundertneun war meine offizielle Abschußquote. Jetzt bin ich bei dreihundertzehn.«

»Ich glaube, ich kann Sie nur zu gut verstehen.«

»Womit meine Mutter und Harry in tiefsten Schwierigkeiten stecken.« Er runzelte die Stirn. »Aber Moment mal, Herr Brigadegeneral. Sie haben mir noch nicht erzählt, wie Sie mir auf die Schliche gekommen sind.«

»Wir haben die Rodrigues-Brüder beschattet, und sagen Sie nicht, daß Sie die nicht kennen. Dadurch sind wir auf Sarah Dixon gestoßen, die zu Ihrem Pech im Hauptquartier der SOE angestellt ist. Wir haben deren Wohnblock und jeden, der dort ein und aus ging, überwachen lassen, und da sind auch Sie aufgetaucht. Dumm von Ihnen.«

»Nun, in solchen Dingen bin ich eben ein Amateur.«

»Und dann haben wir einen Bericht von meinem Chefagenten der Morlaix-Region erhalten, und deshalb kenne ich auch alle Hintergründe: Himmler, Hartmann. O ja, wir wissen alles über Hartmann, Ihre Mutter, Harry und die schreckliche Entscheidung, vor die Himmler sie beide gestellt hat.«

»Woher wissen Sie das alles nur? Ich bin ohne großes Aufsehen in das Château versetzt worden, und meine Mutter ist in aller Heimlichkeit aus Berlin eingeflogen worden.«

»Das Dienstmädchen Ihrer Mutter, Rosa Stein, das in den Wäldern umherirrte, ist – Gott sei Dank – von einem meiner Agenten aufgegriffen worden. Was sie ihm erzählt hat, kam als Bericht heute früh auf meinen Schreibtisch.«

»Rosa? Im Wald umhergeirrt? Wovon in aller Welt reden Sie?«

Also erzählte Munro ihm alles.

Max saß da, völlig zerrüttet und mit den Nerven am Ende. Vereker öffnete einen Schrank, schenkte Brandy in ein Glas ein und gab es ihm. Max kippte ihn hinunter und blickte mit einem zermürbten Lächeln zu ihm auf.

»Jetzt wissen Sie also, wofür Sie kämpfen.«

»Tut mir leid, Herr Oberstleutnant.«

»Sehen Sie nur zu, daß die Guten gewinnen, und geben Sie mir noch einen.« Er hielt sein Glas hin, und Vereker schenkte nach.

»Tut mir auch leid, Max«, sagte Munro.

»Wir sind selbst schuld. Ich habe immer nur ans Fliegen gedacht, und meine Mutter immer nur an den Namen von Halder und unsere gesellschaftliche Stellung. Hitler hat die Macht an sich gerissen, und wir haben uns zurückgelehnt und sind mit dem Strom geschwommen.« Er wandte sich an Vereker.»Wir waren keine Nazis, Herr Major, das haben wir uns immer wieder gesagt, nur daß ich am Ende über dreihundert Flugzeuge für das Dritte Reich abgeschossen habe.«

Darauf wußte niemand etwas zu sagen. Vereker drehte sich um und stellte die Flasche Brandy in den Schrank zurück.

»Und was am meisten schmerzt, ist die Tatsache, daß es nicht vorbei ist. Diese Schweine haben noch immer Harry in der Gewalt.«

»Und Hartmann hat mit Ihnen ein falsches Spiel getrieben.«

»Ja, Bubi hat gelogen. Aber ich glaube, ich kann ihn ein bißchen verstehen. Er ist zum Teil jüdisch, sollten Sie wissen, und Himmler hat dies herausgefunden. Bubi wurde genauso erpreßt wie wir alle. Man hat gedroht, sich an seinen Vater und an seine Tante zu halten. Wissen Sie, was die tun? Die hängen einen an Klaviersaiten auf, Männer wie Frauen – sehr auf Gleichbehandlung bedacht, der Reichsführer.«

»Mein Gott«, sagte Vereker. »Dieses gemeine Schwein.«

»Das stammt aus dem Munde eines echten Engländers.«

Max nahm mit zitternden Händen eine Zigarette heraus, und Vereker gab ihm Feuer. »Was passiert jetzt mit uns, Endstation Tower von London?«

»Cold Harbour«, sagte Munro. »Wir haben schon zu lange getrödelt, denn ich will, daß wir hier raus sind, bevor Eisenhower Sie zu sich bestellt. Wir fliegen mit der Lysander, in der ich gekommen bin.«

»Soll ich mit Ihnen kommen, Herr Brigadegeneral?« fragte Vereker.

»Nicht nötig, so wie die Dinge jetzt stehen. Sagen Sie Eisenhower, daß ich das Wrack der Junkers inspiziert haben wollte und dazu Colonel Kelsos fachmännische Hilfe brauchte. Macht Ihnen doch nichts aus, für mich zu lügen?«

»Nein, Sir.«

»Auf jemanden wie Sie ist Verlaß, und vergessen Sie nicht die Geheimhaltungspflicht. Das alles hier ist nie passiert.«

»Wenn Sie das sagen, Herr Brigadegeneral.«

Der Pilot der Lysander war ein Oberleutnant namens Hare, ein sehr junger Mensch, der voller Ehrfurcht für »Harry« war. Seine Flugkünste waren nicht weiter der Rede wert, aber gut genug, um sie hinzubringen. Am frühen Nachmittag streiften sie bereits über Cold Harbour und landeten dann ziemlich unsanft.

»Tut mir furchtbar leid, Colonel«, sagte Hare. »Miese Landung.«

»Die passieren uns allen«, sagte Max, und dann folgte er Munro hinaus.

Julie kam im Jeep vorgefahren und stieg aus. »Schön, daß Sie wieder zurück sind. Bleibt immer noch genügend Zeit fürs Mittagessen. Das Boot ist zu einer Übungsfahrt ausgelaufen, aber Zec ist da, und es ist noch etwas vom Auflauf übrig.«

»Warum nicht?« sagte Munro. Er wandte sich an Max. »Ist Ihnen das recht, Max?«

»Wie Sie bereits sagten, warum nicht?«

»Max? Was soll das heißen?« sagte Julie.

»Jetzt sehen wir erst einmal zu, daß wir aus dem verdammten Regen herauskommen, in den Jeep steigen und zum Hanged Man hinunterfahren, dann erzähle ich Ihnen alles.«

Zec, der beim Feuer saß und irgendein Buch las, war allein in der Bar. Er blickte auf und lächelte. »Schön, Sie wieder hier zu haben.«

»Darf ich vorstellen. Oberstleutnant Baron Max von Halder, Harry Kelsos Bruder«, sagte Munro.

»Gütiger Gott«, sagte Zec Acland.

Max ging hinter die Theke und nahm sich eine Packung Players. Er zündete sich eine Zigarette an und setzte ein müdes Lächeln auf, als er zurückkehrte.

»Bringen Sie's hinter sich, Herr Brigadegeneral. Ich mache inzwischen einen Spaziergang, wenn Sie nichts dagegen haben. Wäre allerdings nicht schlecht, wenn ich langsam etwas zwischen die Rippen bekäme. Ich esse dann danach.«

Die Tür ging hinter ihm zu, und der Brigadegeneral wandte sich den anderen zu. »Ist eine verflixte Geschichte, aber hört zu.«

Als er mit seinem Bericht fertig war, sagte Julie: »Wirklich schlimm. Die arme Mutter.«

»So was habe ich noch nie gehört«, sagte Zec. »Aber wie soll's nun weitergehen, Herr Brigadegeneral? Es wäre Ihre Pflicht gewesen, ihn nach London zu bringen. Sie haben nicht einmal Eisenhower aufgeklärt.«

»Stimmt, und die Antwort lautet, daß ich nicht weiß, wie's weitergehen soll. Nicht die leiseste Ahnung, verdammt noch mal.« Munro seufzte. »Dieser Job, den ich da habe, macht einen zum waschechten Lügner. Dennoch werde ich das Gefühl nicht los, daß wir die Sache irgendwie zu unserem Vorteil einsetzen können, aber ich lasse das mal eine Zeitlang vor sich hin gären.«

Die Tür ging auf, und Max kam wieder herein. Die unverletzte Seite seines Gesichts hatte etwas an Farbe gewonnen.

»Ich könnte mir jetzt wirklich den Bauch mit Auflauf vollschlagen. Ich sterbe vor Hunger.«

»Und dazu ein großes Glas Bier«, sagte Zec. »Ich bin dabei.«

»Und ich ebenfalls«, sagte Munro. »War ein hektischer Vormittag, um es vorsichtig auszudrücken, und zum Frühstücken bin ich auch nicht gekommen.«

Julie holte Steaks und Kartoffelauflauf hervor, und beinahe schweigend ließen sie sich's schmecken. Zec unterbrach das Schweigen: »Eines geht mir immer noch im Kopf herum. Wenn Eisenhower Ihnen dafür, daß Sie ihm sein Leben gerettet haben, das Kriegsverdienstkreuz verliehen hat, kann er es dann rückgängig machen, weil Sie von der anderen Seite sind?«

»Gute Frage«, sagte Munro. »Und ich bezweifle, daß sie sich je schon einmal gestellt hat.« In dem Moment hörten sie ein Dröhnen hoch über ihnen. »Was in aller Welt ist das nun wieder?«

Julie ging zur Tür und blickte hinaus. »Eine Lysander«, sagte sie.

»Wer kann das jetzt sein?«

»Soll ich hochfahren und schauen?«

»Nein, essen Sie zu Ende. Wer auch immer es ist, er wird bestimmt bald hier aufkreuzen«, und damit wandte Munro sich wieder seinem Essen zu.

Etwa fünfzehn Minuten später hörten sie draußen einen Jeep vorfahren. Kurz darauf ging die Tür auf, und Jack Carter hinkte herein, gefolgt von Molly.

»Jack trifft keine Schuld, Onkel Dougal, ich habe ihn solange gelöchert, bis er mich hergebracht hat.«

»Ich habe die Lysander sofort zurückgeschickt, Sir«, sagte Carter.

»Das will ich auch meinen. Sonst haben wir bald keine mehr vor Ort.«

»Da ist eine Funkmeldung aus Southwick eingegangen, Sir. General Eisenhower versucht, Sie zu erreichen.«

»Nun, ich hab's nicht bekommen, und für den Augenblick bleibe ich verschollen.«

Jack wandte sich an Max. »Das war ja einfach großartig, was Sie da heute morgen geschafft haben.«

»Liegt in der Familie«, sagte Max. »Geht mir genau wie Harry. Unsere einzige wirkliche Stärke ist das Fliegen.«

»Ich möchte mit Ihnen reden«, sagte Molly. »Ist das in Ordnung, Onkel Dougal?«

»Ich glaube, da können wir ruhig ein Auge zudrücken.«

Sie ging hinaus, und Max folgte ihr. Sie gingen an das Ende des Kais, wo sie sich auf eine Bank setzte, während er sich an die Brüstung lehnte. Zwischen den beiden herrschte ein seltsames Gefühl der Vertrautheit.

»Jack hat mir alles über diese scheußliche Sache erzählt. Es tut mir ja so leid um Ihre Mutter.«

»Mir auch. Es tut mir auch leid wegen Harry, der weiterhin drüben festsitzt.«

»Sagen Sie mir, wie's ihm dort gegangen ist.«

»Sie lieben ihn sehr, nicht wahr?«

»O ja.«

»Wird Ihnen alles nur Kummer bereiten. Ich weiß das, weil es, was mich betrifft, mir auch nur Kummer bereitet.«

»Nur keine falsche Rücksichtnahme. Liebe sucht nicht nach vernunftgemäßen Erklärungen. Liebe ist jenseits der Vernunft. Erzählen Sie also nur.«

»Er war relativ gut beieinander. Ein böser Bruch am linken Knöchel, aber Hauptsturmführer Schröder hat gute Arbeit geleistet, ebenso wie mit meinem Gesicht.«

»Schröder?«

»Ein SS-Arzt, also ein verdammt guter.«

»Was hat er mit Ihrem Gesicht gemacht?«

»Hat mich örtlich betäubt, mich dann mit einem Stahlstab geschlagen und die Wunde mit einem Skalpell aufgeschnitten. Harry hat dagesessen und zugesehen. Er hat keinen besonders glücklichen Eindruck gemacht.«

»Schrecklich das Ganze.« Sie schüttelte den Kopf. »Aber Eisenhower umzubringen ...«

»Wenn Sie den Film über die Hinrichtungen der sogenannten Verräter gesehen hätten, zu dem Himmler uns gezwungen hat. Das mit den Männern zu sehen war schlimm genug, aber die Frauen?« Er schüttelte den Kopf. »Es war unglaublich. Na ja, man hat uns gezwungen, uns zusammenzutun.

Harry mußte mich ja genau einweihen, so daß ich überhaupt eine Chance hatte, damit durchzukommen.«

»Ich habe vollstes Verständnis für Ihre Situation. Das Paradoxe an der Sache ist nur, daß Eisenhower jetzt wahrscheinlich tot wäre, wenn irgendein anderer die Maschine geflogen hätte.« Sie stand auf. »Wir müssen doch irgend etwas tun können.«

»Ein Sonderkommando hinschicken?« Max schüttelte den Kopf. »Um so was zu organisieren, braucht man Zeit. Die Rodrigues-Brüder genießen diplomatische Immunität und werden bald in Portugal sein. Sie werden schließlich von Lissabon aus in der Prinz-Albrecht-Straße ihren Bericht abliefern, sei es auch nur in der Hoffnung, sich ein paar Mark dazu zu verdienen. Weiß der Himmel, was mit Harry passieren wird. Himmler wird ihn zumindest nach Berlin bringen lassen.«

Sie gingen am Kai entlang, wo gerade das Rettungsboot einlief.

Irgend jemand rief und winkte vom Heck herüber, und Max winkte zurück.

»Wie schrecklich das ist«, sagte sie, völlig in Tränen aufgelöst. »Ich fühle mich so hilflos, und man kann einfach nichts tun.«

Max legte ihr einen Arm um die Schultern. »Ach, ich weiß nicht. Ich habe nachgedacht. Molly – was wenn ich wieder der Stolz der deutschen Luftwaffe werden würde? In die richtige Uniform aus Julies Vorratslager wechseln und mich nachts im Schutze der Dunkelheit auf die Rollbahn schleichen würde? Da warten zwei Störche. Innerhalb einer Stunde bin ich in Morlaix, lande dort, und dann würde ich schauen und irgendwas improvisieren.«

»Das ist glatter Wahnsinn«, sagte sie. »Der sichere Tod für Sie.«

»Jetzt ist es für Harry der sichere Tod. Zumindest wären wir zusammen.«

»Sie würden ihn also da rausholen, wenn Sie die Möglichkeit hätten, und ihn hierherfliegen?«

»Tja, er selbst kann ja nicht fliegen.«

»Das ist Wunschdenken, einfach unmöglich.«

Als sie das Wirtshaus erreichten, kam Jack Carter gerade mit Julie heraus. »Ich habe den Befehl, Sie ins Haus hoch zu schaffen. Sie einzuschließen, versperrte Fenster und so weiter.«

»Warum nicht«, sagte Max. »Ich kann doch sowieso nirgends hin.« Er stieg hinten in den Jeep. Carter setzte sich neben Julie. Sie fuhren los.

Munro stützte sich auf die Theke und unterhielt sich bei einem Glas Whisky mit Zec, als Molly zurückkehrte. Der Brigadegeneral wandte sich an Molly. »Ist mit dir alles in Ordnung?«

»Ich weiß nicht so recht. Wir haben uns ausführlich unterhalten, und er macht sich Sorgen um Harry. Sag mir eines – warum hast du ihn überhaupt hergebracht?«

»Die Ereignisse haben sich überschlagen. Ich dachte, daß es besser ist, ihn erst mal aus dem Verkehr zu ziehen, bis sich die Aufregung gelegt hat.«

»Und du hast keine Idee, wie man Harry helfen könnte?«

»Nein, da ist wohl nichts zu machen.«

»Max ist da anderer Meinung.«

»Ach, ist er das?« sagte Zec Acland.

Munro runzelte die Stirn. »Erzähl«, sagte er. Was sie dann auch tat.

17

Max verbrachte den Nachmittag grübelnd in dem Schlafzimmer, in das Carter ihn geführt hatte. Es war recht bequem, wenn auch ein wenig altmodisch eingerichtet, und zeichnete sich vor allem durch die verriegelten Fenster aus. Der Regen wollte nicht aufhören und trommelte unentwegt gegen die Fenster. Es gab nichts zu tun, außer nachzudenken, und davon hatte er langsam die Nase voll. Auf einem Regal fand er ein paar Romane und entschied sich für eine Ausgabe von Daphne du Mauriers *Rebecca*, was ja zu Cornwall als Schauplatz recht gut paßte. So lag er also auf dem Bett und brachte eine weitere Stunde herum. Aber es war ein harter Tag gewesen, und schließlich fiel er in Schlaf.

Es war halb sieben, als Jack Carter erschien. »Zeit zum Abendessen, alter Junge. Wir haben uns gedacht, daß wir Sie nicht so einfach allein lassen sollten.«

»Das ist sehr aufmerksam von Ihnen«, sagte Max und folgte ihm nach unten in die Bibliothek, wo er auf Munro und Zec Acland stieß und auf Molly, die beim Kamin saß.

»Da sind Sie ja«, sagte Munro. »Was darf ich Ihnen anbieten, einen Whisky?«

»Eigentlich wäre mir jetzt gerade ein Brandy mit Soda recht.«

Carter holte ihm einen. Molly stand auf. »Lassen Sie einmal Ihr Gesicht sehen.« Sie schaute es sich an und nickte. »Könnte schlimmer sein. Tut es noch weh?«

»Nicht sehr. Ist eigentlich nur irgendwie taub.«

»Dann nehmen Sie kein Morphium mehr. Gefährliches Zeug.«

»Danke für den Rat, Frau Doktor.« Max nahm den Brandy mit Soda, den Carter ihm reichte. »Und was jetzt?«

»Ich weiß nicht genau«, sagte Munro.

»Hab Sie doch gefragt, ob der Tower von London die letzte Station für mich sei. Hab immer gedacht, daß das für Leute wie uns *de rigueur* sei.«

»Mein lieber Junge, so was wie Sie hat's bisher noch nicht gegeben.« Munro stand der Verzweiflung nah. »Zum Teufel mit Ihnen, Max, ständig halte ich Sie für Harry.«

»Lästig, nicht wahr? Was hat Eisenhower zu sagen?«

»Er weiß es noch nicht. Diese ganze Angelegenheit ist hochexplosiv, wie unsere amerkanischen Freunde es ausdrücken würden. Offen gesagt, weiß ich eigentlich überhaupt nicht, wie ich das alles handhaben soll, und öffentliche Aufmerksamkeit ist das letzte, was wir brauchen, nicht bei einer in wenigen Wochen bevorstehenden Invasion.«

Julie schaute herein. »Das Essen steht auf dem Tisch.«

Zec stand als erster auf. »Mit vollem Bauch denkt sich's besser«, sagte er und ging voraus.

Sie saßen um den Tisch herum und ließen sich Julies Karottensuppe, Dover Seezunge, sautierte Kartoffeln und den Salat schmecken. Nur gelegentlich wurde das eine oder andere Wort gewechselt.

Schließlich sagte Munro: »Sie machen Frankreich alle Ehre, meine Liebe.«

»Nun, singen Sie Ihr Loblied nicht zu früh. Uns ist gerade der Kaffee ausgegangen. Tee für alle.«

»Das haben Sie gesagt wie eine waschechte Engländerin. Kommt, wir gehen in die Bibliothek rüber.«

»Aber erst wird der Tisch abgeräumt«, sagte Max lächelnd. »Darf ich, Julie?« sagte er und fing an die Teller zu stapeln.

»Das ist aber doch wohl kaum Ihre Aufgabe, Herr Baron«, sagte Munro.

»Ja, aber die eines Gentlemans«, sagte Julie spitz, während sie Max half.

»Jetzt hat sie's Ihnen aber gezeigt, Herr Brigadegeneral«, sagte Zec. »Wenn ich Sie wäre, würde ich jetzt mitkommen und mir einen Brandy genehmigen.«

Als sie alle wieder in der Bibliothek versammelt waren und Julie Tee einschenkte, war die Atmosphäre etwas gespannter als zuvor. Schließlich sagte Molly: »Niemand sagt etwas. Ist doch lächerlich. Wie in einem dieser Agatha-Christie-Romane, wo Hercule Poirot alle in die Bibliothek bestellt, um ihnen zu sagen, wer der Mörder ist.«

Max lachte. »Das haben Sie sehr genau getroffen, nur daß wir alle wissen, wer der Mörder ist. Ich.«

»Unsinn.« Zec stopfte seine Pfeife. »Ich habe ein paar von diesen Stücken gesehen. Normalerweise ist es der Butler oder der Pfarrer.«

»Stimmt«, sagte Munro. »Aber in diesem Fall ist es der Baron.«

»Sehr richtig, aber offen gesagt, reicht's mir mittlerweile.« Max stand auf. »Wenn Sie wissen, was Sie mit mir zu tun gedenken, lassen Sie's mich wissen. Ich glaube, ich gehe jetzt wieder auf mein Zimmer. Jack?«

Carter stand auf und griff sich seinen Stock. »Aber gewiß, alter Junge.«

Als Jack zurückkehrte, saßen alle nach wie vor schweigend da, ohne daß jemand in der Zwischenzeit auch nur einen Ton von sich gegeben hätte. Er ging zu der Anrichte und schenkte sich einen Whisky ein. Er hob das Glas. »Prost, Leute, und nehmen Sie's mir nicht übel, wenn ich das sage, Herr Brigadegeneral, aber er ist wirklich ein toller Kerl, und mir ist es scheißegal, ob er ein Flieger der Deutschen ist.«

»Gott im Himmel, Mann, die haben Ihnen in Dünkirchen Ihr Bein weggenommen«, sagte Munro.

»Sehr richtig, und ich hätte es gern wieder zurück, aber Krieg ist Krieg, ein verdammt blödes Spiel, das wir halt nicht in der Hand haben.«

»Aber das hier ist nur ein winziges Zwischenspiel des Krieges«, sagte Molly. »Und wir haben es durchaus in der Hand.« Sie wandte sich an Munro. »Was hast du nun vor, Onkel Dougal?«

»In Ordnung, ich gebe mich geschlagen. Geben Sie mir noch einen Brandy, Jack, und ich erzähle Ihnen von einer recht interessanten Unterhaltung, die Molly kürzlich mit Max geführt hat.«

Als er mit seinem Bericht fertig war, herrschte erst einmal Schweigen. Es war Carter, der dann sagte: »Und Sie glauben,

Sir, daß er nach Morlaix zurückfliegt und tatsächlich versucht, seinen Bruder zu retten?«

»Um Himmels willen, Jack, so gebrauchen Sie doch einmal Ihr Hirn«, sagte Molly aufgebracht. »Wir haben es hier mit einem großartigen Mann zu tun, einem noblen Charakter, der in seinem Leben alles erreicht hatte bis zu dem Punkt, daß es ihm nichts mehr bedeutet. Orden?« Sie zuckte die Achseln. »Was zum Teufel bedeuten die schon, wenn's drauf ankommt? Man hat ihn und seinen Bruder dazu erpreßt, eine fürchterliche Tat zu begehen. Dann hat man seine Mutter abgeschlachtet.«

»Rosa Stein zufolge wollte die Baronin sterben«, sagte Munro.

»Ja«, sagte Zec, »aber nach dem, was ich gehört habe, war das lediglich der vergebliche Versuch, ihren Söhnen aus der Bredouille zu helfen.«

»Und Hartmann hat es verschwiegen«, sagte Molly. »Einen schlimmeren Akt der Täuschung kann man nicht begehen, egal, was er selbst zu befürchten hat.«

»Und jetzt sitzt Harry in diesem verdammten Château fest und fiebert dem Ergebnis entgegen«, warf Julie ein. »Ein Ergebnis, das bereits feststeht. Himmler wird ihn, ohne lange zu fackeln, hinrichten lassen. Wir haben es hier mit dem Leibhaftigen auf Erden zu tun.«

»Während wir hier sitzen und die Hände in den Schoß legen«, sagte Molly.

Alles schwieg, während Munro in Überlegungen versunken war. Es war Zec, der schließlich das Wort ergriff, ganz ruhig und sachlich. »Das sind gute Jungs, Herr Brigadegeneral. Sie verdienen eine Chance, alle beide.«

Munro nickte. »Sie haben natürlich recht, ihr alle. Ich will mich nicht rausreden, aber ich bilde mir ein, daß ich es im tiefsten Herzen immer gewußt habe. Das war sicher der Grund, warum ich unwillkürlich Max hierhergebracht habe, statt ihn nach London zurückzuschaffen.«

»Was tun wir jetzt also, Sir?« fragte Carter. »Werden Sie's ihm sagen?«

»Gütiger Gott, nein, das wäre viel zu simpel für mein kompliziertes Gehirn. Wir lassen ihn entkommen.« Er wandte sich

Julie zu. »Ich möchte, daß Sie das organisieren. Werden Sie das für mich tun?«

»Natürlich, Herr Brigadegeneral.«

Munro wandte sich an Molly. »Und halt du dich da raus, meine Liebe. Du bist viel zu sehr mit dem Herzen dabei.«

Im Château Morlaix wurden Bubi Hartmann, der junge Freiberg – der Me-109-Pilot – und Harry gerade mit dem Abendessen fertig. Harry trug eine Uniform der deutschen Luftwaffe. Niemand hatte viel gesagt. Hartmann machte sich Sorgen und wartete immer noch auf Nachrichten über die Vorgänge in England. Außerdem beschäftigte ihn Schröders Verschwinden. Freiberg war, wie immer, ganz eingeschüchtert von dem Dienstrang der beiden Offiziere. Da er ja bereits mit Max geflogen war, schuldete Hartmann ihm eine Erklärung, nämlich daß Harry der Bruder des Barons war, eine Tatsache, die sich von selbst verstand – zu was Max jedoch losgeschickt worden war, blieb weiterhin ein Geheimnis.

Sie rundeten das Essen mit einem Kaffee und einem Cognac ab, und schließlich griff Harry nach seinen Krücken. »Ich werde auf mein Zimmer zurückgehen.«

»Ich bringe Sie hoch«, sagte Hartmann.

Sie stiegen die Treppe hoch. Hartmann nickte dem SS-Wachposten zu, damit dieser die Tür aufschloß.

»Was ist mit meiner Mutter, Hartmann. Wann kann ich sie sehen?«

»Morgen, Harry, ich glaube, das kann ich Ihnen versprechen.«

»Ich weiß nicht, warum, aber ich glaube Ihnen nicht.«

»Tut mir leid, daß Sie so denken.«

Hartmann wandte sich um, und Harry ging ins Zimmer. Er verspürte eine seltsame Unruhe, stellte sich ans Fenster und spähte hinaus. Er dachte an Max und fragte sich, wie es diesem wohl gerade ergehe. Schließlich setzte er sich auf die Bettkante und zog seinen rechten Schuh aus. Sein linker Fuß lag in Gips, aus dem die nackten Zehen hervorlugten. Die Fliegerbluse ließ er an, da es recht kühl war. Er legte sich der Länge nach aufs Bett, blickte zur Decke hoch, und nach einer Weile schlief er ein.

Hartmann saß im Wohnzimmer in einer Ecke, trank mehr Brandy, als ihm guttat, während Freiberg, der in einer anderen Ecke saß, nervös in einer Zeitschrift blätterte. Schließlich stand er auf. »Ich glaube, ich werde mich heute ein wenig früher hinlegen, Herr Standartenführer.«

»Nun, bestimmt keine schlechte Idee«, sagte Hartmann. »Dann bis morgen.«

Freiberg zog sich zurück, und als Hartmann gerade wieder einmal nach der Cognacflasche griff, schellte plötzlich das Telefon. Er sah stirnrunzelnd auf die Uhr. *Zehn Uhr*. Wer konnte das sein?

Er nahm ab, und der Fernmelder an der Vermittlung sagte: »Ich habe einen Anruf für Sie, Herr Standartenführer.«

»Wer ist es?«

»Tja, offensichtlich ein Franzose, obwohl sein Deutsch recht gut ist. Er besteht darauf, mit Ihnen persönlich zu sprechen. Sagt, er hätte eine absolut wichtige Information.«

»Stellen Sie ihn durch.«

»Oberst Hartmann?« sagte Jacaud.

»Wer spricht da?«

»Oh, ich bin im hiesigen Teil der Bretagne der Chef der gegnerischen Kräfte, wie Sie das wohl nennen würden. Ein Freund von mir, Brigadegeneral Munro, der Ihnen wohl bekannt sein dürfte, hat über Funk Verbindung mit mir aufgenommen, nicht einmal, sondern gleich zweimal.«

Hartmann mußte würgen. »Was wollen Sie?«

»Nichts«, sagte Jacaud. »Ich rufe nur an, um Ihnen eine Information zu übermitteln. Wie ich höre, sind Ihnen die folgenden Namen nicht unbekannt: Die Rodrigues-Brüder, die, als sie aufflogen, diplomatische Immunität für sich geltend machten, fliegen gerade nach Lissabon zurück. Mrs. Sarah Dixon befindet sich in Haft, ebenso wie Baron von Halder. Und hier eine ganz besondere Nachricht, extra für Sie: Der Baron, der Eisenhower doch tatsächlich nach Southwick geflogen hat, wurde unterwegs von einer Ju 88S angegriffen. Können Sie sich vorstellen, daß der Baron den Mistkerl zum Absturz getrieben hat? Er hat Eisenhower das Leben gerettet.«

»Zum Teufel mit Ihnen!« ächzte Hartmann.

»Sie sind es, der bald zum Teufel fahren wird. Der große Tag naht bereits. Ach, übrigens vielen Dank für Schröder. Wir können einen guten Arzt gebrauchen, wenn der Kampf erst richtig losgeht.« Er legte auf.

Hartmann saß mit um den Hörer geballter Faust da und legte dann wie in Zeitlupe auf. Als ihm die volle Bedeutung dessen, was er da gerade gehört hatte, klar wurde, erstarrte sein Gesicht zur Schreckensmaske. Das Spiel war aus. Er war am Ende. Er machte sich keine Illusionen darüber, womit er sein Versagen in dieser Sache zu bezahlen haben würde.

Er stand auf, zündete sich nervös eine Zigarette an und schritt auf und ab. Max in den Händen der Engländer, und sein Bruder gleich oben, eine Treppe höher. Vor allem diese Tatsache gab ihm zu denken, aber was sollte er tun? Nach oben gehen, an die Tür klopfen und sagen: »Man hat Ihren Bruder festgenommen, und tut mir leid, daß wir Sie angelogen haben, aber Ihre Mutter ist erschossen worden, bevor Max nach Cornwall abgeflogen ist«? Aber dennoch, eines konnte er tun. Er hatte immer noch seine Direktverbindung mit Berlin. Vielleicht hatte er ja Glück, und Trudi übernachtete in der Prinz-Albrecht-Straße.

Was dann auch der Fall war. Sie lag auf einem schmalen Klappbett in der Ecke ihres Büros und las gerade eine Zeitschrift. Sie nahm den Hörer ab.

»Ich bin's, Trudi.«

Sie erkannte sofort die Stimme. »Was ist los?«

»Hören Sie einfach nur zu. Die ganze Sache ist schiefgegangen, die Rodrigues-Brüder, diese Dixon und Max, alle sind sie verhaftet. Sie wissen, was das bedeutet.«

»O mein Gott!«

»Machen Sie, daß Sie da wegkommen. Setzen Sie Ihre Befugnisse als meine Sekretärin ein, solange sie noch etwas gelten, und tauchen Sie unter. Mehr kann ich für Sie nicht tun. Wenn Sie vielleicht meinen Vater warnen könnten, wäre ich Ihnen dafür dankbar.«

Sie war in Tränen aufgelöst. »Es ist so schrecklich. Was wird der Reichsführer sagen?«

»Es kommt mehr drauf an, was er tun wird.«

»Ich habe ihn vor einer Stunde an seinem Ecktisch in der Kantine gesehen.«

»Sie meinen, er ist in Berlin?«

»O ja. Die Bombardements haben heute etwas früher eingesetzt. Er ist geblieben.«

Hartmann verspürte ein seltsames Gefühl der Erleichterung. »Was soll's, bringen wir's hinter uns. Stellen Sie mich in sein Büro durch, und Trudi ...«

»Ja, Herr Hartmann.«

»Renn wie der Teufel, meine Gute.«

Gleich darauf hatte er Himmler an der Strippe. »So, Herr Standartenführer, haben Sie gute Nachrichten für mich?«

Hartmann, dem plötzlich alles egal war, sagte: »Im Gegenteil, Herr Reichsführer, nur schlechte.«

Es folgte Schweigen, dann sagte Himmler: »Erzählen Sie.«

Was Hartmann dann auch tat, wobei es ihm ein perverses Vergnügen bereitete, in die feineren Details zu gehen wie zum Beispiel die Tatsache, daß Max Eisenhower bei der Begegnung mit der Junkers sogar das Leben gerettet hatte. Als er mit seinem Bericht fertig war, folgte Stille.

Schließlich sagte Himmler: »Ein von Beginn an gewagtes und schlecht durchdachtes Unternehmen, Standartenführer, aber ich muß gestehen, daß ich mich gegen meine innere Überzeugung von Ihrem Enthusiasmus für das Vorhaben hatte anstecken lassen. Der Tod dieser heruntergekommenen Baronin bewies einen bedauernswerten Mangel an Führerschaft von Ihrer Seite, und jetzt haben wir die peinliche Situation, daß der Baron von Halder sich in den Händen der Briten befindet.«

Eigentlich wollte Hartmann sagen: Du kannst mich mal, du mieses kleines Arschloch. Statt dessen sagte er: »Haben Sie irgendwelche weiteren Anweisungen für mich, Herr Reichsführer? Was soll ich nun mit Oberstleutnant Kelso tun?«

»Sie werden gar nichts tun. Ich werde mich mit dem Hauptquartier der Gestapo in Paris in Verbindung setzen. Morgen wird bei Ihnen eine Maschine mit Standartenführer Fassbinder an Bord eintreffen. Er wird Kelso übernehmen und ihn nach Berlin bringen.«

»Und ich, Herr Reichsführer?«

»Sie können eigentlich gleich mitkommen. Dann werden wir uns sehen und über Ihre weitere Zukunft reden.«

Er hängte ein, und auch Hartmann legte den Hörer auf. Er hatte gerade sein Todesurteil bekommen, ebenso wie Harry Kelso. Der Sargdeckel hatte sich geschlossen. Er nahm die Flasche Brandy und ging auf sein Zimmer. Das sollte er jetzt zwar lieber lassen, aber scheiß drauf. Er trank einen weiteren kräftigen Schluck und nahm sein Koppel mit dem Pistolenhalfter ab. Er zog die Mauser heraus, hob sie hoch und grinste. Der Standartenführer würde sich noch wundern. Hartmann hatte dieses Schwein nie ausstehen können, und wenn er schon sterben mußte, dann lieber im Kampf. Er streckte sich auf dem Bett aus und sank in einen trunkenen Schlaf.

Max lag auf seinem Bett und rauchte gerade eine Zigarette, als die Tür sich einen Spaltbreit öffnete. Er warf einen Blick auf die Uhr. Es war zwei Uhr.

»Max, ich bin's.« Julie schaltete das Licht ein, und Max richtete sich auf.

»Was ist los?«

Sie setzte sich auf die Bettkante. »Es ist ein einziges verdammtes Durcheinander. Keiner scheint zu wissen, was wir nun tun sollen. Außer Molly.«

»Wovon reden Sie?«

»Nachdem Sie gegangen waren, haben wir uns in der Bibliothek unterhalten, und Molly hat uns erzählt, was Sie ihr auf dem Kai gesagt haben. Daß Sie den Storch stehlen und in die Bretagne fliegen wollen, um Harry zu holen.«

»Und was hat Munro gesagt?«

»Er hält es für verrückt.« Sie zuckte die Achseln. »Aber ich nicht.«

»Na, aber Julie?«

»Ich habe die Nazis in der Résistance bekämpft. Die Geschehnisse haben meinen Mann das Leben gekostet. Wir sind herausgekommen, aber er ist gestorben, und Munro hat mir den Job hier gegeben. Ich mag die Nazis nicht, Max, aber Gott stehe mir bei, ich mag Sie, und wahrscheinlich bin ich ein bißchen in Harry verliebt, was Sie jedoch Molly bitte nicht verraten.«

»Sie ist eine Frau. Sie wird's bereits gemerkt haben«, sagte Max.

»Wie dem auch sei, Sie verdienen eine Chance, Sie und Harry. Wenn Sie verrückt genug sind, loszuziehen, dann helfe ich Ihnen. Ich habe den Storch überprüft, mit dem Sie rübergekommen sind, und er ist vollgetankt. Man wartet darauf, daß ihn jemand von der Feindflugzeugstaffel abholen kommt.«

»Ist das Rollfeld bewacht?«

»Nein, wozu auch? Und die Leute vom Bodenpersonal stecken alle im Bett. Aber ich würde sagen, daß Sie für Ihr Vorhaben die falsche Uniform tragen.«

»Absolut.«

»Gehen wir also.«

Im Vorratslager schlüpfte er in eine Uniform der deutschen Luftwaffe. Sie stöberte sogar ein Ritterkreuz auf, das er sich um den Hals hängte. »Tut mir leid, daß wir nicht das Eichenlaub und die Schwerter haben.«

»Ein nebensächliches Detail.« Er ging zu dem Waffentisch. »Darf ich mich bedienen?« Er entschied sich für eine Walther. »Würden Sie die empfehlen?«

»Insbesondere, wenn Sie noch den Schalldämpfer hier mitnehmen. Wurde für die SS entwickelt.«

»Nur das Beste.« Er ließ das Magazin in den Griff gleiten und schraubte den Schalldämpfer an den Lauf. »Fertig für die Bärenjagd, wie mein Großvater zu mir und Harry zu sagen pflegte, wenn wir als kleine Jungen in den Ferien kampieren gingen. Ich nehme auch noch ein Ersatzmagazin.« Er verstaute es mit der Waffe in die weite Kartentasche der Luftwaffenhose, nahm ein Schiffchen, setzte es sich sorgfältig auf das strohblonde Haar und betrachtete sich im Spiegel. »So, das hätten wir – der Stolz der Luftwaffe.«

»Wenn Sie soweit sind, dann würde ich Sie jetzt fahren. Wir nehmen die Hintertreppe.«

Er folgte ihr zu dem Gang, der durch die Küche nach draußen führte. Sie öffnete die Hintertür, und sie gingen über den Hof zu einem in die Mauer eingelassenen Tor. Der Jeep war auf der anderen Seite. Sie stieg ein, Max gleich hinterher.

Als sie den Motor anließ und losfuhr, sagte er: »Leicht neblige Luft und niedrige Wolken.«

»Ich habe mir den Wetterbericht angesehen. Er wird so sein wie auf Ihrem Herweg, aber ab vier soll es sich aufklären, und Sie werden da oben Vollmond haben.«

Als sie sich der Rollbahn näherten, sagte er: »Es ist jetzt das zweite Mal innerhalb einer Woche, daß ich zu einem unmöglichen Unternehmen antrete. Meine Mutter hat die Eisenhower-Sache für schieren Wahnsinn gehalten, für einen Flug in den Tod.«

»Sie leben noch.«

»Na, so garade eben. Ist es nun Wahnsinn, Julie?«

»Weiß der Himmel, keine Ahnung.«

Er zündete sich eine Zigarette an. »Okay, eine Stunde, um dort hinzukommen, dann auf der Piste in Morlaix, wo ich mir mit ein paar Geschichten freie Bahn verschaffe, und zehn Minuten mit dem Wagen zum Château. Harry holen, zurück zur Rollbahn, eine Stunde Rückflug. Um fünf könnte ich wieder hier sein, vorausgesetzt daß es klappt und daß der Wachposten auf der Rollbahn und der diensthabende Lotse dem berühmten Schwarzen Baron seine Geschichte abkaufen. Die wußten allerdings nie, was ich als nächstes vorhatte, was mir zum Vorteil gereichen sollte.«

»Hoffen wir, daß sie es nicht herausfinden.«

»Ich glaube, was das betrifft, sind die Aussichten nicht schlecht, solange Hartmann das ganze Unternehmen geheimgehalten hat.«

Der Storch stand auf dem Vorfeld. Sie fuhr heran, und sie stiegen aus und gingen auf die Maschine zu. Es herrschte völlige Stille. Max öffnete die Tür, griff sich den Fallschirm und schnallte ihn an. »Nicht, daß es nötig wäre, aber alte Gewohnheiten wird man so schnell nicht wieder los.« Er gab ihr einen Kuß auf die Wange. »Gott segne Sie, Julie.«

»Gott segne Sie, Max.«

Er stieg in den Pilotensitz, wandte sich um und lächelte. »Übrigens, wo ist Munro?«

Sie war überrascht. »Weiß ich nicht genau.«

»Kommen Sie, Julie.« Er lächelte, zog die Tür hinter sich zu und verriegelte sie. Dann ließ er den Motor an und rollte auf die Startpiste hinaus. Einen Moment später hob er in die Nacht ab.

Im Hanged Man fachte Zec gerade mit einem Schürhaken das verlöschende Feuer wieder an. Jack Carter und Molly saßen in der Kaminecke, und Munro stand an der Bar. Die Jungs vom Rettungsboot hatten sich aufs Zimmer verteilt. Einer von ihnen sprach für alle: »Was ist los, Zec. Du hast gesagt, irgendwas Besonderes würde vorliegen.«

In dem Moment hörte man den Fieseler Storch, wie er über sie hinwegdröhnte und aufs Meer hinausflog. Ein anderer der Männer sagte: »Was zum Teufel war das denn?«

Zec sah Munro an, und dieser nickte. »Das war Colonel Kelso auf seinem Weg nach Frankreich«, sagte Zec,« wo er versuchen wird, jemanden abzuholen.«

Sie hörten das Brummen des Jeeps, der draußen vorfuhr, und kurz darauf kam Julie herein und ging zu Munro. Sie tuschelten miteinander. Schließlich nickte Munro und wandte sich um.

»Es handelt sich hier wahrscheinlich um die gewagteste Mission, die jemals von Cold Harbour aus unternommen wurde. Ein Selbstmordkommando, anders kann man's nicht nennen. Wenn er es schafft, werden wir ihn vielleicht um fünf Uhr wiedersehen. Andererseits wird er vielleicht Hilfe auf See benötigen. Ich weiß es nicht.«

»Weshalb ich euch Jungs auch bereit haben will«, sagte Zec. »Irgendwelche Einwände?«

Einer der Männer lachte. »Um Himmels willen, Zec, sieh zu, daß der Kamin brennt, und dann halt die Klappe, und laß uns die Karten rausholen.« Er wandte sich an Julie. »Was zu essen wäre vielleicht auch nicht schlecht.«

Sie lächelte. »Schon geschehen. Könnten Sie mir vielleicht zur Hand gehen, Molly?«

»Natürlich.«

Molly folgte ihr in die Küche, und Zec sagte: »Wenn irgend jemand etwas trinken will, dann soll er es jetzt tun. Ein Bier für jeden, und dann ist Schluß.« Er wandte sich zu Munro um und nahm einen Satz Karten aus seiner Tasche. »Was würden Sie denn gern spielen, Herr Brigadegeneral?«

»Poker«, antwortete Munro. »Hab immer eine Schwäche für Stud Poker gehabt. Unglücklicherweise spiele ich nur um Geld.«

Der Raum brach in brüllendes Gelächter aus. Irgend jemand stellte zwei Tische aneinander, und alles scharte sich drum herum

Max nahm erst fünf Meilen vor Morlaix Funkkontakt mit der Bodenstation auf. Die Strecke von Cornwall in die Bretagne war er in einer Höhe von fünfhundert Fuß geflogen, die Hände stets am Steuerknüppel. Er war die Ruhe selbst, fühlte sich Herr der Lage und verspürte nicht die geringste Angst.

»Ich komme dich jetzt holen, Harry«, flüsterte er leise. »Ich komme.«

Im Château bewegte Harry sich im Schlaf, wachte schließlich wie aus einem Traum auf, dessen Bilder dann, nachdem er eine Weile die Decke angestarrt hatte, allmählich verschwanden und sich auflösten. Er lag ganz aufgewühlt da, aus irgendeinem Grund wie im Alarmzustand, und nahm sich erst einmal eine Zigarette.

Der diensthabende Lotse in Morlaix war ein Feldwebel namens Greiser. Es gab nichts zu tun, keinen Flugverkehr, aber die Vorschriften verlangten, daß der Funkplatz stets besetzt gehalten wurde. Er saß da und gähnte gerade, als um halb vier Max' Stimme über den Äther zu ihm drang.

»Kommen, Morlaix, hören Sie mich?«

Greiser nahm das Mikrophon. »Laut und deutlich. Wer sind Sie?«

»Baron von Halder in Ausführung eines Sondereinsatzes. Ich werde in fünf Minuten landen. Sie werden niemanden von meiner Ankunft unterrichten. Ich handle auf direkten Befehl von Reichsführer Himmler. Ende.«

Greiser, der sofort in heller Aufregung war, schaltete die Landelichter ein, trat aus der Baracke und rannte durch einen leichten Regen zu der Flugzeughalle, in der Freibergs Me 109 untergebracht war. Ein junger Wachposten hatte sich dort mit um die Schulter gehängter Schmeisser untergestellt.

»Warum die Hektik?« fragte er.

»Ein Fieseler Storch kommt eingeflogen.«

»Zu dieser Uhrzeit? Wer ist es?«

»Kümmere dich besser um deinen Kram«, sagte Greiser.

Der Fieseler Storch landete perfekt, rollte auf sie zu und kam zum Stehen. Max schaltete den Motor aus, stieg aus und ging zu den beiden. »Sie sind wer?« fragte er.

»Greiser, Herr Baron.« Der Feldwebel schlug die Hacken zusammen. »Eine große Ehre.«

Max holte eine Zigarette heraus. Greiser bot ihm sein Feuerzeug an. »Ich werde Sie ins Vertrauen ziehen, Greiser. Es handelt sich hier um einen Sondereinsatz. Ich muß im Château einen Passagier abholen. Haben Sie einen Wagen, den ich benutzen könnte?«

»Unseren Kübelwagen, Herr Baron. Ich werde Sie fahren.«

»Nicht nötig. Ich brauche Sie hier. In einer halben Stunde bin ich zurück. Zeigen Sie mir, wo der Wagen steht.« Greiser führte ihn zu einer zweiten Flugzeughalle, und da war der Kübelwagen. Max stieg rasch hinters Steuer und ließ den Motor an. »Sie sind ein guter Mann, Greiser, ich werde das in meinem Bericht an Reichsführer Himmler erwähnen.«

»Meinen Dank, Herr Baron.« Greiser schlug wieder die Hacken zusammen, salutierte, und Max fuhr davon.

Am Château kauerte sich der junge SS-Wachposten in seinem Wachhäuschen vor dem Regen zusammen. Max fuhr bis zur Schranke vor. »Um Himmels willen, lassen Sie das Ding endlich hoch. Ich bin Baron von Halder. Gerade angekommen und völlig erschöpft.«

Der Junge wagte es nicht, ihm auch nur eine Frage zu stellen. Er bemerkte die Luftwaffenuniform, die Abzeichen eines Oberstleutnants und das Ritterkreuz, stolperte zu der Schranke und ließ sie hochgehen. Max fuhr hindurch, rauschte die Auffahrt hoch, hielt vor dem Haupteingang und schaltete den Motor aus. Unter dem Portal stand eine Wache.

»Baron von Halder«, sagte Max. »Ich werde erwartet.«

Dieser Mann hier war älter und eine härtere Nuß, ein ganz anderes Kaliber. »Ihr Passierschein, Herr Baron.«

»Natürlich.« Max holte die Walther mit dem Schalldämpfer aus der Kartentasche und schoß dem Mann zwischen die Augen.

Er zerrte die Leiche in eine dunkle Ecke, öffnete dann die Eingangstür und ging hinein. Ein junger Unteroffizier der SS saß an einem Tisch. Er blickte auf, und Max schoß ihm zweimal mitten ins Herz. Der Mann wurde zurückgeworfen und kippte mit dem Stuhl hintenüber.

Lautlose Stille. Er verharrte einen Moment regungslos und stieg dann die Treppe hoch. Es war ein seltsames Gefühl, wie im Traum, so als passierte dies alles gar nicht, und doch war es Realität. Noch nie in seinem Leben hatte er eine solche Entschlossenheit und Kraft in sich gespürt. Unbeirrt rückte er vor, beinahe wie eine Katze schwebte er auf lautlosen Füßen über den Korridorteppich auf das Zimmer seines Bruders zu. Der Wachposten dort hatte sich gesetzt und las in einem Buch. Die Schmeisser lag auf dem Boden. Er blickte erst auf, als Max schon bei ihm war. Der wiederum hob den Schalldämpfer an die Stirn des Mannes und drückte ab. Blut und Knochensplitter spritzten gegen die Wand, während der Mann leblos vom Stuhl fiel. Der Schlüssel steckte in der Tür. Max drehte ihn um und öffnete. Er schlüpfte hinein.

»Harry, ich bin's.«

Harry, der auf dem Bett lag, traute seinen Augen nicht. Er richtete sich auf. »Max? Was zum Teufel ist hier los?«

»Hör mir nur zu. Ich bin in England angekommen, und sie haben mir alle geglaubt – Zec, Munro und Carter, ja sogar Molly. Dann ist was schiefgegangen. Sie hatten bereits die Rodrigues-Brüder und die Dixon unter Verdacht, und dadurch sind sie mir auf die Spur gekommen. In Southwick haben sie mich verhaftet, und Munro hat mich dann nach Cold Harbour gebracht.

»Aber wie bist du hierhergekommen?«

»Ich habe einen Storch gestohlen und bin rübergeflogen. Ich werde dich zurückbringen. Oder hast du etwa gedacht, ich lasse dich hier? Himmler ausgeliefert?«

»Aber was ist mit Mutti?«

»Mutti ist tot. Sie ist noch, bevor ich losgeflogen bin, erschossen worden. Man hat uns belogen, Harry. Bubi hat gelogen.«

»O Gott, nein!« stöhnte Harry.

»Zum Trauern fehlt uns jetzt die Zeit. Los, komm!«

Harry zog seinen rechten Schuh an, hob die Krücken auf und stemmte sich auf die Beine. Mühselig folgte er Max, die Gedanken ganz aufgewühlt, und dann passierte das Unvorhersehbare. Sie hatten gerade den Treppenabsatz erreicht, als eine Badezimmertür aufging und Freiberg herauskam, schläfrig und im Schlafanzug. Er blieb stehen und blickte sie an.

»Mein Gott, Max, Sie sind's.«

Max hätte ihn erschießen können. Statt dessen fuhr er ihm zweimal mit der Pistole über den Kopf. Freiberg sackte schlaff zu Boden.

»Komm«, sagte Max zu Harry, und sie stiegen die Treppe hinab.

Unten angekommen, erblickte Harry die Leiche des Unteroffiziers, aber Max hatte bereits die Tür aufgestoßen. Die Füße des Wachpostens ragten aus der Dunkelheit heraus. »Du machst also keine Gefangenen, Max.«

»Nicht heute nacht«, sagte Max. »Jetzt wollen wir aber so schnell wie möglich hier verschwinden.«

Er half Harry in den Wagen, warf sich ans Steuer und fuhr los. Die Wache am Tor kam wie ein Blitz herausgeschossen und ließ die Schranke hochgehen. Sie passierten, und Max drückte aufs Gas und fuhr zur Rollbahn.

Er fuhr neben den Storch vor und half Harry beim Aussteigen. »Werf, die Krücken einfach weg, okay?«

»Wenn du das sagst, Bruderherz.«

Max half ihm in den Storch, schloß die Tür und ging zum Pilotensitz herum. Als er einstieg, kam Greiser über das Vorfeld gerannt. »Kann ich noch irgend etwas für Sie tun, Herr Baron?«

»Nein, danke, Sie waren großartig«, sagte Max.

Er rollte zum hinteren Ende, drehte in den Wind und donnerte die Rollbahn hinunter. Einen Moment später hob der Storch ab und verschwand in der Dunkelheit.

Im Château wurde Hartmann von einem verzweifelten Klopfen geweckt. Er stieg aus dem Bett, öffnete die Tür, und Freiberg kam mit blutüberströmtem Gesicht hereingetaumelt.

»Um Himmels willen, was ist los?« fragte Hartmann.

»Er war hier, der Baron, mit seinem Bruder.«

»Sie spinnen ja«, sagte Hartmann.

»Nein, ich schwör's. Ich habe Max von Halder in Luftwaffenuniform und seinen Bruder auf Krücken oben an der Treppe gesehen. Ich hab zur Toilette müssen, war im Badezimmer. Dann bin ich raus, und da standen sie vor mir. Der Baron hat mir mit einer Pistole eins übergebraten. Die Wache vor Kelsos Zimmer ist tot.«

Hartmann stieß ihn beiseite, rannte bis zur Treppe durch den Korridor, und als er nach unten blickte, sah er den toten Unteroffizier. Er sauste ins Zimmer zurück, holte seine Uniform aus dem Schrank und warf sie aufs Bett.

Während er seine Schlafanzugjacke auszog, sagte er zu Freiberg: »Schlagen Sie Alarm, und lassen Sie meinen Wagen am Haupteingang vorfahren.«

Fünf Minuten später eilte er die Treppe hinunter, vorbei an den Männern der SS, die sich bereits um die Leichen kümmerten. Er sprang in den Fond seines Dienstwagens. »Zum Versorgungsflughafen«, sagte er dem Fahrer.

Es konnte nur der Versorgungsflughafen sein, Max konnte nur mit dem Flugzeug rübergekommen sein. Mein Gott, gleich beide. Da würde selbst Himmler zufrieden sein. Es würde alles ändern.

Er beugte sich vor und schlug dem Fahrer auf die Schulter. »Schneller, verdammt, schneller.«

Zec warf seine Karten auf den Tisch. »Das reicht, Herr Brigadegeneral, ich schätze, Sie haben uns zehn Pfund abgenommen.«

»Ja, aber für mein überlegenes Spiel kann ich nichts«, sagte Munro.

»Ja, und ich kann für meine Nase nichts. Ich rieche bestimmte Dinge dort draußen auf dem Meer, Herr Brigadegeneral, Dinge, die im Wind treiben. Inzwischen hat sich der Geruch jedoch geändert. Ich kann hier nicht einfach ruhig sitzenbleiben. Ich hab das Gefühl, daß wir gebraucht werden, und wenn das stimmt, dann sollten wir besser fünfzehn oder zwanzig Meilen rausfahren und dort warten.«

Munro zögerte keine Sekunde. »Ich beuge mich Ihrem überlegenen Urteil.«

»Wir laufen sofort aus.« Zec wandte sich an die Besatzung. »Bewegt euch!«

Sie drängten alle hinaus, und Molly stand mit ihrer Arzttasche in der Hand auf. »Vielleicht brauchen Sie mich ja, Zec.«

»So ein Mädchen lob ich mir.«

»Verdammt, da lasse ich mich nicht ausschließen.« Munro stand auf. »Jack, was ist mit Ihnen?«

»Mich wollen Sie bestimmt nicht dort draußen, Herr Brigadegeneral«, sagte Carter. »Ein Rettungsboot ist für eine Beinprothese nicht der geeignete Ort. Ich halte hier die Stellung.« Er wandte sich an Molly und küßte sie auf die Wange. »Viel Glück, Liebes.«

Sie sagte kein Wort, wandte sich einfach um und folgte den anderen nach draußen. Es war plötzlich Stille eingekehrt, nur Jack und Julie waren an der Theke zurückgeblieben. »Zeit zum Beten, glaube ich«, sagte Julie.

»Ja, nun, ein großes Glas Whisky wäre da vielleicht förderlich«, sagte Jack. »Wenn Sie also nichts dagegen haben.«

Auf dem Behelfsflugplatz angekommen, sprang Hartmann aus dem Wagen und rannte übers Vorfeld. Er öffnete die Tür der Funkbaracke, und Greiser wandte sich mit überraschter Miene in seinem Stuhl um.

»Herr Standartenführer.«

»Baron von Halder, war der hier?«

»Aber ja, Herr Standartenführer. Er ist in einem Storch gelandet und hat mir gesagt, daß er sich im Sondereinsatz für

Reichsführer Himmler befindet, und dann hat er sich meinen Kübelwagen ausgeborgt. Zwanzig Minuten später ist er mit einem Passagier zurückgekehrt und wieder losgeflogen.«

»Sie Dämlack.« Hartmann wandte sich um und rannte auf die Me 109 in der Flugzeughalle zu. Der Storch war langsam, die Me 109, das neueste Modell, war pfeilschnell. Er mußte sie nur einholen und ihnen damit drohen, sie vom Himmel zu schießen, wenn sie nicht umkehrten. Er konnte die Lage noch retten.

Er kletterte ins Cockpit, machte sich erst gar nicht die Mühe, sich einen Fallschirm überzuziehen, setzte sich den Fliegerhelm mit dem Funkmikrophon auf und ließ den Motor an. Die Flugzeughalle erbebte unter dem Dröhnen des Motors. Er rollte ins Freie, fuhr bis an das Ende der Piste, drehte in den Wind und hob ab.

Julies Wetterbericht erwies sich als absolut zutreffend, denn als der Storch übers Meer flog, klärten sich die Wolken auf und der Mond war zu sehen, klar und hell, ein hartes gleißendes Licht. Max wandte sich um und sprach mit Harry, der den zweiten Satz Kopfhörer mit Mikrophon trug. »Geht's dir auch gut?«

»Hab mich noch nie so gut gefühlt.«

Max lächelte. »Wir haben es geschafft, Bruderherz. Bubi tut mir leid, aber ich würde nur zu gern Himmlers Visage sehen.«

»Und ich erst.«

Harry warf einen prüfenden Blick auf die Instrumententafel. »Voraussichtliche Ankunftszeit in dreißig Minuten, würde ich sagen.«

Plötzlich wurden sie von einem Dröhnen eingehüllt, und der Storch geriet in Turbulenzen, rüttelte und schüttelte sich. Eine Me 109 fegte über sie hinweg, wendete kurz und setzte sich auf der Steuerbordseite neben sie.

In den Kopfhörern ertönte Hartmanns knisternde Stimme.

»Kehr um, Max, das Spiel ist aus. Ich kann das nicht zulassen. Mich und all jene, die mir nahestehen, würde die Todesstrafe erwarten.«

»Was ist mit meiner Mutter, Bubi? Du hast uns belogen.«

»Das war nicht meine Schuld, ich schwör's.«

»Wirklich schade«, erwiderte Max. »Aber was geschehen ist, ist geschehen. Komm schon, Bubi, du glaubst doch nicht im Ernst, daß ich jetzt umkehren und nach Morlaix zurückfliegen werde?«

»Wenn du's nicht tust, schieße ich dich ab.«

»Bubi, ich hatte immer eine Schwäche für dich, aber du warst in den alten Zeiten über Frankreich, also noch vor der Luftschlacht um England, nie besonders gut gewesen. Was meinst du, Bruderherz?«

»Sag ihm, daß er uns mal kann«, sagte Harry Kelso.

»Du hast es gehört, Bubi. Wenn du uns unbedingt vom Himmel holen willst, versuch's nur. Geht wesentlich schneller als mit einer Drahtschlinge um den Hals am Fleischerhaken zu hängen.«

Er sauste nach unten, und bei tausendfünfhundert Fuß heftete sich Hartmann ans Heck des Storchs. Aus dem Rumpf und den Tragflächen kamen Geschosse geflogen. Max ging immer tiefer, und Harry sagte: »Doch nicht den alten Trick?«

»Damit habe ich erst kürzlich Eisenhower das Leben gerettet. Erinnere mich daran, daß ich dir davon erzähle.«

Bei siebenhundert Fuß kam Hartmann wieder herangefegt. Der Storch erbebte, und Max stöhnte auf, als er einen mächtigen Schlag in den Rücken abbekam. Er fuhr die Landeklappen aus, und der Storch kam beinahe in der Luft zum Stehen. Bubi Hartmann, der gerade noch ausweichen konnte, jagte ins Meer hinab.

»Klappt immer«, keuchte Max. »Findest du nicht auch?«

»Da muß ich wieder an Rocky und unsere ersten Flugstunden denken«, sagte Harry. »Wo wären wir wohl ohne ihn?«

»Längst tot.« Max würgte, und aus seinem Mund strömte Blut.

»Himmel!« rief Harry.

»Ruf Cold Harbour«, sagte Max, »Der Motor macht's nicht mehr lange. Wir schaffen das nicht.«

Harry rief durch. »Cold Harbour, kommen. Hier Colonel Kelso, mit Bruder, in einem schwer beschädigten Storch.«

Das Rettungsboot antwortete. »Hier Zec, Colonel, wir sind mit der *Lively Jane* zwanzig Meilen vor der Küste. Geben Sie mir Ihre Position.«

Harry gab ihm die Koordinaten durch. »Mein Bruder ist getroffen worden, und der Motor gibt bald seinen Geist auf.«

»Wir werden da sein, Junge. Noch knapp drei Meilen.«

Der Storch verlor weiter an Höhe. Der Mond schien klar und hell, und die See unter ihnen war pechschwarz, obwohl im Osten bereits das Morgengrauen den Himmel streifte. Die Jungs auf der *Lively Jane* schienen das Flugzeug alle im gleichen Moment zu entdecken und schrien im Chor auf. Molly, die sich achtern im Cockpit befand, lehnte mit Munro an der Reling, während das Boot sich über die Wellen hob. Der Storch war nun klar und deutlich zu erkennen, eine Meile nach backbord, eine Rauchfahne hinter sich her ziehend.

Bei vierhundert Fuß erstarb der Motor. Der Propeller lief aus. Es herrschte Totenstille, die nur vom pfeifenden Wind unterbrochen wurde und von Max, der wieder zu Husten begann. »Leg dir den Rettungsring um.«

Harry tat, wie ihm geheißen, und zog dann einen zweiten unter dem Sitz hervor. »Jetzt du, Max.«

»Das bringt's jetzt auch nicht mehr. Ich ertrinke im eigenen Blut.«

Sie waren jetzt bei hundert Fuß, dann noch tiefer, und die Maschine glitt über die Wellenkämme hinweg. Max riß die Maschine nach backbord und setzte parallel zur Dünung auf. Der Storch kam langsam zum Stehen. Harry öffnete die Tür und löste seinen Sitzgurt. Die Maschine war bereits am Sinken. Er versuchte Max' Gurt aufzuschnallen, aber dieser klemmte irgendwie.

Max ächzte und spie Blut. »Du verrückter Hund. Mit mir ist es aus. Mach, daß du hier rauskommst.«

»Max«, rief Harry. »Um Himmels willen!«

Baron Max von Halder, sammelte jedes einzelne, noch verbliebene Fitzelchen Kraft und verpaßte ihm einen Schlag ins Gesicht. Harry wurde durch die offene Tür nach hinten geschleudert, von einer Welle erfaßt und weggerissen. Hinter ihm drehte die *Lively Jane* breitseitig bei, aber Harry starrte wie gebannt das Flugzeug an. Die Tragfläche auf der Backbordseite war bereits unter Wasser, und die Maschine kippte leicht. Er erhaschte einen letzten Blick auf seinen Bruder im Cockpit, der nur ein Schatten war, und dann wurde die Maschine von den Wellen verschluckt und verschwand für immer.

Die zwei Männer, die über die Reling gestiegen waren, zogen ihn heran, und dann griffen sie alle mit vereinten Kräften nach ihm und hievten ihn an Bord. Harry sackte aufs Deck, und irgend jemand schlug ihm eine Decke um die Schultern.

»Harry, Sie sind's doch, oder?« fragte Munro.

»Sehen Sie mir doch in mein verdammtes Gesicht, Mann!«

»Was ist passiert?«

»Max hat mich rausgeholt, und Bubi Hartmann ist uns in einer Me 109 hinterhergejagt. Hat einen schweren Treffer gelandet. Max ist von dem Geschützfeuer im Rücken getroffen worden. Ende der Geschichte.«

»Gott im Himmel.«

Molly hatte den Arm um ihn gelegt. »Komm nach unten, ich werde dich untersuchen.«

»Wozu – um mir zu sagen, daß ich eigentlich tot sein müßte? Das weiß ich seit Jahren. Mein Bruder wußte das wahrscheinlich auch.« Harry hatte eine versteinerte Miene aufgelegt. »Weißt du, Molly, seit Tarquin verschwunden ist, ist uns das Glück nicht mehr treu. Ich bin ein Toter unter Lebenden«, sagte er, stand auf und ging unter Deck.

COLD HARBOUR
1998

18

Denise und ich kehrten beinahe auf den Tag genau ein Jahr später nach Cold Harbour zurück, und was für ein Jahr es gewesen war! Meine Jagd nach der Wahrheit über Harry und Max Kelso hatte mich an die verschiedensten Ecken der Welt geführt. Akten im Pentagon, das Staatsarchiv in London, die Akten der Luftwaffe in Deutschland, Portugal und Madeira. Natürlich war mein Vetter zweiten Grades, Konrad Strasser, der alte Gestapo-Mann, mir eine große Hilfe gewesen. Es war schier unglaublich, was er vor seinem Tod noch alles aufzustöbern vermochte. Ich stand bei seiner Beerdigung auf einem Hamburger Friedhof im Regen, in tiefer Trauer über seinen Tod.

Das Staatsarchiv ist, was die Herausgabe von alten Geheimsachen betrifft, strengen Bestimmungen unterworfen. Andererseits ist es immer wieder verblüffend, was so alles herauskommt, wenn man die richtigen Leute kennt. So spürte ich beispielsweise einen wundervollen älteren Amerikaner von dreiundachtzig Jahren auf, der für die RAF geflogen war, den Krieg als Colonel in der U.S. Air Force beendet hatte und nun, nach einer erfolgreichen internationalen Karriere als Geschäftsmann, seinen Lebensabend in England verbrachte. Er hatte Harry Kelso gekannt und war wie er für den Kurierdienst geflogen. Seine Informationen waren von unschätzbarem Wert, vor allem was er über den Mann selbst zu sagen hatte.

Die zentralen Gestalten waren natürlich alle längst tot. Brigadegeneral Munro; Jack Carter, der den Krieg als Oberst beendet hatte; Teddy West, der es zum Generalleutnant der Luftwaffe gebracht hatte und in den Ritterstand erhoben worden war. Ferner der längst verstorbene General Eisenhower und Major General Tom Sobel, der zwei Wochen nach der

Landung der alliierten Truppen in der Normandie in einer Dakota über dem Ärmelkanal verschwand.

Unglaubliches Glück hatte ich mit einem gewissen Major Vereker der Royal Military Police. Er war 1953 an Krebs gestorben, aber ich konnte seine Tochter ausfindig machen, eine in Falmouth lebende Witwe. Sie war so freundlich, mich zu empfangen, und ich erzählte ihr alles, was ich bis dato in Erfahrung gebracht hatte. Sie saß in ihrem heimeligen Wohnzimmer einen Moment lang in Gedanken versunken da, ging dann zum Schreibtisch und holte einen gelbbraunen Umschlag hervor.

»Das hier habe ich vor vielen Jahren zwischen den Habseligkeiten meines Vaters gefunden. Ich weiß nicht, ob es noch von Bedeutung ist. Sie können es lesen, wenn Sie wollen.«

Was ich dann auch tat, und ich stieß auf einen detaillierten Bericht über die Vorgänge an jenem Tag in Southwick, als der Major Max auf Befehl Munros verhaftet hatte.

Warum Madeira? Ganz einfach – Fernando und Joel Rodrigues hatten dem portugiesischen diplomatischen Dienst den Rücken gekehrt. Sie eröffneten eine Bar in der Alfama, dem alten Stadtviertel Lissabons, und eine weitere in Estoril. Mit dem Ende des Krieges wurde Sarah Dixon aus der Haft entlassen. Also zumindest dieses eine Happy-End gab es. Sie ging nach Portugal und heiratete Fernando. 1950 zogen sie nach Madeira und machten dort eine Bar und ein Restaurant auf.

Sie war längst verstorben, als ich dieser wunderschönen Insel einen Besuch abstattete, nicht aber Fernando, der mit seinen neunundachtzig Jahren noch unglaublich aktiv war, weiterhin Chef eines Mini-Imperiums aus Restaurants und Bars und Patriarch einer weitverzweigten Familie.

Er hörte mir zu und lachte, als ich zu Ende erzählt hatte. »Ich habe Ihre Bücher auf portugiesisch gelesen, sollten Sie wissen, und die hier gibt eine gute Geschichte ab.«

»Genau wie meine anderen guten Geschichten?« fragte ich.

»Mit dem Unterschied, daß es sich hier um die Wahrheit handelt.« Er mußte wieder lachen. »Was soll's, zum Teufel noch mal, ich stehe mit einem Fuß im Grab. Wen kümmert's noch. Lassen Sie mich also ein paar Dinge richtigstellen.«

Was er dann auch tat, und wenige Monate darauf starb auch er.

Das Flugzeug, das Denise beim Flugverein von Goodwood mietete war eine Archer, eine einmotorige Angelegenheit. Der Grund für unsere Reise war einfach. Ich hatte ein Manuskript der Geschichte an Zec Acland in Cold Harbour verschickt. Es war noch nicht alles so, wie ich es mir vorstellte, und hier und da taten sich verwirrende Lücken auf, aber ich wollte seine Meinung hören. Ich hatte mit ihm am Tag zuvor von meinem Haus in Chichester aus telefoniert und gefragt, ob wir vorbeikommen konnten.

Und da waren wir also und flogen bei grauem, Regen ankündigendem Himmel nach Westen, über Southampton und die Isle of Wight, voller Gedanken an das Buch, mit dem ich mich so lange beschäftigt hatte. Ich mußte an 1940 denken, an die Angriffe der Luftwaffe und an die RAF, wie sie aufstieg, um sich den Deutschen entgegenzustellen, an die Luftschlacht um England, an Harry und Max, sowie an die mutigen jungen Männer auf beiden Seiten, von denen mehr als die Hälfte starben. Es war eine deprimierende Vorstellung, all diese Flugzeuge auf dem Grund des Ärmelkanals liegen zu wissen und in einem davon die sterblichen Überreste von Oberstleutnant Baron Max von Halder.

Am Horizont rollte der Donner, und Denise drehte schräg ab, um vom Meer aus auf Cold Harbour zuzufliegen. Das Dorf breitete sich unter uns aus, das Pub The Hanged Man, die kleinen Häuschen und die *Lady Carter*, das Rettungsboot, das am Kai vertäut war. Wir rauschten über das Gutshaus hinweg, den See und die Bäume, und gingen auf der Graspiste nieder. Denise rollte zu den Hangars der Kriegszeit hinüber, wo ein alter Land-Rover auf uns wartete, an dem Zec Acland lehnte. Sie schaltete den Motor aus, und wir stiegen aus.

Zec kam uns entgegen, und Denise gab ihm einen Begrüßungskuß auf die Wange. »Sie sehen kein bißchen älter aus«, sagte sie.

»Sie wissen mit Worten umzugehen, meine Gute. Da drin haben Sie bestimmt Tarquin?«

»O ja«, sagte sie.

»Bringen Sie ihn mit. Wir fahren auf ein Sandwich und einen Drink zum Hanged Man hinunter. Wir müssen uns mal unterhalten.«

»Aber gern«, sagte ich.

Er stieg in den Wagen, und wir setzten uns zu ihm – Tarquin in seiner neuen wasserdichten Tasche – und fuhren los.

Als wir die High Street hinunterfuhren, entfernte sich die *Lady Carter* gerade vom Kai und lief aufs Meer hinaus.

»Was ist los?« fragte ich. »Ein Notruf?«

»Nein, nur eine Übungsfahrt. Die Jungs müssen in Form bleiben. Simeon verlangt den Leuten alles ab.«

Er parkte vor dem Pub, und wir stiegen aus und gingen hinein. Es war niemand da, allerdings war es erst elf Uhr. Im Kamin brannte jedoch ein helleuchtendes Feuer, und ein Gefühl, all dies schon einmal gesehen zu haben, überkam mich, nicht nur, weil Denise und ich hier bereits einmal unter dramatischen Umständen eingekehrt waren. Es lag an dem, was alles hier passiert war. Dougal Munro, Jack Carter und Molly, Julie Legrande, Max und Harry.

»Betsy?« rief Zec.

Sie kam aus der Küche herein. »Hallo.«

»Wir sind soweit und warten nur noch auf dich und deine Sandwiches.« Er wandte sich an Denise. »Können wir uns ihn mal anschauen?«

»Natürlich.« Sie öffnete den Reißverschluß der Tasche, nahm Tarquin heraus und setzte ihn auf die Theke.

Zec nahm sich einen Stuhl und blickte den Teddybären lange an, und plötzlich bemerkte ich die Tränen in seinen Augen. »Du wundervoller kleiner Strolch«, sagte er.

Denise legte Zec einen Arm um die Schultern. »Ist schon gut, Zec, lassen Sie es sich nicht so nahegehen.«

»Sie haben recht. Das bringt nichts.«

Betsy kam mit einem Riesenberg Sandwiches und Salat herein. »Das Brot ist selbst gebacken und der Knochenschinken selbst geräuchert. Was möchten Sie trinken?«

»Für mich einen Tee«, sagte Denise. »Ich muß später noch fliegen.«

»Er hier mag Champagner«, sagte Zec. »Du kannst also ruhig die Flasche aufmachen, die ich in den Kühlschrank gelegt habe, ich werde auch einen Schluck trinken.«

Wir langten also zu und ließen uns die köstlichen Sandwiches schmecken. »Das Manuskript, das ich Ihnen geschickt habe, was halten Sie davon?« fragte ich.

»Ganz gut, soweit.« Und dann prustete er plötzlich los. »Nein, verdammt, es ist einfach spitze. Ein paar Lücken sind jedoch noch da.«

»Wie zum Beispiel?«

»Es steht nicht drin, was aus Julie Legrande geworden ist.«

»Ist mir nicht gelungen, das herauszufinden.«

»Ich kann's Ihnen sagen. Sie ist nach dem Krieg nach Frankreich zurückgekehrt und in Paris an Leukämie gestorben.«

»Ich verstehe.« Ich trank einen Schluck Champagner. »Sie sagten was von ein paar Lücken. Was fehlt noch?«

»Das kann Ihnen Lady Carter besser sagen. Sie erwartet uns zur Mittagszeit in ihrem Haus.«

Denise aß vor Erstaunen nicht weiter. »Lady Carter? Aber so heißt doch das Rettungsboot.«

»Nun, das ist leicht zu erklären. Ihr Mann hat vor zehn Jahren kurz vor seinem Tod Geld für ein neues Boot gestiftet. Die Rettungsgesellschaft hat es nach seiner Frau benannt.«

»Lady Carter?« fragte ich.

»Jack Carters Frau. Sir Jack Carter, nachdem sein Vater gestorben war. Hat den Krieg als Oberst beendet. Jack, meine ich. Ist hierher gezogen und hat Grandcester Manor gekauft.«

»Und Lady Carter?« fragte ich, obwohl ich glaubte, daß ich die Antwort bereits wußte.

»Lady Molly, wie sie die Leute hier nennen, ehemals Molly Sobel. Hat hier jahrelang eine Praxis gehabt. Eine Heilige.«

Denise blickte mich fragend an und wandte sich dann an Zec. »Hatten sie Kinder?«

»Gütiger Gott, nein. Jack war ja in Dünkirchen ziemlich zusammengeschossen worden, wo er auch das eine Bein verloren hatte. Er war versehrt, wenn Sie verstehen, was ich meine. Nein, eine Familie war nicht möglich. Nicht, daß das was machte, nicht nach Harry.«

»Was ist passiert?« fragte ich.

»Das soll sie Ihnen erzählen.« Er stand auf und warf einen Blick auf die Uhr. »Dann wollen wir mal gehen. Sie wartet bestimmt schon, und nehmen Sie Tarquin mit.«

Es regnete leicht. Als wir am Gutshaus ankamen, ließ Zec den Vordereingang links liegen, ging ums Haus herum und führte uns auf eine Terrasse, die oberhalb eines wunderschönen Rosengartens lag. Während der Regen bei geöffneten Terrassentüren auf den Fliesen spritzte, führte er uns ins Haus – offenbar in die Bibliothek. Und da sahen wir sie, wie sie auf einem Sofa beim Kamin saß.

Sie war achtzig Jahre alt. Das weiße Haar war wie ein Heiligenschein um das jung wirkende Gesicht mit den kräftigen Wangenknochen. Ihr Kleid war einfach, aber elegant. Sie blickte von einem Manuskript auf, meinem Manuskript, und legte es beiseite.

»Ich lese es nun zum dritten Mal. Hab Sie gleich anhand der Fotos, das immer hinten auf Ihren Büchern ist, erkannt.«

»Lady Molly.« Ich nahm die Hand, die sie mir entgegenhielt. »Meine Frau Denise.«

Sie zog Denise neben sich aufs Sofa. »Bemerkenswert, wie Sie da noch einmal davongekommen sind, aber wie ich höre, sind Sie eine ausgezeichnete Pilotin.«

»Vielen Dank«, sagte Denise.

»Wahrscheinlich wandeln Sie sogar auf Wasser. Das hat Harry immer gesagt.« Sie tätschelte Denise die Hand. »Ich war fasziniert von Ihrem Buch«, sagte sie zu mir. »So viele Dinge, von denen ich niemals wußte.« Sie zögerte. »Könnte ich vielleicht Tarquin sehen?«

Denise öffnete den Reißverschluß der Tasche, nahm ihn heraus und gab ihn ihr. Lady Molly blickte ihn verzückt an. »O Tarquin.« Sie drückte ihn an sich, und ihre Augen füllten sich mit Tränen. »Wo haben Sie ihn nur her? Harry dachte immer, Tarquin wäre bei dem Absturz mit der Lysander in Frankreich für immer verlorengegangen.«

»Allem Anschein nach hat Munro gleich nach Ende des Krieges durch seinen Agenten Jacaud einige Nachforschungen anstellen lassen«, sagte ich. »Jacaud berichtete ihm, daß man Tarquin an der Absturzstelle gefunden hatte und daß ihn seine Fernmelderin, eine Frau namens Marie, für ihre Tochter mitgenommen hatte.«

»Und dann?«

»Marie wurde nach der Landung der Alliierten im Résistance-Kampf getötet. Das Kind wurde von Verwandten adoptiert, und das war das letzte, was man von Tarquin gehört hatte.«

»Bis wir ihn auf dem obersten Regal eines Antiquitätenladens in Brighton gefunden haben«, sagte Denise. »Wie er dort hinkam, werden wir nie erfahren. Sein Name war jedoch mit ihm gereist.«

Es folgte Schweigen. Dann sagte ich nicht ohne Scheu: »Da ist eine Sache, die ich nicht herausbekommen konnte. Was genau ist mit Harry Kelso geschehen, als alles vorbei war? Da hatte ich Schwierigkeiten und bin überall auf Widerstände gestoßen.«

Sie lächelte. »Nun, Eisenhower mußte es gesagt werden. Es wurde beschlossen, die Sache streng geheimzuhalten. Also, es war einfach unvorstellbar, daß der Oberbefehlshaber kurz vor der Landung der alliierten Truppen in Lebensgefahr war. Sie machten weiter, als wäre nichts geschehen. Harry behielt Max' Kriegsverdienstkreuz und erledigte weiter Kurierdienstflüge und den einen oder anderen Auftrag für Munro. Er ließ sich nichts sagen, halste sich einen Einsatz nach dem anderen auf, selbst nachdem man ihn zum Oberst befördert hatte. Nach dem Absturz über dem Ärmelkanal und dem, was mit Max passiert war, war er nie mehr der alte. Er sagte, er sei ein Toter unter Lebenden. Ich glaube, daß er den Ehrgeiz hatte, dies zu beweisen. Ich glaube, er wollte bei Max sein. Sie waren eins, verstehen Sie, austauschbar bis zu einem Grade, den man nicht für möglich halten würde. War Max Harry oder Harry Max?«

Denise nahm Lady Mollys Hand und sagte mit sanfter Stimme: »Was ist passiert?«

»Es war so unnötig, so dumm und unnötig. Der Krieg war praktisch zu Ende. Mein Onkel hatte da eine Sache mit einem deutschen General auf der anderen Seite des Rheins laufen. Harry hat sich freiwillig gemeldet, um von hier aus in Luftwaffenkluft und einer Arado rüberzufliegen. Er ist dort gelandet, hat den Mann an Bord genommen und ist via Frankreich zurückgeflogen. Sie wurden dann von einer Mosquito der RAF attackiert und schwer getroffen.«

»Und sind in den Kanal gestürzt?« fragte ich.

»O nein, das Wetter war mies, und er ist sehr tief geflogen, hat die Mosquito abgeschüttelt und ist in Cold Harbour gelandet. Ich war mit meinem Onkel hier, mit Jack und Julie. Es hat geregnet und war neblig. Die Arado ist zum Stehen gekommen, und der Motor wurde abgestellt. Als wir die Tür öffneten, saß da der deutsche General auf dem Rücksitz, wie im Wahn vor sich hin brabbelnd, und Harry hing tot über dem Steuerknüppel.«

Ihr starrer Blick wies voller Schmerz in die Vergangenheit, und Denise drückte sie mit Tarquin in der Mitte fest an sich. Schließlich riß Lady Molly sich zusammen. »Es bedeutet mir so viel, Tarquin wiederzusehen.«

»Er ist heimgekehrt«, sagte Denise. »Er gehört Ihnen allein.«

»O nein, das ist wirklich nett von Ihnen.« Lady Molly zögerte. »Wenn ich ihn vielleicht borgen könnte? Wären Sie damit einverstanden? Eine Leihgabe auf Zeit?«

»Natürlich«, sagte Denise.

Lady Molly nickte. »Ich bin Ihnen so dankbar.« Sie stand auf. »Wenn Sie nun aber mit mir kommen wollen. Da ist etwas, das Sie sehen sollten.«

Sie hängte sich einen Regenmantel über und hielt Tarquin sanft auf dem rechten Arm. Zec begleitete uns. Er nahm zwei Regenschirme aus einem Ständer im Vestibül, reichte uns einen davon und trat beiseite, um mit dem zweiten Lady Molly zu schützen, da der Regen wieder eingesetzt hatte. Denise hakte sich bei mir unter, und dann folgten wir den beiden.

Wir kamen an eine Mauer aus Feuerstein an, mit einer alten Grausteinkirche, Zypressen und einer Gruppe Rotbuchen auf der anderen Seite. Zec öffnete ein Tor, und wir gingen hindurch und betraten einen typischen ländlichen Kirchenfriedhof. Es war ein stiller, friedlicher Ort, und dann stoben Saatkrähen aus den Buchen heraus und krähten wütend auf uns ein.

»Diese krächzenden Viecher«, sagte Zec.

Wir folgten einem Pfad zwischen den Grabsteinen, von denen viele ganz offensichtlich sehr alt waren, und kamen hier und da an merkwürdigen Todesengeln und schaurigen Statuen vorbei. Schließlich blieben wir unter einer Zypresse in einer Ecke am hinteren Ende stehen. Das Grab war sorgfältig gepflegt, mit frischen Blumen und akkurat geschnittenem Rasenbeet. Der Grabstein war eine konische Schieferplatte mit goldener Inschrift. Es sah aus, als wäre es erst kürzlich erneuert worden.

»Da wären wir.« Sie lächelte und hielt Tarquin fest an sich gedrückt.

Die Inschrift besagte: *März 1945. In liebevoller Erinnerung an Colonel Harry Kelso und seinen Bruder, Oberstleutnant Baron Max von Halder. Endlich vereint. Waffenbrüder.*

Der Regen wurde stärker. Zec trat mit seinem Schirm einen Schritt näher und legte seinen Arm um Lady Molly, unerschütterlich wie ein Fels in der Brandung. Denise und ich kauerten uns unter unserem Schirm zusammen. Meine Frau hatte mit den Tränen zu kämpfen.

Lady Molly wandte sich um. »Seien Sie nicht traurig, meine Liebe. Das alles liegt lange zurück, und jetzt, wo es keine Rolle mehr spielt, werde ich Ihnen etwas anvertrauen, von dem nicht einmal der gute Zec hier weiß.«

Zec runzelte die Stirn, und wir standen im prasselnden Regen da und warteten.

»Wie Sie ja bei Ihren Recherchen herausgefunden haben, hat Elsa, als der Vater der damals zwölfjährigen Jungen 1930 starb, mit Abe Kelso eine Vereinbarung getroffen, daß sie mit ihrem ›älteren‹ Sohn, Baron Max, nach Deutschland zurückkehren würde und daß Harry bei seinem Großvater bleibt.«

»Das stimmt«, sagte ich.

»Harry hat mir eine andere Version erzählt. Kurz bevor er starb, klärte er mich auf. Ich habe immer das Gefühl gehabt, daß er seinen Tod förmlich kommen sah. Er hat mir oft gesagt, er habe keine Ahnung, was er ohne Krieg mit sich anfangen würde.«

»Wovon in aller Welt reden Sie?« fragte ich.

Denise allerdings, die es mit ihrer weiblichen Intuition bereits geahnt hatte, gab einen Stoßseufzer von sich und klammerte sich an meinen Arm.

Lady Molly fuhr fort. »Als die Jungen mit der Entscheidung konfrontiert wurden, gab es ein Problem. Sie mochten die Sache nicht, und dann war da noch ein weiteres Problem. Tarquin, der Bär, der mit ihrem Vater in Frankreich geflogen war. Wer bekam Tarquin? All dies machten die Jungen unter sich aus. Abe und ihre Mutter wußten nichts davon.«

»Was haben sie getan?« fragte ich.

»Beschlossen, daß Tarquin in Amerika bleibt, in dem Haus, in dem ihr Vater geboren und in das er nach dem Krieg zurückgekehrt war. Dann warfen sie eine Münze, um zu entscheiden, wer mit der Mutter nach Deutschland gehen würde.

Zec wirkte ganz verblüfft, und Denise sagte: »O mein Gott.«

»Ja, meine Liebe«, sagte Molly. »Harry Kelso war Baron Max von Halder, und Max war Harry Kelso.«

Es war die erstaunlichste Geschichte, die ich je in meinem Leben gehört hatte, und mir stockte der Atem. Denise brach das Schweigen: »Endlich vereint – aber auf eine Art, wie sie es schon immer waren.«

»Genau.« Lady Molly lächelte. »Kommen Sie, wir gehen zurück«, sagte sie und ging uns voraus, während Zec ihr weiter den Schirm schützend über den Kopf hielt.

Zurück im Haus, bot sie uns einen Tee an, was wir jedoch dankend ablehnten. »Das Wetter hat sich verschlechtert«, sagte Denise. »Besser, wir fahren.«

Wir verabschiedeten uns, kehrten zum Rover zurück, und Zec brachte uns zu dem kleinen Flugplatz. Als wir ausstiegen, schüttelte er uns die Hand und küßte Denise auf die Wange.

»Machen Sie's gut, mein Schatz.«

»War bestimmt ein Schock für Sie«, sagte ich, »das zu hören.«

»Eigentlich nicht. Denn was macht das schon, alles in allem?«

Wir stiegen in die Archer. Denise setzte sich nach links, und ich schloß die Tür. Als sie startete und der Motor dröhnte, peitschte der Regen über uns hinweg, und auf dem Meer hatte sich leichter Nebel gebildet.

»Wir sollten uns beeilen«, sagte sie. »Bevor es besser wird, wird's erst noch einmal schlechter.«

Wir brausten die Rollbahn hinunter, stiegen in den grauen Himmel auf, gingen auf tausend Fuß hoch, und dann drehte sie plötzlich nach backbord ab.

»Was tust du da?« fragte ich.

»Ich will es noch ein letztes Mal sehen.«

Als wir aber über dem Meer wendeten und wieder landeinwärts flogen, war der Nebel bereits herangerollt. Von Cold Harbour war nichts mehr zu sehen. Es war, als hätte es nie existiert.